Das sichtbarste Abenteuer
eines jeden jungen Menschen
(eines jeden *wirklich* jungen Menschen)
besteht aus einer Folge von Akten,
die das Gesetz brechen …

Gewidmet der Jugend,
die nicht vergessen sollte,
dass aller Fortschritt und alle Freiheiten
erkämpft sein wollen.

Sex, Drugs
and Rock and Roll

Stefan Koenig

Sexy Zeiten
1968 etc.

Jugendroman

Pegasus Bücher

Verlag Pegasus Bücher
Druck und Umschlaggestaltung
GRAPHIC-FACTORY, Hungen
Erste Auflage

ISBN: 978-3-9817877-1-9

Lektorat:
Herbert Bauch, Frankfurt am Main
Alexandra Pfeifer, Laubach

Kontakt zum Autor:
Pegasus Bücher
Postfach 1111
D-35321 Laubach

Inhalt

Prolog

Was weiß man von Menschen, die in der Jugend mit einem den Weg teilten? Einige von ihnen leben nicht mehr, andere leben und haben völlig andere Lebenswege eingeschlagen, als sie in ihrer Jugend je zu wagen gedacht hätten. Alles in diesem Jugendroman entspricht meinen historischen, gelebten und gefühlten Erinnerungen. Erinnerungen sind immer persönlich, ganz subjektiv. Zugleich entspricht nicht alles meinen unmittelbaren persönlichen Erlebnissen und ist in Roman-Form „umgeformt“. Wie immer, however, musste ich in altbewährter Manier mal wieder an meinem Alter rumbasteln, um die Zeiten passend hinzubiegen. Überhaupt ist nicht alles Persönliche unbedingt authentisch. Aber gerade deshalb ist es ja ein Jugendroman und keine Autobiographie. Personen der Zeitgeschichte habe ich mit ihrem Klarnamen benannt. In anderen Fällen wurden die Namen ausgetauscht. Viele der älteren Leser werden die Erinnerungen teilen, weil sie dabei waren, als das Land sich veränderte, sich verändern musste. Viele haben den glückseligen Aufschwung, die Überwindung des gesellschaftlichen Grauen Stars mit der engagierten Jugend- und Friedensbewegung geteilt. Wir haben viel getanzt, geliebt und gesungen, waren farbenfroh und voller Ideen und Hoffnungen. Einige Angepasste aber kamen immer zu spät. So ist es eben, das Leben.

Liebe im lieblosen Grau

Hanna und ich hatten die Entjungferung für ein Wochenende im August 1966 geplant. „Gehst du immer noch mit der Tussi von der Bettinaschule?“ hatte mich Pit noch am Freitag vor dem Matheunterricht gefragt. So eine blöde und plumpe Frage! Das hätte ich von meinem besten Schulkumpel nicht erwartet. Erstens war Hanna alles andere als eine Tussi, denn sie hörte Beethoven. Und zweitens gingen Hanna und ich schon seit vier Wochen miteinander. Und wenn man mehr als zehn Tage miteinander ging, dann war das quasi ein Eheversprechen. Außerdem fummelten wir schon seit einem gefühlten halben Eheleben. Und natürlich hatte ich meinem guten Freund Pit darüber ausführlich erzählt. Was für eine doofe Frage also!

Diesmal war ich Pit um eine Nasenlänge voraus. Das konnte er ruhig wissen. Der Entjungferungszeitplan von Hanna und mir ging ihn allerdings nichts an, fand ich. Am Samstagmittag war es endlich soweit. Ich kaufte Teelichter und pflückte heimlich Blumen in unserem Kleingarten, den meine Eltern diesmal ausnahmsweise nicht beackerten. Schließlich waren sie heute auswärts eingeladen. Mit Übernachtung. Und meine acht Jahre ältere Schwester Ulla feierte ihren vierundzwanzigsten Geburtstag seit zwei Tagen bei ihrem französischen Liebhaber, Monsieur Pierre Beaugrande, mit Dauerübernachtung im Odenwald, eine Autostunde entfernt von unserem Elternhaus in Frankfurt. Mein sieben Jahre älterer Bruder Günter war als gelernter Schriftsetzer am Puls der Zeit, im fernen Berlin.

Ich hatte also sturmfreie Bude, und das wussten Hanna und ich nun schon seit acht Tagen. Acht Tage Vorfreude. Acht Tage hingen wir, jeder für sich, wie wir uns später gestanden, in der ewigen Frageschleife, wie das wohl werden würde. Beide waren wir scharf darauf. Und hatten gleichzeitig irgendwie ein wenig Schiss. Aber bisher hatten wir keine Gelegenheit gehabt. Wir mussten den Stier bei den Hörnern packen. „Heute geht's zur Sache, Liebes", sagte ich völlig unromantisch ins Telefon, eine Stunde bevor Hanna kam, und ich kam mir danach etwas dämlich vor. „Die Sache" war damals kompliziert. Aber es offen anzusprechen, war schick. Direktheit war bei uns jungen Wilden der Stil der Zeit. Anders die verschnörkelte, hinterfotzige und verquirlte Erwachsenenwelt, wo mit verklemmten Andeutungen und verdunkelten Schlafzimmern die Liebe penetriert wurde. Das war nicht die reife Romantik, als die sie es zu verkaufen suchten, das war pure Prüderie.

*

Streng wachte 1966 das Auge des Gesetzes über unsere Sexualität. Die Autoritäten für uns „Halbstarke", wie uns manch einer nannte, waren Lehrer und Eltern. Und meine Eltern hielten mir immer wieder vor, was passieren würde, wenn ich ein Mädchen zum Übernachten mit nachhause nehmen würde. „Wir müssen es ausbaden", sagte Mama. „Man wird uns Eltern als Verkuppler hart bestrafen. Das kann direkt ins Gefängnis führen."

Mein Vater hatte Hanna und mir noch am Mittwoch vor unserem Geheimplan versucht, einen Strich durch die Rechnung zu machen. Wir waren beide erst sechzehn Jahre jung. Wahrscheinlich ahnte er etwas von „der Sache“. Er war ja immerhin auch ein Mann. Stillschweigend hatte er uns am Nachmittag nach Kaffee und Kuchen diskret einen ziemlich alten Zeitungsartikel von 1961 auf dem Esstisch hinterlassen. Titel: „Urteil des Bundesgerichtshofs“. Darin hieß es: *„Die moralische Ordnung fordert, dass körperliche Beziehungen zwischen den Geschlechtern grundsätzlich sich nur in monogamen Ehen vollziehen, da Zweck und Ergebnis dieser Beziehung das Kind ist.“*

Auch mein Gymnasiallehrer, Herr Hahn, hatte unsere Klasse vor einem Jahr – da waren wir gerade Fünfzehn geworden – beiläufig wissen lassen, dass außereheliche Gemeinschaften verboten sind. Dabei hat er allerdings heftig mit dem Auge gezwinkert. Er war auch derjenige, der uns annähernd wahrheitsgetreu aufklärte. Eines Tages sagte er: „In der Liebe ist alles erlaubt. Man darf sich küssen und lecken, wo auch immer.“ Dabei schaute er uns unverblümt in die Augen. Ich bekam einen knallroten Kopf - und wahrscheinlich nicht nur ich.

Hanna war auf einer reinen Mädchenschule. Ihre Lehrer waren echt verklemmt, wohl mehr, als die Pauker an unserer Jungenschule. Also hatte sie von Tuten und Blasen keinen blassen Schimmer. Aber wie sie mir erzählte, hatten auch ihre Eltern sie nicht aufgeklärt. Folgerichtig hatten ihre Alten die von ihr vorsichtig angefragte Übernachtung meiner Wenigkeit in Hannas mädchenhaft eingerichtetem „Kinderzimmer“ abgeschmettert. „Wer unter seinem Dach ein unverheiratetes Paar auch nur für eine Nacht beherbergt, macht sich strafbar nach dem Kuppelei-Paragrafen. Da stehen bis zu fünf Jahre Zuchthaus drauf!“, hatte ihr Vater in seiner typischen Akademikerart doziert. Ihr Vater war Physiker, die Mutter Hausfrau, wie das eben üblich war; denn ein einziger Verdiener für die Familie war absolut ausreichend. Und es sicherte die Vormachtstellung des Verdieners.

Wer sollte uns oder unsere Eltern eigentlich verpetzen, wenn einer von uns in der Wohnung des anderen übernachtete? Wenn wir gegenüber den Eltern einwandten, dass das doch keinen Menschen interessiere, dann kam immer derselbe Satz: „Aber was sollen die Nachbarn denken!“ Und irgendwie war da was dran. Nachbarn fungierten in den 1960er Jahren noch gerne als selbst ernannte Blockwarte. Sie schwärzten jeden an, den sie nicht leiden konnten. Der großartigste Aufklärungsheld für uns Jugendliche hieß Oswalt Kolle. Sieben Jahre später, 1973, als der Kuppeleiparagraph endlich abgeschafft war, berichtete er, dass es damals jährlich bis zu vierhundert Verfahren gab.

Ja, es kotzte uns an, dass Sex nur im Ehebett stattfinden durfte. Vieles ging uns gegen den Strich: Der mörderische US-Bombenkrieg in Vietnam, die Doppelmoral unserer Eltern, die rücksichtslose Polizeigewalt gegen friedliche Sitzdemos an den Unis, wo Studenten gegen ihre dogmatischen Professoren in ihren verstaubten Talaren streikten. „Unter den Talaren der Muff von tausend Jahren!“, so skandierten sie auf dem Campus und in den Hörsälen. Und uns Schülern gingen die autoritären Lehrer gegen den Strich. Wir jungen Revoluzzer wollten uns das nicht länger gefallen lassen. Während weltweit irgendwelche Befreiungskämpfe tobten, die wir in unserem pubertären Modus noch wenig verstanden, kämpften wir Schüler erst mal gegen die sexuelle Unterdrückung, gegen die Fesseln der Prüderie. Und gegen die Allmacht der autoritären Erwachsenenwelt, in der die Prügelstrafe eher Regel als Ausnahme war. Da hatte ich verdammtes Glück, mein Elternhaus gehörte zur Ausnahme. Aber meine Lehrer schlugen noch auf die Finger, verteilten Backpfeifen, rissen an Ohren und Haaren, stellten uns in die Ecken und warfen mit Schlüsselbund und Kreide.

*

Endlich war heute sturmfrei. Das heißt, da gab es noch eine Tante Ria im Haus. Meine Mutter hatte die Stadtvilla von ihren Eltern geerbt, ein Teil dieser Erbschaft bestand in Tante Ria, die weder eine richtige Tante noch sonst irgendwie angenehm war. Sie hörte, sah und roch alles. Und sie hatte mir seit unserem Einzug in das Haus 1962 noch niemals eine Aufmerksamkeit, nicht einmal ein Bonbon als Geschenk gemacht. Als wir in das Bornheimer Haus einzogen, ich war gerade zwölf geworden, litt ich unter der mangelnden Aufmerksamkeit dieser Nenntante arg. Schließlich hatte ich in unserem bisherigen Preungesheimer Wohnblock, in der Nähe des Frankfurter Knastes, gleich gegenüber der amerikanischen Kaserne, eine liebe, dicke und gut riechende „Oma“ als Nachbarin gehabt, die mir wöchentlich ein Stück Schokolade oder Bonbons zusteckte. Das war in den Zeiten meiner Kindheit, zwischen 1950 bis zu unserem Auszug 1962, wahrer Luxus.

Daher kam in meiner Kindheit und frühen Jugend wohl auch die herzliche Verbundenheit zur amerikanischen

Besatzungsmacht, denn die Soldaten machten sich eine Gaudi daraus, uns Kindern, die wir vor dem hohen Stacheldrahtzaun der Kaserne spielten, Kaugummis und Lutscher zuzuwerfen. Wir prügelten uns darum. Nach der Rauferei zeigten sie auf einzelne von uns, die nichts abbekommen hatten, und warfen ihnen auch etwas zu. Das war wohl Besatzungsgerechtigkeit, wie sie schon in der *Bill of Rights* von 1789 niedergeschrieben war.

Doch über Geschichte machten wir uns in jenen jungen Jahren keine Gedanken. Schließlich hatte die Geschichte gerade erst mit uns Nachgeborenen begonnen. Der Krieg war wie der Einschlag eines Kometen, der die Dinosaurier ausgelöscht hatte. Der Krieg war für mich eine Ewigkeit her. Ich war schließlich ganze fünf Jahre nach seinem Ende geboren. Der Krieg war eine totgeschwiegene, aber unleugbare Vergangenheit, die in meinen jugendlichen Augen vor urig langer Zeit für immer vergangen war. Brennend interessierte uns die Gegenwart – und das andere Geschlecht.

*

Um unseren Entjungferungsplan an jenem hochsommerlichen Samstag umzusetzen, mussten Hanna und ich noch Tante Ria schachmatt setzen. Aber wie? Sie hatte im zweiten Geschoss einen Balkon zum Hausgarten hin, auf dem sie nachmittags gerne residierte. Wenn ich Hanna vorne zur Haustür rein ließ, war sicherzustellen, dass Tante Ria schön hinten auf ihrem Balkon sitzen blieb. Hanna und ich mussten uns also auf die Minute abstimmen und ständig auf unsere klobigen Armbanduhren schauen. Übrigens waren Armbanduhren eine luxuriöse Ausnahme. Hanna kam mit der Straßenbahn;

die hielt am Prüfling, da war Endstation. Von dort hatte sie nur zwei Minuten bis zur Obernhainerstraße 7.

Gottseidank besaßen meine Eltern – wohl eher aus beruflichen als aus privaten Gründen – eine Luxustechnik. Das war ein marmorweißer Telefonapparat mit Ziffern-Wählscheibe und mit einer elegant geschwungenen Telefongabel, auf der dezent ein gleichfarbiger Telefonhörer ruhte. Dieses Telefon hatte seinen festen Platz im Flur und thronte auf dem extra beim Versandhaus Neckermann bestellten Telefontischlein, auf dem ein dunkelrot besticktes Unterlegdeckchen dem Apparatetisch einen quasi-religiösen Charakter verlieh – ein verehrenswerter Telefonschrein. Nun also musste ich vorab telefonisch mit Hanna besprechen, wann genau ich die Haustür offen stehen lassen musste, damit sie unbemerkt über den Flur zur Kellertür und hinunter in mein Souterrain-Zimmer gelangen konnte. Im Garten hatte ich aus Ablenkungsgründen eine große Wanne aufgestellt und einen Wasserschlauch hineingelegt. Wasser war teuer. Geld war knapp. Wasservergeudung war eine schlimme Sache. Das war mein Köder.

Ich hantierte extra laut singend im Garten herum, bis sich Tantchen gestört fühlte und schimpfend an die Balkonbrüstung trat. „Kannst du nicht einmal ein bisschen leiser sein. Es ist Mittagsruhe! Kaum sind deine Eltern aus dem Haus, wird es hier unerträglich laut!“
„Ach, Tante Ria“, sagte ich, „Gut, dass du gerade auf deinem Balkon bist. Ich möchte dich bitten, einen Augenblick auf das Wasser hinunterzuschauen, damit es nicht überläuft. Ich muss noch etwas im Keller suchen. Wenn ich es nicht rechtzeitig schaffe, rufe einfach durch den Treppenflur. Dann stelle ich das Wasser ab.“

Der Plan klappte. Die neugierige Tante war ausgetrickst. Heute war aus noch einem Grund ein idealer Tag für unser Vorhaben. Es gab noch eine weitere Mietpartei im Haus, nämlich im Erdgeschoss, weil meine Eltern die aufgenommene Hypothek auf das nur zur Hälfte geerbte Haus nicht alleine stemmen konnten, um Mutters Schwester, Tante Anneliese, auszubezahlen. Die Mieter waren Herr und Frau Winkelmann, Geschäftsleute, die einen teuren Möbelladen am Römerberg betrieben. Die attraktive Frau Winkelmann war vierzig Jahre alt und konnte ziemlich laut in ihrem Schlafzimmer, das genau über meinem Souterrain-Jugendzimmer lag, stöhnen. Das war für mich Erotik pur. Geiles Kopfkino. Und Hanna lernte, wie ich mitbekam, auch sehr schnell von ihr. Die Winkelmanns waren an jenem Samstag auf Einkaufstour in Italien, wo sie teilweise ihre exquisiten Möbel anfertigen ließen. Bis auf Tante Ria hatten wir also tatsächlich absolut freie Fahrt.

Nun war Hanna endlich unbemerkt in meinem Zimmer angekommen. Jetzt musste ich nur noch sicherstellen, dass Tante Ria nicht ausgerechnet heute ihren Waschetag hatte, denn die Waschküche war genau neben meinem Souterrainzimmer. Und falls Hanna oder ich im Laufe unseres sexuellen Startups zu laut werden würden, na ja, dann wäre unser ganzer Aufwand umsonst gewesen. Also stapfte ich die Treppe hoch und klingelte.

„Tante Ria, ich wollte heute Wäsche waschen; aber falls du heute …“
„Nein, nein“, unterbrach sie mich, „heute ist mein freier Tag!“
„Das hast du auch verdient“, sagte ich. Aber bei mir dachte ich, dass sie eine ganz schön faule Sau sei, denn

sie ging weder arbeiten, noch half sie meiner Mutter beim Reinigen des Hausflures, der Treppen, des Vorhofes oder bei der Pflege des Gartens. Doch ich verbarg meine unschicklichen Gedanken hinter einem freundlichen Lächeln. Und tatsächlich war ich auch erleichtert.

*

Wenn du beim ersten richtigen Sex auch noch darauf achten sollst, wie laut du sein darfst, dann haben die Schweine gesiegt. Und Schweine waren natürlich alle, die die rostbraunen und grauen Zustände dieses Landes repräsentierten. Das war das Establishment. Oft reichte das Establishment bis hinunter zu unseren Eltern und den maroden Verwandten. Insbesondere bis zu Onkel Karl, dem alten Nazi und ehemaligen SS-Standarten-Führer, der nach ultrakurzer Entnazifizierung im Handumdrehen zum bestverdienenden Allianz-Direktor aufgestiegen war. Aber in der Hauptsache standen unsere Lehrer allesamt für das verpönte Establishment, gegen das wir mit den ersten Songs der Beatles und Rolling Stones rebellierten.

Im Sommer 1966 war *„19th Nervous Breakdown"* mein Lieblingshit der Stones. Das unerträglich nervige Grau unseres Deutschlands musste zum Abblättern gebracht werden. Wir würden das westdeutsche Haus total renovieren. Aber als erstes mussten wir uns sexuell befreien. Wenn wir die Gefühlswelt befreit hätten, dann würde sich die Menschheit zum Besseren wenden. Hannas und mein Befreiungsakt stand unmittelbar bevor.

*

Alles war erstmal wie immer und es begann halb so wild, wie wir es uns vorgestellt hatten. Wir hatten ja bereits Petting, hatten uns befummelt und aneinander gerieben und liebkost, hatten nach vier Wochen Schülerliebe fast alle Entdeckungsreisen an unseren Körpern abgeschlossen. Und nun kam der letzte Kick, der erste Akt – und, na ja, wie soll ich sagen, er war uns nicht so recht geglückt. Mir schien es ziemlich schwer, bei meiner Liebsten reinzukommen. Aber nach einer Weile fühlte es sich sehr feucht an und wir beide schauten, was sich da getan hatte.

Hanna schrie auf. Ich staunte nicht schlecht. Eine ansehnliche Blutlache hatte Laken und Bettdecke versaut. Wir nahmen das bereitgestellte Toilettenpapier – eine erotischere Variante hatte sich nicht finden lassen – und ich wischte Hanna ab. Aber Hanna hatte nur Augen für meinen Pimmel. Das Wort „Schwanz“ wurde noch lange nicht benutzt. Und sie schrie wieder: „Du blutest da!“

Mein Bändchen an der Vorhaut war eingerissen, das blutete wie die Sau. In meiner Erregung hatte ich das nicht mitgekriegt. Es tat auch nicht weiter weh, noch nicht - musste aber verbunden werden, worum sich Hanna liebevoll, zärtlich und mitfühlend bis mitleidig kümmerte. Das war mir höchst peinlich. Der erste reale Sex war eine blutige Erfahrung. Hanna war nicht entjungfert, stattdessen ich. Die romantischen Kerzen waren nicht zum Einsatz gekommen, dazu war es noch zu hell. Der Rest dieses ereignisreichen und doch so jämmerlichen Tages war irgendwie noch ganz schön, wenngleich ich etwas breitbeinig gehen musste. Deshalb saß ich viel. Die Nacht verbrachte Hanna natürlich bei mir.

Vorher rief sie ihre Eltern an und sagte, dass sie bei ihrer Freundin übernachten würde. Bei der hatte sie zuvor angerufen und sichergestellt, was zu sagen sei, falls Hannas Eltern dort anrufen. Aber gutbürgerliche Eltern glauben ihren pubertierenden Gören. Das wirklich Gute an den guten alten Wählscheiben-Telefonen war, dass der Angerufene nie sehen konnte, von welchem Apparat aus angerufen wurde. Jetzt schlichen wir uns hoch in die elterliche Wohnung, machten uns Brote, holten Obst, das ich am Tag zuvor in unserem Garten gepflückt hatte, Pflaumen und Brombeeren. Dann endlich zündeten wir die Kerzen an, machten uns an Vaters Weinvorrat zu schaffen und hörten halbbetrunken vom Schallplattenspieler das wilde *Wild Thing* von The Troggs und den klassischen Loversong jenes Jahres: *When a Man Loves a Woman* von Percy Sledge.

So kam es, dass wir ohne Komplikationen den ersten Abend, die erste gemeinsame Nacht miteinander verbringen konnten – sex- und fast geschlechtslos, total dem äußeren prüden Flair des ganzen großen Landes ergeben. Wir waren aber auch recht fleißig, so fleißig und gewissenhaft wie uns täglich im Übermaß vorgelebt wurde, und wir wuschen sogleich Laken und Bettdecke mit kaltem Wasser aus. Die Blutflecken hinterließen keine verdächtige Spur mehr. Meine Mutter würde am nächsten Abend nicht merken, was in der Liebeshöhle im Souterrain geschehen war. Mutter war total lieb und fürsorglich, aber wie wohl alle Mütter auch total interessiert am Intimleben ihres Jüngsten. Eines Tages, als ich Verdacht schöpfte, sie würde in meine Schreibtischschublade gucken und Liebesbriefe lesen, zog ich zur Kontrolle ein dünnes Nähfädchen über die Schublade. Als ich aus der Schule kam, lag das Fädchen tatsächlich auf dem Boden. Von da an versteckte ich die Liebesbriefe, die ich schrieb und die ich erhielt, zwischen meinen Schulsachen und schleppte sie täglich mit zur Schule.

Den gescheiterten Entjungferungsabend ließen wir ab 20:00 Uhr mit bourgeoisem Fernsehen ausklingen. Den kleinen Schwarz-Weiß-Kasten hatten sich meine Eltern erst ein Jahr zuvor angeschafft. Hannas Akademiker-Eltern fanden das Fernsehen derart schrecklich, modisch-unnütz und verwerflich, dass sie solch einem Gerät noch weitere drei Jahre den Zutritt in das Familienleben verweigerten. „Fernsehen verblödet", sagten sie. Hanna und ich waren tatsächlich ganze sechzehn Jahre unseres jungen Lebens ohne TV aufgewachsen.

*

Hin und wieder sahen wir bei Freunden, die mit dem neuesten großformatigen Fernsehmodell ihrer Eltern prahlten, ausschnittweise jenes Leben, das aus Amerika zu uns herüberschwappte. Niedlich fand ich den bekanntesten Delfin der Fernsehgeschichte. Im ZDF meisterte „Flipper" in der gleichnamigen US-Serie gemeinsam mit Küstenwächter Porter Ricks die gewagtesten Abenteuer. Dabei halfen an Floridas Küste die beiden Söhne von Ricks, Sandy und Bud. Gemeinsam brachte das Quartett so manchen Gangster hinter Schloss und Riegel. Und Flipper war einfach immer spitze. Da gab es noch lange keine Baywatch-Boys und keine Pamela Anderson, denn die wurde erst ein Jahr später geboren. *Die Rettungsschwimmer von Malibu* kamen dann schließlich 1989 in Kalifornien zum Einsatz und ins TV. Dazwischen lag eine rasante Fernsehgeschichte;

zugleich eine Geschichte des großen Rückzugs ins Private, eine Entwicklung der schleichenden Entpolitisierung und des Bildungsabbaus im Rahmen der Öffentlich-Rechtlichen – und überhaupt. Aber eilen wir der Zeit nicht voraus.

Unser „Marken-Fernseher“ von Grundig war Baujahr 1965 und in einem Nussbaum-Fernsehschrank mit zwei Flügeltüren versteckt. Das passte so leidlich zu der antiquierten Chippendale-Einrichtung, die meine Mutter von ihren Eltern geerbt hatte. Meine Großeltern mütterlicher- wie väterlicherseits habe ich nie kennen gelernt. Lediglich Vaters Mutter ist mir noch in Erinnerung, da sie mich einmal zuhause am Krankenbett besuchte. Da lag ich mit einer dicken Bronchitis und Fieber im Bett. Und es musste mir wohl sehr schlecht gegangen sein, denn Oma hatte unsere Wohnung weder vorher noch danach jemals betreten.

Das lag an ihrer „grenzenlosen Eifersucht“, wie mir Mutter in späteren Jahren einmal erklärte. Mein Vater war alleine mit ihr aufgewachsen, Opa früh verstorben. Meine Oma hatte sehr geweint, als ihr einziger Sohn Otto eine andere Frau lieben lernte und heiratete. Opa war Goldschmied gewesen. Aber woher sein Vater kam und wer Uropa war, das hatte mir mein Vater aus unerklärlichem Grund nie erzählt. „Wir sind hugenottischer Abstammung und unsere Kirche ist die lutherisch-reformierte Gemeinde im Günthersburg-Park.“ Das war im Grunde genommen seine ganze Familiengeschichte, die er erzählen mochte.

In diese schlichte Kirche, die sich sanft und unaufdringlich in den angrenzenden Park eingliederte, ging mein

Vater jeden Sonntag zum Gottesdienst. Und bis zur Konfirmation war ich immer mit dabei gewesen. Dieses calvinistische Gotteshaus gefiel mir wesentlich besser als die goldüberladenen Kirchen der Katholiken. Hier bei den Reformierten strotzte es vor Einfachheit, vor gottesfürchtiger Bescheidenheit. Kein Bild. Kein Prunk. Nur ein steinerner, tuchbedeckter Altar, hinter dem ein schlichtes Kreuz ohne Jesus hing. Auf dem Altar lag die Bibel. Dann war da noch die Kanzel zum Predigen. Das war's schon. Und weil man nicht abgelenkt wurde, hörte man mehr auf die Predigt als in all jenen Gotteshäusern, die ich auch kennen lernen durfte und wo mein Blick stets von einem schön-schrecklich-bunten Ereignisbild zum anderen wanderte.

Viele Gemeindemitglieder waren Hugenotten, wie auch der Pfarrer, der Niederländer war und mit seinem amüsanten Dialekt den Predigten eine besondere Note verlieh. Er war ein sehr sensibler Mensch. Ich mochte ihn. Er sprach in seinen Predigten auch von dem großen Unheil, das die amerikanischen Langstreckenbomber in dem kleinen, unterentwickelten Vietnam anrichteten. Er betete für Vietnam. Später, es muss 1969 gewesen sein, erfuhr ich von seinem Suizid. Ich habe immer die Vermutung gehabt, dass dieser feine Mann mit der schamlos brutalen Welt nicht ins Reine kam. Später sollte ich noch viele Kirchenmitglieder kennen lernen, die mit mir Seite an Seite gegen die Ungerechtigkeiten und Kriege dieser Welt auf die Straße gingen. Was aber die Geschichte der Hugenotten, den grausamen Kampf zwischen Christen und Christen betraf, legte ich damals wenig Interesse an den Tag.

*

Erst vor wenigen Jahren konnte ich dank meines Facebook-Freundes Burkhard und dank der evangelisch-reformierten Gemeinde am Günthersburg-Park in Erfahrung bringen, wie die jüngere Geschichte meiner hugenottischen Vorfahren verlaufen war. Burkhard ist ein brillanter Ahnenforscher, und von ihm erfuhr ich nach Vorlage von alten Dokumenten und Kirchenbucheinträgen, dass meine protestantischen Ahnen vor rund 320 Jahren aus Südfrankreich vor dem religiös aufgeputschten katholischen Mob flüchteten. Sie konnten sich 1699 in den wallonischen Teil Belgiens retten. Dort fand der Vater Arbeit in seinem alten Beruf als Uhrmacher; aber nicht alle Kinder der Familie hatten ein solches Glück. Sie blieben lange Zeit ohne Arbeit. So zog einer der Söhne meines Ururgroßvaters nach Mittelhessen und landete – wie der Zufall es will – nur fünf Kilometer von meinem jetzigen Wohnort Laubach entfernt in Röthges.

Johann, so hieß er, wurde um das Jahr 1715 Tagelöhner bei einem Bauern und trug für diesen die Hühner in Transportställen auf seinen Schultern nach Frankfurt auf den Markt. Eine Fußstrecke von rund 60 Kilometern. Er war nun also von Beruf Hühnerträger – oder im damaligen Sprachgebrauch: Hühnergarth. Noch heute ist dieser Familienname hier in der Gegend verbreitet. Meinen Urahn aber hielt es nicht länger in Röthges, nachdem er genug Geld angespart hatte.

Auf dem Frankfurter Markt hatte er die Frau seines Herzens gefunden und zog zu ihr in die große Stadt. Aus seiner Ehe ging 1722 mein Urgroßvater Philipp hervor, der sich bei einem Goldschmied ausbilden ließ. So nahm die Ahnenreihe ihren Lauf bis schließlich am

16. Oktober 1870 Opa Heinrich in die Goldschmiede hineingeboren wurde. 1908 wurde mein Vater Otto Heinrich im Frankfurter Marienhospital geboren. Die Abstammung meiner „grenzenlos eifersüchtigen" Großmutter blieb mir hingegen bis heute ein Geheimnis.

Apropos Eifersucht. Hanna und ich schworen uns, niemals der bürgerlichen, kleinkarierten und durchaus behandlungswürdigen Eifersucht zu verfallen. Eifersucht, das war ein Zeichen kleinbürgerlicher Dekadenz – und natürlich hochkapitalistisch. Wir begannen Sigmund Freud zu lesen. Und weil ja alles mit dem Kapitalismus zusammenhängt, wie uns die studentischen Vorbilder lehrten, wendeten wir uns auch dem großen Philosophen und Ökonom Karl Marx zu. Sein Freund und Weggenosse Friedrich Engels, Sohn eines gestandenen Unternehmers, hatte etwas geschrieben, was uns besonders interessierte. Wir erforschten den „Ursprung der Familie, des Privateigentums und des Staats". Aber was heißt erforschen? Mit gerade mal sechzehn Jahren waren uns die Texte noch viel zu schwer, auch wenn wir uns noch so sehr bemühten und fleißig am Ball blieben – vieles war uns total unverständlich. Erst zwei Jahre später, als ich die Schriften erneut las, konnte ich begreifen. Denn zwischenzeitlich hatte sich echt „Griffiges", wirklich zu „Begreifendes", ereignet. Schuld waren die Bullen.

*

Mitte der 60er Jahre kam es zu vielen Demonstrationen gegen althergebrachte Gesellschaftsstrukturen. In einem Café wurde ich einmal Mithörer eines Gesprächs zwischen zwei krawattenbetuchten Anzugmenschen, und der eine meinte: „Wir leben in einem durch und durch braun-schwarz durchtränkten Land“. Das gab mir zu denken, denn wenn selbst Krawattenmenschen so aufmüpfig redeten, dann musste etwas dran sein. Ich begann zu recherchieren und meine Lehrer zu befragen. Das aber waren die Falschen. Trotzdem fand ich heraus, dass Hunderttausende ehemaliger Funktionsträger der Nazis immer noch – oder schon wieder – in den Amtsstuben, in Ministerien und als Richter in den Hallen von Justitia saßen. „Wird Zeit, was zu unternehmen. Die Christdemokraten sind die Schutzherren der braunen Garde. Auf einen parlamentarischen Wechsel unserer Politik können wir lange warten“, sagte der eine Krawattenträger, und sie erwähnten drei Buchstaben, die mir damals noch nichts sagten: APO.

Das war die Außerparlamentarische Opposition. Hier organisierten Unorganisierte regelmäßige Protestaktionen auf der Straße und in den Vorlesungsräumen der Universitäten wegen der bundesdeutschen Wiederaufrüstung, wegen des westdeutschen Strebens nach Atomwaffen, wegen der geplanten Notstandsgesetzgebung und wegen des grausamen US-Krieges in Vietnam. Der Protest hatte viele Gesichter, wie ich bald erkannte, und er war mit einem Mal allgegenwärtig. Die Polizei stand mit ihren oft unangemessenen Mitteln im öffentlichen Scheinwerferlicht und war ständiger Kritik ausgesetzt. „Die Bullen haben wieder eine Schülerdemo niedergeknüppelt!“ Das Schimpfwort für die Polizei nahm Gestalt an.

*

Zuhause begannen wir aufmüpfige Literatur zu lesen. Woher aber hatten wir die Schriften von Marx, Engels und Freud? Wir gammelten tagsüber am Opernplatz rum, wann immer wir Zeit fanden. Statt Hausaufgaben zu machen, zwitscherte ich ab. „Lollo!“, rief ich meiner Mutter zu – so nannte ich sie, weil mein Vater sie so nannte, denn sie sah in den Augen meines Vaters der italienischen Schauspielerin, Fotografin und Bildhauerin Gina Lollobrigida recht ähnlich: „Ich fahre mal mit der Tram in die Stadt.“ Wir wohnten zwar in der Stadt, im urbanen Stadtteil Bornheim, aber wenn man in „die Stadt“ ging, dann bedeutete es, dass man zur Zeil, jener bekannten Einkaufsstraße der Wirtschaftswundermetropole, oder zum Opernplatz oder zur Hauptwache ging.

Am Opernplatz befand sich der Marshallbrunnen, der seinen Namen dem von 1947 bis 1949 amtierenden US-Außenminister zu verdanken hatte. Der Marshall-Plan pumpte gleich nach dem Sieg über die Nazis aus dem völlig unzerstörten Nordamerika 13 Milliarden Dollar nach Westeuropa, um hier gegen die durch den Krieg fast völlig deindustrialisierte Sowjetunion zu punkten. Verkauft wurde uns diese Aktion von der BILD-Zeitung und von anderen US-hörigen Pressesatelliten Jahr für Jahr in einhämmernder Weise als „großzügige und uneigennützige Hilfe aus den Vereinigten Staaten“. So hatte ich es auch in der Grundschule gelehrt bekommen. Und von meinen Eltern gehört. Und von meinen Verwandten. Und so sprachen und dachten auch unsere Nachbarn. Und diese Lehre saß sehr tief. Sogar äußerst tief, und sie wirkte äußerst lange nach – bis zu meinem sechzehnten Lebensjahr, als ich begann, Fragen zu stellen.

Ein uralter Gammler, er war gewiss schon Mitte zwanzig, erklärte mir bei einem Protest-Sit-in wegen des US-Vietnamkrieges an der Alten Oper, was er von der amerikanischen Nachkriegs-Hilfe hielt. „Die sogenannte Hilfe ist nichts weiter als das umfangreichste Bestechungsgeld, das weltweit jemals floss." Ein Jahr später arbeitete ich diese Aussage in mein Geschichtsreferat ein: „Die Marshallplan-Hilfe entspricht heute rund 129 Milliarden Dollar. Damit schufen sich die USA wirtschaftlich-politischen Einfluss und sicherten sich langfristig einen großen westeuropäischen Absatzmarkt für ihre Waren und Ideologien." Mein sozialdemokratischer Sozialkunde- und Geschichtslehrer gab mir darauf eine „ungenügend". Er war sechs Jahre zuvor aus der „Zone" geflohen.

*

Am Marshallbrunnen saßen all die Outlaws, die Beatniks, Hippies, Gammler und Provos. Dort hatte Kurt, einer der ewigen Langzeit-Studenten, einen sogenannten wilden Bücherstand aufgebaut. Er wurde wohl geduldet, denn die Bullen ließen ihn in Ruhe. Bei ihm gab es längst jene Bücher, die zu dieser Zeit noch keine der normalen Buchhandlungen in ihrem Sortiment führte. Ich hatte von meinem 10-DM-Taschengeld im Laufe der Monate etwas zusammengespart und kaufte jede Woche bei Kurt mindesten ein Buch im Wert von fünf bis acht Mark. Ein wirkliches Taschengeld-Opfer. Ansonsten saßen wir am Brunnen und gammelten. „Gammeln" war ein Lebensstil, das war Ausbruch pur. Wir wollten raus aus der absoluten Leistungsgesellschaft, der schulischen „Leistungshysterie", in der wir uns bereits in jungen Jahren nur als kleine Rädchen in einem undurchschaubaren Getriebe vorkamen. Und Noten waren Scheiße. Wie konnte Mensch sich erdreisten, andere Menschen zu benoten! Was ein autoritärer Kack!

Die Gammler von Frankfurt trugen wie die Gammler in München, Hamburg oder Westberlin Zottelhaar, Militärjacken, Parkas, Fellwesten und Fellmützen, Ketten und Amulette. Jacken und Parkas waren meist aus amerikanischen Armeebeständen, die mit Parolen wie *Ban The Bomb*, Namen von Beatbands und dem Ostermarschabzeichen versehen wurden. Die männlichen Vertreter dieser Spezies trugen Bart. Am Opernplatz traf sich der Frankfurter Ableger jener einzigartigen Subkultur, die sich durch lässige Haltung und Vorliebe für Beat- und Folkmusik auszeichnete. Aber sie stand für keine politischen Inhalte, die über eine Verweigerungshaltung hinausgingen. Deutsche und ausländische Beatniks und Gammler hatten hier ihr Durchgangslager vor ihren Reisen in fremde Länder aufgeschlagen. Für den Spießbürger waren es schmarotzende Arbeitsverweigerer. Und so wurden wir mit ausdrucksstarken Worten bedacht: „Adolf hätte euch in Arbeitslager geschickt!“

*

Nun war ich kein echter Gammler, denn ich war als Gymnasiast fest im Würgegriff der bürgerlichen Gesellschaft. Aber ich hatte Haare, die waren so schrecklich lang – so „lang“ wie die Haare der Beatles, jener „Affen“, die mit afrikanischer Trommelmusik nur Unheil in den Köpfen der Jugend anrichteten – wie Nachbarn, Tanten, Onkel und manche Pauker meinten. Dabei reichten meine Haare noch nicht einmal bis zu den

Schultern. Als ich einmal zu Fuß unterwegs in die Stadt war, fuhr plötzlich ein LKW langsamer und dann im Schritttempo mit mir auf einer Höhe. Gleich darauf wurde auf der Beifahrerseite die Scheibe runtergekurbelt und ein stoppelhaariger Prolet warf mir einen Groschen mit den Worten zu: „Spar mal auf'n Friseur!“ Solche Erlebnisse teilten wir uns am Marshallbrunnen natürlich mit, und es stellte sich heraus, dass dieser Satz wohl unabdingbarer Bestandteil unseres blutjungen Lebens sein sollte: „Geh mal zum Friseur!“

Eines Tages kam mein Vater vom Friseur, der hieß Oskar. Die beiden waren gleichaltrig und kannten sich aus frühen Zeiten und vom Sportverein. Irgendwie war Vater an diesem Abend komisch. Ich hatte bisher vor den Eltern geheim halten können, dass ich mich am Marshallbrunnen rumtrieb. „Machst du da bei den Nichtsnutzen vom Opernplatz mit?“, fragte er mich.
„Nein, wieso?“
„Irgendjemand hat dich dort wohl gesehen“, antwortete mein Vater.
Ich schüttelte den Kopf und stammelte, dass ich nur mal dort vorbeigekommen bin. Aber ich war ein schlechter Lügner, und Otto sah mich scharf an. „Ich will nicht belogen werden. Merk dir das!“

Damit war die Sache erledigt. Später erfuhr ich von Pit, der nur zwei Tage später beim selben Friseur war, dass mein Vater dort die Tränen nicht mehr an sich halten konnte, als er von Oskar erfuhr, wo ich mich rumtrieb. „Ich hab ihn doch so ordentlich erzogen!“, soll er gesagt haben. Das war mir voll peinlich. Aber „Ordnung und Sauberkeit“ waren nun mal die alles bedeutenden Messwerte jener grauen Zeit.

*

Mein Vater war nach dem frühen Tod seines Vaters von seiner Mutter alleine großgezogen worden. Da entstand eine sehr enge Bindung. Daher rührte wahrscheinlich jene schwiegermütterliche Eifersucht auf meine Mama. Otto musste nun der alleinige Versorger für seine Mutter werden und suchte sich einen schnell zu erlernenden Beruf aus. Er wurde 1925 Maurer. Einige Jahre später wechselte er auf die sichere Staatsseite und ging zur Baupolizei. Wiederum etwas später wurde er Staffelführer bei der Bereitschaftspolizei.

In jenem Jahr 1966 befragte ich ihn zu seiner Polizeierfahrung und ließ mir Anekdoten aus seiner Einsatzzeit erzählen. Was bei mir tief im Gedächtnis und als politische Erfahrung hängen blieb, war folgendes Gespräch.
„Was war der aufregendste Einsatz, den du leiten musstest?“, fragte ich meinen Vater.
„Das war der Einsatz in Köln 1932. Ich befehligte zwei Hundertschaften, die dort eine Demo der KPD von der einen Aufmarschseite her absichern sollten. Von der anderen Seite hatte sich eine unangemeldete NSDAP-Marschkolonne in Gang gesetzt, um die gegnerische KPD-Demonstration zu stören und zu zerschlagen. Ich rief meinen Vorgesetzten im Präsidium an. Da hielt sich gerade unser erster Bundeskanzler, Konrad Adenauer, auf; der war damals Oberbürgermeister von Köln. Ich fragte, ob es nicht sinnvoll sei, mit meinen Hundertschaften zwischen die beiden Fronten zu gehen, die sich aufeinander zu bewegten, was zu bösen Auseinandersetzungen mit vielen Verletzten und vielleicht sogar mit Toten enden könnte. Man beriet sich dort kurz und übermittelte mir nach zirka zehn Minuten den Befehl,

ich solle die Parteien aufeinander losschlagen lassen und nur zusehen, dass nicht die Geschäfte ringsum in Mitleidenschaft gezogen würden. Wenn sich Rechte und Linke gegeneinander aufrieben, dann brauche der Staat nur zusehen. Ich fand, dass dies eine grobe Fehlentscheidung war. Das Resultat waren zwei Tote auf Seiten der Rot-Front-Leute und über sechzig Verletzte, darunter zwölf Schwerverletzte."
Mein Vater war damals Mitglied der SPD.

*

Hanna und ich erzählten uns unsere Familiengeschichten und fanden es spannend herauszufinden, wie sich „die Alten" damals im „Tausendjährigen Reich", das zwölf Jahre währte, wohl verhalten hatten. Wir entdeckten von Treffen zu Treffen immer neue, manchmal recht überraschende Nuancen unserer Familiengeschichten, und da wir im Geschichtsunterricht laut Lehrplan gerade die Nazizeit durchkauten, war es für uns besonders spannend. Das war zwar keineswegs ein erotisches, vielmehr ein ernüchternd lehrreiches Thema. Und dennoch sprachen wir – meistens nach unseren knutschreichen Liebeleien – gerne über die Erfahrungen mit unseren Familien.

Noch mehr aber sprachen wir in jener wolkenbedeckten Augustwoche über die sinnentleerten Wohlstandsideale und wie man andere Ideale an deren Stelle setzen könnte. Da gab es die Gegenkultur der Hippies, der Blumenkinder, die sich seit 1965 rasant von San Francisco aus über die westliche Hemisphäre der Jugendlichen verbreitet hatte. „Schatzi", sagte ich, „ich finde die Hippies gut, die haben eine Lebensvorstellung, wie sie mir ge-

fällt: frei von Zwängen und frei von all den kleinbürgerlichen Tabus."
„Ja", sagte Hanna, „frei von diesem und jenem – das klingt gut. Aber wofür sollten wir eintreten? Was ist unser Ziel?"
„Unsere Selbstverwirklichung", sagte ich.
Anders als die Gammler, die dem Leistungsdruck nur entfliehen wollten, war die Flower-Power-Bewegung der Hippies auf der Suche nach neuen, menschlicheren Lebensweisen und Umgangsformen. Und wie wir hörten, entstanden in den USA auf dem Land die ersten Kommunen.

Die Hippies trugen bunteste Klamotten und schulterlanges Haar wie die Gammler. Die Mädels steckten sich Blümchen ins Haar, trugen wie die Jungs farbige Stirnbänder und bunt gescheckte Halstücher. So etwa kleidete sich jetzt auch Hanna, sogar in der Bettinaschule, wo sie von nun an das erste Hippiemädchen und modisches Vorbild für ihre Klassenkameradinnen war. Nur ein Jahr später sollte die BRAVO das Hippie-Outfit kommerzialisieren und auf eine reine Modebewegung reduzieren.

Ich ging in den Schulmonaten nach den Sommerferien morgens als braver Schüler im üblichen und langweiligen Dresscode zum Unterricht. Aber nach der Schule ließ ich die Sau raus und ließ die Farben in mein graues Leben. Das war fast schon als mutig zu bezeichnen. „So willst du auf die Straße!", rief Mutter entsetzt aus. „Was sollen denn die Nachbarn denken!" Als hätte die Schallplatte einen Sprung, hörte ich diese Vorhaltungen wohl gefühlte Ewigkeiten lang. Aber tatsächlich kümmerte mich die spießige Besorgtheit meiner Eltern schon nach wenigen Wochen keinen Deut mehr. Ich war ich. Hatte ich nicht das Recht auf Selbstverwirklichung – und wenn es nur die Selbstverwirklichung mit Hilfe des Klamotteninhalts aus dem furnierten Kleiderschrank der Fünfziger Jahre war?

*

Zwei Wochen nach unserem ersten missglückten Entjungferungsversuch, wagten Hanna und ich es erneut. Diesmal im zwei Kilometer entfernten Gartenhäuschen des Kleingartens, als wir sicher sein konnten, dass mein Vater auf einem Sportfest war und auf dem Gartengelände nicht auftauchen würde. Mutter war keine Gefahr, sie mochte den Schrebergarten in jenen Jahren sowieso nicht mehr so wie früher. Denn jetzt, als wir Kinder groß waren und keinen „erweiterten Spielplatz" mehr benötigten, bedeutete er ihr nur noch zusätzliche Arbeit. Und davon hatte sie wahrlich genug.

Wir hatten uns Decken und Getränke mitgebracht. Es war ein herrlicher Sommertag; Hanna trug nichts unter ihrem Minirock und ich nichts unter meinen Shorts. Und das war gewiss das falsche Omen, denn wieder passierte - nichts. Wieder ging es schief. Alles schien verbaut. Falsche Einfahrt. Da kam ich nicht durch. Wir waren frustriert. Ich holte Bier im nahegelegenen Wirtshaus. Doch weder Hanna noch ich vertrugen Bier; bald schon hingen wir bei der sommerlichen Hitze erschlafft und todmüde in den Sonnenstühlen und schliefen unter dem halb lichten Kirschbaum den Schlaf der Gerechten. Und Unbefriedigten. Wir wachten mit Sonnenbrand auf. Ich glaube, dass wir uns aus purer Verzweiflung abermals in die Geschichte unserer Familien vertieften.

*

Zu Beginn des Zweiten Weltkrieges wurde Vater samt seiner Polizeieinheit in die Wehrmacht eingegliedert. Da war er dann bei der Feldpolizei an der Ostfront. Das waren keine heiligen Jungs. Ob er inzwischen politisch „umgedreht" war, konnte ich niemals in Erfahrung bringen. Ich nehme es an, denn der fanatische Nationalismus hatte einer breiten Volksmehrheit den klaren Verstand geraubt. Die Zeit bei der Feldpolizei muss bei ihm so schreckliche Eindrücke hinterlassen haben, dass er sie beharrlich totschwieg. Noch schlimmer aber waren die Angehörigen der Waffen-SS. Mein Vater hasste sie. Nicht nur weil sie ihm in die berufsmäßige „polizeiliche" – und in seine religiöse sowie moralische – Quere kamen. Sie brannten „ohne Kriegsgrund" ganze Dörfer ab und erschossen die Dorfbewohner. Das waren Kriegsverbrechen gegen Zivilisten. Die Waffen-SS – die ihnen, den auf militärischen Ehren eingeschworenen Soldaten, nicht geheuer war – war selbst für die abgebrühten Frontsoldaten eine unmoralische und gnadenlose Mörderbande. Vater sagte einmal: „Man kann sich heute gar nicht mehr vorstellen, mit welcher Brutalität, mit welchen Mordgelüsten diese Verbrecher von der Waffen-SS in Russland wüteten."

Später sagte er einmal, er würde verstehen, wenn uns die Russen bis zum Sankt Nimmerleinstag hassen würden. Gottseidank bekam er jedoch noch mit, dass dies nicht der Fall war. Dafür mochte Otto seinen Schwager, meinen Onkel Karl, überhaupt nicht, denn der war ein hohes Tier bei der Waffen-SS gewesen. „Was der für ein Gewissen hat, möchte ich gerne wissen! Wie der damit leben kann!"

Mehr erfuhr ich aber nicht. Nur meine Mutter bemerkte eines Tages, als es am Familientisch um das Thema Kriegsschuld ging, dass Onkel Karls Einheit in sehr böse Sachen verstrickt gewesen war. Wie ich heute weiß, scheute sie sich vor der ganzen schrecklichen Wahrheit. Das hätte womöglich auch das Bild von ihrer Schwester beschädigt. Jedenfalls mochten sich Onkel Karl und mein Vater gegenseitig nicht. Für Karl war Otto ein kleiner nichtsnutziger sozialdemokratischer Beamter. Und für meinen Vater war sein Schwager Karl ein großkotziger Altnazi, der jetzt mit Hilfe alter Seilschaften Karriere an der Spitze des größten deutschen Versicherungskonzerns machte. Ohne dass ich damals einen blassen Schimmer von „Kommunismus" hatte, kannte ich schon den „Antikommunismus". Denn ich hatte Onkel Karl von Anfang an als einen fanatischen Antikommunisten kennen gelernt – wahrscheinlich entlud sich hierin sein schlechtes Gewissen, wenn er denn überhaupt noch ein Gespür dafür besaß, was er den Menschen Russlands angetan hatte.

Eine damals typische Erkrankung der Frontsoldaten rettete meinem Vater im Krieg das Leben. Er erkrankte 1943 an Ruhr und wurde von der Ostfront abgezogen. Nach seiner Genesung kam er nach Italien, wo er 1945 von den Amerikanern gefangen genommen wurde. Das war reine Glückssache. Als er 1948 aus der Kriegsgefangenschaft nach Hause kam, waren seine Kinder Ursula und Günter bereits sechs und fünf Jahre alt.

Hanna hatte keine Geschwister. Als Einzelkind genoss sie die volle Aufmerksamkeit ihrer Eltern, was bedeutete, dass ihre schulischen Leistungen super gut waren. Meine hingegen pendelten in der Gymnasialzeit um den mittleren Level herum. Ich war auf dem naturwissenschaftlichen Zweig, der mir sehr lag. Mathe, Chemie, Physik, Bio – das waren „meine" Fächer, sie waren mir sehr wichtig und ich bemühte mich redlich. Meine Lieblingsfächer aber waren Geschichte und Sozialkunde. Religion fand ich kotzlangweilig. Erst in der letzten Klasse wurde aus dem religiösen Gebrabbel mehr ein pseudophilosophischer Ethikunterricht. Das war halbwegs interessant. Hanna besuchte den sprachlichen Zweig ihres Mädchengymnasiums. Mitte der Sechziger Jahre wurden die Geschlechter noch getrennt unterrichtet.

*

Die sexuelle Revolution von Hanna und mir fand in den folgenden drei Sommerwochen des Jahres 1966 nicht so recht statt. Wir fabrizierten eher kleine Reförmchen. Wir dümpelten liebestechnisch mit Dingen dahin, die wir uns in BRAVO und TWEN oder – noch viel besser – in irgendwelchen studentischen Aufklärungsbroschüren angelesen hatten. Wir lernten neue Fremdwörter kennen. Mit Fellatio versuchte Hanna an mir die hohe Kunst vom Lecken, Saugen und Lutschen. Mit Cunnilingus revanchierte ich mich bei ihr für den Blow-Job. Das Petting-Programm beschäftigte uns in ziemlich gleichberechtigter Weise. Schließlich hatte die BRAVO und sein Dr. Sommer-Team sachkundig aufgeklärt, was Petting bedeutet, nämlich knutschen, fummeln, streicheln, zärtlich beißen, kurzum: heiß machen. So vergingen die hochsommerlichen Wochen.

In einer jener Wochen, am Abend der dritten missglückten Entjungferung und zehn Tage vor unserer Trennung, erzählten Hanna und ich uns wieder einmal unsere Familiengeschichten. Und wieder fragten wir uns, wie unsere Väter und Mütter in der Nazizeit und während des Krieges wohl gewesen waren. Wir fragten, warum keiner dieser Männer und Frauen, die wir als Eltern und Großeltern zutiefst zu kennen schienen und die wir als solche auch bei unseren Schulkameraden kennen lernten, warum keiner von ihnen aufgemuckt hatte. Niemand außer einer Handvoll Verschwörer hatte versucht, dem Nazipack Einhalt zu gebieten. Was für ein Volk waren wir denn?! Hochnäsige Herrenmenschen und doch nur hochfeige? Großkotzig und doch nur kleinkarierte Duckmäuser?

Noch empfanden wir Jugendliche unsere Alten nicht als das, was sie zu diesem Zeitpunkt aus tiefenpsychologischer Sicht wohl waren – eine gebrochene Generation, ein gebrochenes Volk. Weit über fünf Millionen deutsche Männer kamen aus dem Wahnsinnskrieg nicht mehr lebend heim, in den eine braun-konservative Allianz unser Land gestürzt hatte. Die, die es nachhause schafften, mussten jetzt die Ärmel hochkrempeln und aufbauen. Die Frauen leisteten dabei in den ersten Nachkriegsjahren den Hauptanteil an dieser Schwerstarbeit. Es sollte später ein schwerwiegendes Argument sein, um sich auf dem Gebiet der Erwerbsarbeit an die gleichen Rechte, wie sie die Männer besaßen, heranzupirschen. Das war eine mühselige – bis heute andauernde – Arbeit. Oder anders gesagt: Es war eine politische Schwerstarbeit, behindert von braun-schwarz durchsetzten Strukturen und ihren Repräsentanten. Sie setzten den Erhalt männlicher Privilegien irrtümlich mit der Sicherung der kapitalistischen Wirtschaft gleich.

Aufstehen! In die Hände klatschen! Aufräumen und aufbauen! Aus Ruinen auferstehen! So lauteten die Schlagworte jener Zeit. Ein Folge-Produkt des Nazi-Desasters war übrigens ihr antifaschistisches Nachkriegs-Pendant, die DDR.
„Wer hat denn die DDR aufgebaut“, fragte ich Klint, einen meiner älteren Gammlerfreunde, der fast jeden Tag am Marshallbrunnen auf seiner Klampfe spielte und auf alles eine Antwort zu wissen schien.
„Sie wurde von Männern und Frauen gegründet, die unter den IG Farben, unter Krupp und Hitler im Knast, in Folterkellern, in KZ's oder im Exil saßen und das Glück hatten zu überleben.“
Noch wusste ich zu wenig; mit sechzehn Jahren war mir die Ostzone – oder nur „Zone“, wie sie verkürzt von den Westzonlern genannt wurde – noch ein fernes, fremdes und völlig unverständliches Ausland.

Mein Vater war im Dritten Reich trotz seiner sozialdemokratischen Einstellung kein wirklicher Widerständler gewesen. Er habe zwar „gemuckt“ sagte er, schließlich jedoch „widerwillig mitgemacht, weil alle mitmachten.“ Ich glaube, dass er ursprünglich verdammt antisozialistisch war, wahrscheinlich ein „rechter“ Sozi. Später zeigte er allerdings zunehmend Interesse für meine bohrenden Fragen und wurde „lockerer“. Allerdings interessierte ihn die DDR bis zum Jahr 1966 keinen Deut. Denn „da drüben“ herrschte „unmenschlicher Kommunismus und Stalinismus“ und überhaupt war das nix Deutsches „da drüben“. Und mich interessierte dieses andere Deutschland bis dahin nur mäßig. Ich kannte „die Zone“ – dieses „da drüben“ – lediglich über die märchenhaft-grauenvollen Erzählungen bei den Treffen unserer Jungen Union. Ich glaubte alles. Ohne mit der Wimper zu zucken. Völlig ohne zu hinterfragen.

*

Mit vierzehn war ich Mitglied geworden, schwenkte bei jedem Anlass die Deutschlandfahne und spielte auf meinem gottverdammten Akkordeon ununterbrochen das Deutschlandlied. Sieben Jahre lang hatten mich meine Eltern im moralischen Sinne gezwungen, dieses mir damals fremde, verhasste Instrument zu spielen. Zur christdemokratischen JU war ich freiwillig gegangen, weil sie die Einzigen in Bornheim waren, mit denen man in jungen Jahren „philosophieren“ konnte. Damals verwechselte ich in meinem jugendlichen Leichtsinn philosophieren mit politisieren. Wie schnöde und einseitig das JU-Gesülze war, konnte ich noch nicht erkennen.

Zeitgleich war ich bei den evangelischen Heliand-Pfadfindern engagiert. Der „Heliand“, das war unser Heiland. Hin und wieder kam hier das Akkordeon zum Einsatz. Bei den Pfadis war ich bereits seit meinem zehnten Lebensjahr und hatte dem Heiland bei militärischen Morgenappellen für ewig die Gefolgschaft geschworen. Wir lernten stramm zu stehen, uns an den Schuhspitzen auszurichten, den Führer mit Zack zu grüßen und unserem Vorbild, Baden-Powell, der im kolonialistischen südafrikanischen Burenkrieg kleine Jungs als Krieger eingesetzt hatte, nachzueifern. Auch wir sollten kleine Krieger sein, Krieger Gottes, die Truppe des Heilands, natürlich naturverbunden. Das hieß auch, auf dem Boden robbend den Gegner unbemerkt anzupirschen. Man lehrte uns ein Leben mit schlichten Ansprüchen, mit schlichtem Untertanengeist und wenig Fragen auf den Lippen. Das entsprach meiner bisherigen elterlichen, calvinistisch-puritanischen Erziehung. Das Beste bei unseren wöchentlichen Pfadi-Treffen waren sportliche Wettkämpfe und Speerkämpfe. Einhalten von Regeln, Disziplin, Gehorsam und Drill gehörten zum Pfadfinderalltag.

1965 war ich aus der Jungen Union und bei den Pfadis ausgetreten. Ich war kritisch geworden. Und das lag an unserem Pfadfinderführer, Helmut, dem wir besonders vertrauten, auf den wir besonders stolz waren und den wir wegen seiner Herzlichkeit und menschlichen Wärme außerordentlich schätzten. Er teilte unserer Sippe eines Tages bei einem Sippentreffen mit, dass er das autoritäre Pfadi-Theater nicht mehr mitmache. Er redete kurz und bündig, aber sehr überzeugend. Helmut wollte mehr Demokratie, mehr Mitbestimmung in unser Pfadfinder-Dasein einführen. Die alten Pfadi-Haudegen waren dagegen. Es gab Auseinandersetzungen in Form von offenen Diskussionen, die zuvor undenkbar gewesen waren. Ab da verfielen unsere „Sitten".

Andere Sitten hingegen verfielen nicht so einfach. Vater regte sich 1966 tierisch über die „Flichtlinge", wie er sie nachäffend nannte, auf. „Wegen den Flichtlingen gibt's keinen Wohnraum!", schimpfte er. Die Flüchtlinge waren Deutsche aus den osteuropäischen, ehemals deutschen, Protektoraten und aus „der Zone". Zwanzig Jahre lang hatte ihnen die antidemokratische Hugenberg-Presse vor der und während der Hitler-Ära Angst vor den Kommunisten, vor den bösen „jüdisch-bolschewistischen Untermenschen" gemacht.

Nach dem Krieg, nach dem Untergang der unsäglich konservativen Hugenberg-Presse schlug die US-hörige Presse in dieselbe Kerbe. Axel Springer hatte - nach eingehendem CIA-Briefing - von den Amis die Lizenz für die BILD-Zeitung erhalten. Sie wurde zum angstmachenden Sprachrohr des Kalten Krieges, befeuert aus dem Amerika des Kommunistenjägers und Antidemokraten McCarthy. Nun flohen die Menschen scharenweise vor der „roten Gefahr“, denn sie wussten von den Rückkehrern, wieviel Blut die Deutschen im Osten vergossen hatten. Sie fürchteten böse Rache.

Nach der Befreiung vom Faschismus schloss sich Otto – gewohnheitsmäßig, wie schon einmal – den Durchschnitts-Lemmingen an, die sich nun zwar nicht mehr in den Abgrund, aber in die Arbeit stürzten. Arbeit, Arbeit, Arbeit. „Ich muss arbeiten.“ – „Ich habe keine Zeit, ich habe so viel zu tun.“ Arbeit. Arbeit. Arbeit! Wir Jugendliche verstanden nicht, weshalb die Erwachsenen tagein tagaus über Arbeit sprachen. Waren unsere Alten nicht allesamt verrückt?

*

Kaum aus der Kriegsgefangenschaft heimgekehrt, hatte mein Vater einen Kurzlehrgang besucht und konnte sich nun beim bundesdeutschen Neuanfang mit seiner früheren Erfahrung in der Baubranche und bei der Baupolizei als Bauingenieur betätigen. Aber er wählte nicht den goldenen Weg der Selbständigkeit, der in der Aufbauphase des Wirtschaftswunders – bei kriegsbedingtem männlichem Arbeitskräftemangel – schon einfache Bauleiter zu Millionären werden ließ. Otto wählte den sicheren Weg des Beamten, der er auch als ewig treuer

Staatsdiener war, und wurde Leitender Ingenieur beim Hessischen Staatsbauamt in Frankfurt. In dieser Funktion baute er nach 1949 sämtliche durch Bombardierungen beschädigte Kirchen im Rhein-Main-Gebiet wieder auf, was ich noch als Sechsjähriger mitbekam, denn des Öfteren kamen einige Pfarrer zu uns zu Besuch, um sich bei Otto zu bedanken und über weitere Bauprojekte zu sprechen. Er baute aber auch das Preungesheimer Gefängnis, das Frankfurter Arbeitsamt, das Landesarbeitsamt und alle Arbeitsämter im Umkreis von Frankfurt.

Mein Vater war ein absoluter Familienmensch, was mir später arg zu schaffen machte, denn eigentlich sah „unsere Revolution" die Überwindung solcher bourgeoisen Institutionen wie der Familie vor. Otto hatte in meiner Mutter Erna die ideale Partnerin gefunden. Beide lebten in unseren Kinderaugen ein harmonisches und gleichberechtigtes Leben. Nur später, Anfang der 1960er Jahre, als Mutter gerne arbeiten und eigenes Geld verdienen wollte, rumpelte es in der Ehe eine Zeit lang.

„Warum soll ich nicht arbeiten gehen und zusätzlich Geld verdienen dürfen?", fragte sie Otto beim Abendbrot.
„Ich habe dir doch bereits die Eröffnung eines eigenen Kontos bei der Sparkasse erlaubt, was darf es denn noch alles sein? Meinst du die Friedel bekommt von ihrem Mann die Genehmigung, einen Arbeitsvertrag zu unterzeichnen? Peter hat seiner Friedel noch nicht einmal eine Bankgenehmigung erteilt. Er sagt, was er alleine verdient, will er alleine auch kontrollieren. Frauen haben sich da rauszuhalten. So ist es ja auch vom Gesetz vorgesehen!"

„Ich will nicht länger nur Taschengeldempfängerin sein! Was unsere Freunde machen, ist deren Sache. Aber ich möchte, dass deine Liebe sich im Vertrauen zu mir beweist. Frau Zimmermann geht in einem amerikanischen Offiziershaushalt putzen und hat Zugang zur PX und erhält immer die neuesten Sachen von dieser Familie geschenkt. Neulich bekam sie sogar Nylonstrümpfe."
Nylonstrümpfe waren purer Luxus wie meine Armbanduhr oder wie die uns zugeworfenen Kaugummis der amerikanischen Soldaten.

Die PX im Stadtteil Eschersheim war der Supermarkt für die Soldatenfamilien der amerikanischen Besatzungsmacht. Deutsche durften da nicht einkaufen – es sei denn, sie wurden als Hilfspersonen beim Einkauf mitgenommen. Frau Zimmermann war eine Nachbarin im Wohnblock und wusste stets die Vorteile der amerikanischen Kasernennachbarschaft zu nutzen. Ihr Sohn, in meinem Alter, war vom gleichen Kaliber und der Chef-Bettler vor den Kasernenfenstern gewesen. Ich glaube, damals, als ich noch Kind war, habe ich mich das erste Mal in meinem Leben für einen anderen Menschen fremdgeschämt.

*

Freitagabends, Anfang September 1966, besuchten Hanna und ich den Club Voltaire. Das war ein legendärer Club für die aufrührerische Jugend. Politik, Kultur, Literaturkritik, Musik, Zusammensein, Diskussionen – das war das tägliche Programm rund um die Woche. Dort verkehrten aber auch junge Anwälte, kritische Banker und Journalisten. Wir waren mit sechzehn Jahren zweifellos die Jüngsten, aber keiner fragte nach unserem Alter. Wenn man die Tür reinkam, war linker Hand der Tresen, hinter dem mit wachen Augen Else zugange war und Bier zapfte, Wein einschenkte oder Limo und Wasser über die Theke reichte. Brezeln hingen an einem Hirschgeweih, und Soleier lagen in einem Glas, daneben ein großer Bottich Senf. Else schmierte uns auch Schmalz-Brote, die sie mit amerikanischem Sound in der Flötenstimme „Sandwich“ nannte.

Das Licht war etwas schummrig, doch vorne in Richtung der kleinen Bühne wurde es heller. Hier fanden Streitgespräche, Lyrikvorträge, Filmvorführungen und Bildungsabende statt. Heute Abend waren auch einige stadtbekannte Gammler und Provos hier. Provos waren die politisierte Ausgabe von Hippies und Gammlern, hatten ihren Ursprung in Amsterdam und wollten auf witzig-pazifistische Weise die bürgerliche Gesellschaft an ihren Schwachpunkten packen und provozieren. Ich kannte die Leutchen vom Marshallbrunnen und von meinem ersten Sit-in vor dem amerikanischen Generalkonsulat wegen des Vietnamkrieges. Thema des Abends war „Sex und Revolution“, Referent war der Student Günter Amendt vom SDS, dem Sozialistischen Deutschen Studentenbund. Er fragte an jenem Abend, was bei uns zuhause in puncto Sex alles verboten sei. Es folgte eine heiße Diskussion.

Einer aus unserer Clique, Kai, zwei Jahre älter als ich, antwortete ihm: „Ich weiß nicht genau, wie ich das beschreiben soll. Eigentlich gab es bei uns in der Familie keine direkten sexuellen Verbote als ich jünger war. Ich kann mich nicht erinnern, dass meine Mutter oder mein Vater gesagt hätten, tu die Hand vom Sack oder so was. Das Thema wurde eher totgeschwiegen. Nur wenn andere Erwachsene dabei waren, wurde darauf geachtet, dass ich mir nicht zwischen die Beine gegriffen habe."

Wir lachten, und Kai, der mit achtzehn in meinen Augen schon erwachsen war, obwohl die Mündigkeitsgrenze damals noch bei einundzwanzig Jahren lag, erzählte weiter: „Mit den Verboten ging es eigentlich erst los, als ich älter wurde. Sie haben mir auch dann nicht gesagt, ich soll nicht onanieren oder keine Mädchen küssen. Die Verbote liefen über den Umweg der Ausgangssperre und derlei Sachen. Sie hätten nie gesagt, dass ich die Finger von einem Mädchen lassen solle, sie haben einfach nur gesagt, ich habe um die und die Uhrzeit zu Hause zu sein, oder sie ließen mich erst gar nicht weg. Auf die Art haben sie Einfluss auf mein Sexualleben genommen. Nach Hause konnte ich sowieso kein Mädchen mitbringen."

Ein Pärchen, er sechsundzwanzig, sie dreiundzwanzig Jahre, erzählten, dass ihre Eltern ihre Heirat mit allen Mitteln – bis hin zum Erbentzug – verhindern wollten. Er war Landwirt an Frankfurts Stadtrand Bonames und sie Frisörin. Vom Abend im Club Voltaire hatten sie von einer Kundin erfahren.
„Alle anderen dürfen schon viel früher heiraten, nämlich mit einundzwanzig und achtzehn Jahren. Was sollen wir da bloß machen?"

Da stand eine der älteren Mädels auf, ich schätzte sie damals auf halbtot, das bedeutete, so um die Dreißig, und sie sagte: „Wenn ihr euch liebt und zusammenbleiben und Kinder haben wollt, dann macht ein Kind – und schon kriegt ihr den Freifahrtschein zur Hochzeit.

Denn ein uneheliches Kind wird eure Verwandtschaft als das schlimmere Übel sehen!“
„Mein Vater sagt, dass er einer Mischehe nicht zustimmen könne, weil ich katholisch und Fritz evangelisch ist“, meinte das Mädel.
„Die Protestanten gestatten Mischehen, die Katholiken nicht. Dann lasst ihr euch halt nur standesamtlich trauen“, sagte die uralte Dreißigjährige, die vielleicht auch nur Mitte Zwanzig war. „Scheiß auf das heuchlerische Kirchenpack! Eure Liebe ist das Wichtigste. Nichts weiter.“

Es ging dann noch darum, ob sie sich heimlich verloben sollten und ob es nötig sei, dass ihr Freund bei ihrem Vater um die Hand seiner Tochter anhielt. „Diese verstaubten Rituale sollten langsam der Geschichte angehören“, sagte die Mittzwanzigerin. Mitte Zwanzig oder gar schon Dreißig – so schrecklich alt wollten wir Jungen nicht unbedingt werden. Erst viel später erkannten wir, dass Teile der älteren Generationen genau wie wir tickten und ebenso für etwas ganz und gar Neues eintraten.

(Zwei Jahre später begegnete ich dem „Misch-Ehepärchen“ an einem herbstlichen Feiertag auf der Zeil. Beide waren glücklich und schoben einen Kinderwagen vor sich her. Der Schachzug war geglückt. Sie hatten den Heiratssegen ihrer popligen Verwandtschaft erhalten. Das waren wahrhaft schwarz-braune Zeiten, gelebter Konservatismus, den wir Jugendlichen aufbrechen mussten!)

Dann erzählte ich an jenem Abend im Club, wie umständlich es war, wenn Hanna und ich uns einmal über Nacht treffen wollten. Nun hagelte es Tipps. Wir erfuhren von leerstehenden Hütten, tollen Ecken und Verstecken am Mainufer und in Frankfurts Parks. Irgendwann am Abend ging es um Nacktheit, Scham, Hygiene und andere Dinge, die damals tatsächlich noch der Rede wert waren. Und das, obwohl hier keine Pubertiere sondern Studentinnen, Studenten, Lehrlinge, junge Fabrikarbeiterinnen und Jungarbeiter, Gammler, Provos, Beatniks, Mitglieder der Naturfreundjugend, der Jungsozialisten oder Jungdemokraten diskutierten. Sie alle waren zwischen achtzehn und sechsundzwanzig Jahre alt. Von den älteren Anwälten und Journalisten, die hier ihre Erfahrungen austauschten, mal abgesehen. Sie saßen bei Else am Tresen, vor sich den billigen Lambrusco oder den original-italienischen Chianti, und scherten sich keinen Deut um unsere lächerliche Hygiene-Diskussion.

Zu dieser Zeit war von Amerika bereits die Duftspray-Invasion über das Land gezogen und hatte die deutsche Familie mit Deo-Rollern überrollt. Die deutsche „Bac“-Familie bekämpfte in einer Art Reinlichkeitswahn jeglichen Geruch.

Amendt erklärte uns an jenem Abend, welche Auswirkungen dies habe: „Ob wir die Gerüche unseres Körpers mit Wohlbehagen empfinden oder voller Ekel, hängt sehr vom Erziehungsstil des Elternhauses ab. Ekel wird uns anerzogen genauso wie das sogenannte Schamgefühl. Wo der *General* kommandiert und *Ajax* wirbelt, wo *Bac* duftet und *Lenor* das Gewissen bearbeitet, haben Kinder und Jugendliche wenig Chancen, sich mit ihren Gerüchen wohlzufühlen. Alles ist nur bäh und ekelig.“

Ich saß neben dem Chef-Provo. Er ließ sich „Spieler" nennen, und er klatschte jetzt frenetisch und jauchzte. „Spieler" war der Spitzname unseres „antiautoritären Anführers", des gammligen Frankfurter Oberprovos. Er stammte aus Nürnberg, war schon fünfundzwanzig Jahre alt, für uns also uralt, klein gebaut mit kantigem Gesicht, relativ kurzen zotteligen Haaren und von Beruf Koch. Und ihn zeichnete ein besonderer Gestank aus. Ich glaube, er hat sich aus Prinzip nie gewaschen. An jenem Abend roch er derart penetrant, dass Hanna davon übel wurde, und in der Pause gingen wir zum Luft holen nach draußen und sie flüsterte mir ins Ohr, dass sie tausend Mal lieber den Bac-Duft ertrage als den fürchterlichen Gestank des Frankfurter Chef-Provos.

*

Am Samstag fuhren Hanna und ich mit dem Bus an die Kiesgrube Mörfelden zum Baden. Dort trafen sich allerdings nicht die Stinkis aus unserer Marshallbrunnen-Clique, die ein Bad dringend nötig gehabt hätten. Es waren hauptsächlich unsere Schulfreunde und Freundinnen, so zwischen sechs und zwölf Jugendlichen in unserem Alter, maximal achtzehn Jahre alt. Pit war dabei und Gaby, auch Hörbi, den ich noch aus der Realschule kannte und der im Gegensatz zu uns anderen schon stramm politisch war. Sein Thema war der „Antifaschismus". Später half er mir bei meinen Schulreferaten. Und noch viel später wurde dies sein Studienfach im Rahmen der Politikwissenschaft, und danach, sehr viel später, wurde er tatsächlich vielgefragter wissenschaftlicher Experte in verschieden Staatsdiensten in Sachen Antifaschismus.

Wir saßen an der Kiesgrube bis spätabends, zündeten ein Lagerfeuer an und tranken Bier. Das war der Ursprung meines Spitznamens, den ich über Jahre behielt. Denn ich konnte dem bitteren Bier nichts abgewinnen und bevorzugte *Karamalz*. Das war ein kalorienreiches, nichtalkoholisches Malzbier, das mir mein sportlicher Vater empfohlen hatte, das „inoffizielle Getränk der Helden". Seitdem hieß ich Kara. Mein Vater mied Alkohol, bis auf den Apfelwein. Davon trank er schon mal ein Glas zum Abendbrot. Man konnte ihn auch getrost als Nichtraucher bezeichnen, denn er rauchte nur sonntags eine einzige Zigarette, Reval oder Reyno mit Menthol-Geschmack. Er hatte mir das Rauchen nicht verboten. Im Gegenteil, schon sehr früh schenkte er mir großkalibrige Zigarren und meinte, die hätten so einen tollen Duft. Ich roch sie gerne und sammelte sie seit meinem dreizehnten Lebensjahr. Natürlich hatte ich sie auch mal geraucht – und das ging ganz schön in die Hose. Auch Bier mit Schuss hatte ich damals in frühen Jahren von meinem Vater erlaubt bekommen, das war ein genialer pädagogischer Schuss ins Schwarze. Ich fühlte mich zwei Tage elend.

Die Folge mit sechzehn Jahren war, dass ich nun hier in meiner Clique am Badesee der einzige Nichtraucher und Nichttrinker von Alkoholika war. Das war eine verdammt blöde Außenseiterrolle. Aber da halfen mir die Weiber. „Weiber" sagten wir Jungs damals tatsächlich noch, jedenfalls hin und wieder. Die Mädels erklärten mich zum standhaften Helden, da mich meine männlichen Herausforderer selbst nach wochenlanger Bearbeitung nicht dazu bewegen konnten, Zigaretten und das echte Männerbier mit ihnen zu teilen. Ich stand es durch. Es half mir später, in und vor Gruppen meinen Standpunkt standhaft zu verteidigen.

Wir paddelten auf zusammengebunden Holzflößen und – ganz modern – auf Luftmatratzen über das stille, klare Wasser. Dass es stark kerosinbelastet war, erfuhren wir erst zwei Jahre später. Über Mörfelden ließen damals die amerikanischen Militärflugzeuge und die zivilen Flieger massenweise ihren Treibstoff ab, um gefahrloser und leichter auf dem Rhein-Main-Flugplatz landen zu können. Übrigens hieß der Flugplatz tatsächlich »Flughafen« und noch lange nicht so wie heute: »Rhein-Main-Airport«. Die Amerikanisierung der deutschen Sprache steckte noch in den Kinderschuhen.

Am Abend sammelten wir Holz für ein Lagerfeuer und grillten. Die meisten Jungs und auch Mädels tranken Bier. Es war ein Wunder, dass manche trotz ihres halbbesoffenen Zustandes in dieser spätsommerlichen Hitze wieder lebend aus dem Wasser stiegen, in das sie sich zuvor Hals über Kopf geschmissen hatten. Ohne langsame Abkühlung, wie es uns die Eltern immer wieder einbläuten. Aus Pits voluminösem Radiorekorder – Ghettoblaster waren noch für eineinhalb Jahrzehnte Zukunft – hörten wir auf Audiokassetten Tonbandmitschnitte von Konzerten der *Beatles*, von *The Troggs* oder von *The Mamas and The Papas*: „Paperback Writer", „With a girl like you", „Monday Monday".

Unsere Clique blieb regelmäßig am längsten am Strand der Kiesgrube. Pit drehte auf volle Lautstärke und wir tanzten schweißtreibend im Sand, bei flackerndem Lagerfeuer. Bis die Batterien alle waren. Sie hielten nicht länger als drei Stunden. Manchmal hatten wir Glück und hatten Ersatzbatterien mit; eine teure Sache. Erst kurz bevor der letzte Bus in die City fuhr, brachen wir auf. Meistens erreichten wir den Hauptbahnhof gegen Mitternacht und hatten Schwierigkeiten, die letzte Tram nachhause zu bekommen. Dann mussten wir total erschöpft den Fußweg antreten.

Der Fußweg führte uns schnurstracks durch das Rotlichtviertel der Kaiserstraße. Die Polizei durfte uns hier nicht erwischen, denn um diese Uhrzeit waren Sechzehnjährige in diesem Viertel nicht erwünscht und man riskierte, dass die Bullen bei den Eltern vorstellig wurden. Joachim war in meiner Klasse, aber nicht in unserer Clique. Der Grund war einfach. Sein Vater war bei der Sitte. Die Sittenpolizei streifte auch an jenem Abend durch das Rotlichtmilieu. Das waren Bullen in Zivil, die auf die eine oder andere Art den Nutten und den Freiern das Leben schwer machen sollten. Als Hanna, Hörbi, Gaby, Pit und ich nun auf unserem Heimweg an einem Sexshop stehen blieben und uns an den ausgestellten Dildos und anderem Zubehör erfreuten, tippte mir ein Ziviler von hinten auf die Schulter.

„Na, Herr Koenig, ist das nicht ein ungeeigneter Ort und eine ungeeignete Uhrzeit, um hier zu flanieren? Wissen das eigentlich Ihre Eltern?"
Wir erschraken. Joachims Vater kannte mich, weil ich hin und wieder bei ihnen zuhause war, um Joachim in Physik und Chemie bei den Hausaufgaben zu helfen. Dafür half mir Joachim in Bio, wo er ein ausgesprochenes Ass war. Vererbungslehre.

„Oh, Herr Stiglmaier, ja, äh, also wir sind auf dem Heimweg. Zu Fuß. Die Tram. Also, wir haben die letzte Tram verpasst."
„Wo ward ihr denn zu so später Stunde?"
„Wir kommen von der Kiesgrube. Mörfelden …"
„Na, da habt ihr ja auch ein Verbot übertreten. Da ist doch Baden gar nicht erlaubt."
„Wir haben da nur gesonnt und am Abend Feuerchen gemacht."
„Feuer machen ist dort auch nicht erlaubt."
„Äh … nur kurz. Wir hatten es nur ganz kurz an. Und wir haben es nicht allzu heiß werden lassen."

Jetzt musste Joachims Vater lachen. Er verwarnte uns kurz und sagte, er sehe über eine Unterrichtung unserer Eltern hinweg. Wir sollten uns hier aber nicht mehr zu so später Stunde sehen lassen und überhaupt. „Das ist auch gefährlich, weil sich eine Menge Kriminelle auf der Kaiserstraße herumtreiben." Das stimmte wohl.

1966 war die Mainmetropole berüchtigt und Westdeutschlands Kriminalitätshochburg. Der Brennpunkt lag genau hier, rund um den Hauptbahnhof. Trotz allem war diese anrüchige Gegend irgendwie fesselnd und reizvoll. Auch Hanna bekam hier große Augen, denn wir Jugendliche hatten so etwas wie in den hiesigen Schaufenster-Auslagen noch nie gesehen. Ich sollte mich erst zwei Jahre später wieder in dieses Milieu wagen. Solange jedenfalls hielt der Schreck an, den uns Joachims Bullenvater eingejagt hatte.

*

Am Sonntag war eigentlich Familientag. Früher, als Kind, war das sehr oft ein recht angenehmer, schöner Tag, jedenfalls kein langweiliger Tag gewesen. Jetzt aber empfand ich den Sonntag als langweilige Bürde. Hanna und ich mussten lange und viel reden, um unseren Eltern das Einverständnis zum Treffen von uns beiden am Mainufer abzuringen. Hanna und ich mieteten uns ein Boot und paddelten den Main bis nach Mühlheim hinauf. Unterwegs erspähten wir ein kleines Inselchen, das mit Gebüsch dicht bewachsen war.

Auf dem Rückweg legten wir dort eine Pause ein. Da wir keine Decke mit hatten, zogen wir hinter den Büschen unsere Klamotten aus und legten uns nackt darauf. Es war eine geniale Einladung zum Liebkosen und zu Sexspielchen. Der gestrige Nachhauseweg hatte uns wohl beide scharf gemacht. Aber die immer noch ausstehende Entjungferung unterließen wir aus gutem Grund, stattdessen brachte mich Hanna auch so zum Sprudeln. Ich empfand, dass ich sie trotz sanfter Klit-Massage vernachlässigt hatte, was sie vehement bestritt, und sie sagte: „Hast du nicht gehört, wie ich gestöhnt habe?“ Ich hatte nix gehört. Ich hatte allerdings mitbekommen, dass sie – wie auch ich – in gewisser Anspannung unsere Außenwelt durch das Dickicht beobachtete, um nur nicht selbst beobachtet zu werden.

Am Montag gingen wir wieder brav zur Schule; ich lernte etwas über Wahrscheinlichkeitsrechnen, und Hanna schrieb Bestnoten in Französisch. Ich rechnete mir auf höchstmathematische Weise die Wahrscheinlichkeit aus, ob und wann ich es schaffen würde, meine Liebste zur echten Frau zu machen. Leider lief das Ergebnis auf Null hinaus. Vielleicht hatte ich mich verrechnet, hoffte ich. Aber eine Kontrollrechnung unterließ ich. Ich weiß nicht, was Hanna dachte, als sie eine Eins nach der anderen in Französisch einfuhr. Jedenfalls hatte sie es wirklich drauf. Ich konnte es seit der letzten Bootsfahrt bestätigen.

*

Anfang des Jahres 1966 hatte die Bundesregierung, die ihren Nachkriegssitz noch in Bonn hatte, das US-Blutvergießen in Vietnam ausdrücklich gutgeheißen und unterstützt. Diese völlig unchristliche und unkritische Kriegsbefürwortung befeuerte die pazifistische Bewegung. Eine bislang unbeachtete Kleinpartei von ausgeschlossenen und ausgetretenen Sozialdemokraten gewann an Bedeutung, die DFU, die Deutsche Friedens-Union; sie warb mit meinem Vorbild, Albert Schweitzer, den ich seit der Grundschule sehr verehrte. Er war ein wahrhaft christlicher Samariter, hatte uns die Grundschullehrerin in Religion gelehrt. Was sie uns verschwiegen hatte – er protestierte seit Ende der 50er-Jahre öffentlich und sehr resolut gegen die Gefahr eines Atomkrieges und forderte den Verzicht auf Versuchsexplosionen, weil die Streuung atomarer Partikel rund um die Welt die Gesundheit der Völker gefährde.

Gut möglich, dass die Grundschullehrerin Angst vor der Reaktion der Eltern hatte, wenn sie Schweitzer an die Seite der Ostermarschierer und jugendlichen Protestbewegung gerückt hätte. Denn alles, was zur Außerparlamentarischen Opposition zählte, war so etwas wie Vaterlandsverrat. Oder mindestens „vom Osten gesteuert“.

Die DFU-Leutchen, bieder in Anzügen gekleidet, verteilten Flugblätter vor den Unis und den Schulen. In einem Flugblatt stand auch etwas über das „tödlichste

Waffensystem für unsere Soldaten". Gemeint war der vom CSU-Chef Strauß beschaffte Bundeswehr-Jagdbomber mit dem kitschigen Sciencefiction-Namen *Starfighter*. Vom Volksmund bekam er die Namen *Witwenmacher* und *Fliegender Sargnagel*. Bei Übungsflügen stürzten insgesamt 269 Maschinen ab und 116 Starfighter-Piloten starben „in Friedenszeiten". Trotz dieser tödlichen Pannen ließ der urkonservative, bayrisch-soziale Christ aus Imagegründen die Maschinen noch zwei Jahre weiterfliegen. Franz-Josef Strauß wollte seine persönliche Panne nicht eingestehen. Man munkelte schon damals über die „besonderen und pikanten Beziehungen" des CSU-Verteidigungsministers zur Rüstungsindustrie des Ruhrpotts. Später warb er sie mit Steuerbefreiungsversprechen ab und krempelte so Bayern vom Kuhmilchland zum Rüstungsstandort um. Uns Schüler erschütterten solch politische Nachrichten im Wirtschaftswunderland schon, die Mädels gewiss auch – aber sie waren mehr auf dem Trip, sich ihre Rechte als junge Frauen zu erstreiten.

Die Altersgruppe, der ich angehörte, hatte noch nicht das ganze umfassende Umgestaltungsprogramm auf dem Schirm, das bereits in studentischen Ausschüssen und Arbeitsgruppen bundesweit erarbeitet wurde. Uns Blutjungen fehlte noch Wissen - und uns fehlte Erfahrung. Wir sollten sie in den kommenden zwei Jahren zuhauf machen.

Erfahrung machten wir auch mit dem billigen Teil der meinungsbildenden Presse, also mit der massenmeinungsmanipulierenden BILD-Zeitung. Mitte Juli 1966 hatten folgende Überschriften die Titelseite geziert: ** Bei Spatzenjagd selbst erschossen * Sex-Idol, Frankreichs Filmstar*

*Brigitte Bardot (31), und Deutschlands Playboy Nr. 1, Gunther Sachs (33), haben geheiratet. Im Film heißt sie weiter Bardot * Lasst Deutsche zu Deutschen! * Massenmörder tötete 8 Mädchen. Nur eine entkam dem Hünen. Nach der Mordnacht konnte die überlebende Schülerin die Polizei alarmieren. Dann bekam sie Schreikrämpfe und brach zusammen.* * In der Schule sollten wir solche Überschriften analysieren. Mein Resultat: Das ist Verdummung pur. Ich behielt seitdem die Springerpresse im Auge. Gelegentlich holte mein Vater die BILD, und ich las sie mit den Augen des jungen, unerfahrenen Kritikers, und siedelte diese Pamphlet-Zeitung zwischen kurios, lächerlich und politisch jugendgefährdend ein.

Mein Vater lachte über die BILD und nahm sie als bloße Unterhaltung. Doch das blöde Frauenbild, das die BILD vermittelte, fiel offensichtlich doch irgendwie auf fruchtbaren Boden, denn Otto sträubte sich noch eine gefühlte Ewigkeit gegen den Wunsch meiner Mutter, die unbedingt selbst Geld verdienen und arbeiten gehen wollte. Er versuchte sie zu bestechen. Er setzte ihr das Taschengeld herauf. Er erhöhte ihr den Haushaltsetat, das sogenannte Haushaltsgeld, mit dem sie für die Familie einkaufen konnte. Er unterschätzte jedoch ihren Willen. Und der wiederum hing von ihrer Herkunft ab. In ihrem Elternhaus hatte sie von der Pike auf schwäbische Diplomatie gelernt, das war Liberalität gepaart mit Willensstärke und Beharrlichkeit.

*

Lollos Elternhaus, in dem wir seit 1962 wohnten, hatte Opa Gottlob Arnold für seine Frau Anna und die vier Kinder bauen lassen. Mit Anna war er in jungen Jahren aus Schwaben nach Frankfurt gezogen und hatte in Bornheim eine kleine Kohlehandlung eröffnet. Das Geschäft expandierte nach der Weltwirtschaftskrise 1929. Nach dem Krieg, den weder Opa noch Oma überlebten, übernahm Mutters Bruder Paul das Geschäft. Es boomte. Das von den USA aus politischen Einflussgründen geförderte bundesdeutsche Wirtschaftswunder ließ die Kohleöfen der Haushalte schon bald links liegen, und wenig später sprudelte das Öl. Aus den Kohlehändlern wurden reiche Ölhändler.

Mit dem Verschwinden der Kohle aus dem heimischen Handel, verschwand bei Onkel Paul und seiner Frau, der an sich liebenswürdigen Tante Klärchen, zunehmend die Empathie für das Familienleben der Verwandtschaft. Der wachsende Reichtum erforderte offensichtlich eine stabile Abschottung nach außen. Das war Mitte der Fünfziger Jahre. Nun gab es für mich als kleiner Junge trotz zunehmendem Wirtschaftswunder selbst hier keine Bonbons oder Schokoladen-Ecken mehr. Selbst in diesen jungen Jahren spürte und sah ich den neuen Reichtum und konnte den neuen Geiz nicht verstehen. Je reicher, desto geiziger, dachte ich mir und war schließlich sauer auf diese komische Verwandtschaft. „Das sind jetzt typische Neureiche“, sagte mein Vater. „Da wird jetzt auf eine neue Immobilie hingearbeitet.“

Die Kohle kam nicht mehr zurück. Sie blieb verschollen. Und auch Mutters Lieblingsbruder Fred blieb verschollen. Er hätte gemeinsam mit Onkel Paul das Geschäftserbe antreten sollen. Bis ins Jahr 1978 hatte die Verwandtschaft noch auf ein Lebenszeichen von Onkel Fred gehofft. Seit 1945 waren das Deutsche und das

Internationale Rote Kreuz in seiner Suchangelegenheit eingeschaltet gewesen, ohne jeglichen Erfolg. Wir haben bis heute nicht erfahren, wann, wie und ob Fred zu Tode kam. Ewig wurde spekuliert. Meine Mutter meinte, dass er ein klassischer Witzbold gewesen sei, der jedermann zum Lachen brachte. Aber gerade dies könne im Krieg auch tödlich sein. Sie spielte darauf an, dass ihr Bruder noch im Schützengraben Witze über den Führer gemacht haben könnte, den er schon vor dem Krieg ironisch als GröFaZ bezeichnet hatte, als „Größten Feldherrn aller Zeiten“. Vielleicht hatten ihn die eigenen Leute wegen Wehrmachtzersetzung hingerichtet.

Mutters Schwester, Tante Anneliese, die wir Dada nannten, vermutete natürlich, dass er in russischer Kriegsgefangenschaft umgekommen sei, denn dort hätten die Deutschen ja nix zu fressen bekommen. Anders als bei den Amis, den Franzmännern oder den Briten, bei denen es ja noch zivilisierte Menschen gegeben habe. Sie verschwieg geflissentlich, was mir erst mit zunehmender Kritikfähigkeit klar wurde: Wie sollten die Sowjets 3,2 Millionen deutsche und andere Kriegsgefangene in der erbärmlichen Nachkriegszeit großartig „durchfüttern“, wenn genau diese Soldateska zuvor das gesamte sowjetische Ackerland verwüstet, die Industrie zerstört, Städte und Dörfer dem Erdboden gleichgemacht hatte? Aber Dada war das typisch deutsche, im doppelten Wortsinne blauäugige BDM-Mädel: treudoof dem Führer und der Ideologie der Herrenmenschen ergeben. Und ihr persönlicher Herrenmensch war Onkel Karl, der ihr die Story von den bösen Russen aus Sicht seiner deutschblauen SS-Augen nahegebracht hatte.

Erst im letzten Schuljahr, als unser Englischlehrer, der in unserer Klasse ungeniert NPD-Propaganda betrieb und Broschüren gegen „Die Rote Gefahr" verteilte, recherchierten wir Schüler die wahren Sachverhalte der braunen Barbarei. So erfuhren wir, dass bis Kriegsende 5,7 Millionen sowjetische Soldaten in deutsche Kriegsgefangenschaft geraten waren, von denen 3,3, Millionen ums Leben kamen. Insgesamt hatten wir Deutsche 29,5 Millionen Menschen aus der Sowjetunion auf dem Gewissen. Den NPD-Furzer wurden wir übrigens los. Er wurde 1968 aus dem Schuldienst entfernt und avancierte zum Fahrlehrer. Von ihm wurde späterhin bekannt, dass er seine Fahrschüler mit „Heil" begrüßte und sie grundlos zusammenschiss und ihnen, wie damals uns, seinen braunen Propagandamist zumutete.

Auch zu jener Zeit sprach meine Mutter immer noch mit großer Trauer in der Stimme von ihrem Lieblingsbruder Fred. Eine ihrer Freundinnen, die einmal mit Fred näher befreundet gewesen war, meinte, dass er sich wahrscheinlich aus Scham für sein Vaterland mit den Russen verbündet und sich dort eine neue Existenz eingerichtet habe. Lollo konnte sich das zwar nicht vorstellen, aber möglich war alles. Die Ungewissheit war nagend. Die komische Tante Ria war Freds Frau. Die Großeltern hatten ihr bei Kriegsausbruch, als Fred zur Infanterie eingezogen wurde, versprochen, sie dürfe die oberste Etage der dreigeschossigen Stadtvilla bis zu ihrem Lebensende bewohnen. Das war ein familiär wie auch finanziell teures Versprechen, und meine Familie hatte darunter noch oft zu leiden. Ganz schlimm für meine Mutter wurde es, als Ria 1963 ihren Mann für tot erklären ließ. Meine Mutter sprach zwei Jahre lang kein Wort mit ihr. Und wir lebten im gleichen Haus, waren ja ein Jahr zuvor gerade eingezogen. Meine Eltern fühlten sich wegen ihr wie Fremde im eigenen Haus.

*

Das also war mein Elternhaus. Unter diesen Bedingungen pubertierte ich 1966 vor mich hin. Pit, mein bester Schulfreund, kam aus einem ehrgeizigen katholischen Elternhaus und hatte wie ich die Bornheimer Realschule besucht. Die drei Erstbesten aus unserer Klasse hatten die Chance bekommen, aufs Gymnasium zu wechseln. Seine Eltern legten großen Wert darauf, dass er werktags fleißig Hausaufgaben machte und nur am Wochenende zum Bummeln mit Freunden in die Stadt gehen durfte. So gingen wir oftmals zusammen den langen Weg von Bornheim zur Stadtmitte, bis wir unsere kleine Freiheitsinsel am Brunnen erreichten.

Unsere kurze Wanderschaft von Bornheim zur Stadtmitte dauerte rund eine halbe Stunde, sparte uns das Geld für die Tram und wir hatten viel Gelegenheit zum Quatschen und Planen. Am Brunnen hockten in langer Reihe bereits unsere bekannten – aber auch neu angekommenen – Beatniks, Provos und Gammler. Sie saßen auf ihren zusammengerollten Schlafsäcken oder einfach auf einigen Lagen Zeitungspapier. Die einen spielten Gitarre oder Mundharmonika, während die anderen Bücher und Musik-Zeitschriften lasen oder Porträts von „unseren" hübschen Frankfurter Mädels zeichneten. Ein wenig neidisch waren Pit und ich schon.
„Die Gammler haben alle mehr Chancen bei den Weibern als wir", sagte Pit.

„Die Mädels stehen auf Abenteuer, die wir ihnen nicht bieten können“, sagte ich. „Wir sind Langeweiler für sie.“
„Aber du! Du bist doch ein Gammler!“ Pit sah mich von der Seite an. „Guck mal wie du aussiehst.“

Ich wusste nicht, ob er es ernst meinte. Manchmal verarschten wir uns mit trockenen Witzen. Mein Poncho war stilecht, aber leider neu. Meine Schlaghose war dunkelgrün und schwarz gestreift und unbefleckt, und insgesamt sah ich eher wie ein Groupie der Stones aus, als wie ein waschechter Gammler. Ich hatte eher das Aussehen eines Beatniks. Denn schließlich waren wir ja die Beat Generation.

Hier unter den Gammlern wurde englisch gesprochen, natürlich vorrangig deutsch, in breitem bayrischem und fränkischem Dialekt oder Berliner Slang, aber auch holländisch und französisch. Rundum wurde diskutiert. Da kamen dann auch braun-schwarze Wutbürger, deren Scheuklappen-Augen einen solchen freien Anblick nicht ertragen konnten, und sie schimpften drauflos. Wenn man sie pöbeln ließ und mit der Gitarre und Mundharmonika dagegenhielt, verzogen sie sich nach einer Weile. Doch auch vernünftige Diskussionen zwischen den beiden Polen der spießbürgerlichen Gesellschaft waren durchaus möglich. Uns gegenüber die Besitzenden, und neben mir die Besitzlosen. Dort die sauber Gewaschenen, hier die Ungewaschenen. Arbeitssame gegen Arbeitsverächter, die sich im wahrsten Sinne des Wortes über Gott und die Welt stritten.

„Warum lässt euer Gott solche Verbrechen wie in Vietnam zu?“ fragte Klint, einer der gebildeteren Provos, in

die Runde der Diskutanten. Manche Gammler konnten auch in tiefgründigen Gesprächen mithalten, hatten einige Semester in Berkeley studiert, von wo aus sich der studentische Jugendprotest in den USA wie ein Steppenbrand ausgebreitet hatte.
„Was hat Gott mit Vietnam und was hat Vietnam mit uns und mit deiner Faulheit zu tun? Arbeitsscheues Gesindel seid ihr!“, kam prompt die Reaktion.

Pit, Hanna und ich saßen auf der runden Steinumrandung des Brunnens. Neben Pit saß Jean-Francois, den wir der Einfachheit halber Frankholz nannten. Er kam aus der Nähe von Paris, und er hatte bis vor einem Monat zwei Semester in Warschau studiert. Neben Hanna saß eine Gruppe Tramps aus London, San Francisco und Kopenhagen.

Jamie, die schöne achtzehn Jahre alte Mischung aus deutscher Mutter und farbigem US-Vater, saß gemeinsam mit ihrer drei Jahre jüngeren wunderschönen Schwester Amy uns gegenüber am Brunnen. Amy und ich tauschten verstohlen Blicke aus. Ich fand sie interessant. Sie hatte sich von mir einmal ein Gedicht gewünscht. Seitdem dachte ich oft an sie, was ich Hanna natürlich nicht verschwieg, weil wir ja völlig eifersuchtslos drauf sein wollten. Später sollte ich diese revolutionäre Offenheit bereuen. Neben uns wurde gerade wieder einmal das Übliche diskutiert. Faulpelze, die wir seien. Schmarotzer und so weiter.

„Wir Steuerzahler arbeiten, damit ihr hier rumgammelt! Schämt Euch! Ihr solltet euren Lebensunterhalt selbst verdienen“, sagte ein erregter Beamtentyp.

„Niemand muss wegen uns arbeiten. Wir wollen von niemandem Geld. Wenn wir hier faulenzen …"
„Aber ihr bettelt doch; ihr nehmt doch Geld von denen, die euch bemitleiden!", zischte der Mann, der sich später als Postbeamter outete.
Klint lachte ihn aus und sagte: „Wir faulenzen, weil wir dafür Gründe haben. Was wir hier machen, lässt sich einfach erklären: Wir wehren uns dagegen, dass wir von dieser Leistungsgesellschaft total verplant werden. Arbeiten, Geld verdienen, Steuern fürs Militär zahlen, Sterben, das ist uns zu wenig. Das Leben hat noch einen anderen Sinn außer Geld, Geld, Geld."
„Ohne Moos nix los! Das müsstet ihr doch selber am besten wissen", konterte der Postmensch. „Guck mal an dir runter, wie zerlumpt und verdreckt du rumläufst!"

In der neuen BRAVO war ein Interview mit einem Milchbubi abgedruckt. Ob er auch gerne Gammler sein würde. „Für kurze Zeit ein dufter Gammler zu sein, würde mir schon Spaß machen. Aber jahrelang rumhängen, sinnlos gammelnd die Zeit vertrödeln, find ich doof." Ich fand Milchbubi doof. Wer dachte schon an jahrelanges, sinnloses Rumhängen?

*

Am 10. September, zwei Tage vor meinem Geburtstag, unterlag der deutsche Boxeuropameister Karl Mildenberger dem Weltmeister im Schwergewicht Muhammad Ali im Frankfurter Waldstation. Mein Vater hatte sich geärgert, dass er keine Karten mehr bekommen hatte. Jetzt war er froh, dass er die Niederlage seines Lieblingssportlers nicht so hautnah miterleben musste.

Meinen siebzehnten Geburtstag feierte ich als provisorischer Single, nicht mehr mit Hanna im Bunde – und noch nicht mit Amy Hand in Hand. Stattdessen feierte ich zum letzten Mal in meinem Leben, wie ich hoffte, als Teenager mit der Familie in der Drogerie von Tatti und Onna. Tatti war die Schwester meiner Oma väterlicherseits. Für meinen Vater waren Tatti und Onna eine der wenigen verbliebenen verwandtschaftlichen Anlaufstellen seiner Ursprungsfamilie. Die beiden betrieben eine klassische althergebrachte Drogerie, die wie ein Krämerladen eingerichtet war.

Wenn man die Tür zum Laden aufmachte, bimmelten fünf Glöckchen anmutig und einladend. Hier roch es nach Seifen, Parfüms, Kräutern und nach vielen süßlich duftenden Köstlichkeiten, die in Bonbongläsern auf der rechten Seite der Theke standen. Honiggläser und Kleinartikel aus dem Pflegebedarf fand man in großen Körben und auf zart geschwungenen Metallständern an den Seiten des Ladentischs. Die Regale waren vollgestopft mit Toiletten-, Pflege- und medizin-ähnlichen Artikeln.

Braune Apothekengläser enthielten Lösungen, Alkoholika und aromatische Öle. Zwischen dem linken Theken-Ende und dem letzten Drittel des Verkaufstischs befand sich eine hochklappbare Thekenplatte. Tatti begrüßte mich ganz herzlich mit einer Umarmung und einem der gefürchteten Wangenknutscher, der wieder mal kein Ende nahm. Sie gratulierte mir zum Geburtstag und sagte: „Hinten sitzen schon alle und warten auf dich und sind hungrig.“ Dann klappte sie die Thekenplatte hoch und schob mich vor sich her. Es ging drei Holzstufen hoch; ich freute mich auf meine Geheimschublade und hörte schon das Geplapper und Lachen.

Ich zog einen schweren Vorhang zur Seite – und da saßen alle um einen großen Tisch, auf dem bereits ein dampfender Pott mit Rindswürsten wartete, und alle schnatterten durcheinander. Wie immer hatte jeder seinen Stammplatz eingenommen. Nur keine Veränderung in der Sitzordnung, davon könnte das ganze Land zusammenstürzen!

Tattis Mann, im blütenweißen Drogeriekittel, klein, untersetzt mit blitzenden, klugen Augen, kochte Tee und Kaffee. Tante Polly, auch eine Schwester meiner verstorbenen Oma, saß neben ihrer Tochter Lydia und deren Mann, Onkel Franz. Daneben saß meine heimliche Lieblingscousine Marion. Omas dritte Schwester, Gretel, und ihre Tochter Ellen mit meiner Cousine Elke saßen genau vor meiner Geheimschublade, was auf mich wie eine Grenzkontrolle wirkte. Diese Schublade hatte für mich seit meiner Kindheit eine besondere, verlockende Bedeutung.

Elke hatte nur ein Jahr vor mir das trübe Licht unsres braun-schwarzen Mufflandes erblickt, sah aber aus, als wäre sie fünf Jahre älter und war groß wie eine Giraffe. Dann war da noch „Tante" Paula mit „Onkel" Adolf, die irgendwie über tausend Ecken mit Papa verwandt waren, aber keiner konnte mir jemals verraten, auf welche Weise. Bei der Begrüßung stellten sich alle so an, als ob sie mich seit Jahren nicht gesehen hätten. „Ach, bist du groß geworden!" Und nachdem Onkel Franz das Radio mit der dahinplätschernden Fußballübertragung

ausgeschaltet hatte, stimmten sie alle das übliche Geburtstagslied an - *Zum Geburtstag viel Glück.*
„Sitze ich vor deiner Geheimschublade?“, fragte mich Polly, das eitle und sehr vornehme Tantchen.
„Wie immer“, sagte ich, ging zu ihr und gab ihr ein zartes Küsschen auf die Stirn.

Die beiden unteren Schrankschubladen hinter ihrem Stammplatz waren mit allerhand Drogeriepröbchen vollgestopft. Dort durfte ich mich immer mit vier kleinen Fläschchen Sanostol eindecken. Meistens trank ich das Sirup artige pappsüße Vitaminpräparat noch vor Ort nacheinander aus. Doch auch andere Pröbchen lagen da zuhauf: Cremes, Parfüms im Puppenstubenformat, abgepackte Bonbons, Bohnerwachsdöschen und Miniseifen.

Ich musste erstmal aufs Klo. Im Flur nahm mich Onkel Franz in den Schwitzkasten: „Na, du junger Poet, haste was für'n heutigen Vortrag mitgebracht?“ Das hatte ich nicht. Aber weil mir gerade das Thema Kriegsdienstverweigerung in den Fingern juckte, hatte ich am Vorabend ein Gedichtlein fabriziert, das ich im Club Voltaire mit Lerryn's Gitarrenbegleitung vortragen wollte. Lerryn war in meiner Parallelklasse und stellvertretender Schulsprecher. Außerdem war er engagierter Juso und komponierte seit seinem dreizehnten Lebensjahr Songs zur Gitarre.
„Na gut“, sagte ich zu Onkel Franz. „Ein Gedicht, ein einziges, aber nicht mehr!“
Zurück am Ereignisfeld musste ich wohl oder übel die Arschkarte ziehen und durfte über Los gehen. Und ich legte los.

„vorgestern
lag ich noch in windeln
gestern
lernte ich noch
heute
frag ich mich
warum ich gestern noch lernte
denn
voraussichtlich
nach dem lauf der geschichte
wie's halt so kommen muss
bin ich morgen
kanonenfutter"

Ich machte eine dichterische Verbeugung vor all den offenen Mündern, aus denen die Ahh's und Ohh's in einer Art Kanon hervorquollen und sich schließlich in einem verwandtschaftlich-vertrauten Stöhnen vereinten. Diskutiert wurde nicht. Geklatscht auch nicht, aber das hatte ich auch nicht erwartet. Man nahm es hin. Ich auch.

Mama und Tante Gretel schenkten den Tee nach. „Deine Haare sind ja noch länger geworden!", entrüstete sich Tante Ellen. Ich sah zu meiner Cousine Elke und erhoffte mir Unterstützung, aber die reckte ihren Giraffenhals bloß in die Luft und tat so, als suchte sie verzweifelt etwas. Ich deutete auf sie und sagte zu ihrer Mutter: „In der Jugend wächst das Haar halt viel schneller als im Alter. Das ist wissenschaftlich bewiesen."
Meine Mutter sah verzweifelt in die Runde und meinte: „Man kann die jungen Leuten von heute leider nicht mehr zu einem flotten Fasson-Schnitt überreden. Wie

ordentlich sah das immer bei Stefan aus, als er seinen Seitenscheitel noch hatte."
„Das sah sehr doof aus, wie bei Hein Blöd", sagte ich. „Es kommt doch darauf an, was man im Kopf hat und nicht, welche Frisur man auf dem Kopf trägt."
„Klug ist er ja", murmelte Ellen.

Ich ging an die Schubladen hinter Polly und nahm mir die vier erlaubten Fläschchen Sanostol und schüttete sie nacheinander hinunter, mit einer Mimik, wie ich sie von den trinkfesten Onkels kannte, wenn sie einen Klaren kippten. „Das kommt daher!", sagte ich.

Tante Paula war schon siebzig. Als ich ihr, der allseits bekannten Kaffeetante, Kaffee anbot, wehrte sie erschrocken ab. „Mein Herz macht nicht mehr mit!", sagte sie mit dem unterschwelligen Vorwurf, weil ich sie so lange nicht gesehen hatte und wohl nicht wusste, wie es um ihr Herz beschaffen war. „Oder hast du Muckefuck?", wandte sie sich an Tatti.

Unten klingelte die Ladentür. Es war Viertel nach Sechs, und erst um halb Sieben schloss die Drogerie. „Geh du mal schnell", sagte Tatti zu Onna, der flüchtig einen Senffleck vom eben noch blütenreinen Drogeriekittel weg zu rubbeln versuchte.

Wir hatten hier schon oft nachmittags gefeiert, da halfen dann alle nacheinander aus, wenn Kundschaft in den Laden kam. Ich durfte noch nicht bedienen. „Vielleicht nächstes Jahr, wenn du erwachsener geworden bist", sagte Onna. Wenn mein Bruder Günter von Berlin nach Frankfurt kam, um Urlaub von der geteilten Stadt zu machen, konnte er jederzeit in der Drogerie aufschlagen, um Seifen und Rasierschaum abzustauben. Er durfte auch Kunden bedienen, denn das hatte er schon in seiner Schülerzeit gemacht. Ich hingegen hatte solchen Eifer nicht an den Tag gelegt. Ich hatte lieber Vater beim Kirschen pflücken und Mutter beim Einmachen und beim Abwasch geholfen.

Die Drogerie war für Tatti und Onna ein Dukatenkacker, für mich eine wahre Fundgrube. Und sie führte auch Muckefuck, ein typisches Nachkriegs- und Behelfsprodukt, weil richtiger Kaffee unerschwinglich war. Er kostete 16,56 DM das Kilo – bei einem durchschnittlichen Monatsverdienst von 1.156,00 DM - das würde nach heutigen Maßstäben Kaffeekosten in Höhe von exorbitanten 8,47 EUR bedeuten, bei einem lachhaften Durchschnittsverdienst von 591,00 EUR. Da war Muckefuck die billigere Alternative. Er wurde aus gemälzter Gerste oder geröstetem Roggen hergestellt. Kinder durften ihn trinken, weil er kein aufputschendes Koffein enthielt. Mir schmeckte er, wenn viel Milch dabei war. Tatti holte schnell eine Packung Muckefuck und setzte für Tante Paula den Blümchenkaffee auf. Paula fasste sich theatralisch ans Herz und schnaufte erleichtert durch.

Am Abend zog ich Bilanz. Die Familienfeier hatte sich gelohnt. Von Onna und Tatti hatte ich eine nagelneue Reiseschreibmaschine gekriegt. Das war mein größtes Geschenk, auf das ich mächtig stolz war. Ich fiel ihnen überglücklich um den Hals. Von Tante Greta, Ellen und Cousine Elke hatte ich eine Agfa Optima 500 mit integriertem Blitzlicht bekommen. Das war auch super. Tante Lydia, Onkel Franz und Polly schenkten mir ein Taschen-Stativ – auch im Namen von Lydias Tochter

Marion, meiner Lieblingscousine, die eine Ausbildung in Italien machte, aber heute hier sein konnte.

Ich bekam noch einen Farbfilm und einen Rasierapparat, mit dem ich allerdings nichts anfangen konnte, denn meine paar Fläumchen wollte ich zu einem männlichen Bart züchten und nicht wegrasieren. Und Rasierwasser war wohl auch gerade im Angebot, denn davon bekam ich gleich zwei Flaschen.

Zuhause hatten mir die Eltern mein Geschenk traditionsgemäß auf den Frühstückstisch gelegt. Noch bevor ich mein Brötchen schmierte, riss ich das Paket wie ein Kleinkind auf. Darin war Schreibmaschinenpapier, ein Schreibset, das Buch „Im Westen nichts Neues" und eine Tafel Schokolade. Ulla hatte meinen Geburtstag wieder einmal vergessen, obwohl ich ihren nie vergaß. Günter hatte mir zu meinem Geburtstag einen Brief aus Berlin geschickt.

Liebes Brüderchen!
Als erstes gratuliere ich dir zu deinem siebzehnten Geburtstag. Allmählich holst du mich ja ein. Obwohl der Abstand schrumpft, ist verwunderlich, dass trotzdem noch sieben Jahre zwischen uns liegen. Bald wirst du gewiss allein nach Westberlin kommen dürfen, um mich zu besuchen. WB ist eine prima Stadt. Viel los hier. Letztes Wochenende war ich in der stadtbekannten Disco, dem Big Eden. Da habe ich auch den Besitzer getroffen. Der heißt Rolf Eden und ist ein echter Playboy mit großen amerikanischen Schlitten und vielen jungen Weibern, die ihn umschwärmen. Möchte nicht wissen, wie viele der an einem Abend vernascht. Aber darf ich dir das in deinem jungen unschuldigen Alter überhaupt berichten?

Seit Sommeranfang bin ich bei der Springerdruckerei beschäftigt, und bevor du mich wieder fragst, was ich da mache: immer noch dasselbe. Als Schriftsetzer bekomme ich fast zehn Prozent mehr Lohn als bei der vorigen Firma. Ich krieg hier immer das Neueste mit. Die BILD ist zwar für Blöde gemacht, aber hin und wieder bringt sie auch mal gute Sachen, wie die Sache mit den Starfightern, die dauernd vom Himmel fallen. Ich glaube, bis jetzt sind es schon über zweihundert Tote. Da ist die BILD ja voll gegen Strauß, den sie sonst in den Himmel hebt. Na ja, was soll's. Wir ändern die Politik sowieso nicht.

Habe hier kürzlich Carola, eine Studentin, zur Aushilfe gehabt. Süßes Mädchen. Hat mir von ihrem Chemie-Studium erzählt. Das wäre nix für mich. Ihre Professorin ist eine Frau Becke. Die ist sogar Rektorin und deutschlandweit bekannt. Ich wusste noch gar nicht, dass bis Februar diesen Jahres noch niemals eine Frau zur Rektorin einer Universität gewählt worden war. Ja, die Zeiten ändern sich.
Anbei habe ich dir einen Zehner gelegt. Vielleicht kannst du damit auch was Vernünftigeres anfangen als ewig nur zu sparen, wie es uns die Eltern raten. Man muss auch mal Geld zum Leben ausgeben und nicht für das dumme Sparschwein. Was macht dein Tanzunterricht? Wann startest du?
Bis demnächst
Dein Bruderherz Günter

*

Ein paar Wochen vor Beginn meines Tanzkurses fand meine Mutter den begehrten Putzjob in einem Offiziershaushalt. Die Villa des Offiziers stand unweit unseres Wohnblocks. Er hatte wohl einen hohen Rang gehabt, weil er nicht wie die anderen Besatzungssoldaten in der Kaserne stationiert bleiben musste. Seitdem kam

Lollo mindestens einmal in der Woche mit amerikanischen Dosensuppen von Campbell nachhause, manchmal mit Hershey's Schokoladensirup oder Cranberry-Marmelade. Immer brachte sie irgendwelche Reinigungs- und Waschmittel mit, die, wie sie meinte, hochmodern und viel effizienter als die deutschen Produkte sein sollten. Jedenfalls war Mutter sehr stolz, nun eigenständig ihr Geld zu verdienen. Taschengeld von Papa lehnte sie mit einem diplomatischen Lächeln ab.

Hanna und ich hatten uns eine Woche vor meinem Geburtstag in Liebe getrennt, wie es sich für Hippies gehörte. Irgendwie passten wir nur intellektuell zueinander. Das andere war wie eine unausgesprochene, unsichtbare, aber deutlich spürbare Trennwand. Die Trennung war völlig unproblematisch, weil wir uns beide einfach gegenseitig nicht mehr meldeten. Bis ich sie nach einigen Tagen anrief und fragte, ob wir getrennt seien.
„Ja, du hast ja jetzt die Amy", sagte Hanna. „Aber wir sind doch noch gute Freunde, oder?"
Amy?, dachte ich. *Wieso hab ich jetzt Amy?* Vielleicht hätte ich Hanna nicht davon erzählen sollen, dass Amy sich ein Gedicht von mir gewünscht hatte und dass ich sie sehr nett fand. War die Offenheit ein Rohrkrepierer? Wir wollten doch eine eifersuchtsfreie Beziehung!
„Beste Freunde", sagte ich. „Und das bleiben wir auch bis zu unserem Lebensende."
„Bis dass der Tod uns scheidet", antwortete Hanna. Wir haben uns später nur noch auf Demos gesehen. Erst als Hanna mit dreißig Jahren ihre Zwillinge bekam, konnte ich erleichtert aufatmen. Irgendeiner hatte es geschafft und sie zur Frau gemacht.

Als Lollo vom Ende meiner ersten großen Liebelei erfuhr, fragte sie mich, ob ich Liebeskummer habe, weil ich seit einigen Tagen so einen bedrückten Eindruck mache. Ich solle den Liebeskummer so nehmen, wie er komme, das sei völlig normal und überhaupt hätten viele Mütter schöne Töchter.
„Nein …“, sagte ich, „… kein Liebeskummer, eher …“ Ich stockte. Sollte ich gestehen, dass ich das erste Mal in Mathe eine Fünf geschrieben hatte? „Also ich habe in Mathe eine Fünf geschrieben.“ Ich zog die Arbeit aus der Schultasche. „Würdest du mir das unterschreiben?“
Lollo sah sich das Ergebnis an und meinte, dass das nicht weiter tragisch sei, wenn es nicht zur Regel würde. Mathe sei doch eines meiner starken Fächer, ob ich nicht genügend gelernt habe.

In Mathe, für das Herr Dr. Vierengel, ein wellenhaariges Double von Einstein, zuständig war, ging's um Differentialrechnung. „Was hat es mit der Steigung auf sich?“ Woher sollte ich das wissen? Produktregel und Quotientenregel, Kettenregel, Umkehrregel - irgendwie gingen mir all die Regeln auf den Keks. Ich war gerade dabei, Regeln zu brechen, statt sie zu beachten. Mein momentanes Lebenskonzept orientierte sich eher am G-Punkt und nicht an mathematischen Wende- und Sattelpunkten. Auch Kurven- und Funktionsschar bedeuteten mir etwas völlig anderes. Was war die Ortskurve im Vergleich zu Amy's Kurven! Was war die mathematische Potenzableitung im Vergleich zu meiner Potenzleistung!

Mit Amy ging es ganz flott. Wir verliebten uns im Handumdrehen und hatten auch Petting-Sex wie er im Lehrbuch stand. Amy wollte aber Jungfrau bleiben. Ich musste es wohl oder übel hinnehmen, was mir nach der missglückten Versuchsreihe gar nicht so unrecht war. Als Septembergeborener war ich selbst eindeutig Jungfrau. Lebenslange Jungfrau - laut Sternzeichendeutung volle Pulle zuverlässig, ehrlich, ordentlich, gründlich, diszipliniert und demütig. Leider waren auch meine negativen Eigenschaften auf dem Aufkleber der Astrokram-Kiste vermerkt. Demzufolge war ich unnahbar, streitlustig, übervorsichtig, prüde, mürrisch und rechthaberisch.

Respekt vor Amy's Jungfrauendasein hin oder her, es wurmte mich, nicht bis ganz in die Tiefe der Liebe vorgestoßen zu sein. Pit hatte sich zwischenzeitlich auch ein Fräulein aus der Bettinaschule geangelt und wenn es nach seinen Worten ging, dann war da schon richtig was gelaufen. Das befeuerte natürlich mein Verlangen. Jetzt war er mir einen Schritt voraus. „Wie fühlt sich das an?", fragte ich ihn.
„Musst du doch selber wissen", sagte er. „Du warst doch mit Hanna im Bett."
„Ja", log ich. Aber es war ja keine richtige Lüge. Allerdings auch keine richtige Wahrheit.
„Und wie hat es sich bei dir angefühlt?", fragte Pit zurück.
„Exakt wie bei dir. Einfach gut."
„Und so schön weich und feucht, stimmt's?", sagte Pit. Ab da glaubte ich, dass es Eins zu Null für ihn stand.

*

Fränki war unser Klassenbester, aber von Liebe und Sex hatte er keine Ahnung. Rein biologisch konnte er in Bio alles erklären. Mädels waren für ihn allerdings Außerirdische. Als unser Klassenlehrer fragte, wer Interesse an einem Tanzkurs hätte, wurden wir Zeuge des denkbar Unmöglichen. Zu unser aller Erstaunen flog Fränkis Hand als erste hoch. Herr Hahn arrangierte mit der Klassenlehrerin unserer Partnerklasse im benachbarten Bettina-Mädchen-Gymnasium, Fräulein Löwen, einen Tanzkurs. Wir alle waren der festen Überzeugung, dass unser verheirateter Lehrer etwas mit seiner unverheirateten Kollegin hatte, denn das erste Mal und ein paar Mal zwischendrin waren beide auf Besuch in der Tanzschule und tanzten eine Runde mit. Wange an Wange, weil das eben Standardtanz war. Auch Fränki tanzte Wange an Wange und mutierte zum besten Tanzbeinschwinger der Klasse; einfach unglaublich.

Mein Tanzschulmädchen hieß Conny, hatte Hasenzähnchen und trug wahrscheinlich die Kleider ihrer Oma auf. Sie war anschmiegsam und hatte im Gegensatz zu mir den Rhythmus schnell drauf. Ansonsten versprühte sie das Flair einer gelangweilten Schildkröte. Die war nix für mich. Unser Tanzlehrer sah aus wie ein italienischer Gigolo und legte hin und wieder sogar eine kostenlose Gesangseinlage ein. Der Tanzkurs war so teuer, dass meine Eltern mir mit dem totalen Taschengeldentzug drohten, falls ich es wagen sollte, den Kurs zu schwänzen. Die hatten den richtigen Riecher. Mittendrin schwänzte ich ihn auch zwei Mal, einfach weil es meine Treue und mein Verlangen nach Amy verlangten. Conny konnte sich ja nebenher von Fränki bedienen lassen. Der hatte wohl überschüssige Kapazitäten, denn wenn einer von uns anderen ausfiel, konnte Fränki immer einspringen und tanzte zugleich mit zwei oder gar drei Mädels. Der Hit war er bei denen trotzdem nicht.

Die Frau des Tanzschulchefs sah aus wie ein gnadenlos gealtertes Model, hatte es aber beim Tanzen voll drauf. Bevor man uns Tanzschritte beibrachte, lernten wir von ihr Anstandsregeln nach Knigge: Der Mann geht auf der Straßenseite, die dem Verkehr zugewandt ist, damit er gelegentlich als erster überfahren wird und die Frau am Leben bleiben kann, auch wenn sie vielleicht den rechten Arm oder beide Beine verliert. Der Jüngere wartet, bis der Ältere ihm die verrunzelte Hand reicht. Man reicht zuerst der Dame die Hand, aber auch nur, wenn sie einem ihre Pfote als erstes entgegenstreckt. Man zieht den Hut, wenn man jemanden begrüßt. Aber mit Hüten hatten wir es nicht so. Wir schlugen im Winter eher einen ausgefransten Schal über den Kopf, und ich stellte mir vor, wie ich den Schal vornehm abnehme und meinem Gegenüber damit höflich ins Gesicht wedele.

Dann übten wir am Eingang des Tanzsalons, den Mädels galant die Tür aufzuhalten. Älteren Personen bietet man in Bus oder Bahn den Sitzplatz an und steht dabei auf. Das übten wir nicht praktisch, aber wir waren im Ernstfall immer höflich und taten, wie uns geheißen. Da waren wir ganz Gentlemen. Und noch etwas: Der Mann hilft der Dame in den und aus dem Mantel – aber nur, wenn sie einen anhat und dazu bereit ist. Manche tragen ja nix unterm Mantel, die sollte man nicht in Verlegenheit bringen, haben wir uns gedacht. Und wenn jemand niest, sollte man nicht vergessen, „Gesundheit“ zu wünschen, auch wenn's vielleicht schon zu spät ist. Einen Versuch wäre es jedenfalls wert.

Pit sprach mich an, ob wir eine Schul-Theater-AG gründen wollen. Ich sagte ab, weil mir das zu viel Stress war, obwohl es mich reizte. Im Juni war unsere Klasse in dem neuen Theaterstück von Peter Handke gewesen. Unser Deutschlehrer, Herr Cornelius, hatte Karten für das Stück „Publikumsbeschimpfung“ ergattert und uns vorgewarnt, dass das alle Theatertraditionen durchbrechen würde. Da spielten dann die Schauspieler beispielsweise Publikum und beschimpften sich selbst und uns. Am Ende applaudierten sie dem Parkett.

Wenn wir so was Revolutionäres in der Penne machen würden, hätte ich gute Ideen gehabt, wen wir alles beschimpfen könnten. Zum Beispiel den Direx, der immer noch den Nazi-Englischlehrer im Kollegium duldete. Dann würden wir Schimpfkanonaden ablassen über den Geier und andere lehrende Schizos. Für den Stenografie-Lehrer, Herrn Geier, mussten wir aufstehen, wenn er den Klassenraum betrat, und im Chor brüllen: „Guten Morgen, Herr Geier!“ Dann antwortete er zackig: „Guten Morgen, Schüler!“ Er ging zum Stuhl am Lehrerpult und wischte die Sitzfläche mit seinem Stofftaschentuch sauber, um sodann seinen rechten Fuß mit den Straßenschuhen drauf abzustellen.

Er schaute uns seelenruhig für zwei ewig lange Minuten ins Gesicht und fragte, was heute im Steno-Unterricht dran komme, was natürlich keiner außer ihm wissen konnte. Er schüttelte missbilligend den Kopf, nahm den Fuß vom Stuhl, wischte die Sitzfläche wieder gewissenhaft ab und setzte sich. Er holte mich an die Tafel und ließ mich anzügliche Worte stenografieren oder „übersetzen“. Ich sollte solche Worte herausfinden wie *Mieder, Strumpfhalter, Leibchen, Strapse, Männerschutz* und *Büstenhalter*. Zu jedem Wort wollte er von mir wissen, was das ist und wozu es dient. Einfach Plemplem der Mann. Aber eine Theater-AG nur, um es solchen Typen heimzuzahlen? Nee. Und wenn doch, dann später. Vielleicht nach der Revolution.

*

Inzwischen waren viele von uns überzeugt, dass nur eine Revolution den ganzen autoritären Altersschwachsinn und die braune Pest beseitigen könne. Selbst in der UdSSR, dem Stammland der Revolution, hatte es einen Machtwechsel gegeben. Veränderungen waren hip. Der bullige Leonid Breshnew wurde Generalsekretär der KPdSU. Die Menschen in der Sowjetunion nahmen die neue Führung zunächst mit Zuspruch an. Er stand dann jedoch weniger für etwas Neues, sondern für „politische Stabilität" – und Reformen blieben aus, schrieb die Frankfurter Rundschau. Das war für uns natürlich völlig uninteressant. Das roch genauso nach Rost und Mief wie hier. Rostmief aus Russland contra Roastbeef aus Amerika.

Doch all das war weit weg und nur am Rande von Interesse. Amy forderte meine ganze Aufmerksamkeit, denn sie war am Marshallbrunnen eine heißbegehrte Biene. Mein Honigbienchen, wie ich sie manchmal nannte. Ihre Röckchen wurden immer kürzer und ihre Ohrringe immer größer. Sie machte eine Lehre im Einzelhandel und ihr Chef fand ihre Klamotten gar nicht lustig. Deshalb musste sie sich schnell zuhause umziehen, bevor sie zum Marshallbrunnen kam. Die Jugendmode unterlag dem Modell einer Gesellschaft mit beschränkter Freiheit. Doch in der westlichen Welt feierte der Minirock gerade seine Wiedergeburt, waren doch schon in der Antike Miniröcke sogar als Männerröcke weit verbreitet. Die Britin Mary Quant wurde für ihren Mut und ihre sinnlichen jungen Kreationen später im Jahr mit dem

„Order of the British Empire“ ausgezeichnet. Zur Verleihung im Buckingham Palace erschien sie im Minirock. Seitdem hielt Amys Chef die Klappe.

Die Welt wurde außerdem Zeuge der vom chinesischen Machthaber Mao Tse-tung eingeleiteten „Großen Proletarischen Kulturrevolution“, die durch die blutjungen Roten Garden umgesetzt wurde. Das waren Kids in unserem Alter, angeführt von einem uralten Haudegen, das musste man sich mal vorstellen. Von der Beseitigung staatlicher Missstände war die Rede. Einige im Club Voltaire begeisterte das. Da war auch der Joschka Fischer, der das total okay fand, weil, wie Mao sagte, „alle Macht aus den Gewehrläufen kommt“, und Claudia Roth war auch keine maoistische Kostverächterin. Ich war ein paar Jahre zu jung, um das zu durchblicken. Mein Thema waren die Liebe und die Poesie.

In Rotchina, wie hier das Land genannt wurde, wurden aus der Kulturrevolution handfeste Massenkampagnen, die zur Dauerdrangsalierung der Bürger und zur Zerstörung wertvoller Kulturgüter führten. Das hat mich von Beginn an stutzig gemacht. Warum musste man alte Kultur zerstören, um neue zu schaffen? Konnte nicht alles nebeneinander bestehen bleiben? In einem Kommentar des *Telstar* konnte ich mir Luft machen.

Ach ja, seit Anfang des Jahres war ich Chefredakteur unserer Schülerzeitung *Telstar*. Die verdankte ihren Namen einem amerikanischen Kommunikationssatelliten. Im *Telstar* hatte ich noch im Mai 1966 über den Beluga-Wal im Rhein berichtet, der die Menschen in Atem gehalten und wochenlang als „Moby-Dick“-Story die Boulevardpresse beschäftigt hatte. Außerdem gab‘s Kreuzworträtsel, eine Hitliste und natürlich Tipps zur Hausaufgabenbewältigung. Die Hitliste führte im Mai *Nancy Sinatra* an mit *These Boots Are Made For Walking*. Das traf unsere Stimmung, denn irgendwie hatten wir uns auf eine lange Wanderschaft gemacht.

Später im Oktober waren die *Beatles* mit *Yellow Submarine* an der Hitspitze, gefolgt von den *Troggs* mit *With A Girl Like You*. Die Troggs-Single legte ich auf, wenn Amy da war. Mein Schallplattenspieler war mein ganzer Stolz, unten aus furniertem Holz, darüber eine Glasabdeckung. Der Troggs-Song war im Herbst 1966 unsere persönliche Nationalhymne. Natürlich hatte ich im *Telstar* noch rechtzeitig vor den Sommerferien ein das ganze Land bewegendes Sportthema aufgegriffen. Nach endlos langer Diskussion mit der Vier-Mann-Redaktion hatte ich nämlich die *Telstar*-Schlagzeile dem WM-Fußball gewidmet. Zweien von uns war das Thema zu oberflächlich, weil sowieso überall darüber berichtet wurde. Schließlich stimmten wir ab, und es stand 3:2 für meinen Themenvorschlag.

Deutschland war ins Endspiel gekommen und bestritt das Finale gegen England. Das sogenannte Wembley-Tor entschied die dramatischen 90 Minuten in der Verlängerung zugunsten der Engländer, die zum ersten Mal den Weltmeistertitel gewannen. Ich schrieb den *Nachruf eines Sportabiturienten in spe*, in dem ich aufzeigte, wie es hätte anders laufen können. Unser Noch-Schulsprecher, Peter Völker, genannt Oma, weil er bei jedem Mannschaftssport einen unbeschreiblichen Schleichgang hinlegte, und ich – wir beide hätten die deutsche Mannschaft treffsicher zum Erfolg geführt.

Helmut Schön, der Bundestrainer, hätte uns nur anrufen brauchen und Oma hätte den Platz von Sepp Maier im Tor eingenommen und hätte den Gelangweilten gespielt, um die Briten übermütig und somit unvorsichtig zu machen. Und ich hätte anstelle des Franz Beckenbauer im Mittelfeld die Engländer zum Narren gehalten. Als Mittelfeld-Recke hätte ich schließlich mit einem furiosen doppelten Hattrick gepunktet. Haller hätte zwar dumm geguckt, wär mir auf dem Spielfeld aber trotzdem vor gespielter Freude rückwärts auf die Brust gesprungen. Nach einem Foul des gegnerischen Angreifers, einem gewissen Mr. Hurst, hätte ich auch mit gebrochenem Stinkefinger und diversen Rippenprellungen in der 29. Nachspielminute mit einem imposanten Weitschuss direkt von der Mittellinie das alles entscheidende Tor geschossen. Als öffentlichkeitswirksamen Sportlernamen hätte ich mir den Namen Kara Bauerbecken zugelegt.

Der Bundestrainer hätte in der Sportschau am Abend meinen Ruhm in klare Worte gefasst: „Auch wenn unser ausgewechselter Torwart wenig zu tun hatte, so lastete doch alle Erwartung auf Kara Bauerbecken, der uns nicht enttäuschte. Ein wahrer Stern am Himmel des weltweiten Rasensports. Heute haben wir den neuen Fußballkaiser gesehen." Franz Beckenbauer hätte dann für immer dem Fußball ade gesagt, und Sepp Maier wäre Wurstfabrikant geworden und zum FC Bayern gewechselt. Ach, da war er ja schon seit acht Jahren.

*

Gegen Ende des Sommers hatte ich fast jeden Tag Lust auf Amy. Und sie gestand mir selbiges. Sie war die beste

Knutscherin, die ich bis dahin kannte. Sie war eine zärtlich-extremistische Lippenschnapperin, die schnell mal zu kleinen Bissen übergehen konnte. Sie spielte hervorragend mit ihrem Zünglein. Uschi Obermaier hätte nicht besser küssen können, wenn ich sie gekannt hätte. Doch das hatte 1966 noch etwas Zeit. Einmal hatte ich Amy beim Fremdknutschen erwischt. Das war Scheiße. „Scheiße“ sagte man damals nicht, denn es war derartig ungehörig, dass selbst der ungläubigste Ungläubige Furcht vor Gottes Strafen bekam. Aber das Wort heimlich denken, das durfte man.

Ausgerechnet einem Typen steckte sie ihre Zunge ins Maul, den ich gar nicht leiden konnte. Aber ich glaube, dass ich keinen hätte leiden können, der von ihr geküsst wurde. Amy spielte es herunter. Ich war eifersüchtig. Da Eifersucht aber nicht in das Konzept einer freien und sexuell-revolutionierten Welt passte, versuchte ich über meine Eifersucht hinweg zu lachen. Es gelang mir leidlich, wie ich mir bis heute fest einbilde.

*

An einem Mittwoch im Oktober kam ein Journalist aus München zu einem „Gast-Referat“, wie es Oberstudienrat Cornelius nannte, der uns diesen Segen beschert hatte. Wir dachten erst, das würde wieder eines der langweiligen Referate, die wir haufenweise selber produzieren mussten, um uns Schritt für Schritt dem Abi zu nähern. Aber als Herr Rauter vor unserer Klasse stand, erlebten wir einen fröhlichen und wortgewandten Menschen, der uns sogleich aus der Seele sprach. Schon wie er nach der Vorstellung seiner Person und einer Kurzskizzierung des Themas sein Referat startete, war ungewöhnlich. So knappe und einleuchtende Texte hatte uns noch niemand vorher präsentiert: „In der Schule werden Menschen gemacht. Den Vorgang des Menschenmachens nennt man Erziehung. Das Elternhaus, das Kino, das Fernsehen, das Theater, der Rundfunk, die Zeitungen, Bücher und Plakate sind Schule in weiterem Sinne. Alle Stellen, die Informationen vermitteln, sind Schulen."

Huch, das begann ja mal ganz interessant. Sollte sich Herr Cornelius gar einen Kritiker des Schulsystems in die eigene Pädagogen-Bude geholt haben? Wir lauschten, ohne Rauter zu unterbrechen, der uns gesagt hatte, dass wir jederzeit die Hand heben sollten, wenn wir etwas zu fragen hätten. „Zum Machen von Etwas verwendet man Werkzeuge. Das Werkzeug, mit dem Menschen gemacht werden, ist die Information."

Fränki, unser Streber und neuer Tanzbeinheld, meldete sich. „Aber Information kann doch nicht alles sein. Das sind doch auch Traditionen und Gewohnheiten!", gab er klugscheißerisch zu bedenken.
Rauter nickte abwägend und sagte: „Soweit die Menschen nicht natürlichen Bedürfnissen, der Gewohnheit oder der Gewalt folgen, hängt ihr Handeln davon ab, was sie wissen. Auch Gewohnheiten entstehen zum Teil aus Informationen. Da die Handlungen eines Menschen den Ablauf seines Lebens steuern, bestimmen die Informationen, die er bekommt, wie er lebt. Die Schulen machen nicht nur Menschen, Schulen machen auch Lebensläufe."

Stichwort Information! Amy und ich holten uns noch am selben Abend am Bücherstand ein wichtiges Info-

Büchlein von einem gewissen Jack: *Der Orgasmus.* Darin wurden laut Inhaltsverzeichnis sehr praktische Informationen vermittelt, die unserem just beginnenden Liebeslebenslauf den nötigen Drive verpassen würden. Da ging es um Partnerübungen, die Kunst der Selbstbefriedigung, die „Vereinigung" und *Wie du deinen Verstand verlieren kannst.* Dann gab's da noch ein Kapitel, das hieß „Religion und Sexualität – Geistige Suche und Orgasmus". Na, das klang vielversprechend mystisch und fast schon abenteuerlich, wenn man bedachte, wie der Sohn Gottes aus der Jungfrau Maria geschlüpft sein soll. Wie hatte eigentlich der liebe Gott in seinem Liebesrausch Maria geschwängert? Sollte uns dieses Sex-Büchlein vielleicht über das größte religiöse Geheimnis der Welt aufklären?

*

Als Nachkömmling in der Familie hatte ich recht alte Eltern. Meine Mutter meinte, dass ich mit meinen verrückten Weltverbesserungs-Ideen und pubertären Anwandlungen irgendwann mal ihr Sargnagel sei. Um sie zu beruhigen, schenkte ich ihr zu ihrem 50. Geburtstag ein handgeschriebenes Gedichtbändchen und einen Gutschein für vier Wochen Unkraut im Vorgarten zupfen. Das Gedichtbändchen begann mit meinem Erstling in Sachen poetischer Mutter-Sohn-Beziehung, und das natürlich in revolutionärer Kleinschreibung:

oh liebe! liebe mutter!

ich rufe es in der tram
ich schreibe es mit farbe auf die bahn
ich werbe mit flugblättern in der stadt

ich rufe es in die kinovorschau hinein
ich lass vom zeppelin
beschriftete luftballons aufsteigen
ich besetze fernsehstationen
und verkünde es in der tagesschau

Sie liebt mich
Sie tut alles für mich

ich schreibe es in schulaufsätzen
ich rechne es in mathe vor
ich behaupte es sei ein chemischer beweis
ich setze einen physikversuch beim pauker durch
ich lese es des nachts mit geschlossenen augen

Sie liebt mich
Sie tut alles für mich

ich spüre es bei ihrer umarmung
ich schmecke es in ihrem essen
ich höre es aus ihrem mund
ich rieche es an ihrem arbeitsschweiß
ich merke es an ihrer herzenswärme

Sie liebt mich
Sie tut alles für mich

Die im Moment noch wichtigere Frau in meinem Leben aber war Amy. Sie tat wirklich alles für mich. Das tat mir sehr gut. Mein Orgasmus war sichtbar, spürbar, riechbar. Doch wie sah es bei meiner Wohltäterin aus? Wie stand's mit Amy's Orgasmus? Ich war bisher davon ausgegangen, dass Orgasmen zu haben eine natürliche

Körperfunktion ist, ähnlich etwa dem Niesen, und dass dies, wie viele Körperfunktionen, eine Art von Reflexhandlung ist. In das Geheimnis des weiblichen Orgasmus war ich noch nicht eingedrungen, ebenso wenig wie in eine Vagina. Da stand mir noch eine große Abenteuerreise bevor.

Vorerst begnügte ich mich mit erotischer Lyrik, um Amy am Laufen zu halten, denn sie liebte offenbar nicht nur mich, sondern auch meine Gedichte. So schrieb ich auch ihr der Gerechtigkeit halber ein Gedicht, das ich aus Gründen zweckmäßiger Einfachheit etwas abwandelte – was mir meine Mutter gewiss verziehen haben würde, wenn sie es jemals erfahren hätte. An einem Wochenend-Abend erwartete ich Amy in meinem Souterrain-Zimmer, in das ich inzwischen mutig - und strategisch gut vorbereitet – meine Gäste ein- und auszuschleusen verstand.

Auch Spieler, der stinkende Oberprovo, übernachtete einmal bei mir, weil er anderswo keine Unterkunft gefunden hatte. Es war inzwischen mit einem kurzfristigen Kälteeinbruch von minus drei Grad zu kalt, um draußen zu pennen. Am nächsten Morgen lüftete ich so oft ich unten war. Dennoch fiel meiner Mutter der penetrante Gestank noch zwei Tage später auf, und ich musste ihren Fragen mit tausenderlei Slaloms rhetorisch ausweichen. Tote Maus vorm Fenster, vergammeltes Obst unterm Bett, verschimmeltes Brot in der Nachttischschublade, alles musste zur Erklärung herhalten. Hier lernte ich das perfekte schriftstellerische Lügen. Ein unabdingbares Instrument für ein so junges Talent wie mich. Davon war übrigens mein Deutschlehrer nicht unbedingt überzeugt.

Amy und ich stöberten am Abend in unserem Neuerwerb herum. Oh mein Gott, das ließ sich komplizierter an, als wir dachten. Da hieß es zum Beispiel gleich auf Seite 13: „Die Atmung ist die grundlegende Funktion deines Körpers. Ohne sie versagen alle anderen Systeme des Körpers." Mein Zapperlottchen, was für eine grandiose Neuigkeit! Das wussten wir doch, du meine Güte! Aber was hatte das mit Amys und meinem Orgasmus zu tun?

Ach, hier kam die grundlegende Erkenntnis: „Die Atmung ist die erste innere, der Selbsterhaltung dienende Tätigkeit, die dein Körper vollzieht, wenn du in diese Welt eintrittst. Dennoch nimmst du diese wichtige Tätigkeit wahrscheinlich als gegeben hin." Natürlich nahmen wir das als gegeben hin. Sollten wir die Luft alle fünf Minuten für zwei Minuten anhalten, um uns der tieferen Bedeutung des Atmens bewusst zu werden?

Dann hieß es, in unterstrichener Kursivschrift: „Dieses Buch setzt voraus, dass du nie über Atmung und Sex im Zusammenhang nachgedacht hast und dass du niemals die zentrale Rolle erkannt hast, die der Atem in deinem Liebesleben spielt." Wir lasen noch ein wenig weiter, bis wir zu den Themen *Der Scheidendruck* und *Der japanische Hodenzug* kamen.

Nun wurden wir endlich praktisch und Amy hantierte laut Gebrauchsanweisung an meinem Sack rum: „Nimm einen Hoden in jede Hand und ziehe sie sanft nach unten, einmal für jedes Jahr deines Lebens. Ziehe nach unten, halte fest, bis du bis drei gezählt hast und lass dann los." Amy zog siebzehn Mal. Das war korrekt. Jetzt machten wir das, wozu wir gerade aufgelegt waren, wir knutschten uns, alberten rum, machten uns über unsere Lehrer lustig und fummelten noch eine Weile. Amy las ich nun leise bei Kerzenschein mein Liebesgedicht vor. Im Schlafzimmer über uns stöhnte wieder mal die lüsterne Frau Winkelmann. Das war der passende Soundtrack für mein Liebeslyrik-Plagiat:

oh geliebte!

ich ruf es an unserem brunnen
ich schreib es mit farbe
auf die ruine der alten oper
ich werb mit schildern in der stadt
ich ruf es in die ufa-wochenschau hinein
ich lass vom zeppelin flugblätter abwerfen
ich besetze fernsehstationen
und verkünd es in der abendschau

Ich liebe dich
Ich tue alles für dich

ich schreib es zwischen
die zeilen meiner hausaufgaben
ich berechne es im dreisatz
ich beweis es in reagenzgläsern
ich schreib es heimlich an die klassentafel
ich träume nachts davon und werde feucht

Ich liebe dich
Ich tue alles für dich

ich spüre es bei deiner zärtlichen umarmung
ich schmecke es bei deinem kuss
ich höre es aus deinen sanften worten

ich rieche es an deinem aufregenden körper
ich seh es in deinen wunderschönen augen
Du liebst mich
Du tust alles für mich

Amy und ich verbrachten noch eine romantische Nacht bei Kerzengeflacker und O-Saft. Aber morgens um halb Fünf war für Amy die Nacht zu Ende. Dann schlich sie sich durch den Hintereingang aus unserem Haus, musste fünfzehn Minuten nachhause laufen, um sich heimlich in ihr Zimmer zum Restschlaf einzuschleichen. Ihre Schwester wusste Bescheid und hielt zu ihr. „Mach ihr bloß kein Kind!“, hatte sie mir mal beiläufig gesagt. Aber es klang gar nicht beiläufig, sondern echt besorgt. Beide Mädels wussten von ihrer Mutter, was es bedeutete, zu früh und alleinerziehend ein „uneheliches“ Kind in die Welt zu setzen. Es bedeutete nicht nur ein Leben in Armut, sondern auch eine fühlbare Ächtung von Mutter und Kind durch Verwandte, Nachbarn, Vorgesetzte. Nichts war schlimmer für das gute alte Bürgertum als eine unverheiratete Frau mit einem unehelichen Balg.

*

Oberstudienrat Cornelius brachte uns gutes Deutsch bei, zweifellos, aber Phantasie konnte er uns nicht lehren. „Da müssen Sie sich schon selber etwas einfallen lassen!“, gab er uns bei freien Aufsätzen den Rat. Bisher hatte ich immer Einser geschrieben, doch mit den freien Aufsätzen, die mir eine wahre Lust waren, erhielt ich von Cornelius „widerwillig“, wie er betonte, meine erste doofe Zwei, weil ich keinen Anfang und kein Ende finden könne.

Ich war äußerst kreativ und erfand die ungewöhnlichsten Geschichten. Da übernahmen Jugendliche die Macht im Staat und wählten ihren eigenen Bundespräsidenten und einen jugendlichen Kanzler, beides waren selbstverständlich Männer, denn Frauen waren an dieser Stelle noch völlig undenkbar. Später jedoch würden selbst diese Figuren – so schrieb ich im Aufsatz – abgeschafft, weil in einer gewaltfreien Gesellschaft keine solch wichtigtuerischen Amtsträger nötig sind. Das, so fand der Herr Oberstudienrat, gehe über die Realität weit hinaus, dann könnte ich ja gleich vom Paradies schreiben. Was ich im nächsten freien Aufsatz auch machte. Da bekam ich eine Vier, weil „Thema verfehlt".

*

Fast ein Jahr nach meinem Austritt aus der Nachwuchsorganisation der CDU klingelte es nachmittags an der Tür. Lollo öffnete und rief: „Stefan, für dich!"
Flugs kam ich aus meinem Kellerloch hoch und stand zwei unbekannten Jünglingen gegenüber. Erst hatte ich den Eindruck, die Zeugen Jehovas hätten ihre Propagandatrupps enorm verjüngt, dann aber dämmerte es mir, als ich das Abzeichen auf ihren Anzugrevers sah. Beide waren in meinem Alter, einer im grauen und der andere im dunkelblauen Anzug. Sie sahen aus wie Masöhnchen, die stets ihren Spinatteller brav aufaßen. Der etwas größere stellte sich als der neue JU-Vorsitzende vor, der andere sei sein Stellvertreter, und sie wollten gerne noch mal mit mir wegen der Mitgliedschaft in der Jungen Union sprechen. Man könne die Mitgliedschaft ja ruhen lassen, wenn ich derzeit wegen der Schule viel zu tun habe.

Ich hatte eigentlich keinen Bock auf großartige Diskussionen, und fragte sie ganz einfach, was sie von den amerikanischen Bombenteppichen über Vietnam hielten. Die beiden guckten erst etwas verdattert, dann beteten sie das herunter, was ihnen als brave Untertanen ihre Alten eingetrichtert hatten. „Amerika verteidigt dort die Freiheit gegen den Sozialismus", sagte der Größere. „Das müsstest du doch wissen!"
„Und wer hat die Amerikaner gerufen?", fragte ich. „Vielleicht wollen ja die Vietnamesen den Sozialismus."
„Es geht ja darum, dass der Kommunismus die ganze Welt beherrschen will."
„Was ist denn der Unterschied zwischen Sozialismus und Kommunismus?" Ich hoffte, sie würden mich nicht dabei erwischen, dass ich es selbst nicht zu erklären wusste. Das einzige, worüber ich mir im Klaren war, war die Unmenschlichkeit dieses Krieges im Namen von Freiheit, Menschenwürde und anderen unehrlichen Floskeln.
„Ich glaube, du stehst nicht mehr auf unserer Seite", meinte der Wortführer.
„Christen sollten für den Frieden sein. Auf dieser Seite bin ich. Aber ihr seid mir wirklich zu unkritisch. Es tut mir leid." Damit ließ ich sie vor der Tür stehen und diese ins Schloss fallen.

Auch das also waren meine Altersgenossen, nicht wenige, die immer noch wie in den vergangenen Jahrzehnten die ewig alte Leier ihrer alten Herren herunterbeteten. Egal was und wie es aus ihrem Mund kam, es klang stets nach abgestandenem, langweiligem und durchaus stupidem Gesülze. In den Ohren von uns, die wir aus dem Tiefschlaf der Republik aufgewacht waren, klang es einfach nur unerträglich und auch ein wenig widerlich.

Waren das nicht Verräter an unserer Jugend? Kleideten sich wie die alten Säcke, trugen den uralten Fassonschnitt! Verhielten sich wie die Alten und verleugneten ihr Jungsein, unfassbar!

Draußen hörte ich die Miele heranknattern. Das Motorradgeräusch war unverkennbar. Mein Vater kam entweder von seinem Büro, von einer seiner Baustellen, oder aber vom geliebten Sportplatz oder vom geheiligten Kleingarten nachhause.
Ratter ratter töff töff ratter.
„Was waren denn das für zwei geschniegelte Furzwürfel?“, fragte Otto. „Klassenkameraden?“
„Nee, die sind von der Jungen Union und wollten mich wieder als Mitglied gewinnen.“
„Ach, gar nicht mitgekriegt, dass du da nicht mehr bist. War da was?“

*

Mein Vater hatte mich mit Vierzehn problemlos zur JU gehen lassen, obwohl er nicht viel von den „verschlagenen“ CDU-Katholiken hielt. Auch meine Mutter hatte nichts gegen meine Mitgliedschaft eingewandt, das hätte auch total ihrer libertär-schwäbischen Einstellung widersprochen. Ich hatte beiden „vergessen“ zu sagen, dass ich aus dem Verein ausgetreten war. Diese Vergesslichkeit bescherte mir einen zusätzlichen freien Abend in der Woche, an dem ich mich im Club Voltaire mit wirklich philosophischen und tiefschürfenden Fragen auseinandersetzen konnte. Fragen zum Beispiel, die der Bedeutung des G-Punkts bei der Befreiung von der sexuellen Unterdrückung durch die bourgeoise Gesellschaft gewidmet waren. Oder Fragen zur Rolle der Lyrik im

Befreiungskampf Lateinamerikas gegen die amerikanischen Bananenkonzerne.

Ich brauchte diese Widersprüche und Diskussionen. Nur der ausformulierte Gedanke im Wettstreit mit anderen Gedanken war für mich von Bedeutung. Vom Einheitsgestammel vorgefertigter Parteireden hielt ich nichts mehr. Die Zeit war abgelaufen. Ich war fast erwachsen geworden.

Vielleicht wäre ich an jenem Nachmittag gegenüber meinen Ex-Verbündeten verbindlicher gewesen, hätte versucht, sie zu überzeugen, wenn ich nicht gerade zuvor in der Schule ein Referat zum Vietnamkrieg gehalten hätte. Da hatten mir sogar mal unsere vier konservativen Superschleimer und auch die beiden Klassenstreber respektvoll applaudiert: „Die Vereinigten Staaten verteidigen in Südvietnam einen Staat, der nicht mehr existiert, und ein Volk, das sich nicht mehr verteidigen will. Jahrelang immer mehr von Krise zu Krise taumelnd, scheint Südvietnam in Anarchie zu versinken. Für die Verteidigung dieses Gebildes hat Amerika ein rotierendes Expeditionskorps mit mehr als 500.000 GIs eingesetzt. Diesem Truppenaufgebot stehen 1,5 Millionen südvietnamesische Soldaten zur Seite. Viele von ihnen liefen im Lauf der Jahre zu den Viet Minh über, den nordvietnamesisch unterstützen Partisanen. Tägliche Kosten für die US-Interventionsmacht: 70 Millionen Mark. Jährlicher Blutzoll: 20 Gefallene pro Tag. Insgesamt wurden bisher über 2.700 Amerikaner allein in Südvietnam getötet, und es wurden während der jahrelangen Kämpfe bislang über 120.000 GIs verwundet.“

Am Ende des Krieges sollten es über 300.000 Verwundete sein; ohne die Zahl der psychisch traumatisierten Soldaten, die mit lebenslangen Albträumen und Psychopharmaka leben mussten.

Stiehler, unser Sozialkundelehrer, ein 40-jähriger Sozialdemokrat, der schon ziemlich früh aus der Ostzone geflüchtet war, wiegelte ab: „Gegen Totalitarismus muss man auch bereit sein, Waffengewalt einzusetzen."
Da war mir der Kragen geplatzt, denn ich hatte einen ganz und gar anderen Totalitarismus im Sinn, als dieser SPD-Cowboy. Dem traute ich nicht mehr über den Weg, nachdem mir Heiner Halberstadt im Club Voltaire einmal erzählt hatte, dass im SPD-Unterbezirk Frankfurt die konservativsten und miesesten Ratten aus den Reihen der DDR-Übersiedler kämen. Die würden jeden Ansatz zu einer friedlichen Koexistenz zwischen den beiden deutschen Staaten torpedieren. Diese Worte und ihre Bedeutung gingen mir damals zwar am Arsch vorbei, hatten aber doch irgendwo mein Gedächtnis erreicht.
„Ich möchte hier mal auf einen anderen Aspekt des Totalitarismus zu sprechen kommen", sagte ich, als ich nach Stiehlers Einwurf mein Referat vor der Klasse fortsetzte:
„Im fernen Südostasien, weitab des amerikanischen und europäischen Kontinents, verteidigt unser christlicher Westen eine Sache, die wir Freiheit nennen, während andere dies als totalen Massenmord und Massentotschlag bezeichnen. Einige im Westen meinen, es handele sich um einen *notwendigen Krieg*, um ein *unvermeidliches Engagement* mit absehbaren *Modalitäten*."

Ich legte dar, dass das *Engagement* bereits 1965 die systematische Zerstörung von weiten Teilen Vietnams bedeutete. Was war das anderes, als die Rhetorik von Hitlers und Goebbels Frage „Wollt ihr den totalen Krieg?" Hier wurde die Totalitäts-Rhetorik zu neuer schauerlicher Realität. US-Flieger, ganz normale christlich geprägte Familienväter, hatten allein im ersten Kriegsjahr 63.000 Tonnen Bomben auf Nordvietnam geworfen – die zwanzigfache Menge des barbarischen britischen Luftangriffs auf Dresden 1945.

Die *gewissen Modalitäten* waren schon 1965 der Einsatz von Dioxin und Napalm. Dioxin war das tödlichste Nervengift im Waffenarsenal der US-Kriegführung. Es wurde als *agent orange* verschossen und verursachte millionenfache schwere Hauterkrankungen, wie die Clorakne sowie Entzündungen im Nervensystem, wie Gefühllosigkeit, Erblindung, das Zittern von Händen und Füßen, und rief hunderttausende Fehlgeburten, missgebildete Kinder und Krebs hervor. Es zerstörte tausende Quadratkilometer Flora und ließ in der Tierwelt Schäden wie beim Menschen zurück.

Später, 1968, stand fest, dass über drei Millionen Menschen unmittelbar durch *agent orange* starben oder lebensbedrohlich erkrankten. Dann wurde bekannt, dass weitere 4,4 Millionen den Folgen erlagen oder lebenslange gesundheitliche Schäden erlitten. Diese Informationen prägten das Denken und Gewissen von uns Jungspunden, die wir nicht mehr im Seligschlummerland leben wollten. Wir wünschten uns keine liebedienerische Regierung, die das Morden gutheißt.

Wir wünschten uns einen Aufstand des Gewissens. Aber die Alten wären nicht die braunschwarzen Alten gewesen, wenn sie ein Gewissen gehabt hätten. Sie hatten den selbstverschuldeten Weltkrieg hinter sich. Was kümmerte sie jetzt noch die Welt der Anderen? In der eigenen Welt aber, in der die Alten das Sagen hatten, mitten in Westdeutschland, wurde jene Chemikalie für die amerikanischen Streitkräfte hergestellt, die zu derartiger Massenvernichtung in Südostasien Voraussetzung war: Dioxin.

Laut der US-Arzneimittelbehörde FDA ist Dioxin hunderttausend bis eine Million Mal so erbschädigend wie Contergan. Noch zwanzig Jahre später wurden in Vietnam schwer missgebildete Kinder geboren, 50.000 allein zwischen 1975 und 1985: Unterleiber mit Beinen ohne Rumpf, andere Babys hatten keine Beine oder Arme oder wurden mit offenem Rücken oder gewaltigen Hasenscharten im Gesicht geboren.

Hergestellt wurde dieses Mördergift in Michigan und – in Deutschland. 47.000 Tonnen dieses Produktes für einen „effizienten" Giftkrieg wurden zwischen 1962 und 1966 von den US-Streitkräften über Vietnam und Laos versprüht. Was ich plötzlich bei meinen Recherchen zu dem Referat verspürt hatte, war unleugbar Hass. Hass, den ich stets ablehnte. Doch es war unverkennbar Hass auf die Firma C. H. Boehringer, die damit über Jahre hinweg auch noch saftige Gewinne einfuhr. Damit begann für mich die große Mitschuld der deutschen Pharmaindustrie und der Bundesregierung am Tod von mehreren Millionen Menschen. Es war bestürzend. Aber Stiehler redete weiter daher, als handele es sich um Übertreibungen und überhaupt sei alles nur ein

Betriebsunfall. Seitdem waren auch die alten Sozis bei mir unten durch, obwohl ich die Jungsozialisten als ehrliche Typen kennen lernte.

*

Ob Otto auch so ein Typ vom uralten Schlag gewesen war? Weil er mein Vater war, wollte oder konnte ich mir nicht vorstellen, dass er im Krieg einer von den Schweinen gewesen war. Und noch etwas konnte ich mir absolut nicht vorstellen. Da klärte mich aber sein Nachttischschränkchen auf, in dessen Schublade ich selbstredend noch nie geschaut hatte. Aber eines Tages, als die Eltern unterwegs waren, suchte ich für meinen unerlaubten, inzwischen jedoch schon halbgeduldeten Abendbesuch eine Taschenlampe. Ich hatte mal aufgeschnappt, dass die im Nachtschränkchen von Vater lag. Als ich danach suchte, fand ich drei Büchlein. Das erste trug den Titel *DAS KAMASUTRA. Die Kunst der Sinnlichkeit.*

Das Inhaltsverzeichnis las sich auf den ersten Blick wie eine Menükarte aus einem Kochbuch. Da ging es um die *Vorbereitung auf die Liebe*, das *Berühren und Liebkosen*, und natürlich ging es um das *Küssen.* Weiter ging das Menü mit zig *Kamasutra-Stellungen*, dann den *Ananga-Ranga-Stellungen*, was mir sehr nach Verarschung klang, dann kam noch die *Duftender-Garten-Stellung* bevor das Dessert in eine Nachbetrachtung mit dem Titel *Vor und nach der Liebe* mündete. Das Schönste aber waren zweifellos die Bilder zu den Liebesstellungen.

Wenn die erregenden Fotos nicht gewesen wären, hätte ich glatt Lyrik aus den Texten gemacht, etwa so:

weit geöffnet
ein liebesakt
der in einfacher stellung beginnt
der mann liegt oben
beide partner strecken die beine aus
entwickelt sich oft ganz von selbst
zur weit geöffneten stellung
hierbei hebt die frau
die beine und spreizt sie weit

Ein anderes Gedicht, das ich aus dem Kamasutra-Text umgeformt hätte, würde so gehen:

die hoch gerundete stellung
mit zurückgeworfenem kopf
wölbt die frau den rücken
und hebt ihren körper dem partner entgegen
spreizt die beine weit
und bietet zum eindringen einen winkel
der eine tiefe penetration gestattet

Gestatten, die Dame? Dann gab's da noch die *Stellung der Gefährtin des Indra* zu sehen. Das konnte nur den Gelenkigsten mit überdehnten Sehnen gelingen. Die Stellung ist nach Indrani benannt, der schönen, verführerischen Frau des Hindugottes Indra. In den alten vedischen Schriften war er der König der Götter und gleichzeitig der Regen- und Donnergott. Irgendwann später am Abend, Amy und ich hatten uns super befriedigt, kam meine persönliche Götterdämmerung.

Die vielen Götter, denen unsere Vorfahren gedient hatten, hatten also – Erkenntnis Nummer Eins – einen vorgesetzten König, der über ihnen stand und den ganzen Laden managte. Immer diese Ideologie vom notwendigen Chef, dem Leitbullen, vom Käpt'n, der das Schiff schon schaukelt! Selbst Götter brauchten sowas. Erkenntnis Nummer Zwei: Die Götter-Burschen und Götter-Mädels waren menschlichem Vergnügen nachgegangen und hatten göttlichen Sex. Das fand ich köstlich, und schnell schloss sich der Kreis zur Thematik des Orgasmus-Onkels Jack, der etwas über *Religion und Sexualität – Geistige Suche und Orgasmus* geschrieben hatte. Da war ich aber auf einen ganz schönen Holzweg geraten. Doch das erkannte ich erst später.

Wenn aber selbst Götter es miteinander trieben – mein Gott! – dann trieben es ja auch meine Eltern! Das hatte ich zwar schon einmal in früherer Erkenntnis begriffen, aber doch immer wieder verdrängt. Den Nachweis, mehr Indiz als Beweis, hatte ich gerade gefunden. Erotikbücher im Nachtschrank von Otto. Da fiel mir das erste Mal so eindringlich wie nie zuvor auf, dass meine Eltern wohl auch Sex miteinander hatten, und dass ich ja der lebende Beweis dafür war. Eine ziemlich komische, wenn nicht gar völlig abwegige bis eklige Vorstellung. *Meine* Eltern doch nicht!

Doch da waren zu allem Überfluss noch zwei andere Bücher. Sie waren zwar unbebildert, konnten vor Gericht jedoch wahrscheinlich als Indizien vorgelegt werden. Das eine hieß *Die Geschlechtsliebe* von Dr. med. Karl Treffurth und war aus dem Jahr 1939. Inhalt: *Die Fortpflanzung. Die Geschlechtskrankheiten. Die Syphilis. Die Auswirkung der Syphilis auf die Nachkommenschaft. Der Tripper.* Dann endlich kam Dr. Treffurth zwei ganze Seiten lang trefflich zur Sache: *Die Geschlechtsliebe.*

Und schon ging es in buntem Reigen weiter mit *Das Rauchen. Die Prostitution. Die Ehe. Die Fruchtbarkeit. Die Geburtenbeschränkung. Die Einkinder-Ehe.* Konnte ich damit wirklich etwas anfangen? Dann noch das Hammer-Schlusswort, in dem es heißt: „Die Rasse, welche der Pest der Geschlechtskrankheiten nicht Herr zu werden vermag, wird eben sterben oder Gesünderen den Platz räumen müssen. (Adolf Hitler)".

Das andere Buch war von 1963 und von einem gewissen Dr. Jacques Bardet und hatte den vielsagenden Titel *Die tiefsten und intimsten Geheimnisse der Liebeserregung und Lustvollendung in der gesunden, glücklichen und harmonischen Ehe.*

Am nächsten Morgen saßen wir beim Frühstück, und ich konnte meinen Eltern kaum in die Augen schauen. Diese Sexmonster! Wie immer roch mein Vater nach *„4711 Echt Kölnisch Wasser"* und hatte seine vollen Haare mit Pomade geglättet. Mutter trug ein dezentes Parfum und roch das ganze Jahr über nach Maiglöckchen. Vielleicht war das mal im Angebot gewesen. Denn Angebote waren inzwischen schick geworden. Die moderne Hausfrau orientierte sich bereits an Sommer- und Winterschlussverkäufen und in der Zwischenzeit nach allerlei sonderbaren Sonderangeboten.

„Otto, reich mir bitte mal die Butter", bat Lollo.
„Im Tausch gegen die Hershey's gerne", sagte mein Vater. Mutter hatte uns wieder mal verschiedene Leckereien aus der PX und ihrem Offiziershaushalt mitgebracht. Ich liebte die ausgefallenen Marmeladen und natürlich eine Tube, aus der man weiße Marshmallow-Creme drücken konnte. Wie lecker war das denn! Nicht

mal Negerküsse konnten da mithalten. Diese sich dahinziehende weiße Tubenfüllung war der Hit.

Es war total normal, dass die dunkelhäutigen Amis »Neger« hießen. Auch unsere Lehrer sagten tatsächlich »Neger«. Aber einer meiner ehrenamtlichen „Lehrer", mein aufmüpfiger Pfadfinderführer, hatte mich inzwischen gelehrt, dass die »Neger« es nicht gerne hören, wenn man sie »Neger« nennt. Doch in meinem Kopf und bei meinen Schaumkuss-Bestellungen am Kiosk gab es im Moment dennoch dafür kein anderes Wort als »Negerkuss«.

„Wird Zeit, dass wir uns auch einen Wagen anschaffen", sagte Mutter. „Ewig Bahn- und Tramfahren, das muss doch nicht sein. Andere fahren mal ihre Verwandten in Buxtehude besuchen. Aber du kannst mit deinem Motorrad doch keine fünf Personen irgendwohin mitnehmen! Außerdem ist das Motorradfahren viel zu gefährlich bei all dem Verkehr!"

Der Verkehr hatte tatsächlich rapide zugenommen. Gab es 1950 nur 2.128 Autobahnkilometer, so hatten sie sich bis 1970 bereits mit 4.110 Kilometer knapp verdoppelt. Entsprechend war die Anzahl der Automobile gestiegen. 1960 gab es rund 4,5 Millionen PKW, fünf Jahre später schon fast die doppelte Anzahl und 1970 hatte sich die Zahl der Autos auf 14 Millionen verdreifacht. Otto war immer öfter nachhause gekommen und hatte über die rücksichtslosen Autofahrer gewettert. Insbesondere fielen ihm wiederholt die „Vilbeler Wasserbauern" auf, das waren die Klein-LKW, die das Sprudelwasser und andere Mineralwässer aus den Bad Vilbeler Quellen an die

Frankfurter Läden, aber auch an Privathaushalte lieferten.

Mutter ließ nicht locker: „Selbst die Maiers haben jetzt ein Auto!"
Die Maiers waren Aussiedler, so nannte man die Zuwanderer mit deutschen Wurzeln, die aus einem Staat des Ostblocks im Rahmen eines Aufnahmeverfahrens übergesiedelt waren. Wir kannten die Maiers vom Sportverein. Sie waren vor sieben Jahren bettelarm aus Rumänien in Hessen angekommen. Durch irgendwelche staatlichen Vergünstigungen und Zuschüsse hatten sie es in kürzester Zeit zu einem Häuschen in einem Frankfurter Ortsteil und nun auch zu einem VW-Käfer gebracht. Einen Fernsehapparat hatten sie vor uns. Otto sagte dazu nur: „Ja, ja, die Flichtlinge, denen geht's gut! Flichtling müsste man sein!"

Günter war aus Berlin zu Besuch. Er sagte: „Geht es uns etwa nicht gut? So einen Beruf wie du hast, da lecken sich andere ja die …"
Vater unterbrach ihn. „Streich dir nicht die Marmelade so dick auf's Brötchen. Du wirst immer dicker!"

Eigentlich hatte Günter Recht. Vater hatte einen komfortablen Beamten-Status bei Väterchen Staat mit vielen großen und kleinen Freiheiten – und einem gesicherten Monatsgehalt inklusive regelmäßiger Gehaltssteigerungen bloß durchs Älterwerden, inklusive fetter Pension, wenn's mal soweit war. Er konnte sich seine Arbeitszeit einteilen und statt Baustellen auch mal den Sportplatz besuchen. Die ausgelassenen Baustellen graste er dann am nächsten Tag im Schnelldurchgang auf seinem Motorrad ab.

„Also, das Motorrad passt nicht mehr in die Zeit!“, rief Mutter aus. Mit ihrer thematischen Beharrlichkeit war das Frühstück gelaufen. Vater war leidenschaftlicher Motorradfahrer und würde sich niemals freiwillig von seiner Miele, Baujahr 1959, trennen. Die Firma Miele stellte in den Fünfziger Jahren nicht nur Waschmaschinen, Staubsauger und Geschirrspülmaschinen her, sondern eben auch Mopeds und Motorräder. Das war deutsche Markenqualität nach Ottos Geschmack. Niemals hätte er ein ausländisches Technik-Produkt gekauft. Ich glaube, da steckte noch eine gute Portion von althergebrachtem Nationalismus drin. Andere sagen, das alles sei reine Vertrauenssache. Egal.

*

Den Verkehr blockieren, die Nerven der Kleinbürger treffen – das war eine der kleinen spontanen Genüsse, die sich die Studenten und auch wir anderen aus der „Szene“ gönnten. Mein zweites Sit-in fand an einem Herbstnachmittag auf dem Nibelungenring mitten auf einer Kreuzung zur Hauptverkehrszeit statt. Wir waren nicht mehr als vielleicht hundert oder hundertfünfzig Leute und hatten uns für diese Spontanaktion ein paar Pappschilder gemalt. Darauf stand: *Sagt NEIN zum Krieg! Bürger hebt euren Arsch und macht mit bei unsrem Marsch! Gegen Notstandsgesetze! Für ein atomwaffenfreies Europa!* Die Autofahrer hupten, was wir als Unterstützung verbuchten. Diejenigen von uns, die neben den Wagen mit den runtergekurbelten Autofenstern saßen, bekamen allerdings die Schimpfe ab: „Geht doch rüber!“ oder „Was geht uns Vietnam an? Wir haben Feierabend und wollen nachhause!“ oder „Könnt ihr nicht in einer Grünanlage eure Demo machen!“

Als wir die Sirenen der Polizeimannschaftswagen hörten, zerstreuten wir uns blitzschnell in Seitenstraßen und sammelten uns, wie zuvor abgesprochen, hinter den Polizeilinien an einer der nächsten großen Kreuzungen. Dann heulten wieder die Sirenen, und wir zogen unverdrossen Richtung Innenstadt, um nun die Tramgleise zu blockieren. Dieses Katz- und Mausspiel ging über zwei bis drei Stunden. Dann war unser revolutionäres Tagewerk vollbracht und wir gingen nachhause; die Studenten in ihre Abendvorlesungen oder Wohngemeinschaften und wir Schüler gingen brav zum elterlich vorbereiteten Abendbrot.

Nach dieser Sit-in-Erfahrung erweiterte ich meinen revolutionären Horizont mit einem ersten Happening. Es fand Ende Oktober statt. Für den 30. Oktober war am Opernplatz eine Großdemonstration gegen die Notstandsgesetze geplant. Aufgerufen dazu hatte das Kuratorium „Notstand der Demokratie". Ostermarschierer, Kirchengemeinden, Studentenschaften, der hessische DGB, Atomwaffengegner, DFU-Sympathisanten und andere Pazifisten hatten sich dem Aufruf angeschlossen. Spieler, der Oberprovo, hatte mich zwei Wochen zuvor am Brunnen gefragt, was ich von seiner Idee halten würde, wenn wir hundert Provos zusammentrommelten, die auf Holzpferdchen eine berittene Formation darstellten. Damit könnten wir auf witzige Weise Aufsehen erregen und die Presse müsste sich notgedrungen mit der Reiterstaffelpolitik des Polizeipräsidenten auseinandersetzen.

Anfang des Monats war eine Reiterstaffel der Bullen direkt in eine Gruppe von friedlich dasitzenden Demonstrantinnen hineingeritten. Es hatte mehrere ernsthaft Verletzte gegeben, darunter auch die rothaarige Ebbet, die zu unserer Marshallbrunnen-Clique gehörte. Eine solche Brutalität war bislang nicht vorgekommen. Alle rundum waren empört; nur die Presse schwieg sich beharrlich aus. Da schien mir Spielers Vorschlag sehr einleuchtend.

In den nächsten Tagen sah man einige von uns bei der Arbeit in einer Schreinerei, die Veits Vater gehörte. Wir bastelten Stockpferde aus Besenstielen und aus bemalten Pferde-Pappköpfen, wobei uns eine Kunst-Lehramts-Studentin mit ihren Kolleginnen half. Veits Vater spendierte uns das Holz, besorgte dicke Pappe, Farben und Pinsel sowie die Kordel für die Zügel. Als Dank trugen wir ihm zwei Wochen später Werbeflugblätter im Wohngebiet aus.

*

Veit war wie ich Gymnasiast, saß oft am Marshallbrunnen, war ein Jahr älter und hatte Kontakt zu Günter Amendt, den ich aus unsrem Club Voltaire schon kannte. Auch Meise kannte er, und irgendwann lud er mich ein, beide zu besuchen, denn er würde bald in ihre WG einziehen. Den Besuch machte ich in der Adventszeit und traf dort auch auf Martin und Ebbet, die hier wohnten und als Pärchen jede Minute ihrer Freizeit am Opernplatz verbrachten, um irgendwelche Flugblätter gegen das Establishment und den Konsumterror unters Volk zu bringen.

Ebbet war zwanzig, von Beruf Verkäuferin, die ihren Job hingeworfen hatte, und seit einem Jahr ging sie mit Martin. Er war fünf Jahre älter und gehörte zu den Stu-

dentenkreisen, die unentwegt die Revolution organisierten. Was das wohl war, Revolution?
„Wir müssen verstehen, dass wir das Ding selbst in die Hand nehmen müssen“, sagte Martin beim Abendessen am langen, selbst gezimmerten WG-Tisch. „Die Alten geben die Macht nicht freiwillig her!“
„Meinst du dein Ding, oder was soll ich in die Hand nehmen?“, fragte Ebbet, und alle lachten.

Dann wurde wild diskutiert. Über Rüstungskonzerne, Überflussgesellschaft, Patriarchat, Herzlosigkeit, Profit, Ausbeutung, Übermacht der Reichen, Macht der Banken, Pressemanipulation, Springerpresse, Enteignungen, Verstaatlichungen und vieles andere mehr. Das erste Mal hörte ich den Slogan »Trau keinem über 30«, was mir sofort einleuchtete, denn mit Dreißig war man ja mindestens scheintot. Ich war überrascht, wie gut man sich hier unterhalten, aber auch vergnügen konnte.

Sunny, ein blonder langhaariger Provo aus Scheveningen, nicht viel älter als Veit und ich, wohnte hier mangels anderer Unterkunftsmöglichkeiten schon seit September mit seiner Freundin Claire. Sunny war zuhause wegen seiner langen Haare rausgeflogen. Beide sprachen recht gutes Deutsch. Claire war aus Solidarität mit ihm abgehauen; sie war siebzehn Jahre alt und hatte sehr wahrscheinlich Udo Jürgens als Steilvorlage für seinen Song gedient. *Siebzehn Jahr, blondes Haar, so stand sie vor mir - Siebzehn Jahr, blondes Haar, wie find ich zu ihr.*

Sunny jedenfalls hatte zu ihr gefunden. Beide konnten sich ungestört in Sunnys WG-Zimmer vergnügen, ohne dass sie vor ihren Eltern Versteck spielen oder lügen mussten wie ich. Wir hörten in der Küche, wo wir anderen zu fünft zusammensaßen und unsere nächsten Aktionen besprachen, das lustvolle Jauchzen und Stöhnen von Zweien, die sich im ungestümen Liebesrausch befanden, ganz ohne Drogen. Drogen waren in der WG von Meise und Günter in der Bockenheimer Adalbertstraße nicht erwünscht. Aber Gäste waren zuhauf erwünscht. Und bei Bedarf stellte man Gästen, die sich lieben wollten, auch ein Gastzimmer zur Verfügung. Auf den Kuppeleiparagrafen wurde geschissen.

So konnten nun auch Amy und ich uns nach Lust und Laune dort treffen und lieben. Noch immer galt, dass Amy sich den letzten Schritt vorbehielt und nicht gedrängt werden wollte. Das war selbstverständlich – ebenso selbstverständlich wie wir uns für unsere kleine sexuelle Freizone bei den WG-Bewohnern bedankten, indem wir dort bei allem, was anfiel, mithalfen. Sunny, der tagsüber in der Stadt rumhing und von den „Geldfressern" etwas erbettelte oder abends in Lebensmittelläden nach verwertbarem Wegwerfgut nachfragte, brachte seine Erlöse in die WG-Kasse oder in die beiden WG-Kühlschränke ein. Seine vielfältigen Lebensmittel-Eroberungen nannte er „Beute".

„Hey, guckt mal, was ich für 'ne Beute gemacht hab!" Dann zog er halbwelkes Gemüse, braune Bananen, angestoßene Äpfel und etwas angetrocknetes Brot aus seiner Hertie-Tüte. Wir verschmähten nichts. Ablaufdaten oder ein Mindesthaltbarkeitsdatum gab es nicht. Die Lebensmittelhändler hatten im Auge, was sie wann im Großhandel erworben hatten und wann es verkauft sein musste. Zwar war der Massenkonsum auf bestem Expansionsweg, aber längst noch nicht so ausgefeilt wie es zwanzig Jahre später kam. Es gab noch an jeder übernächsten Straßenecke Tante-Emma-Läden und kleine Getränkehändler.

Auch der Minirock kannte kein Ablaufdatum und war weiter auf dem Vormarsch. Amy und Claire trugen so was und Ebbet auch. Ihre Röckchen waren unverschämt kurz, sie bestanden aus einem schmalen Stück Stoff und waren wirklich schrecklich heiß. Schon bald flanierte in England Kultmodel „Twiggy“ mit dem schmalen Stoffstreifen über die Laufstege, und der Mini trat seinen Siegeszug rund um die Welt an. Und alles wurde irgendwie anders.

Denn der Mini war nicht nur irgendein Modetrend, er war in den biederen sechziger Jahren ein echtes Statement. Was altbackene Spießbürger und pseudochristliche Moralapostel, wie wir sie nannten, als obszönen Fummel verurteilten, begeisterte Millionen junger Frauen – und uns Männer. Weil der Mini nicht nur für Freiheit am Bein sorgte, sondern auch im Kopf. Bei uns Jugendlichen, und nicht nur bei uns, löste dieser Trend daher schon eine halbe Revolution aus.

*

Die echte Revolution war für Sonntag, den 30. Oktober, geplant. Ausgerechnet da wollten Lollo und Otto mit meinen Geschwistern und mir zu einer Familienfeier in Onnas und Tattis Drogerie. Ulla redete sich wieder mal raus und bekam grünes Licht für Monsieur Beaugrande, den sie wohl abgöttisch liebte, obwohl er sie manchmal einfach sitzen ließ und sie dann nach Stunden des Wartens enttäuscht nachhause kam. Günter, der demnächst wieder abreisen würde, ging treu und brav mit, denn die

Drogerie war seine zweite Heimat. Er wollte sich von Tatti und Onna verabschieden.

Nur ich bockte, denn ich hatte Wichtigeres vor. Heute war ein entscheidender Tag. Es war der Tag, an dem unsere mühsam hergestellten Holzpferdchen gegen die von der Regierung geplanten Notstandsgesetze zum Einsatz kommen sollten. Bevor die Diktatur uns überrollte, mussten wir Widerstand leisten und die Demokratie verteidigen. Das konnte ich meinen Eltern natürlich nicht sagen. Deshalb schob ich eine Mathearbeit vor, die wir am nächsten Tag tatsächlich auch zu schreiben hatten. Doch dafür brauchte ich nicht üben, da war ich fit. Den Eltern sagte ich, dass ich ohne Übung die Arbeit verpatzen würde, es sei diesmal ein besonders schwieriger Stoff, die Vektorrechnung. Schwerpunkt: Parallelität, Kollinearität, Komplanarität und Mittelpunkt einer Strecke. Die Eltern verstanden nur Bahnhof. Und dann war es, nach einigem elterlichen Zögern, schließlich geschafft, ich musste nicht mit. Jetzt nur nicht auf halber Strecke stehen bleiben. *Hoffentlich gehen sie bald!* Endlich, gefühlte tausend Jahre später, schnappte die Haustür ins Schloss.

Ich zog meine bunten Provo-Klamotten an, holte das braun angepinselte Steckenpferd unter meinem Bett hervor, und plötzlich klingelte es oben an der Haustür. Das konnte nur der Postbote sein. Ich stolperte die Souterrain-Treppen hoch, öffnete, und vor mir stand Tante Gretel.
„Ich muss mal zu euch“, sagte sie. „Meine Tochter will mich rausschmeißen.“
Seit einigen Wochen hatte Tante Gretel mit ihrer Tochter Ellen Zoff, aber Ellen hatte meiner Mutter am Tele-

fon gesagt, dass sich alles nur im Kopf von Tante Gretel abspiele. Sie sei nicht mehr ganz zurechnungsfähig, 82 Jahre, das Alter eben, und man solle es nicht so ernst nehmen.

Ich tippelte auf der Stelle, als müsse ich mal dringend. Und ich musste ja auch dringend – zur Revolution. „Ich muss jetzt weg. Und die Eltern sind in der Drogerie." Ich versuchte mein Holzpferdchen hinter der Tür zu halten, damit sie es nicht sieht. Aber Luchsauge Gretel hatte es natürlich schon längst entdeckt und fragte mich, was das sei.
„Das hab ich für den Kunstunterricht gemacht. Aber jetzt muss ich wirklich weg."
„Na gut, dann richte deinen Eltern einen schönen Gruß aus. Vielleicht komme ich morgen noch einmal, dann sogar mit Koffer." Sie drehte sich um und ging langsam die Stufen zum Vorgarten hinunter, streifte an den drei Briefkästen vorbei, schaute zum stark bewölkten Himmel hoch und spannte einen Regenschirm auf, obwohl es noch nicht regnete.

*

Kurz darauf machte auch ich mich auf den Weg. Die Demo startete am Römerberg. Hoffentlich hielt das Wetter. Würde es regnen, dann würden die Pferde ihre Pappköpfe bald schon hängen lassen. Ich kaufte mir an der Endstation der Tram am Kiosk, genannt „Wasserhäuschen", eine Zehnerfahrkarte. Es gab jetzt eine Neuerung; die Schaffner wurden durch einen Automaten in der Tram entlastet. Wer bereits eine Zehnerkarte oder einen Einzelfahrschein besaß, konnte ihn am Automaten abstempeln. Manchmal kam der Schaffner und prüfte dies, manchmal kam er nicht. Irgendwann im neuen Jahr sollte der Schaffner ganz entfallen und es sollten nur noch sporadisch Kontrolleure kommen. Pit und ich hatten schon einen genialen Plan ausgeheckt, wie wir dann umsonst fahren konnten. Doch im Moment waren die Vorbereitungen noch nicht getroffen.

In der Straßenbahn guckte man mich komisch an, aber da sah ich zu meiner Ermutigung andere bunte Gestalten mit Pappschildern in den vorderen Reihen sitzen. Auf einem Plakat stand: „Kein zweites 1933"; auf dem daneben wurde gefordert: „Generalstreik gegen Notstand!" Von meinem Fensterplatz aus erblickte ich viele Leute, die zu Fuß in Richtung Innenstadt unterwegs waren. Fast alle waren gut gekleidet und sahen wie Durchschnittsbürger aus, die zu ihrem Arbeitsplatz unterwegs waren. Nicht wenige trugen Anzug. Nur einige der Studenten erkannte man an ihren zotteligen Windjacken und Parkas, an den Wuschelhaaren, und die Mädels an Miniröcken oder buntem Hippieoutfit. Aber selbst die Studies trugen oft genug noch Anzug. Da liefen massenweise Menschen die Straßen entlang, mir schienen es jetzt schon Hunderte zu sein. Ein Gefühl von Zusammengehörigkeit flutete mich.

Plötzlich aber fiel mir ein, dass Tante Gretel nachdem sie bei uns geklingelt hatte wahrscheinlich zur Drogerie ihrer Schwester Tatti marschiert sein könnte. Dort würde sie meinen Eltern erzählen, dass sie Glück hatte, mich anzutreffen, weil ich gerade das Haus verlassen wollte. Dann wüssten meine Alten, dass die Mathe-Klausur vorgeschoben war. Dann war ich als Lügner ertappt, und sie machten sich wieder einmal schreckliche Sorgen um ihren missratenen Jüngsten, den sie dennoch liebten und in die Gemeinschaft der Heiligen zurückführen wollten.

Amy stieg am Merianplatz zu. Mit ihr eine Verabredung zu treffen, war nicht immer einfach, aber wenn es drauf ankam, war Amy zur Stelle. Und auch sie hatte ihr Pferdchen dabei. Als wir am Römerberg ausstiegen, wimmelte es nur so von Demonstranten. Eine unüberschaubare Masse von Protestschildern schob sich aus Richtung Hauptwache auf den Platz vor dem Frankfurter Rathaus. Aus allen Richtungen stießen immer wieder Demonstranten hinzu. Man hielt Transparente hoch, „Nie wieder Krieg von deutschem Boden“ und „Notstandsgesetze = Diktaturgesetze“.

Ich sah nun schon die dritte Blaskapelle, die zwischen den Protestierenden marschierte und mit Arbeiterliedern für Stimmung sorgte. „Brüder zur Sonne, zur Freiheit“ und „Nur Streik hilft“ hörte man, aber auch andere Protestsongs wurden gesungen wie „Das Friedenslied“, „Bella Ciao“ und „Es kommt der Tag“. Die einzigen beiden Lieder, die mir bekannt vorkamen, waren „Bella Ciao“ – das hatte ich mal im Club Voltaire gehört – und „Brüder zur Sonne …“, das hatten wir in einem Geschichts-Film zur Sozialdemokratie in der sechsten Stunde bei einer Vertretung gesehen, weil unser schulinterner konservativer Vorzeige-Sozi, Herr Stiehler, auf irgendeiner Parteisitzung abgeordnet war. Lehrer musste man sein. Da hatte man Zeit für Politik.

Spieler, Veit, Klint, Ebus, mein Schulfreund Pit, Amys Schwester Jamie, Frankholz, Martin und Ebbet, Sunny und Claire und noch über vierzig andere Provos sammelten sich an der Paulskirche. Amy und ich waren die letzten, die zu unserem kleinen Organisationszirkel hinzukamen. Eine Hundertschaft hatten wir nicht zusammengekriegt, eher die Hälfte. Deshalb hatten wir keine hundert Holzpferdchen, sondern zwanzig weniger mitgenommen. Veit, Klint und Jamie verteilten zirka dreißig unserer hart erarbeiteten Steckenpferdchen an andere jugendliche Demo-Teilnehmer. Wir waren nun zwar keine imposante Hundertschaft, aber immerhin konnten wir eine achtziger Mannschaft ins Rennen schicken.

Die Veranstalter wollten uns Politkasper nicht vorne reiten lassen, sondern verwiesen uns an den Schluss des ewig langen Demonstrationszuges. Wir empfanden uns natürlich nicht als Politkasper oder Hofnarren des Establishments, wie uns manche unterstellten. Unsere politischen Ambitionen waren klar: Wir wollten den Herrschenden und ihren untertänigen Spießbürgern mit provokantem Witz und kreativem Charme die Maske vom Gesicht reißen.

Der Demonstrationszug setzte sich in Bewegung, und es war eine tolle Stimmung, weil wir so viele waren, denen das Schicksal unserer Demokratie nicht gleichgültig war. Die Mannschaftswagen der Polizei und der eine – und einzigste – Wasserwerfer parkten weitab und versteckt in der Seitengasse hinter dem Römer. Ein paar freundliche Bullen begleiteten den Zug, und alles war in Ordnung. Nun wären die Bullen keine Bullen gewesen, wenn sie nicht doch noch gegen Ende dieses friedlichen Protestes Zirkus gemacht hätten. Schließlich mussten ja noch negative Schlagzeilen für die Springerpresse produziert werden. Und wir wären keine Provos gewesen, wenn wir nicht der Staatsmacht entschieden entgegengeritten wären.

Am Ende der Demo kamen wir am amerikanischen Generalkonsulat vorbei; da schallten die Rufe enorm zornig: „Amis raus aus Vietnam!“ und „Ami go home!“ Rund um das Generalkonsulat waren Absperrgitter und Dreifachreihen mit Polizisten. Pfefferspray gab es noch nicht, aber verdammt harte Gummiknüppel, die schnell und aus nichtigstem Anlass zum Einsatz kamen.

Der Großteil der Demonstranten zog an den Absperrungen vorbei. Einige Hundert aber verblieben dort und skandierten weiter: „USA-SA-SS“ und immer wieder „Amis raus aus Vietnam!“ Nun kamen wir auf unseren Pferdchen angeritten mit abgewandelter Parole: „Amis raus aus USA – Winnetou ist wieder da!“ und „Ledernacken – Koffer packen!“ Das war der Einsatzleitung offensichtlich zu provokant, denn mit einem Mal stürzten sich die Bullen auf unsere Mannschaft.

In dem nun entstehenden Chaos ging es drunter und drüber, die Knüppel sausten auf unsere Köpfe nieder, die Holzpferdchen gingen zu Bruch. Statt politischer Parolen ertönten Schmerzensschreie, Blut floss. In dem Moment fuhr ein Stoßtrupp ziviler Bullen zwischen uns und griff sich einige, um sie niederzuwerfen und mit umgedrehtem Arm abzuführen. Ich sah noch, wie es Klint, Veit und Spieler erwischte. Amy und ich entkamen der Attacke ganz knapp, indem wir uns um die Ecke in einen Hauseingang flüchteten. Nach zehn Minuten schickte ich Amy raus; sie sollte wie eine unbeteiligte Hausbewohnerin zur Bockenheimer Landstraße schlendern und dort im zirka 400 Meter entfernten Café Laumer auf mich warten. Ich wartete weitere zehn Minuten und ging dann vor die Tür. Mein Pech war, dass mich einer der Bullen sofort erkannte und schrie: „Der gehört auch dazu! Den schnappen wir uns!"

Aber er hatte die Rechnung ohne den Wirt gemacht. Wie gut, dass ich ein toller Sprinter war. Kein Bulle könnte mich einholen. Im Sommer war ich im 100-Meter-Lauf mit brillanten 11,3 Sekunden Jugend-Hessenmeister geworden. Und über Barrikaden und andere Hindernisse konnte ich auch schnell hinwegspringen; schließlich hatte ich mit 8,5 Sekunden den zweiten Platz im 60-Meter-Hürdenlauf belegt. Ich flitzte wie ein Hase zwischen den staunenden Bullen hindurch, gelangte aufs „offene Feld" der Bockenheimer und startete so richtig durch. Ich hängte meine beiden Verfolger schon nach fünfzig Metern so weit ab, dass sie kehrt machten. Kurz darauf konnte ich verschnaufen und im Schlenderschritt das Café erreichen, wo Amy auf mich wartete.

Wir gingen gleich in die nahegelegene WG von Amendt und Meise. Dort hatten sich bereits andere Demo-Teilnehmer gesammelt, und man unterhielt sich aufgeregt über die Aktion der Bullen. Diesmal hatte zwar Ebbet nichts abbekommen, dafür ihr Freund. Martin hatte eine Platzwunde oberhalb der Stirn und musste versorgt werden. Ebbet fuhr ihn mit dem R4, einem WG-Auto, das sich alle teilten, ins Uni-Klinikum, damit die Wunde genäht werden konnte. Als sich alles beruhigt hatte, fragten Amy und ich höflich nach einem freien Zimmer. Wir beschlossen den rasanten Nachmittag in liebevoller Zweisamkeit. Draußen hatte es angefangen zu regnen. Petrus stand wohl die ganze Zeit auf unserer Seite.

*

Am Abend bekam ich keinen Ärger; die Eltern trudelten leicht angeschickert nach mir ein und gingen bald schon zu Bett. Um leicht beschwipst zu sein, genügten ihnen schon zwei Glas Bier oder Apfelwein. Diese Empfindlichkeit habe ich von ihnen geerbt, glaube ich. Tante Gretel war gar nicht bei der Verwandtschaftsfeier in der Drogerie gewesen, wie mir Günter sagte. Er fragte mich, ob ich an der Demo teilgenommen hätte und wie es gewesen sei. Er hätte gerne mal bei so was mitgemacht, meinte er, aber wenn man ihn festgenommen hätte – oh je, sein Arbeitsplatz und überhaupt das Verletzungsrisiko!

Ich fragte ihn, was in Berlin so abgehe. Und er erzählte mir von dem großen Gammler-Treff an der Gedächtniskirche, von den Sit-ins der Studenten an der FU, der Freien Universität, was er jedoch nur aus der Presse wisse. Aber die Hippies und Gammler am Ende des Kurfürstendamms, nahe des Europa Centers, hätte er schon selbst gesehen, wenn er dort am Wochenende ins Kino ging. Das seien ja vielleicht Typen. Dass die vom Nix-Tun leben könnten! Das seien ja wahrlich Lebenskünstler, na ja, einige würden von Porträtmalerei und vom Verkauf selbstgemachter Kettchen und anderem Hippiezeugs leben. Also, das sei nicht seine Welt.
„Ich bin hier bei den Provos", sagte ich. „Gammler sind mir zu unpolitisch, die wollen so gar nicht echt was verändern, glaub ich."
„Und was versprichst du dir von den Provos?"
„Na, dass man mit künstlerischen und lustigen Aktionen die Bevölkerung aufweckt!"
„Wovon aufweckt?", fragte mich Günter mit einem gemischten Unterton von Provokation und Ungläubigkeit.

Die Hälfte meiner Langspielplatten stand noch oben im elterlichen Wohnzimmer. LP‘s von den Beatles, Stones, Kinks, von Chris Andrews, von den Beach Boys, von Esther & Abi Ofarim und natürlich von Dave Dee, Dozy, Beaky, Mick & Tich. Zur Entspannung – und zur Belustigung für meinen Bruder – kramte ich die neueste Schallplattenerrungenschaft hervor. Es war meine einzige Polit-Vinyl-LP, herausgegeben von der Satirezeitschrift *Pardon* mit dem Titel *Heinrich Lübke redet für Deutschland – Pardon verteidigt den Bundespräsidenten.*

Wir hörten im Wohnzimmer erst eine absolut schräge Intonation der Deutschlandhymne, vorgetragen von einer mexikanischen Militärkapelle, die zur Begrüßung des Bundespräsidenten bei einem Staatsbesuch angetreten war. Allein diese Hymne klang so lächerlich, dass wir in schallendes Gelächter ausbrachen. Danach hörten wir die Ansprache unseres Bundespräsidenten, allerdings nicht in Mexiko, sondern in einem afrikanischen Land, die er so begann: „Meine sehr verehrten Damen und Herren, liebe Neger!“

Heinrich Lübke war der zweite Präsident der Bundesrepublik. 1959 wurde er zum peinlichen Nachfolger von Theodor Heuss gewählt und blieb im Amt bis 1969. Im November besuchte ich ein Teach-in an der Uni. Da ging es um Verstrickungen des Sauerländers mit dem Naziregime. Als Vermessungsingenieur war Lübke Mitarbeiter einer Firma, die an den Planungen und Konstruktionen von Speers faschistischem Rüstungsprogramm mit Zwangsarbeitern beteiligt war, so behauptete es jedenfalls die Regierung der DDR. Speer war Hitlers Oberarchitekt und Reichsminister für Bewaffnung und Munition, wie sich sein verheerender Job nannte. Auf der Platte hörten Günter und ich uns die rhetorischen Absonderlichkeiten des amtierenden Bundespräsidenten an. Na klar, dass da der Respekt flöten ging.

Auslandsreisen des Präsidenten gerieten zu wahren Risikotouren. Zu rechnen war mit dem Schlimmsten, wenn der Bundespräsident in Tananarive, der damals so genannten Hauptstadt Madagaskars, seine Begrüßung des Präsidentenehepaars der Insel mit dem Satz begann: „Sehr geehrter Herr Präsident, sehr geehrte Frau Tananarive!“ Mit boshafter Ironie schnitten die Pardon-Leute Lübke-Redepassagen in ihre pfiffig als *Verteidigungsrede* des Präsidenten getarnte Hörcollage: „Macht Schluss mit der Verhöhnung des Präsidenten! Lasst endlich das unhöfliche Spottgelächter!“, lautete die Botschaft, denn: „Jedes Volk hat den Präsidenten, den es verdient.“ Deshalb auch zitierte man genüsslich aus einer Broschüre der Bundeszentrale für politische Bildung über den Bundespräsidenten: „Kein Manuskript ist ihm gut genug. Es gehört zu seinem Charakterbild, dass er sich eher auf das Glatteis der freien Rede begibt, als ein Manuskript abzulesen, das ihn nicht restlos überzeugt hat.“

Lübke holperte und stolperte durch seine Reden. Dazu passte gut die immer wieder eingespielte wüste Fassung des Deutschlandliedes. Heinrich Lübke, „der ungewöhnlich scharfe Beobachter“ vermerkte zuweilen auch wichtige Details, wie beispielsweise anlässlich einer Reise nach Teheran, über die er in Hamburg berichtete: „... da habe ich gleich gesehen: Die Leute waren alle sauber gewaschen.“

Hübsches hatte der Herr Präsident aber auch aus deutschen Landen zu verkünden: „Wir wollen uns freuen hier gewesen zu sein, wo wir, wenn das Wetter nicht ganz ausreicht, die Gartenschau im Saale miterleben“, teilte er den Besuchern einer Bundesgartenschau mit. Vor Bundeswehrsoldaten gestand er: „Sie können sich denken, dass ich lange nicht mehr in der Schule war. Das geistige Niveau ist natürlich gleichermaßen gesunken.“

Das mag solche Aussetzer erklären, wie den in Helmstedt anlässlich einer Balkonrede zum 17. Juni, als er vergaß, wo er gerade war: *„Liebe Mitbürger, liebe Jugend“,* begann es noch angemessen. *„Wenn ich dieses Jahr hier zum 17. Juni in ... äh ...“* - in die Pause hinein flüstert ihm jemand nach mehrmaligen *äh äh* zu: „Helmstedt!“ – *, ... in … äh … Helmstedt spreche, dann ist das mein eigener Wunsch gewesen“.* Unten auf dem Platz lachte ihn das Helmstedter Publikum aus.

Dann wollte er einmal mit seinem Englisch brillieren und sagen, dass es gleich los gehe; das hörte sich auf Lübke-English dann so an: „Equal goes it loose.“ Günter und ich kringelten uns vor Lachen. Ein anderes Mal ging es anlässlich seines Besuchs in einer Fischverarbeitungsfabrik wohl darum, den allgemeinen Fischverzehr zu fördern. Oder war es doch eher eine Lobpreisung der Tiefkühltruhen? Mit einem unverständlichen Kauderwelsch, in dem „schmackhafte, tiefgefrorene Fische in kalten und sehr kühlen Fischtiefkühltruhen“ vorkommen, nahm Lübkes Redenpotpourri ein grausames Ende, und der Bundespräsident verabschiedete sich: „Mit diesen paar Worten möchte ich aufhören. Es würde für mich ganz gut sein, wenn ich für einige Stunden ins Bett käme. Gute Nacht!"

*

Günter, der Fußballfan, wollte die Nacht nutzen und eine WM-Wiederholung in der ARD-Sportschau gucken: „… *Hurst kommt nach einer Ecke von rechts an den Ball, passt vors Tor, da ist Höttges, aber sein Abwehrversuch misslingt kläglich, er schlägt eine Kerze, die Martin Peters direkt verwandelt. Zwei zu eins für England durch Peters, die Nummer 16 … da ist er. Schade, schade um den Fehlschlag von Höttges …*" Dann das Elfmeter-Schießen mit dem 1:2 für die Engländer in der 82. Minute.

Kurz darauf sahen wir die Mannschaften an der Queen vorbeidefilieren. Elizabeth ganz stolz. Der Kommentator mit einem verzweifelten Beruhigungsversuch: „*Ein würdiger, ein großer Abschluss dieser Fußballweltmeisterschaft, der vieles vergessen lässt an unschönen Szenen, die wir gesehen haben. Hadern Sie nicht, meine Damen und Herren, mit diesem Fehler oder mit jenem Fehler, mit dieser Entscheidung. Die deutsche Elf hat großartig gespielt und sie haben Pech gehabt, das werden uns auch objektive ausländische Berichterstatter bestätigen.*"

Anschließend zeigte uns die Sportschau noch einmal die Verleihung des Silbernen Lorbeerblattes an die deutschen Spieler. Heinrich Lübke säuselte: „*Wir sind stolz auf Sie, und sie dürfen stolz sein auf ihren Kameradschaftsgeist. Sie haben sauber, fair und ritterlich gekämpft.*" Waren die Ritter damals wirklich ritterlich gewesen? Die Raubritter eher nicht.

Ich ging runter zum Schlafen und Günter hoch in die Mansarde über Rias Wohnung. Wenn er so ein Pech hatte wie die deutschen Spieler, hörte sie wieder die Flöhe husten und würde sich am nächsten Tag beschweren, weil irgendwas gerückt worden war oder knarrte. Genau das sagte Tante Ria dann am nächsten Morgen zu Lollo. „Was war denn das schon wieder? Fand da oben wieder eine Party statt?“

Es hatte da weder vorher noch nachher je eine Party gegeben. Und es gab keinen ruhigeren Zeitgenossen als meinen Bruder; Mutter hatte nur den Kopf geschüttelt und war wortlos weitergegangen. Da hatte ich im Souterrain doch eine himmlische Ruhe, nur das wollüstige Stöhnen der attraktiven Frau Winkelmann war meine kleine Nachtmusik, und das war alles andere als unangenehm. Unten hörte ich dann aber noch Bob Dylan’s melancholische Single *Blowin‘ in the Wind*. Er hatte vor kurzem sein erstes Buch *Tarantula* angekündigt. Es hätte mich schon interessiert, aber den Dylan-Roman gab es nur als Raubdruck auf Basis von Korrekturbögen. Und was ich da las, war ein irgendwie unzusammenhängendes, mir unverständliches Kunterbunt. Auch in seinen neuen Songs flüchtete er sich neuerdings in eine surrealistische Bilderwelt, um sich nicht länger von den Protest-Folkies als ihr Sprachrohr vereinnahmen zu lassen, wie die konservative Presse befriedigt in die Welt hinausposaunte.

Auch wir Provos waren am Schreiben und Dichten. Veit, Spieler, Sonny und ich hatten Kontakt zu mehreren Verlagen aufgenommen, um unsere Poems an den Mann und an die Frau zu bringen. Der Diana-Pressedienst antwortete mir am 2. November 1966:

Sehr geehrte Einsender,
leider müssen wir Ihnen Ihre Manuskriptsendung zurückgeben, da sie nicht in den Rahmen unseres Pressedienstes passt. Wir sind ein Tier-Pressedienst und veröffentlichen nur Artikel, Berichte, Feuilletons und Fotos über Tiere, die Natur und den Naturschutz. Sehen Sie daher in der Rücksendung bitte kein Werturteil, denn dies kann es gar nicht sein …

Wer hatte uns denn diesen Pressedienst empfohlen? Keiner wollte sich erinnern. Na denn! „Noch nicht mal mit Tieren können wir konkurrieren“, sagte Veit. Dann verschickten wir mutig und in revolutionärer Kleinschreibung an den Luchterhand-Verlag irgendeines unserer auf lösungsmittelhaltigem Vervielfältiger gedruckten „Angebote“, worauf wir keine Antwort erhielten. Typisch Establishment! Dabei hatte ich stellvertretend für unsere Provo-Clique mit dem geheimnisvollen Pseudonym *„Kara Kooscha“* unterschrieben. Doch das schien das autoritäre Literatur-Establishment nicht zu beeindrucken.

*

Von Luchterhand hörten wir erst was nach einem zweiten Anlauf, im Mai 1967. Ja, Kara Kooscha war nun mein Künstlername, den ich unter die holprigen Schreiben setzte. Amys Schwester Jamie hatte sich auch einen Künstlernamen zugelegt. Sie war jetzt Eva Banani und bewarb sich auf eine Anzeige: *„Bar in Frankfurt sucht per sofort 3 Bardamen ab 21 Jahren. Fahrt frei. Garantie netto DM 1.200,- mtl. Arbeitszeit tägl. 21 – 3 Uhr. Auskunft über Telefon: …“* Jamie war zwar erst achtzehn, aber das sah man ihr nicht an, wenn sie sich rausputzte.

Amy und ich trafen uns wieder am Marshallbrunnen. Ich hatte eine Idee. Da wir nicht unbemerkt Papas Kamasutra-Lehrbuch ausleihen konnten, wollte ich von meinem Taschengeld an Kurts Bücherstand eine eigene Ausgabe besorgen. Aber Kurt hatte so was nicht, versprach aber, uns das gute Stück zu bestellen. Vier Tage später war es da. Es war viel kleiner, als Vaters Liebesbüchlein, weil es billig sein musste, und es hatte weniger Bildchen. Nun probierten wir am Wochenende im Gästezimmer der WG ein paar Sex-Stellungen aus, ohne dass es Ernst wurde. Das waren rasante Liebesspiele, die olympische Ausmaße annahmen. Gelenkigkeit war gefordert und der absolute Wille zu sportlichen Dehnübungen.

Als Meise aus Versehen hereinschaute, brach er in lautes Lachen aus: „Kara, ich glaube, du solltest doch lieber Liebesgedichte schreiben, als euch hier gegenseitig umzubringen!" Dabei sah das doch gar nicht schrecklich aus. Es waren bloß liebevolle Fantasiespiele, kreativ und mit Lust gespielt. Amy nannte mich seit kurzem auch Kara. Und gerade eben brachte sie mir das Kara-Spagat bei, speziell auf meine stämmigen Fußballschenkel zugeschnitten. Aus diesem Spreizsitz kam ich nur mit ihrer Hilfe wieder hoch. Schrecklich, dieses Frauenspagat-Faible. Was die davon nur hatten? Im Gegenzug brachte ich ihr bei, wie sie mich, auf dem Rücken liegend, mit Füßen und Händen in der Luft balancieren konnte. Auf diese Weise erfanden wir unser eigenes *Kamasutra*, was von Amy in *Karasutra* abgewandelt wurde.

*

Am 6. November war Landtagswahl in Hessen, und ich durfte leider noch nicht wählen, denn das Wahlalter war zwar gerade von 21 auf 18 Jahre heruntergesetzt worden – aber mir fehlte ja noch ein Jahr. Kein Wunder, dass die NPD aufgrund meiner fehlenden Stimme schlimme und enttäuschende 7,9 Prozent der Stimmen erhielt. Das nämlich war die Partei der Ultra-Alten und Unbelehrbaren. Wenn wir, die revolutionären 14- bis 17jährigen, mitgewählt hätten, wären die Rechtsextremen mit ihrem tausendjährigen Protz-Reich an der Fünfprozenthürde gescheitert; das rechnete uns jedenfalls Meise in der Adalbertstraße vor.

Die Politiker hielten uns wohl für ein bisschen sehr blöd. Das CDU-Wahlplakat zeigte eine Mutter mit ihrem jungen Sohn, die beide freudig in einen überquellenden Einkaufswagen schauen. Darüber stand: „Unsere Sicherheit – CDU". Machten Fressalien tatsächlich unser Leben sicher? Irgendwie komischer Zusammenhang, dachten wir und entwarfen in der WG-Runde passendere Mottos. Da zeigte ein Augen verdrehendes, bekifftes Hippiepärchen auf einen Joint; darunter der Text: *Mit Sicherheit zum Glück …*

Oder ein Bild mit einem Atompilz auf der einen Seite und mit Marylin Monroe auf der anderen; dazu der Text: Du hast die Wahl: *Atombombe oder Sexbombe!* Als wir am Abend aus dem Haus gingen, stachen uns wieder die Plakate von CDU und SPD ins Auge: „Es geht um Deutschland!", machte die CDU Werbung. Oh, wer hätte das gedacht! Die SPD warb mit „Deutschland JA", dazu sah man ein Auto-Nummernschild mit der Jahreszahl. Wie blöd war das denn? Da konnten sich die Wähler ja enorm viel drunter vorstellen.

Das schlichte JA und der langjährige, populäre Ministerpräsident Georg August Zinn brachten der SPD die absolute Mehrheit. Die CDU fuhr magere 26,4 Prozent der Stimmen ein. Die hessische FDP, die in den 50er Jahren als weit rechts stehend gegolten hatte, vollzog im Vorfeld der Landtagswahl mit ihrem Vorsitzenden Heinz Herbert Karry die sozialliberale Wende der Bundespartei nach und strebte eine Koalition mit der SPD an.

*

Karrys süßes Töchterlein Vera lernte ich im selben Jahr auf unserem vorweihnachtlichen Schulfest kennen. Sie war zwei Jahre jünger als ich, und wir verstanden uns auf Anhieb. Sie hatte ein kluges Köpfchen, schien mir natürlich ideologisch etwas verblendet. Wir unterhielten uns über unsere Jugendprobleme inmitten der Welt der Alten, doch Vera war sehr angepasst und noch viel zu abhängig von ihrem dominanten Elternhaus, als dass ich mir eine engere Freundschaft vorstellen konnte. Da machten zwei Lebensjahre doch einen enormen Unterschied aus.

Wir schrieben uns seit dem zweiten Advent regelmäßig Briefe und nannten es eben Brieffreundschaft. Brieffreundschaften waren groß in Mode; natürlich ging es mehr um Freundschaften über Grenzen und große Wasser hinweg. Wer Bekanntschaften in fernen Ländern geschlossen hatte, der hielt die Kontakte monate- oder gar jahrelang per Briefeschreiben. Obwohl Vera in Seckbach und ich im nur wenige Fahrradminuten entfernten Bornheim wohnten, schrieben wir uns regelmäßig, als würde uns ein Ozean trennen. In Sachen Eifersucht hatte ich dazugelernt. Hannas Verhalten saß mir noch tief im Genick. Deshalb sagte ich Amy nichts von Vera. Aber Vera wusste von Amy.

„Hallo Chef!", schrieb Vera eines Tages. „Ich wäre gern so frei wie du. Du hast so ganz andere Gedanken und andere Hobbys als die meisten. Ich habe mich so riesig gefreut, dich auf dem Schulfest getroffen zu haben. Ich träume immer nur von dir. Was du alles weißt, das ist für mich alles so neu. Hoffentlich bin ich dir nicht zu langweilig. Irgendwann möchte ich dich meinen Eltern vorstellen. Willst du das auch?
In großer Liebe
Deine Vera"

*

Oben bei meinen Eltern saß Tante Gretel und heulte meiner Mutter vor, wie schrecklich ihre Tochter sei, die alles tue, damit sie dort das Handtuch werfen und freiwillig ausziehen würde. Ob wir in unserem Haus nicht ein Zimmer für sie hätten. „Erna, du hast doch bestimmt ein Mansardenzimmer frei, oder?"
„Ach, Gretel", sagte meine Mutter, „Du solltest erst mal auf andere Gedanken kommen. Guck mal, da liegt die Hörzu. Da ist wieder ein Kreuzworträtsel für dich drin."
Brav machte sich unser meschugges Tantchen an die Lösung der Aufgaben: *Römische Schutzgöttin neugeborener Kinder mit sechs Buchstaben.*
„Woher soll ich so einen ausgefallenen Kram wissen!", murmelte Tantchen entrüstet vor sich hin und schüttelte den Kopf. Das war wohl ein Götterkreuzworträtsel, denn jetzt wurde nach der Göttin der Morgenröte gefragt, ebenfalls mit sechs Buchstaben. „Erna, weißt du da was?"

„Da gibt es eine Mehl-Werbung, die du kennst, fängt mit *Au* an und hört mit *rora* auf."
„Ah!", jauchzte Tantchen, „Aurora mit dem Sonnenstern."
Tante Gretel sollte in den kommenden Monaten noch oft bei uns aufkreuzen, und um Zuflucht bitten. Ich checkte nicht, dass sie schon an schleichender Demenz litt. Demenz nannte man es damals nicht. Man nannte es Verkalkung.

„Wo ist meine Frisiercreme?", rief Otto aus dem Badezimmer.
„Ich hab sie jedenfalls nicht!", rief ich zurück.
„Blödmann", sagte mein Vater.
Mit Pomade strich sich Otto die Haare glatt. Das war nix für mich. Meine Haare mussten aufgeplustert und lang aussehen. Da ging ich schon mal mit Wasserstoffsuperoxyd ran. Aber nein, Pomade würde ich nie benutzen. Ich half meinem Vater beim Frisiercreme suchen und entdeckte die rotweiße Brisk-Tube auf seinem Nachttischschränkchen.
„Zugegeben, von deinem Kölnisch Wasser nehme ich manchmal ein paar Spritzer, aber mit dieser schrecklichen Pomade hab ich nix am Hut."

Vaters Aftershave, das es dem Namen nach damals noch gar nicht gab, war zugleich sein Parfüm, und es war wohl jahrzehntelang immer das Gleiche, *Kölnisch Wasser 4711*. Es hatte einen sehr frischen Duft und ich empfand es angenehm. Wenn ich nachmittags von irgendeiner Schul-AG nachhause kam, konnte ich schon im Flur riechen, ob Vater bereits da war. Dann war er entweder auf dem Sprung in den Ostpark, wo er Leichtathletik trainierte, Weitsprung, Kugelstoßen und 100-

Meter-Lauf. Oder er war auf dem Weg in den Kleingarten, um Obst zu ernten, umzugraben, Unkraut zu jäten oder Sträucher zu schneiden.

Otto war immer beschäftigt. Und dann ging er noch einmal die Woche zum TGB-Verein Prellball spielen und zum TGB-Chor, um sein Sopran-Solo zu trällern: *Wie ist es doch am Rhein so schön* und *Ich weiß nicht, was soll es bedeuten.* Ja, das gute alte *Loreleylied* hatte es ihm angetan, aber auch *Schütt die Sorgen in ein Gläschen Wein.*

Seitdem Mutter ihr eigenes Geld mit Putz- und Haushaltsarbeiten im amerikanischen Offiziershaushalt verdiente, kam sie nicht mehr zum Einkochen von Gartenobst, Gurken und Gemüse. Das wurmte Vater, denn er konnte nicht ertragen, dass etwas nicht verwertet wurde. Aber Lollo bestach ihn mit *American Mustard* (New York Deli Style), *Hot Dogs* im Glas und *Peanut Butter.*

„Es sollte dir eigentlich wichtig sein, dass ich jetzt endlich in unserem Verein bei der Frauen-Gymnastik und im Chor mitmachen kann", sagte sie zu Otto. „Wann soll ich da all das Zeug einkochen, das dann doch keiner isst?"

Mein Vater schimpfte währenddessen über den schnöseligen Monsieur Beaugrande und seine Genusssucht, weil der sich frische Austern in der Kleinmarkthalle kaufte, anstatt meiner Schwester mal einen schönen Trenchcoat oder den überfälligen Verlobungsring zu spendieren. Ulla arbeitete inzwischen beim Deutschen Gewerkschaftsbund für 720 DM netto im Büro, in Festanstellung, Ganztagsjob; Teilzeit wurde nicht so häufig angeboten. Ihre Lohntüte enthielt umgerechnet 370

Euro, dabei kosteten 500 Gramm Butter 3,60 Euro, 1 Liter Milch 0,68 und ein Kilogramm Schweinefleisch 8,99 Euro. Ein Kilo Kartoffeln war mit 0,37 DM am billigsten, das entsprach 0,19 Euro.

Ulla schleppte massenweise Gewerkschaftsflyer ins Haus, warum, das war mir schleierhaft, denn die Flyer landeten reihenweise in der Mülltonne. Ich nahm an, dass ihr Vorgesetzter von seinen Mitarbeitern verlangte, dass sie zuhause die Briefkästen ihrer Nachbarn befüllten. Auf einem der Flyer wurde zur Demo gegen die Notstandsgesetze aufgerufen, an der Amy und ich samt Hottepferdchen teilgenommen hatten, aber ich hatte Ulla niemals bei irgendeiner Demo gesehen. Dafür entdeckte ich die Flyer nach der Demo in unserer kleinen Abfalltonne aus Blech, die, wie es schien, mit einem großen Kochtopfdeckel bedeckt war. Alle vier Wochen wurde das Tönnchen geleert, was auch ausreichend war, denn es fiel nicht viel Müll an.

Ich ging für Mutter immer mit der Tasche oder dem Einkaufsnetz einkaufen. Und verpackt wurde dort nur in Papier, meistens in Zeitungspapier; nur Wurst und Käse wurden in Speckpapier verpackt. Alle Papiere wurden in den verbliebenen Kohleöfen verbrannt; wenn es aber nur Ölöfen oder gar schon eine Zentralheizung gab, wie bei uns, dann wurde das Zeitungspapier dem Kompost beigegeben. Schwer verrottbares Glanzpapier und Kartons wurden gesammelt, um mehrmals im Jahr bei einem der Altpapiersammler, die mit Gebimmel durch die Straßen zogen, abgegeben zu werden. Gleiches galt für Alteisen, das bei Lumpensammlern sehr begehrt war und wofür man ein paar Groschen erhielt.

*

Ulla hatte für Demos nichts übrig; sie lag lieber in den Armen ihres Liebhabers mit dem französischen Namen, den mein Vater wohl nur duldete, weil Monsieur dieselben Worte gebrauchte wie er selbst. Aus Vaters dreihundertjähriger französischer Abstammungsgeschichte waren Worte im täglichen Sprachgebrauch übriggeblieben. Statt Bürgersteig sagte er *Trottoir*, der Regenschirm war ein *Parapluie*, der Raumteiler ein *Paravent*, eine Frikadelle hieß *Boulette* und die Allee war ein *Boulevard*. Wenn ich krank war, war ich *malade*, und wenn wir mit der Trambahn Freunde im Taunus besuchten, kaufte mein Vater natürlich keine Fahrkarten sondern *Billets*.

Zur Schande meines Vaters war ich sprachlich, insbesondere in Französisch, eine absolute Niete. In der Realschule hatte ich in den Arbeiten bei Fräulein Hömßen fast immer eine völlig unverdiente Eins eingefahren. Im Zeugnis erhielt ich eine unerwartete Zwei; unerwartet, weil ich im Mündlichen, wenn es gerecht zugegangen wäre, höchstens mit einer Vier abgeschnitten hätte. Aber war die Welt gerecht? Meine Franzlehrerin war so etwas von attraktiv; von meinem zwölften Lebensjahr an war ich in sie verknallt, und ich bin mir sicher, dass sie das spürte. Gab es sonst einen Grund mich zu bevorzugen?

Vater konnte ich mit meinen Franzkenntnissen nicht täuschen; er bekam mit, wie hilflos ich dieser Sprache ausgeliefert war. Manchmal griff er sich an den Kopf, wenn ich bei meinen verzweifelten Sprachübungen versuchte, etwas auf Französisch auszusprechen. Der Boulevard klang bei mir nach „Bulle wart!"

*

Pünktlich mit Aufstellung des traditionellen Adventskalenders aus Holz, den Vater selbst gebastelt hatte, wurde am 1. Dezember Kurt Georg Kiesinger zum Bundeskanzler der ersten Großen Koalition aus CDU/CSU und SPD gewählt. Bisher hatte die SPD nur die Oppositionsbänke drücken dürfen. Die Wahl Kiesingers, der seit 1933 von Anbeginn bis zum bitteren Ende aktives NSDAP-Mitglied gewesen war, verfolgten wir in den Abendnachrichten. Danach kamen die Wetterfrösche aus Offenbach mit ihren meteorologischen Zufallstreffern zum Einsatz, die meistens weit neben dem realen Wetter lagen. Dann kam das wahre Glücksspiel, die Ziehung der Lottozahlen.

Mutter hatte sich von ihrem selbstverdienten Geld einen Schein geholt und auf sechs Feldern jeweils 6 Zahlen aus 49 angekreuzt, was Otto aus grundsätzlichen Erwägungen nicht gut fand. „Die Chance, dass du sechs Richtige machst, ist geringer als wenn du in der Sahara einem Eisbären auf einer treibenden Eisscholle begegnest“, sagte er und schüttelte den Kopf.
„Lass mich doch!“, erwiderte Lollo. „Ich träume halt, und allein das ist ein Wert an sich.“
„Und wovon träumst du dann?“, fragte Otto. „Vielleicht vom Nichtstun?“

Nichtstun war etwas schrecklich Verwerfliches. Wer nichts tat, war ein Nichtsnutz und nichts wert, nur verachtenswert. Das war es ja auch, was die Alten bei den Gammlern und Hippies gebetsmühlenartig runterrasselten. Zuverlässigkeit, Disziplin, Fleiß, Leistungsbereitschaft, Schaffenskraft, das ununterbrochene

Reden von Verpflichtungen und geleisteten oder bevorstehenden Arbeiten bestimmten fast bei jeder Gelegenheit die Zusammenkunft meiner Eltern mit ihren Bekannten und Freunden.

Und es waren beileibe nicht nur meine Eltern, die so redeten; wohin ich hörte, waren die Alten in diesem Kreislauf von Arbeit und nochmal Arbeit gefangen. Es dominierte ihr gesamtes Dasein. Freizeit machen, mal faul sein, mal alle Fünfe gerade sein lassen, mal einfach nichts tun – das fiel ihnen schwer. Und meinem Vater insbesondere. Selbst in seiner Freizeit legte er Leistungen hin, ob beim Sport, bei seiner Gärtnerei oder dem Gesang. Auf jedem Feld musste Leistung her, möglichst Hochleistung. Wenn er bei den Leichtathletikwettkämpfen nicht den ersten oder zweiten Platz belegte, war er stinksauer, und wir fragten besser nicht nach den näheren Umständen.

„Ich glaub es nicht. Sechs Richtige!“, rief Mutter aufgeregt. Tatsächlich, sie hatte Riesenglück. Auf ihren sechs Kästchen, die sie das erste Mal in ihrem Leben ausgefüllt hatte, fanden sich jeweils eine oder gar zwei Richtige. Zusammen waren das acht Richtige – aber eben nicht in einem Feld.
„Na klar doch“, sagte ich.
Und Vater sagte: „Dass ich nicht lache. Lass mal sehen.“
„Ich verkaufe dein Motorrad und wir schaffen uns einen Käfer an“, schwärmte Lollo und reichte Vater den Lottoschein.
Er lachte und drückte Lollo ganz fest an sich. „Das mit dem Käfer wird wohl nichts. Aber du hast Recht; wir können ja von was träumen.“

Auf dem Weg hinunter zu meinem Zimmer überlegte ich mir, was sich meine Eltern wohl wünschen würden. Oben knarrten die Treppendielen. Die neugierige Ria hatte uns wohl lachen gehört und musste lauschen, was es denn da wohl zu lachen gab. Ich wettete mit mir selbst, dass meine Eltern als erstes diese komische Tante mit einem Heer von Anwälten aus dem Haus geekelt hätten. Ein Ekel musste man rausekeln.

Aber was würde eigentlich ich mit einer Million Mark anstellen? Also, mein Bruder bekäme auf alle Fälle vom fetten Kuchen etwas ab, vielleicht so hunderttausend. Dann müsste er nicht mehr bei dem blöden Springer für unredlich verdientes Moos arbeiten und könnte sich eine andere, eine moralisch saubere Druckerei, vielleicht im Ruhrpott, aussuchen. Meine Schwester, die mich nicht beachtete, würde ich mit Zehntausend abspeisen; außerdem hatte sie den reichen Beaugrande, der ihr wirklich mal einen goldenen Brillantring und einen Trenchcoat schenken konnte.

Für meine Eltern würde ich zwanzigtausend als Festanlage einplanen, wenn sie mal ins Altersheim mussten. Für weitere zwanzigtausend Mark würde ich eine Privatschule besuchen, die mich eine ganze Klasse überspringen ließ, vielleicht sogar zwei Klassen, damit ich eher mit dem Abi fertig würde. Denn das Abitur wollte ich unbedingt schaffen. Das war Familienehre. Schließlich hatten meine Eltern Günter aus der Musterschule genommen, nachdem die bekanntermaßen strengen Gymnasiallehrer dort seinen schulischen Phlegmatismus als echtes Bildungshindernis ausgemacht hatten. So hatte er jedenfalls die Mittlere Reife in der Tasche, die auch Ulla erreicht hatte, was ja bei Mädchen völlig ausreichend war. Schließlich würden die Mädels irgendwann einen reichen Mann heiraten und hätten ausgesorgt. Zum Beispiel den blöden Beaugrande. Schulbildung war für diese Gattung unnötiges Klimbim.

Wenn ich dann 850.000 Mark allein für mich übrig hätte, dann würde ich das Geld bis zum privaten Schnell-Abi festlegen und mit den Zinsen mein Taschengeld aufbessern. Das wäre aber gar nicht so toll gewesen, sagte mir am nächsten Tag mein Vater, als ich das Thema auf dem Weg zur Turngemeinde mit ihm erörterte. Er hatte erst vor kurzem in der Frankfurter Rundschau gelesen, dass Westdeutschlands Sparer im vergangenen Jahr 104 Milliarden Mark bei Banken und Sparkassen verwahrten und rund 3,5 Milliarden Zinsen einnahmen. Doch während der gleichen Zeit fraß die schleichende Inflation 4,3 Milliarden Mark des gesparten Geldes wieder auf. Wer ohne Not sparte, machte beizeiten Verlust, und nur wer Schulden hatte, gewann.

„Mit andern Worten“, belehrte mich Vater, „von 3,75 Prozent Zinsen kannst du weder dein Taschengeld aufstocken noch Rücklagen bilden, weil dein fest angelegtes Geld zur gleichen Zeit mehr Wert verliert, als du an Zinsen erhältst.“ Dann erzählte er mir, dass auf unserem Haus noch Schulden seien, weil Mutter ja ihre Schwester Anneliese und Onkel Karl ausbezahlen musste. „Davon, dass wir als Hypothekenschuldner von der Inflation profitieren, wie der Rundschau-Heini schreibt, spüre ich nichts. Im Gegenteil, wir Hausbesitzer sollen statt bislang 6,5 Prozent Zinsen künftig 7,5 Prozent im Jahr berappen.“

Mit der Erwachsenenwelt wollte ich doch nicht so schnell tauschen. Vielleicht würde ich mit dem Riesenlottogewinn einfach einen eigenen Verlag gründen und die Provo-Literatur von Hamburg über Westberlin und Hannover bis runter nach Stuttgart und München verlegen. Da tät ich was Gutes für die Hobbylyriker und Provo-Prosaisten; ich würde unser Jugendanliegen fördern und auch noch Geld verdienen. Das wäre ein toller, fast revolutionärer Beruf. Um meine Gedanken mit etwas Praktischem abzuschließen, schrieb ich an meine Brieffreundin Vera eine Ansichtskarte mit dem Frankfurter Dom, den sie allerdings in- und auswendig kannte, weil ihre Eltern dort stets an Weihnachten zur Hochmesse mit ihr eintrudelten. Ich schrieb ihr mein neuestes Gedicht auf die Rückseite und erinnerte sie an unser gegenseitiges Briefversprechen und dass ich schon lange nichts mehr von ihr gehört hatte.

*

Meine Gedanken hingen aber immer noch an den Provo-Aktivitäten und mir fiel heiß ein, dass ich versprochen hatte, die *PENG! Nr. 3*, die im Januar rauskommen sollte, mit einigen Gedichten zu versorgen. Ich hatte zudem die Hauptredaktion für diese Ausgabe übernommen. Klint hatte mir seinen Kommentar für die erste Seite schon vor einigen Tagen mitgegeben. Jetzt las ich ihn und verbesserte einige Orthografiefehler. Seine Schreibe fand ich nicht besonders gut, aber inhaltlich auch nicht ganz uninteressant.

„Die politisch Aktiven unter 35 – interessierte und zum Engagement bereite Leute – haben bisher keine wirkliche Möglichkeit gehabt, sich politisch durchzusetzen. Denn der Bonner Staat ist

eine Schöpfung alter Männer, die in den Erfahrungen der ersten deutschen Republik groß geworden sind und die den Nationalsozialismus als Mitläufer oder gar Mitgestalter erlebt haben.

Aber jetzt haben die Alten ihren Staat in die Krise geführt, die selbstverständlich auch eine personelle Krise ist. Und sie gibt den Jüngeren ihre Chance! Aber vor sie schieben sich noch die 40- bis 50jährigen: die Barzel, Helmut Schmidt, F.J. Strauß. Sie haben das neue Alte mitgeschaffen, und als politische Manager sind sie nicht willens – auch nicht fähig – eine neue Welt zu entwerfen oder anzustreben.“

Blablabla, dachte ich, wer wird das zu Ende lesen? So was würde ich nicht an den Anfang stellen. Doch so war es in der Gruppe am Marshallbrunnen besprochen worden, also hatte ich mich daran zu halten. Vielleicht gab es wirklich Leute, denen wir die Texte vor der zusammengebombten Alten Oper unterjubeln konnten. Da machte ich mich flugs an ein Gedichtlein, dass unseren Gefühlen mehr Ausdruck verleihen sollte als alle blanke Theorie.

wir könnten
oder
könnten wir nicht?
(von kara)

wir könnten auch
sagen macht
eure
scheiße alleine
wir könnten auch
sagen wir
brauchen

keinen widerstand
wir könnten nachts
zuhause bleiben anstatt
ami go home an die wände zu kritzeln

wir könnten natürlich auch sagen
ihr habt
recht wir müssen auf dem
boden der rechtstaatlichen ordnung bleiben

weil aber
eure
scheiße auch unsere ist
weil aber
eure
ordnung einen völkermord deckt
weil aber euer
saustall viel mehr
und eure moral viel weiter stinkt
als der dreckigste
unter uns

deshalb provozieren wir euch
damit ihr
auf den boden eurer gesetze
und eurer rechtstaatlichen
ordnung zurückfindet

*

Was Amy wohl heute Abend machte? Als ich an sie denken musste, bekam ich einen Ständer, einfach so. Vielleicht hing es aber auch mit dem Comic Essay zusammen, den Meise für die *PENG!* gezeichnet und getextet hatte, Thema: *Petting*. Der Blickfang auf der Innenseite des Covers waren pralle nackte Titten mit großen Brustwarzen und einem Mädelgesicht mit vollen Lippen und einer Sprechblase: *„Man tut's weil es Spaß macht! Das ist der einzige Grund!"* Das nächste Bild zeigte das Mädel mit einem nackten Jungen im Hintergrund, und sie sagt: *„Ich glaube nicht, dass Gott sich darum kümmert"*, während in einer Denkblase ihre Gedanken festgehalten sind: *„Es ist so schwer zu widerstehen!"* Dann ist das Mädel auf allen Vieren abgebildet, wobei sie zu dem jungen Lover blickt und sagt: *„Man ist so lange ein anständiges Mädchen, solange man es nicht im Auto tut!"* Der Junge zeigt seine Bizeps und sagt: *„Fellatio is fun!"*

Auf der Innenseite des Außencovers fand der Comic seinen Abschluss. Man sieht einen herausploppenden Lippenstift, der an etwas ganz ähnlich Herausploppendes erinnert. Sie führt den Stift zum Mund und lutscht ihn ab. Großaufnahme: volle Lippen, süßes Näschen, große erwartungsvolle Augen und ihre Sprechblase vor dem im Hintergrund stehenden Jungen: *„Petting ist doch nichts Unrechtes?"* Er sagt: *„Nein!"* Sie sagt in seine Richtung: *„Mir macht das Lieben Freude, ich schäme mich nicht meines Körpers und es ist mir nicht peinlich! Außerdem möchte ich Jungfrau sein! So einfach ist das!"* Der Comic schließt professionell solide ab: *„Bekommt man auch einen Orgasmus? Was ist Fellatio? Und was ist Necking? Fortsetzung folgt!"*

*

Mike, unser englischer Freund vom Marshallbrunnen, hatte einen tollen lyrischen Beitrag abgeliefert, den ich meinem Gedicht voranstellte.

Where did you make love in Frankfurt?

We made love
Between tramlines
And in
Lonely elevators
In Woolworths

We made love
In bombed out
Operahouses
And dawn
Railway stations

We made love
Between six black statues naked
On the snow
In the park
We made love
Watched by prostitutes
In furcoats
And sport-cars

We made love
Listening to Robin
Saying 'Holy Catfish'
In German

We made love
Underneath miniskirts
And suspender belts
With Daisies on them

We made love
In teashops
Full of middle aged ladies
Eating cream and cakes

We made love
Central-heated
But not
Air-conditioned

We made love
In green police cars
And buses
Made of rubber
We made love
In yellow telephone boxes
And halfbuilt
Tube stations

And sometimes
We made love
In bed

Nun lag ich also im Bett, völlig alleine, fern von Amy, und machte Liebe mit mir selbst, was mir im Gegensatz zu früher kein schlechtes Gewissen mehr bescherte. Noch ein Jahr zuvor machte ich mir Gedanken, was wohl all die Verstorbenen denken mögen, wenn sie – aus der Himmelsluke herunterschauend – mich so vor mich hinwichsen sehen würden. Dann schlaffte meine Männlichkeit augenblicklich ab. Aber jetzt gab es kein Halten mehr, und ich kam – fast gleichzeitig mit Frau Winkelmann, ein Stockwerk über mir.

Die entspannende Phase danach nutzte ich zum Lesen und Redigieren des Textes von unserem Chefprovo Spieler. War das allerdings Entspannung oder schon wieder Aufwiegelung zu politischem Denken? Spieler hatte da seine eigenen Theorien, die mir zwar nicht fremd, aber in ihrer Schlussfolgerung auch nicht einleuchtend erschienen. Hinzu kam die Kleinschreibung, die zwar äußerst revolutionär, aber doch arg nervig war:

„die bürgerliche moral ist der verinnerlichte gummiknüppel. man sieht's den leuten an ihren gesichtern an, sie prügeln sich selbst unaufhörlich. Jeder sein eigener herr, jeder sein eigener terrorist, jeder sein eigenes opfer – bürger lieben das so. dafür haben die psychologen die bezeichnung ‚sado-masochismus' zur hand. wenn der vater einen hoch kriegt, wenn er seinen sohn schlägt, ist das sadismus. wenn der sohn einen hoch kriegt, wenn der vater ihn verprügelt, ist das masochismus. das eine ist die lust des herrschens, das andere ist die lust des beherrschtwerdens. in unserer gesellschaft gibt es sehr viele stellungen, in denen einer nach oben buckeln und nach unten treten muss – und das alles muss er auch noch schön finden."

Da schlief ich ein und träumte in der Nacht von einem Heer von Gummiknüppeln, die auf zwei Beinen, gesichtslos, gegen uns am Marschallbrunnen vorrückten. Eine Art automatisierter technologischer Gewalt, die uns – ferngesteuert aus irgendwelchen unheimlichen Zentren – vom Marschallbrunnen vertrieb. Wir flüchteten in das oberste Stockwerk von Hertie, wo wir in der kalten Jahreszeit so oft an einer Cola zwei Stunden nippelten, ohne dass man uns vertrieb. Aber jetzt stürmten uns selbst hier die lebenden Gummiknüppel hinterher. Ich wachte auf, es war Zeit, schon sieben Uhr. Die Schule rief.

*

Der letzte Montag vor den Weihnachtsferien begann mit Sport. Fand ich super. Wir hoppelten über die braunen lederbezogenen Kästen, machten einen Schnelldurchgang in Bodenturnen mit Kerze, Überschlag aus dem Stand und Handstand, um die zweite Stunde mit Handball ausklingen zu lassen. In der Pause rauchten einige heimlich. Der Pausenpauker roch das und versuchte, die Missetäter ausfindig zu machen, aber die waren wie Fische im Wasser und im Schwarm untergetaucht. Was blieb, war der fahle Geruch kalten Rauchs, der sich mit dem beißenden Uringeruch aus den Toiletten mischte.

Für Mathe mussten wir einen anderen Raum aufsuchen, da man bereits die letzte Woche vor den Ferien zum Renovieren nutzte. Die Suche nach dem neuen Raum erfolgte zielstrebig nach dem Konzept, nix sehen, nix hören, nix finden. Ich fand ja Mathe interessant, aber seit wir uns mit Stochastik befassen mussten, ging das nicht nur mir, sondern mit großer Wahrscheinlichkeit auch der Mehrheit der Klassenkameraden auf den Nerv.

Dr. Vierengel strich mit der Gebärde eines mathematischen Bohème seine wallenden Einstein-Haare aus der Stirn und verteilte uns Übungsaufgaben zur Wahrscheinlichkeitsrechnung:
„Für ein Kurstreffen müssen von 13 Schülern eines Kurses 3 Schüsseln mit Salaten mitgebracht werden. Der Kursleiter nimmt 3 Zettel und beschriftet sie.

Fall A: die Salate werden namentlich bezeichnet (z.B. durch eine Nummer)

Fall B: auf jedem Zettel steht nur das Wort »Salat«.

Anschließend verteilt er die Zettel (zufällig) an die Schüler. Es ist möglich, dass ein Schüler auch mehrere Zettel erhält. Wer einen (oder mehrere) Zettel erhält, muss den/die Salat(e) mitbringen.

Auf wie viele verschiedene Arten können die Zettel verteilt werden – im Fall A und im Fall B?“

Mich interessierte das nicht im Mindesten; ich fragte mich, ob drei Salate überhaupt für dreizehn Schüler reichen würden, schon gar, wenn die ihre Freundinnen mitbrachten. Und was für Salate sollten das sein? Nudelsalat à la italiano? Kartoffelsalat à la Lollo? Russischer Eiersalat? Amerikanischer Gurkensalat? Und warum sollte man das dem Zufall überlassen und nicht durch Nachfragen herausfinden? Irgendwer würde sich schon finden, der seine Mutter bewegen konnte, uns ein Salat-Potpourri aufzutischen.

In Geschichte waren wir bei der Weimarer Republik und der kläglichen Rolle der sogenannten öffentlichen Meinung angelangt. Die war nämlich von der konservativen Hugenberg-Presse dominiert. Das Hugenberg‘sche Verblödungsimperium war damals in den 1920er und 1930er Jahren genau das, was in den 1960er Jahren die Springerpresse war. Hugenberg selbst war in den zwanziger Jahren erst Manager der deutschen Rüstungsindustrie gewesen und verkaufte danach im Auftrag des deutschen Großkapitals nationalistisch-konservative Meinungsmache.

Die Hugenberg-Presse unterstützte die Nazis gegen die Arbeiterbewegung. Und aus eben dieser Arbeiterbewegung heraus, aus Gewerkschaften, der USPD bis hin zur KPD, erscholl der Ruf „Lügenpresse“ gegen Hugenberg. Dieser Begriff wurde später im Meinungskampf von Hitlers braunen Propagandisten aufgegriffen und gegen die wesentlich einflusslosere Presselandschaft der Arbeiterbewegung eingesetzt.

„Lügenpresse“ richtete sich in der Weimarer Republik also gegen die Manipulationspresse des Groß- und Rüstungskapitals, und erst sehr spät, ab Ende 1932, wurde der Begriff im Wahlkampf der Nazis gegen die „Systempresse“, gegen die „jüdisch-bolschewistische Lügenpresse“ inhaltlich völlig umgedreht. Als Chefredakteur unserer Schülerzeitung interessierte mich das so sehr, dass ich einen kleinen Artikel dazu im *Telstar* schrieb.

„Herr …Schneider …“, fragte Fränki unseren Geschichtslehrer und dehnte seine Frage in der für ihn typischen Art. „ … Warum eigentlich … (nachdenkliche Kunstpause) … waren die Nazis rechtsradikal und nicht Sozialisten, also Linke?“
„Die Nazis waren nie Teil der Arbeiterbewegung wie es die Gewerkschaften, die Sozialdemokraten, Sozialisten und Kommunisten waren. Die NSDAP wurde von den deutschen Finanzeliten, von Krupp und Thyssen, von der gesamten Rüstungsindustrie, von den Großgrundbesitzern im Osten Preußens unterstützt und von konservativen Helfershelfern und Reichswehr-Offizieren protegiert. Der deutsche Militarismus hat auf Hitler förmlich gewartet. Und Militarismus hat natürlich nie etwas mit der Arbeiterbewegung gemein.“

Herr Schneider war einer der wenigen Lehrer, die sich ausdrücklich von den Nazis und unserer braunen Vergangenheit mit Ekel in der Stimme distanzierten, während die meisten anderen Pauker mehr mit Trauermiene das deutsche Trauerspiel theatralisch untermalten, wenn sie nicht gar pseudohistorische Entschuldigungen erfanden, um die braune Pest noch ein wenig zu beschönigen. Herr Schneider trug auch gelegentlich ein Ostermarschabzeichen am Revers.

„Aber NSDAP steht doch ganz eindeutig für National-SOZIALISTISCHE Deutsche ARBEITER-Partei", meinte Fränki. „Also die können sich doch nicht sozialistisch nennen, wenn sie es nicht sind!"
„Das hat eindeutig der sprachlichen und propagandistischen Verwirrung gedient. Tatsächlich war die Hitlerpartei ein Produkt der Ruhrbarone und preußischen Junker, die auf Absatzmärkte, auf billige Arbeitskräfte, auf Rohstoffe und Land im Osten aus waren. Die mächtige Arbeiterbewegung musste gespalten und getäuscht werden. Da war solch ein Name idealerweise tausendmal geeigneter, als hätte sich Hitlers schwarz-braune Partei ehrlicherweise *«National-kapitalistische Partei der deutschen Banker, Militaristen, Ruhrbarone und Junker«* genannt. Die hätte kein Arbeiter je gewählt."

Aha, mit Namen und Bezeichnungen konnte man also tricksen. Ob das auch die Bezeichnung betraf, die für uns so wichtig war – Demokratie?

In Chemie durften wir dabei sein, wie der schusselige Pauker erst das Reagenzglas mit einer riesigen Stichflamme zum Bersten brachte und danach den Bunsenbrenner auf den Boden fallen ließ, so dass auch der

Bunsenbrenner perdu und ein Brandmal auf dem Boden war. Na ja, Abwechslung war immer gut. In der Pause gingen Pit und ich erstmal zum Wasserhäuschen, wo wir uns Brausepulver, einen Negerkuss und amerikanische Kaugummis, Dubble Bubble, holten. Denn wie sagte schon Wilhelm Busch?

Nicht allein das Abc
Bringt den Menschen in die Höh';
Nicht allein in Schreiben, Lesen
Übt sich ein vernünftig Wesen;
Nicht allein in Rechnungssachen
Soll der Mensch sich Mühe machen,
Sondern auch der Weisheit Lehren
Muss man mit Vergnügen hören.

In der Doppelstunde Physik mussten Pit und ich dann nacheinander für jeweils zehn Minuten vor die Tür, weil wir gegen das Kaugummiverbot verstoßen hatten. Schade, dass wir nicht zusammen rausdurften; wir hätten uns gerne noch eine Cola am Büdchen geholt.

*

Jamie, alias Eva Banani, lud ihre Schwester und mich am zweiten Adventssonntag in ein sauteures Restaurant am Dornbusch ein. Da gab es alle möglichen Speisen, die man nicht täglich angeboten bekam. Schildkrötensuppe, original französische Zwiebelsuppe, gesottene Froschschenkel und viele andere rein biologische Speisen, die gesund und sogar der Manneskraft dienlich sein sollten, wie Miss Banani meinte.

Der Kellner schlich ziemlich notgeil um unseren Tisch herum und beäugte Jamie. Sie ignorierte ihn und erzählte uns von ihrem Job als Bardame, und wir erfuhren, wie man die männlichen Besucher über den Tisch zog, indem man ihnen vorgaukelte, man trinke mit ihnen schottischen Whiskey oder Puschkin-Wodka oder was auch immer, obwohl sich die Animierdamen bloß verdünnten Stoff einpfiffen. Und der hinters Licht geführte Gast hatte freilich auch ein viel billigeres Getränk im Glas. Wenn der Gast dann so richtig am Absaufen war, konnte man ihm eine völlig überhöhte Rechnung unterschieben, die er zwar murrend bezahlte, aber mehr auch nicht. Wenn er nicht zahlen wollte, drohte der Boss mit den Bullen, und das war den meisten Barbesuchern doch recht peinlich. Da zahlten sie lieber horrende Summen für ein bisschen Illusion und für ihr Verlangen nach Liebe, das Jamie ihnen natürlich nicht bieten konnte. Jedenfalls sagte sie das.

„Und was macht ihr, wenn ein Gast auf einer Rechnungsminderung besteht oder gar jegliche Zahlung verweigert?“, fragte ich.
„Wenn es bloß um ein paar Kröten geht, die ein Mann nicht berappen will, sagen wir ihm, dass er dann eben nicht mehr bei uns reinkommt. Meistens zahlen die dann. Wenn nicht, dann ist es auch gut und unser Boss ruft ihm hinterher, dass er noch nie so einen Pisser erlebt hat, was natürlich nicht stimmt, denn es gibt mindestens drei oder vier Fälle pro Woche.“ Jamie holte ein Bündel Scheine aus ihrem grünen Handtäschchen und winkte dem Kellner.

„Wenn jemand eine größere Summe gar nicht zahlt, was dann?“, fragte Amy.

„Dann ruft mein Boss beim Revier an. Da kennt uns der Revierchef und kommt dann höchst persönlich, um den Gast zur Rede zu stellen. Wenn dann endlich bezahlt wurde, kriegt der Bulle zwanzig Prozent Provision bar auf die Kralle."

Das deckte sich mit meinen frühen Wirtschafts-Erfahrungen. Und es betraf ausgerechnet einen geliebten, honorigen und von mir verehrten Beamten, der meinem Elternhaus zweifellos als ehrbarer Haushaltsvorstand diente. Ottos mysteriöse Nebeneinkünfte waren immer kurz vor Weihnachten fällig; natürlich war das anfangs in meinen unschuldigen Augen ein total legitimer Vorgang – und doch hatte ich ein mulmiges Gefühl, weil Vater darum bat, wir Kinder sollten so etwas nicht in der Gegend rumposaunen.

Da stand plötzlich nachmittags ein biederer Herr vor unserer Tür, Chef einer Spenglerei, und lud zwei Kisten mit Spätburgunder ab. Dann klingelte es am vierten Advent, und nicht ein Englein, sondern ein Männlein von einem stadtbekannten Bauunternehmen stand da und überreichte uns in Weihnachtspapier verpackte Kisten, in denen sich Dresdner Stollen, Lübecker Marzipan und Nürnberger Lebkuchen befanden. Kistenweise lieferten die Maler-, Glaser-, Schlosser- und andere Baubetriebe ihr Weihnachtstribut bei uns ab. Whisky, Korn und Branntwein häuften sich in den Kellerregalen, alles, was mein Vater nicht trank, was er aber bei gegebenen Anlässen gerne weiterverschenkte. Der smarte Gas-Wasser-Scheiße-Chef lieferte alljährlich die frisch geschlachtete Weihnachtsgans. Sie wurde mit Hackfleisch, Gänseleber, Apfelschnitten, Koriander, Salbei und Maronen gefüllt. Manchmal variierte Lollo das Rezept ein wenig.

Eva Banani bezahlte, und Amy, der Kellner und ich bewunderten sichtbar beeindruckt ihr fettes Geldbündel. „Danke, Schwesterherz. Und bleib sauber“, sagte Amy.
„Bleib du auch sauber“, antwortete Jamie. „Lass dich nicht schwängern, denk an Mama! Und halt ihr gegenüber dicht, wenn sie fragt, wo ich nachts bin!“ Sie zwinkerte mir zu und sagte: „Ich verlasse mich auf deinen Verstand! Alles ist erlaubt, aber bitte nicht bumsen.“

Die Antibabypille war noch nicht weit verbreitet, aber sie war schon dicke im Gespräch. Natürlich gegen den Widerstand der konservativen Gesellschaftsschichten und der katholische Kirche, die einen Verfall der Sitten voraussagten, dem der direkte Untergang der bundesdeutschen Gesellschaft, wenn nicht gar der Untergang des Abendlandes folgen würde. Pille war Hölle.

Noch galt sie hauptsächlich als Präparat gegen Menstruationsbeschwerden. Der Kampf um die Legitimation der Pille hatte schon seit Mitte der Sechziger Jahre eingesetzt. Ohne Pille galt die klassische Verhütung. Klassisch war der „Männerschutz“, wie der Pariser hieß, den man auf den Wirtshaustoiletten an Automaten für eine Mark ziehen konnte. Wobei man solange verstohlen wartete, bis alles frei war, also kein anderer Typ einen dabei erwischte. Was sollte der von einem denken! Und dieser ganze Umstand nur für ein Kondom, das als genauso unzuverlässig und gefährlich galt wie der Coitus interruptus.

„Aber klar doch; wir bumsen nicht“, sagte ich zu Jamie. „Noch eine Frage: Wenn der Bullenchef in eure Bar kommt, fragt der dann nicht mal nach deinen Papieren? Kontrolliert da niemand die anderen Mädchen? Nicht dass du mal auffliegst mit deinen achtzehn Jahren!“

„Das passiert nicht. Da sorgt schon mein Boss dafür. Der hat Knete. Damit lässt sich alles regeln.“ Sie gab erst Amy, dann mir ein Küsschen und ich dachte, sie ist wirklich schon 21 oder gar noch etwas älter, so weltgewandt, so erotisch ihr Flair, so schick ihre Klamotten. Die Hippieklamotten waren Vergangenheit. Das Geld, die Verlockungen des abenteuerlichen Nachtlebens hatten ihren äußerlichen Niederschlag in einem engen schwarzen Röckchen, in aufreizenden Strapsen und einem tiefen Dekolletee gefunden. Dazu trug sie oberschenkelhohe Stiefel. Die Strapse hatte sie uns stolz vorgezeigt, als der aufgegeilte Kellner endlich mal seinen Blick woanders hingeworfen und seinem Job nachgegangen war. War das aufregend!

*

Meine Eltern hatten den *Stern* abonniert. Ich hatte mir mit den wöchentlichen Ausgaben mein privates Zeitungsarchiv aufgebaut. Recherchearbeiten waren äußerst schwierig und zeitaufwendig. Manchmal brauchte man persönliche Beziehungen, Empfehlungen, um an Informationen zu gelangen. Man musste viel rumschleimen, damit ein arroganter Redakteur einen in sein Archiv blicken ließ. Dabei hatten die noch viel Zeit, denn die Redaktionen waren hochwertig und breit besetzt; Personalmangel gab es in Redaktionen nicht.

Um historische oder aktuelle Themen für meine Schulreferate, für Gedichte oder auch für Kurzgeschichten, die ich seit neuestem schrieb, aufzubereiten, musste ich entweder in das Archiv der *Frankfurter Rundschau* am Eschenheimer Turm oder zur ungeliebten Zeitung der FDP und Hochfinanz, der *Frankfurter Allgemeinen Zeitung*, kurz FAZ. Oder ich musste den Weg zur Uni-Bibliothek nehmen und mir dort eine Bibliothekszugangskarte ausstellen lassen. Das war alles sehr umständlich. Wenn ich jedoch Glück hatte, befand sich zum gesuchten Thema etwas in meinem *Stern*-Archiv.

Am dritten Advent nahm ich mir gemeinsam mit Amy, die ich die Woche davor offiziell meinen Eltern als meine neue Freundin vorgestellt hatte, Zeit, um das *Stern*-Jahr Revue passieren zu lassen. Wir verbrachten einen gemütlichen Nachmittag und Abend in meinem Zimmer bei Kerzenschein, mit Marzipan-Talern und den von Ottos Bauunternehmen spendierten Lebkuchen. Wir drehten den Beat volle Pulle auf, denn Winkelmanns waren nicht zuhause, und blätterten in den alten *Sterns*, um einen Jahresrückblick für die Schülerzeitung zu basteln. Draußen lag Schnee, es war nasskalt und die Straßen waren sehr glatt. Da fragte ich meine Eltern, ob Amy bei mir schlafen dürfe. Es würde auch nix passieren, und morgens kämen wir zeitig zum Frühstück hoch, weil Amy zu ihrem Ausbildungsbetrieb und ich zur Schule mussten. Nach kurzem Zögern und einem vielsagenden Blickaustausch zwischen meinen Eltern war das Eis gebrochen.

Amy und ich erlebten die erste offiziell abgesegnete gemeinsame Nacht in meinem Elternhaus.

„Aber um Zehn geht's Licht aus!", warnte Papa. Wir sicherten es ihm zu und hielten uns auch dran. Wir waren um Zehn todmüde, weil wir die Jahreszusammenstellung geschafft hatten. In Kurztexten hatten wir die Jahresbilanz gezogen.

Unser erstes weltpolitisches Thema war der das ganze Jahr 1966 bestimmende Krieg in Südostasien, in Vietnam, wo die Amerikaner zunehmend unter Feuer gerieten. Der Feldzug der USA gegen den Kommunismus in Südostasien führte unaufhaltsam ins Desaster. Noch immer wusste ich nicht, was Kommunismus eigentlich bedeutete. Was aber Krieg und Zerstörung für die amerikanische Jugend bedeuteten, konnten wir in Zeitungs- und Fernsehbildern täglich sehen und miterleben.

Die Supermacht selbst wirkte zunehmend zerrissen von Zweifeln und innerem Protest, tief verwundet von der ersten drohenden Niederlage in ihrer Geschichte. Schnell kam den meist blutjungen US-Soldaten der Glaube an ihre Mission abhanden, an ihr Land und an ihre Führer, diese schrecklich alten Männer, die sie in einen sinnlosen Krieg geschickt hatten. Demoralisiert wollten sie vor allem eines: überleben.

Peter Scholl-Latour, einer aus der neutraleren, der besseren Journalisten-Ecke, schrieb: „Viel negativer als die zunehmenden Gefallenenlisten der GIs wirkte sich aus, dass die Masse des US-Truppenaufgebotes sich aus Wehrpflichtigen zusammensetzte. Diese braven und naiven Enkel ‚Babbitts' waren zu einem kurzen, spätkolonialen Abenteuer ausgerückt, so hatte man ihnen versichert, um die heile und freie Welt zu verteidigen. Stattdessen fanden sie sich auf einem exotischen Schauplatz sittlicher Verwahrlosung und hemmungslosen Lasters wieder. Eine hysterische Untergangsstimmung griff um sich, die durch die reale Kampflage gar nicht gerechtfertigt war. Der massive Drogenkonsum hat vermutlich mehr zur Demoralisierung der US-Streitkräfte beigetragen als die tückischen Hinterhalte des unfassbaren *Charlie*."

Charlie war das vom US-Militär verwendete Kürzel für *VietCong*, die südvietnamesischen Partisanen. Die militärische Abkürzung lautete *VC*. Die Entsprechungen der beiden Buchstaben im NATO-Alphabet sind *Victor* und *Charlie*, weshalb der unter US-amerikanischen Soldaten geläufige Name für ihre Feinde kurz *Charlie* war.

„Die Nachkommen einer immer noch puritanischen geprägten Gesellschaft versumpften in der Massenprostitution", schrieb Scholl-Latour weiter und zog Bilanz: „Die kollektive Verrohung ließ längst vergessene Indianerkrieg-Reflexe wieder aufleben. Es kam zu wahllosen Massakern an Zivilisten. Vieles ist nicht an die Öffentlichkeit gedrungen. Zur gleichen Zeit geriet die ‚Heimatfront' in Wallung."

Amy und ich beschlossen, das sei wichtig und wir kürzten alles für den *Telstar*-Jahresrückblick zusammen. Wir schrieben: „Der Vietnam-Krieg ist eine große Schande für den Westen und führt zum Zerfall von Sitten und Normen. Es geht nicht um Befreiung und Demokratie, wieder einmal geht es nur um Macht und Wirtschaftsinteressen, denn Vietnam ist strategisch von Interesse, reich an Bodenschätzen und jetzt auch noch reich an Chemikalien, die die USA über dem Land versprühen."

Unser zweites Thema waren die Drogen. Das Rauschgift, das den amerikanischen GIs den Krieg erträglicher machen sollte, hatte im Jahr 1966 auch in Westdeutschland längst Einzug gehalten. Ein Stück Löschpapier von der Größe einer Briefmarke oder ein Zuckerwürfel waren die Fahrkarten für eine fantastische „Reise". Löschpapier oder Zuckerwürfel hatten minimale Spuren eines Stoffes aufgesogen, den einige die Wahnsinnsdroge nannten.

„In der Heilmittelchemie", so erklärte mir Kumpel Veit, dessen Stärke der Chemieunterricht war, wo er am laufenden Band Einsen schrieb, „heißt die Verbindung Lyserg-Säure-Diäthylamid, abgekürzt LSD."

Wer die präparierten Teile hinunterschluckte, verfiel sehr bald in einen Rausch, der ihn gleichermaßen durch das Paradies wie durch die Hölle führen konnte. So etwas kam für mich überhaupt nicht in Frage. Amy hätte es gerne schon mal probiert, aber ich stellte sie vor die Wahl: LSD oder ich. Ihre Wahl fiel auf mich. Später lasen wir einiges über LSD, denn viele Wissenschaftler hatten mit dem geheimnisvollen Stoff Versuche angestellt. Einige verfielen selbst der Droge und priesen das Erlebnis des LSD-Rausches als Begegnung mit dem Universum an. Für Tausende war dieser Rausch ein Paradies auf Erden, andere dachten mit Schrecken an ihren Horrortrip zurück. Für meine Schülerzeitung fassten wir das alles knapp zusammen: „Drogen machen dich krank und kaputt. Und wie willst du dich dann gegen die autoritären Knacker noch wehren?"

Unser drittes Jahresthema war die westdeutsche Wirtschaft. Seit Anfang des Jahres war es mit ihr bergab gegangen. Der Vater des sogenannten Wirtschaftswunders, Ludwig Erhard, musste als Kanzler abtreten. Wie schnell dann doch so ein sogenannter Erfolgsmensch von seinen Unterstützern ausgemustert wird, dachte ich mir. Und die jetzt regierende Große Koalition sollte der Wirtschaft neuen Schwung verleihen? Da lachten ja die Hühner! Der klassischen Wählerschaft der SPD, den Arbeitern und Angestellten, verging das Lachen. Unter ihnen wuchs die Furcht vor einer Krise. Für mich waren das Angsthasen, denn mein Unterhalt war mir ja im Beamtenhaushalt total sicher. Und die Moral von der Geschicht', führ' nicht die Menschen hinters Licht. Dennoch schmissen sich die Sozis das erste Mal an die Brust der christlichen Brüder.

Danach stellten wir Kurzthemen auf: „Gunter Sachs erringt Blitzsieg über die BB, Brigitte Bardot, der er auf einer Party einen spontanen Heiratsantrag macht. Ihr weltberühmter Schmollmund hat Ja gesagt. Das französische Sex-Symbol und der teutonische Playboy aus Franken besiegeln ihre publicityträchtige Heirat in Las Vegas. Wer von euch will Playboy werden?", fragten wir im *Telstar*.

In Amerika hatte das schwarze Gold Paul Getty zum reichsten Mann gemacht. Wir schrieben: „Öl und Frauen sind seine Welt. Diese Welt teilt mit ihm der griechische Multimilliardär Aristoteles Onassis, der mit Getty und dessen Gespielinnen gemeinsame Partys feiert. Der Tankerkönig liebt das große Geld und schmückt sich mit der Callas und der Kennedy. Ob die auch miteinander vögelten, also nicht die Callas mit der Kennedy, sondern die beiden honorigen Damen mit den ollen Knackern? Die verrunzelten Geldsäcke sehen auf den

Fotos gar nicht sexy aus, sondern eher wie abgehalfterte Bahnhofsvorsteher nach einer durchzechten Nacht. Nur ihr Outfit ist feiner. Wer von euch will Milliardär werden?“

Dann schrieben wir: „*Jetzt noch der Mensch, die Tiere und das All - der die, das.* Der Mensch will das All erobern, doch zahllose Tiere müssen zuvor den Kopf hinhalten. In sinnlosen Torturen sollen Schweinsäffchen in einem Pariser Trainingszentrum für den nationalen Höhenflug Raketenlärm, Beschleunigungsdruck und Schwerelosigkeit ertragen lernen sowie das Bedienen eines Futterautomaten. Alles, damit der Westen beim Einholen des Ostens auch das Überholen nicht vergisst. Wer von euch will Astronaut oder Versuchsäffchen werden?“

Unser Filmrückblick'66 traf auf *Viva Maria!* Das war ein Film über zwei Stripperinnen. Frankreichs Superstars Jeanne Moreau und BB führen irgendwo in Lateinamerika eine Revolution zum Sieg. Die Abenteuerfilm-Persiflage von Louis Malle kam im Sommer in unsere deutschen Kinos. Im realen Leben wurde die Edel-Prostituierte Helga Matura mit einem Stilett im Hals in ihrem Frankfurter Appartement gefunden. Westdeutschland hatte seinen zweiten Fall Nitribitt. Und wieder blieb im Dunkeln, wer die Lebedame ermordete. Von uns Revoluzzern war's gewiss keiner, wir wähnten uns eher an der Seite der Verachteten.

Mit vierjähriger Verspätung kam Bertoluccis erster Film *La Commare Secca* nach Deutschland. Leider durfte ich im Sommer mit Sechzehn noch nicht rein. Und jetzt, mit siebzehn, auch noch nicht. Zudem lief er blöderweise nicht mehr. Der Mord an einer Hure diente dem italienischen Regisseur als Vorlage für eine präzise Studie der Jugend im römischen Armen-Viertel Trastevere. Warum so ein lächerlicher kleiner Sprung über die Grenze ganze vier Jahre dauern musste, war mir ein Rätsel. Und warum ich angeblich zu jung war, um das sehen zu dürfen, war mir ein noch größeres Rätsel.

Ach, und dann war da noch der Herr der Hühner, der Friedrich Jahn aus München, der mit nur zweiundzwanzig Jahren sein erstes Ei gelegt hatte. Das Lokal nannte sich „Wienerwald“ und war so eine Art deutscher McDonalds. Im *Telstar* verkündeten wir die Eröffnung des 200. Wienerwaldes mit dessen Werbeslogan: „Heute bleibt die Küche kalt, wir gehen heut‘ in den Wienerwald.“ Wir spielten auf lieb gewonnene Erinnerungen von uns Heranwachsenden an. Schließlich waren wir früher fast alle schon an Mutters oder Omas Hand in gestärkter Sonntagstracht zum Hendl-Essen ins Schnellrestaurant um die Ecke gegangen.

Damals, erst sieben Jahre alt, hatte mich der Geruch nach gebratenen Hähnchen und frittierten Pommes nicht gestört, ganz im Gegenteil. Als kleiner Steppke war mir das Wasser im Mund zusammengelaufen ob so viel ungesunder, fettiger Kost, die bei Mutter zuhause nicht auf den Teller kam. Jetzt, mit siebzehn, fanden wir die Hähnchen nicht mehr so lustig. Am liebsten hätten wir sie wie Max und Moritz mit der Angel aus der Küche des Wienerwaldes gezogen, mit Mund-zu-Mund-Beatmung wiederbelebt und in antiautoritärer Manier laufen lassen.

Ich musste mal aufs Klo und ging nach oben, während Amy im ausgebauten Kellerzimmer weiter den *Stern* durchblätterte. Als ich am elterlichen Schlafzimmer vorbeikam, hörte ich eindeutige Geräusche; das war mir so peinlich, dass ich nicht wagte, die ewig quietschende Klotür aufzumachen. Was war das bloß für eine Schweinerei, kaum war man mit Freundin im Souterrain zugange, fühlten sich meine werten Alten sicher, um sich selbst zu vergnügen, was wieder einmal meine Vorstellungskraft bei weitem überstieg. Also ging's wieder runter und raus in den Garten hinter den Busch.

Während ich pinkelte, hatte ich genügend Zeit darüber nachzudenken, warum ich für freie Sexualität die Klappe aufriss, aber meinen Eltern diesen Spaß nicht so recht gönnte. Und mich gar dafür schämte, wenn sie dabei Geräusche machten. Sollten sie es weiter im Dunkeln und Stillen treiben, angstbesetzt und verklemmt, wie sie es wahrscheinlich schon immer getan hatten? Vielleicht hatten sie in den vergangenen zwei Jahren dazu gelernt und waren im Kopf mit ihrer Sexualität viel weiter als ich, der ich noch nicht mal eine Vagina von innen kennengelernt hatte. Aus Versehen ging der letzte Pipistrahl daneben und es lief warm das Bein hinunter.

Amy hatte sich einen Polittext ausgesucht. Der DDR-Staranwalt Kaul hatte in Oberhausen, was im Ruhrpott lag, Anzeige gegen einen Siegfried Müller wegen Verbrechen gegen die Menschlichkeit erstattet. Müller hatte sich als deutscher Söldnerführer im Kongo verdingt, wo er als „Kongo-Müller" gefürchtet war, weil er für Geld aus dem Killersäckel der dortigen Diktatoren massenhaft Schwarze folterte und abschlachtete. „Das so was unsere Regierung nicht von sich aus bestraft, ist ja ein Ding!", sagte Amy.

„Wenn ich einen berühmten Namen hätte, wäre ich Schauspielerin geworden.“ Amy zeigte auf ein Foto mit Geraldine Chaplin, der Tochter des Jahrhundert-Komikers Charles Chaplin. Sie hat im Russland-Epos *Doktor Schiwago* mitgespielt. „Die hatte es doch leicht!“, sagte Amy. Wir nahmen den Film in unseren Rückblick auf, schließlich war *Doktor Schiwago* Mutters Lieblingsfilm. Und der Lieblingsfilm ihrer Freundinnen, der Seifenmaya-Tante und der Rindswurst-Tante, Frau Gräf-Völsing, und auch für die Schreiner-Friedel war es das ultimative Jahrhundertepos.

„Aber die Uschi musste sich als Sekretärin nach oben arbeiten. Wenn du Glas heißt, denkt man an nix anderes als Glasauge sei wachsam“, sagte ich. Den Kinostart von *Winnetou und das Halbblut Apanatschi* im August hatte ich miterlebt, wo Pierre Brice als Winnetou der Uschi, die das Halbblut spielte, verdammt indianisch nahe kam. Wie gesagt, Glasauge sei wachsam! Apanatschis kleiner Bruder, von Terence Hill gespielt, und die Hauptdarstellerin werden natürlich prompt von Banditen entführt. Und wer befreit sie? Natürlich Winnetou und Old Shatterhand, den der gute Lex Barker mimte! Nicht zu vergessen den komischen Kauz und Freund von Shatterhand, Sam Hawkins. Den hätte ich übrigens gerne zum Freund gehabt, weil der die Leute immer so schräg anmachte und so lässig wirkte, obwohl er blitzschnell handeln konnte, wenn es drauf ankam.

Als wir alles für den *Telstar* zusammen hatten, steckte ich drei Kerzen an und fragte Amy, was wir jetzt machen wollten, und sie zog mir einfach die Hose runter und machte sich an mir zu schaffen. Ich genoss kaum zwei oder drei Minuten, da schlug oben die Tür zum

Kellerabgang und man hörte jemanden die Treppe runterkommen. Die Eltern konnten es nicht sein, die waren gerade mit etwas sehr Unanständigem beschäftigt. Auch die Winkelmanns geisterten spätabends nicht durchs Haus. Das konnte nur die neugierige Tante Ria sein, die in ihrem unendlichen Geiz nachsehen wollte, ob ich das Kellerlicht hatte brennen lassen. Ich schloss demonstrativ laut meine Tür ab, und Amy widmete sich ganz ihrer Aufgabe. Und ich? Was eigentlich war meine Aufgabe, um sie glücklich zu machen? Da lasen wir anschließend wieder im Orgasmus-Buch nach, und ich versuchte mich zu Amys Zufriedenheit als multitalentierter Simultan-Stimulant. Die Kerzen löschten wir vorm Schlafengehen.

*

Mit Kerzen und Weihnachten war es so eine Sache. Ich hatte als Fünfjähriger schon unseren schönen Weihnachtsbaum in der alten Wohnung abbrennen sehen. Das war eine Hektik gewesen, begleitet vom Angstgeschrei meiner Schwester, die mit schreckoffenen Augen bei unseren Löscharbeiten nur im Weg rumstand. Diesmal hatte sich der Wassereimer hinterm Baum gelohnt, allerdings war es nicht leicht gewesen, ihn aus der Ecke zu ziehen, weil sich so ein unheiliges Weihnachtsfeuer schneller ausbreitet, als man denkt. Vater und Günter hatten den Brand bald gelöscht, aber die Wohnzimmerecke war verrußt und das Zimmer musste dann zwischen den Jahren komplett renoviert werden.

„Warum hat auch keiner von euch auf die Kerzen geachtet?“, hatte Mutter vorwurfsvoll gefragt, doch dann hatte sie uns zur Beruhigung in die Küche geschickt, wo sie schon unser klassisches Heilig-Abend-Essen, Würstchen mit Kartoffelsalat und einem besonders leckeren selbstgebackenen Brot, vorbereitet hatte. In der Zwischenzeit hatten Vater und Günter den qualmenden Baum und die verräucherten Gardinen aus dem Fenster geworfen. Die Geschenke waren heil geblieben. Da schien das Christkind doch eine gewisse Empathie für unsere Familie aufgebracht zu haben. Ehre sei ihm in der Höhe.

Anschließend hatte uns damals Günter zum x-ten Mal die Kerzen-Story aus San Francisco erzählt, die ihm sein Jungschar-Führer berichtet hatte. Der war mal von seinem Cousin besucht worden, und sie hatten es sich mit einer Kerze auf dem Teppichboden vor dem Fenster mit Blick auf den romantischen Hafen gemütlich gemacht. Rund um die Zimmerwand verlief ein Wandbord, auf dem der Jungschar-Typ seine Bücher aufgestellt hatte.

Als sie schlafen gehen wollten, bat der Cousin darum, die Kerze auf dem Boden nicht auszumachen, denn die sei so romantisch und würde ja von selbst erlöschen. Aber der Gastgeber verneinte das, weil er bei den Scouts gelernt hatte, dass man mit offenem Feuer nicht schlafen gehen darf.
„Kerzen werden vorm Schlafengehen ausgemacht!“
„Aber Cousin! Warum denn dieser übertriebene Sicherheitsfimmel? Was soll da denn passieren?“
„Die Kerze kann umfallen und den Teppich entzünden.“
„Warum sollte die Kerze denn umfallen? Gibt doch gar keinen Grund!“

„Da kann einiges passieren. Ich kann dir gar nicht all die tausend Gründe nennen, die geschehen könnten."
„Nenn mir doch bloß mal einen einzigen Grund!", sagte der Cousin.

In diesem Moment raschelte es auf der einen Seite des Wandbords, auf dem die Bücher standen. Irgendetwas flitzte da hinter den Büchern entlang. Ein Buch fiel um, riss das nächste Buch mit, und im Dominoeffekt fielen ein Dutzend Bücher um. Das letzte fiel vom Bord herunter, fiel gegen die noch brennende Kerze, die ebenso umfiel, aber glücklicherweise verlöschte. Das flitzende Tierchen war eine niedliche Maus.

Diese Geschichte schien Günter sehr beeindruckt zu haben, denn ich hatte sie in meiner Kindheit und Jugend mindestens so oft gehört wie Bücher auf dem Wandbord von der Maus in Bewegung gesetzt worden waren. Meine Mutter liebte diese Geschichte und lobte den Jungschar-Führer immer wieder aufs Neue als einen sehr klugen, weltgewandten jungen Mann. Wahrscheinlich hätte sie sich in jungen Jahren in ihn verknallt.

*

Aber jetzt, eine Woche vor Weihnachten und nach siebenundzwanzig Jahren Ehe saß sie neben ihrem immer noch hochgeliebten Otto, der sie aufforderte, dass nun sie an der Reihe war, etwas Altbekanntes der Familie kundzutun. Mama liebte zwei bestimmte Witze, die sie alle zwölf Monate wiederholte. Wir vermuteten, dass sie einfach nicht in der Lage war, neue Witze aufzunehmen, weil ihr die Welt der Witze beim jahrzehntelangen Einkochen von Ottos Gartenobst abhandengekommen war. Die zwei Humoresken mussten aus früher Jugend stammen und waren leicht zu behalten. Der eine war ein klitzekleiner Kurzwitz und ging so:

Herr Maier kommt verletzt in die Ambulanz.
Fragt die Aufnahmeschwester: Sind Sie verheiratet?
Nein, mich hat ein Auto angefahren!

Mutters zweiter legendärer Witz war viel zu lang für mich; auch die anderen – außer Papa – rollten heimlich mit den Augen. Ich kannte den Witz ungefähr seit meinem dreizehnten Lebensjahr. Aber ich hatte ihn bisher nicht so richtig verstanden und mich nie getraut nachzufragen. Die ach so witzige Story ging so:

Ein Mann schlurft mit hängenden Schultern in eine Kneipe, lässt sich schwer auf den Barhocker fallen und bestellt einen doppelten Whisky.
„Kummer?", fragt der Barkeeper mitfühlend, aber der Mann zuckt nur die Schultern, seufzt und bestellt dann kurz nacheinander noch drei doppelte Whisky.
„Manchmal hilft's, wenn man drüber redet", macht der Barkeeper einen neuen Versuch.
Der Mann hebt kurz den Kopf. „Es gibt Dinge, die kann man nicht erklären", meint er dann und kippt den nächsten doppelten Whisky. Der Barkeeper versteht seinen Job und fragt gezielt nach: „Ärger mit 'ner Frau?"
Der Mann schluckt noch einen Doppelten und reagiert dann endlich:
„Wie ich schon sagte: Es gibt Dinge, die kann man nicht erklären. Also: Ich bin Bauer und versorge meine Schweine, Hühner und Kühe selbst. Heute früh hab' ich eine neue Kuh gekauft und heute Abend wollte ich sie zum ersten Mal melken. Als ich ihr Euter anfasste, schlug sie plötzlich mit dem linken Hinterbein

nach mir aus. Ich holte ein Seil und band das Bein an der Stallwand fest. Ich hatte das Euter kaum berührt, trat die Kuh mit dem rechten Hinterbein aus. Ich holte noch ein Seil und band das Bein an der anderen Stallwand fest."
Hier unterbricht der Mann und gönnt sich einen weiteren Whisky.
„Was soll ich sagen: Ich machte gerade den dritten Versuch, die Kuh zu melken, da schlug sie mir den Schwanz um die Ohren. Seile waren keine mehr da, also zog ich mir den Gürtel aus der Hose und band den Kuhschwanz an der Stalldecke fest. Ich hatte eben die Schnalle zugezogen, da rutschte mir die Hose runter.
In diesem Moment kam meine Frau in den Stall.
Es gibt Dinge, die kann man eben nicht erklären."

Mein Vater lachte, Lollo lachte über ihren eigenen Jahrhunderte alten Witz, und Ulla und Günter lachten auch gequält. Dieses Jahr lachte ich von Herzen mit, denn wie ich vermutete, hatte ich endlich die Pointe verstanden. Die Frau von dem Bauern dachte wohl, dass er so dumm sei und glaubte, für lau dem Hof ein Kalb bescheren zu können, oder wie? Hahaha.

Die Weihnachtszeit war für mich längst nichts Romantisches mehr - von wegen mit über den Dächern fliegenden Rentierschlitten. Aber es war eine Zeit, in der man im Fernsehen endlich mal Louis-de-Funès-Filme sehen konnte. In dem Film *Der Gendarm von Saint Tropez* spielte der Komiker die Hauptrolle eines französischen Bullen, der sich mit seiner pubertierenden Tochter und frechen Nudisten auseinandersetzen musste. Das traf meinen Nerv und ich lachte mich schlapp. Weil de Funès den Typus des cholerischen Kleinbürgers verkörperte, der gegenüber den Autoritäten kuscht, seine Untergebenen aber ausgiebig tyrannisiert, wirkte er in grotesker Weise realistisch. Da de Funès immer wieder als wertkonservativer und staatstragender Untertan auftrat, gab er gerade diese Normen der Lächerlichkeit preis. Das war mein Fall. Dass er als Privatmann politisch als konservativ galt, war mir piep-egal.

Am Mittwoch vor Weihnachten fiel Schnee, und ich musste – weil gesegnete Ferien waren – morgens um sieben Uhr aufstehen und die Straße fegen. Noch kam ich mit dem Besen durch. Aber am nächsten Tag brauchte ich die breite Schneeschippe und die doppelte Zeit, und die Nachbarin von gegenüber sagte im Vorübergehen, wie schön fleißig ich sei. Das war mir aber ein toller Trost.

Papa regte sich auf, weil in der BILD auf der ersten Seite, unten rechts, eine fast nackte Frau abgebildet war, der man Engelsflügel aufgepappt hatte. „Nicht mal Weihnachten ist denen heilig!“, sagte er und schaute zu Lollo, die den Kopf schüttelte.
„Das ist die Frau, wie Gott sie schuf“, warf ich unbedacht ein. „Wahrscheinlich ist das die Geliebte von Axel Springer.“

Das löste einen kleinen Theaterdonner aus, weil nämlich, was ich ja mit meinen siebzehn Jahren wissen müsse, die Familie Springer zum Aufbau Deutschlands ganz viel beigetragen habe und sehr christlich sei, auch wenn nicht immer alles stimmen würde, was in der BILD steht, sagte mein Vater. Wahrscheinlich hatte er schon vergessen, dass er es war, der sich gerade über die BILD aufgeregt hatte und nicht ich. Außerdem war Herr Springer Halbjude und nicht Vollchrist. Das hatte mir jedenfalls mein jüdischer Klassenkamerad aus Volksschulzeiten, Joshua, mal stolz gesteckt.

Eine halbe Stunde später war das Scharmützel längst vergessen und die Postbotin brachte mir einen Brief von Vera, die mit ihren Eltern irgendwo in der Schweiz Urlaub machte.

„Hallo Kara-Kara!
Habe soeben Deine Karte gelesen, bin überglücklich und habe mich, trotz totaler Erschöpfung (8 Std. Autofahrt), sofort auf meinen Hosenboden gesetzt, um Deinem Befehl zu folgen. Ich muss sagen, ich habe Dich sehr unterschätzt, dafür könnte ich mich Ohrfeigen und das tut mir heute von Herzen leid."
Ich wusste gar nicht, was sie meinte. Befehl? Was hatte sie unterschätzt? Dass ich sie nicht angegrabscht hatte? Dass Menschen unterhalb der Oberschicht Gedichte schrieben?

Also las ich erst einmal ein Stückchen weiter. *„Am meisten bedaure ich, dass ich mich damals so kindisch angestellt habe, ich sage bewusst ‚kindisch', denn inzwischen bin ich viel älter geworden und habe sehr viel gelernt. Ich hoffe Du verstehst, was ich meine."*
Ich verstand kein Wort. Hauptsächlich nicht, wie man innerhalb von acht Wochen viel älter geworden sein konnte.

„Nebbich – was soll's, dass ich mich heute darüber ärgere, was vorbei ist, ist vorbei. Aber falls wir uns doch mal wiedersehen sollten, wird alles ganz anders sein, darauf kannst Du Gift nehmen."

War das jetzt ein Versprechen auf wilden Sex oder was? Wir waren doch nur Brieffreunde. Und warum sollte ich Gift darauf nehmen? Mit Gift im Blut der Geschlechtsteile würden wir doch gewiss keinen guten Sex haben. Aber vielleicht war Vera wirklich vorzeitig gealtert, oder sagen wir besser ‚gereift', und mit Gift meinte sie vielleicht das englische Wort für Geschenk und ich sollte sie als verführerisches Geschenk nehmen, oder so ähnlich. Ich war gespannt, wie es weiterging, aber Mama bat mich um einen Gefallen, und zwar gleich, also sofort, denn es hatte weitergeschneit. Also ging ich runter und schippte schon wieder Schnee.

Danach seilte ich mich heimlich in mein Zimmer ab und las weiter: *„So, jetzt will ich Dir mal erzählen, was ich in der Zwischenzeit getrieben habe. Also in den Herbstferien war ich in Israel. Es war eine wundervolle Zeit, obwohl ich in einem Kibbuz war und täglich 6 Stunden in glühender Hitze arbeiten musste. Ich habe sehr viele neue Eindrücke gewonnen, viele neue wertvolle Menschen kennengelernt und vor allem habe ich gelernt die Araber nicht von Forne herein zu hassen, wie ich es bislang tat."*

Dass mit Forne las sich lustig und ich assoziierte es sogleich mit Theodor von Forne, vielleicht einem neuen literarischen Talent des neuen deutschen Realismus, von dem die Welt noch nichts ahnte. Aber ganz im Ernst bewunderte ich, „der Große", meine kleine süße Vera für ihre ehrliche Selbstkritik. Sie war ja wie Amy gerademal fünfzehn Jahre alt. Wir hatten auf dem Schulfest die Palästinenserproblematik und die israelische Politik gegenüber diesem Volk heiß diskutiert. Da hatte ich ihre tief verwurzelten Vorurteile gegenüber den Arabern herausgehört. Dazu konnte sie ja nichts. Dazu konnte ihre Umgebung etwas, dachte ich mir. Dann las ich weiter.

„Vielleicht ist es wieder mal verkehrt von mir, Dir von Israel zu erzählen, da ich Deine Einstellung zumindest ahne, aber dieses Land und seine Menschen sind mir so lieb geworden, dass ich am liebsten in die Welt schreien möchte: ‚Rettet es!' Du denkst sicher: arme Kleine, Du hast sicher zu viel Sonne abbekommen; aber Kara, es ist mir zu albern, Dir von der Schule oder irgendwelchem unwichtigem Blödsinn zu labern, und da schreibe ich Dir lieber von Problemen, die mich wirklich beschäftigen. Damit komme ich schon gleich zu meinem zweiten Problem."

Meine Einstellung zu Israel brauchte Vera nicht zu ahnen, denn ich hatte sie ihr mitgeteilt. Ich fand, dass man den Palästinensern eine eigene Heimat und einen eigenen Staat nicht verbieten könne. Wir Deutschen wollten doch auch unsere Selbstbestimmung.

Ein zweites Problem? Schwanger? Schwanger von mir konnte sie nicht sein. Vom reden und Briefe schreiben ging das nicht. *„Ich bewundere an Dir besonders, aber auch bei vielen anderen, dass sie sich so völlig von ihrer Bindung an die Eltern freimachen können und alle Konsequenzen auf sich nehmen, um ihren eigenen Weg zu gehen. Ich kann das nicht bzw. kann ich es noch nicht, obwohl ich es gerne täte. Ich weiß nicht woran das liegt."*

Vielleicht war Vera einfach zu jung und unerfahren. *„Vielleicht bin ich einfach zu jung oder zu dumm. Das herauszufinden bemühe ich mich jetzt und vielleicht könntest Du mir dabei ein ganz klein wenig helfen. Aber, liebster Kara, ich möchte mich dafür entschuldigen, dass ich Dich quasi zu meinem Kummerkas-*

ten gemacht habe. Wenn Du es lieber hast, schreibe ich Dir nächstes Mal auch was über das Wetter.
Viele Grüße und ein ganz zartes Küsschen
Deine Vera“

Das war meine Vera wie sie im Buch des Lebens stand. Sie spürte, dass sie das falsche Leben lebte, aber es gab für sie noch keine Perspektive. Sie war keinesfalls dumm, aber doch vielleicht ein Tick zu jung, um sich innerlich befreien und ihre schwere elterliche Bürde, die vor konservativer Beklemmung triefte, abwerfen zu können. Das mit dem Wetter fand ich lustig, da steckte Schalk drin. Ich versteckte Veras Brief in einer Kiste unter meinem Bett. Weder Lollo noch Amy durften Veras Briefe lesen. Das hier war echt reine Privatsache. Und war das Briefgeheimnis nicht sogar Verfassungsrecht?

*

Auf der Weihnachtsfeier der Turngemeinde Bornheim sollte mein Vater seine Tenorstimme erheben und singen, was kein Problem gewesen wäre, wenn ich nicht mitgemusst hätte. Die ganze Familie, außer Ulla, die wieder bei ihrem frankophilen Lover abhängen durfte, musste hin, weil das Weihnachtstradition war. Mutter hatte Massen von Zimtsternen gebacken, von denen ich mir heimlich am Abend zwanzig Stück abgezweigt hatte. Ein schlechtes Gewissen hatte ich wegen diesem Christkind-Beschiss nicht, denn Turner sollten sich nicht mit so viel Gebäck vollstopfen.

Die Tische waren weihnachtlich gedeckt, und es gab Kaffee für die Erwachsenen und Kakao für die Kinder und Jugendlichen. Der Vorsitzende erklomm die Bühne, und schon ging es los mit der deutschen Tradition und es wurden ehrwürdige Jahresurkunden verlesen und überreicht. Otto bekam eine Ehrenurkunde für sein sportliches Wettkampf-Engagement. Seine Jahresbilanz betrug zwölf erste Plätze, die er für den Verein erstritten hatte, sowie vier zweite und drei dritte Plätze. Lollo erhielt für 25 Jahre treue Mitgliedschaft zusammen mit ihrer Freundin Friedel eine goldumrandete Urkunde.

Dann sang der Frauenchor, bei dem Mutter neuerdings mitmachte; anschließend kam der Männerchor mit dem Tenor-Solo meines Vaters dran. Da setzte ich mich schnell und unauffällig ganz hinten in die Reihe, wo ich mich für ihn totschämte. *Es ist ein Ros‘ entsprungen.* Warum er das nicht richtig aussprechen bzw. singen konnte? Ein Ross wurde mit scharfem S gesprochen und ebenso natürlich auch gesungen. Was da wahrscheinlich aus einem Pferdestall entsprungen war, fraß offensichtlich Wurzeln, *wie uns die Alten sungen.* Ein komisches Tier. Und angeblich kam die Art von Jesse. Wer war bloß Jesse? Oder handelte es sich statt eines Rosses doch eher um eine Rose, die entsprungen war, die also einer aus Jesses Vorgarten geklaut hatte?

Nun kam der gemischte Chor an die Reihe, wo Lollo und Otto nur ein paar Schritte nebeneinander standen und Günter und mich mit Blicken suchten. Günter war zu mir gekommen, vielleicht hatte er auch so ein komisches Schamgefühl. Er suchte aber bloß nach neuem Weihnachtsgebäck, weil er auf unsrem Tisch alles alleine aufgefuttert hatte. Da würde im Papa zuhause wieder die Hölle heiß machen – „Sei nicht so verfressen!“

Endlich hatten uns die Eltern hier hinten in der Ecke entdeckt und schon legte der große Chor stimmgewaltig los: *Ihr Kinderlein kommet, o kommet doch all'*… Da musste ich an das Gerammel und leise Stöhnen aus dem Elternschlafzimmer denken, und heimlich betete ich und gab dem Jesuskind zu bedenken, dass unser Haus keine Zimmer mehr frei hatte.

„Was schenkst du den Eltern?", fragte mich Günter.
„Keine Ahnung, die haben doch alles. Was schenkst du denn?"
„Papa bekommt 'ne Schallplatte von Catarina Valente und Mama ein Kochbuch. Wird Zeit, dass du dir Gedanken machst."
Das machte ich sogleich. Vielleicht sollte ich Papa einen Gutschein für zwei Tage Gartenarbeit schenken. Und Mama einen für vier Mal Müll runtertragen und zehn Mal abtrocknen und drei Mal sonntags Frühstück ans Bett bringen. Aber das behielt ich für mich. Auf der Bühne trällerte unser Vater gerade wieder ein Solo. *Kling, Glöckchen, klingelingeling.* Da war mir doch die sexy Valente viel lieber mit ihrem Song *Itsy Bitsy Teenie Weenie Honolulu-Strand-Bikini.* Da kamen mir mitten bei der Weihnachtsfeier, wo es draußen schneite, heiße Gedanken. Frauen im Bikini zierten bereits die Titelseiten von Quick und Revue. Wie modern! Wie kontrakonservativ! Oder war das gar schon revolutionär?

Ich wurde aus meinem heißen Traum rausgerissen, als mein Name über die Podiumslautsprecher ausgerufen wurde: „Stefan, komm bitte hoch!" Und dann gab's auch für mich eine Urkunde, weil ich bei den Leichtathletikspielen der A-Jugend für den Verein vier erste Preise geholt hatte. Auch wenn mir dies zur Ehre gereichen sollte, erzielte es nicht den gewünschten Effekt, denn ich fühlte mich in dieser vereinsseligen Atmosphäre einfach nicht mehr wohl. Alles schien mir beengend und kleinkariert und auf falschem Ehrgeiz gebaut und auf Renommee. Alles ausgelegt auf jenes verdammte Leistungsprinzip, was ich gerade zu verabscheuen begann. Das war mein letzter Vereinsauftritt. Seitdem schwor ich mir, niemals solch ein Vereinsmeier wie mein verehrter Herr Vater zu werden.

Aus dem Publikum schallte es unterdessen: „Otto, Otto, Otto – Zugabe, Zugabe, Zugabe!“ Günter war das alles nicht peinlich. Er hatte nix mit Sport am Hut und war nur als mitlaufendes Familienmitglied beim Verein eingeschrieben.

*

Wo wir eigentlich in diesem Jahr unseren Tannenbaum herbekämen, fragte Vater und sah Mutter an, und Günter sagte: „Hä? Ist doch klar. Wie immer von Onkel Paul, oder nicht?“
„Der Geizhals will, dass wir ihm den Baum abkaufen. Ja, abkaufen hat er gesagt! Er könne nicht mehr an Gott und die Welt Christbäume verschenken“, sagte Vater, und Mutter ergänzte mit trauriger Stimme: „Dass er unsere Familie mit Gott und der Welt gleichsetzt, werd‘ ich ihm nicht so schnell verzeihen! Schließlich bin ich seine Schwester. Und eigentlich stünden mir und meiner Schwester gleiche Anteile am Geschäft unserer Eltern zu!“

Das war ein Thema, wo Mutter sehr verwundbar war. Sie hatte es nie verwunden, dass Paul ganz alleine die

Ölgoldgrube in Besitz genommen hatte. Irgendwann hatte sie sich mutig genug gefühlt, um ihren Bruder darauf anzusprechen, und er hatte geantwortet, dass sie froh sein könne, nicht in einem solch schmutzigen Pfenniggeschäft wie dem Kohle- und Öl-Handel beteiligt zu sein. Sie habe großes Glück, dass sie und Tante Anneliese die Stadtvilla geerbt hätten. Von einem Liter Öl würden für ihn und seine harte Arbeit gerade einmal zwischen zweieinhalb und dreieinhalb Pfennigen übrigbleiben. Und das müsste er auch noch versteuern. Obendrein seien die Kranken- und Rentenbeiträge für sich und seine beiden mithelfenden Söhne und für zwei Arbeiter zu zahlen.

Als wir beim Abendbrot saßen, griff ich das Pfennigfuchser-Thema auf, denn ich hatte das bereits vor einigen Wochen nachgerechnet, als diese miese Sache schon einmal auf dem Tisch gelandet war. Es hatte mich stutzig gemacht, dass Onkel Paul allein mit Pfennigbeträgen zwei lukrative Wohngebäude, und zwar Hochhäuser mit je vierzehn Wohneinheiten, hatte hochziehen können.
„Wisst ihr eigentlich, dass Onkel Paul mit den paar Pfennigen pro Liter Öl mehrere hunderttausend Mark im Jahr verdient? Ich kann es euch vorrechnen!“
„Na, dann schieß mal los“, murrte Vater ungläubig.
„Einen Moment!“ Ich ging schnell in mein Zimmer und holte meine Berechnung aus der Schreibtischschublade. Dann schoss ich los.

„Bornheim hat rund 30.000 Einwohner. Das sind rund 8.600 Haushalte. Davon beziehen heute laut städtischer Statistik 72 Prozent Öl als Energiequelle für ihre Heizungen. Das sind 6.200 Haushalte, die einen Durchschnittsverbrauch von jährlich 3.000 Liter Öl haben. Da

sind wir dann bei 18 Millionen und sechshunderttausend Litern Öl, die wir mit 0,03 DM multiplizieren. So kommt man auf einen Bruttojahresgewinn von 558.000 Mark. Da Onkel Paul zwar der größte Ölhändler in Bornheim und Umgebung ist, aber noch ein weiterer, weniger leistungsstarker Wettbewerber auf dem Markt tätig ist, halbieren wir die ganze Summe großzügig zugunsten von Onkel Paul und kommen auf einen Mindestreingewinn für ihn und seine Familie von rund 280.000 Mark. Das ist aber ohne den Kohlehandel gerechnet, der rund ein Drittel des Umsatzes ausmacht. Grob, aber niedrig geschätzt, bleiben da nochmal rund 80.000 Eier hängen. Das sind dann insgesamt 360.000 Mark. Wieviel verdienst du im Jahr, Papa?"
„Also das unterliegt eigentlich dem Lohngeheimnis, aber wenn ihr mir versprecht, dass das auf keinen Fall nach draußen dringt, dann …, na ja, das sind im Jahr 13.872 Mark."
„Und was verdienst du bei den Amis, Mama?", fragte Günter, der mit Spannung zugehört hatte.
„Aber ihr haltet den Mund, dass wir uns richtig verstehen, Jungs! Das geht da draußen niemanden etwas an. Und auch kein Wort zur Verwandtschaft! Das sind 230 Mark mal 12 Monate, also …" Mutter war in Kopfrechnen gut. „Also, das sind 2.760 Mark, und zusammen mit Papas Gehalt haben wir rund 16.600 Mark."

Das war die weihnachtliche Entzauberung dieses Geizhalses, der sich Onkel nannte, und der mir nur zwei Mal in meiner Kindheit und Jugend ganze zwei Tafeln Schokolade geschenkt hatte.
„Ja", sagte Papa. „So sind eben die Reichen, da müsst ihr euch dran gewöhnen. Die rücken nix freiwillig raus und sind ständig am Jammern, wie schlecht es ihnen

geht und wie schrecklich hart sie für das wenige Geld arbeiten müssen.“
Ich war froh und das erste Mal auch ein wenig stolz, dass ich auf den Gedanken gekommen war, das angebliche Jammertal und die Pfennigfuchserei durch Pfennignachrechnerei als blanke Lüge entlarvt zu haben.

„Wisst ihr was“, sagte Mutter. „Wir kaufen unseren Weihnachtsbaum beim Konsum. Ich werde doch so einen Lügenbaron nicht noch reicher machen, als er schon ist.“ Und dann heulte sie hemmungslos drauf los. Die Erkenntnis über das gierige Wesen ihres Bruders hatte sie zutiefst schockiert. Vater tröstete sie und goss ihr einen Cognac ein.
Günter und ich verzogen uns hoch auf die Mansarde, wo wir eine Runde Mau-Mau spielten. Draußen knarrten wieder die Stufen. Die neugierige Tante Ria wartete wohl auf ihren Einsatz als olle Party-Sprengerin, aber wir lieferten ihr keinen Anlass. „Eigentlich hat die ja auch ein total trauriges Leben“, sagte Günter. Da musste ich ihm zustimmen, aber gab ihr das das Recht, uns zu tyrannisieren?

*

Am nächsten Tag gingen Vater und ich zum Konsum und suchten uns auf dem Freigelände unter vielleicht hundert Exemplaren einen gerade gewachsenen Weihnachtsbaum aus. Er kostete satte 8,45 DM, und er sollte samt aufgestecktem Weihnachtsstern bis unter die Decke reichen. Leider hatten wir vergessen auszumessen, und er war genau zwanzig Zentimeter zu lang.

„Kürzen kann man immer“, meinte Vater und schnippelte die zwanzig Zentimeter ab. Doch Mutter fand das gar nicht toll, denn nun reichten die kleinen oberen Zweige zu weit gen Decke, so dass Papa die auch noch kürzen musste.
„Wäre praktischer gewesen, von unten zu kürzen“, sagte Mutter. Aber da sie sich von vornherein niemals als Besserwisserin aufspielte, machte sie kein weiteres Aufheben daraus. Geschehen war geschehen. Ob ich auf das Schmücken Wert legen würde, fragte mich Vater. Ich schüttelte den Kopf.
„Gell, du bist aus dem Alter raus!“
Ja, so war es. „Ich gehe lieber runter und schreibe für euch ein Weihnachtsgedicht“, log ich.

Unter den Christbaum hatte Mama eine mit Tannenzweigmotiven bedruckte hochglänzende Wachs-Tischdecke gelegt, damit kein rotes Kerzenwachs unseren schönen hellbraunen Florteppich versauen konnte. Ulla, ihr blöder Monsieur Beaugrande und Günter und ich mussten hoch auf die Mansarde und dort warten, bis unten das Christkind mit drei unterschiedlich großen Glocken klingelte. Als wir runterkamen, brannten alle Kerzen am Baum und aus der Kirschbaum-furnierten Musiktruhe tönte es feierlich *Stille Nacht, heilige Nacht.* Die Wachsdecke war jetzt verdeckt, weil Geschenkpakete draufstanden.

Dann standen wir alle da und summten das Weihnachtslied mit. Lollo und Otto sangen, weil sie den Text kannten, den auch wir nach gefühlten 1000 Weihnachten hätten kennen müssen. Und so warteten wir auf den nächsten Akt. Der bestand im obligatorischen Familienfoto mit dem Weihnachtsbaum als Hintergrund und den Geschenkpaketen im Vordergrund.

Wie immer sollte erst Günter und dann Papa den Fotoapparat bedienen, damit alle mal irgendwie auf dem Foto drauf waren. Und dann gab's noch das definitiv endgültige Highlight-Foto, wo absolut alle zusammen drauf sein mussten – das Bild mit dem ultimativen Selbstauslöser. Die von den Eltern hochheilig gehaltene Olympus Pen F Mikroskop-Kamera kam dazu auf eine mannshohe Leiter, und mindestens fünf Mal wurden Entfernung und Winkel ausprobiert. Wir mussten abwechselnd von links nach rechts zusammenrücken und uns mal länger oder kürzer machen und uns weiter oder enger aneinanderdrücken, bis endlich, nach dem nun dritten Schallplatten-Weihnachtslied, alles in geordneter Ordnung war. Alle lächelten etwas gequält, bis auf die Kamera, die auf der Leiter thronte und uns alle mit einäugiger Strenge beherrschte. Die Musiktruhe spielte inzwischen *Leise rieselt der Schnee,* als hätte sie das Außenwetter mitgekriegt. Ich schaute aus dem Fenster, dachte an Amy und Vera, und sah die Schneeflöckchen tanzen.

Dann ging es an das Auspacken der Geschenke. Ulla, Günter und ich hatten uns an Eides statt versichert, uns gegenseitig nicht zu beschenken. Der schnöselige Beaugrande ausgenommen, der konnte mir ruhig was schenken, wenn er schon meiner Schwester keinen Verlobungsring gönnte. Von den Eltern bekam ich einen ausrangierten, getragenen Bundeswehr-Parka, wie ich es mir gewünscht hatte. Dankbar war ich besonders, weil die Eltern mir erst nur einen nagelneuen Parka zu schenken bereit waren. Aber ich hatte so lange gebettelt, bis sie einsahen, dass das erstens eine sparsame und zweitens eine jugendlich angesagte Sache sei. Nun hatten sie ihre Vorbehalte tatsächlich überwunden und mir etwas Gebrauchtes gekauft, was ihnen insgeheim wohl immer noch gegen den Strich ging, weil wegen der Nachbarn und so weiter.

Dazu gab es jede Menge Sticker, die mir Mama noch draufnähen würde, wenn ich wollte. Und ob ich wollte! Früher waren es die Pfadi-Abzeichen auf der Tracht, nun also die Friedenssymbole auf dem alternativen Hippie-Gammler-Provo-Parka. Ein weiteres Geschenk der Eltern war ein schönes Buch von Stefan Zweig: *Sternstunden der Menschheit*, wo von historischen Begebenheiten erzählt wird, deren Auswirkungen die Geschichte der Menschheit entscheidend beeinflusst haben. Da las ich sofort mal rein. Zu alledem gab es einen ultragroßen Packen Kaugummi, der mir für ein Vierteljahr reichen würde. Den Packen hatte Mutter beim amerikanischen Offiziershaushalt abgestaubt. Das waren echte Chewing Gums.

Da lag noch ein weiteres Weihnachtspäckchen unterm Tannenbaum. Tante Anneliese hatte mir einen Pulli gestrickt und dazu eine Weihnachtskarte geschrieben.

„Lieber Stefan,
die Merzens wünschen Dir ein frohes Weihnachtsfest, und ich hoffe, Du hast viel Freude an meinem Selbstgestrickten! Ich habe ihn extra so schön bunt gestrickt, weil Du ja auch so ein Bunter bist. Onkel Karl und ich hoffen, dass Du Dir treu bleibst und keinen falschen Umgang pflegst. Alles Gute auch im Neuen Jahr 1967!
Deine Dada & Familie“

Das war mal wieder typisch Tante Anneliese mit ihrem Nazi-Karl. Denen stank es gewaltig, dass ich nicht so angepasst war wie ihr Mamasöhnchen Gerd. Menschen, die schon in jungen Jahren Gedichte schrieben und sich für den Frieden in der Welt interessierten, mussten für sie plemplem sein. *„Arbeit macht frei! Und intellektuelles Geschwafel hat die Welt noch nie vorwärtsgebracht! Erziehung ist angesagt!"*, hatte Onkel Karl mal bemerkt, als er mich bei sich zuhause in der Küche ganz allein in den Klauen hatte. Damals war ich Fünfzehn und hatte das Gefühl, dass er mich von irgendetwas überzeugen wollte, aber ich begriff noch nicht, worum es ihm wirklich ging. Erst später fiel es mir wie Schuppen von den Augen – es waren Spitzen gegen die sozialdemokratischen Ansichten meines Vaters und gegen die liberale Haltung meiner Mutter gewesen.

Tante Ria schenkte mir wieder mal gar nichts. Aber die Parterremieter, die erotikbesessenen Winkelmanns, hatten mir, dem Familien-Benjamin, ein Überraschungsgeschenk gemacht: eine echte, olivgrüne Umhängetasche aus Armeebeständen – die war schon voll mit Stickern wie *Make Love Not War* und der *Friedens-Taube* und *Peace & Love*. Das wunderte mich. Wie hatten die denn mitgekriegt, was so meine Denke war? Ich dachte immer, alle im Haus seien blinde Hühner und auf die eine oder andere Art Spießbürger. Nur dass meine Eltern nicht blind waren, das wusste ich, dazu hatten wir zu viel politisch gestritten.

Der Heilige Abend war friedvoll abgenickt. Ich ging runter in mein eigenes Etablissement, wo ich Lust hatte, meine kleine Lüge zu widerrufen, und so schrieb ich für das Familienfestmahl am ersten Weihnachtsfeiertag ein Gedichtlein in revolutionärer Kleinschreibung.

sternenlicht blinkt in der gasse
still und einsam ruht der see
und auf spiegelglatter straße
liegt ein totgefahrn'es reh

weihnachten ist es schon wieder
und die kleinen freu'n sich doll
mama trägt den schwarzen mieder
papa glänzt wie der apoll

grell erleuchtet christkinds baume
denn er fängt zu brennen an
wer kommt da mit weißem schaume?
feuerwehrchens weihnachtsmann!

und dann kommen die verwandten
klopfen nicht mal an die tür
omas, opas, onkels, tanten
als geschenk bleibt ein geschwür

Am ersten Feiertag wurde die traditionelle Weihnachtsgans aufgetischt, die Lollo mit Äpfeln, Salbei, Rosinen und Hackfleisch, gemischt mit Gänseleber, gefüllt hatte. Dazu gab's Rotkohl und Kartoffelklöße, halb und halb, für die ich eine Stunde lang Kartoffeln gerieben hatte. Ulla hielt sich seit Neuestem grundsätzlich von der Küche fern, wahrscheinlich weil sie als Hauptobergewerkschaftssekretariatsmitarbeiterin jetzt etwas Besseres war.

Während Lollo, Günter und ich in der Küche herumwerkelten, unterhielt der schicke Monsieur Beaugrande meine Schwester und meinen Vater auf's ergötzlichste. Jedenfalls hörte sich Ullas unablässiges Gekicher und Ottos Lachen so an. Da ich wusste, was Vater von diesem Schwiegersohn in spe hielt, weil er ihn mit sehr gemischten Gefühlen betrachtete, konnte ich mir sein Lachen nur als Ergebnis eines kleinen Umtrunks vor dem großen Festessen erklären. Und so war es. Die drei hatten sich Jägermeister eingepfiffen, was Otto nicht vertrug. Doch letztlich siegte die aufgetischte Gans gegen die gekippten Jägermeister.

*

Hörbi rief mich am ersten Feiertag an. Ob ich Lust hätte, die Monroe am Weihnachtsbaum baumeln zu sehen. Noch vier Jahre nach ihrem mysteriösen Tod geisterte das archetypische Sexsymbol des 20. Jahrhunderts durch die Boulevardpresse, Marilyn Monroe; sie war vielen Jungs meiner Klasse eine Steilvorlage zum Wichsen. Monroes Tod war seit 1962 ein Rätsel. Natürlich stand immer die Frage im Raum, ob der Hollywood-Star nicht doch ermordet worden war. Auch meine Eltern stellten sich solche Fragen, die der Boulevard mit unzähligen Verschwörungsvermutungen rund um den vermeintlichen Suizid der Monroe beflügelte.

Fakt war, dass die sexy Blondine bevor sie starb eine Affäre mit dem amerikanischen Präsidenten John F. Kennedy hatte. Fakt war auch, dass einer der letzten Menschen, die sie vor ihrem Tod anrief, JFK gewesen war. Mich interessierte das nicht weiter, aber Hörbi interessierte es, und er fragte, ob Amy und ich Lust hätten, am nächsten Tag in den Club Voltaire zu kommen. Dort würde alternatives und antiautoritäres Weihnachten gefeiert werden. Und statt einer Weihnachtskugel hinge dort Marilyn am Christbaum. Antiautoritäres Weihnachten mit der Monroe? Ich wurde neugierig und sagte zu; anschließend rief ich Amy an, um auch sie neugierig zu machen.

Kaum hatten wir die schwergängige Club-Tür aufgestoßen, sahen wir das revolutionäre Christbaum-Exemplar mit elektrischen Kerzen. Eine schöne große Fichte, die mit vielen Fotos behangen war. Da hingen Fotos von Che Guevara, Ho Chi Minh, Mahatma Ghandi, Patrice Lumumba, Fidel Castro, Marilyn Monroe, Martin Luther King, Rosa Luxemburg, Karl Liebknecht, Pablo Picasso, Mao Tse-tung und noch ein paar anderen Köppen, die ich nicht kannte. Am Tisch vor dem Baum saßen Pit, Ebus, Klint, Amendt, Meise, Ebbet und Martin. Amy und ich rückten einen Tisch ran und setzten uns dazu. Und dann dröhnte aus den Lautsprechern hinter uns das Weihnachtslied von Dieter Süverkrüp:

Morgen kommt der Weihnachtsmann
Kommt mit seinen Gaben
Gold'nes Armband, gold'ne Clips
Socken, Oberhemd und Schlips
Schnäpschen, Bierchen, Weihnachtsschwips
Will man schließlich haben!

Drum erhöht der Weihnachtsmann
Heute schon die Preise
Ist ihm selbst nicht angenehm
Doch in unserem System

Gibt es das als Phänomen
Altbekannterweise!

Denn der flinke Weihnachtsmann
Denkt auch ans Verdienen!
Gehen uns're Löhne rauf
Schlägt er's auf die Kosten drauf
Er frisst uns'ren Vorrat auf
Wir sind seine Bienen!

So macht's jeder Weihnachtsmann
Und nicht nur der eine!
Industrie und das Finanz-
Kapital mit Rattenschwanz
Spielen auf zum selben Tanz
Machen uns schon Beine!

Seht, da kommt der Weihnachtsmann
Und vereinnahmt Steuer!
Schöne blanke Bundeswehr
Fernraketen und noch mehr
Ist den Weihnachtsmännern sehr
Lieb – und uns sehr teuer!

Über unsrem Lande herrscht
Eine Weihnachtsmannschaft
Leben alle sanft und gut
Unter Gottes großem Hut
Und kassieren großgemut
Was das Volk heranschafft!

Drum versöhnt der Weihnachtsmann
Oft mit bunten Dingen!
Bringt uns neue Kanzler mit

Und so manchen neuen Trick
Nur die neue Politik
Mag er uns nicht bringen!

Und die neue Politur
Macht er nur zum Schein her
Finge nämlich irgendwann
Wirklich große Änd'rung an
Brächt' sie nicht der Weihnachtsmann
Denn dann wär er keiner!

Wir knabberten Weihnachtsgebäck, das Else selbst gebacken hatte. Sie stand wieder hinter der Theke und goss den älteren Studis Glühwein ein. Pit und Ebus aus Bornheim, Amy, die am Osthafen wohnte, und ich tranken indischen Chai. Das war also eine total internationale Sache – wenn man Frankfurt als *die Welt* betrachtete. Wir erwarteten übrigens einen wirklich internationalen Film mit Bezug zu Weihnachten. Aber Überraschung! Else kam nach vorne und legte einen völlig anderen Film in den Projektor, der gleich darauf losratterte, und so sahen wir uns am zweiten Festtag 1966 den neuen Film von dem jungen rebellischen Regisseur Alexander Kluge an.

*

Kluge rebellierte ganz in unserem Sinn gegen unsere Heimatfilm-Eltern. Else stellte uns *„Abschied von gestern"* als den Start in einen cineastischen Aufbruch vor. Und das war es auch. Zu Beginn erschien der Schrifttitel „Uns trennt von gestern kein Abgrund, sondern die veränderte Lage", und auch danach wird die Handlung wiederholt von Zwischentiteln und Kommentaren, die

Kluge selber sprach, unterbrochen. Nicht linear, sondern eher Kaleidoskop artig wird das Bemühen der Protagonistin Anita G. erzählt, in der Bundesrepublik Fuß zu fassen.

Anita ist als Kind jüdischer Eltern 1937 in Leipzig geboren und nach deren KZ-Überleben in der DDR aufgewachsen, wo sie Telefonistin war. Nach ihrer Flucht in den Westen wird sie Krankenschwester, begeht einen Diebstahl und wird auf Bewährung verurteilt. Sie entflieht ihrer Bewährungshelferin und zieht in eine andere Stadt. Alexander Kluge ließ in die Geschichte dieser Jüdin Doku-Passagen mit wahren Begebenheiten einfließen. Das war etwas völlig Neues im deutschen Kino. Highlight war der Auftritt von Generalstaatsanwalt Fritz Bauer, dem Initiator der Auschwitz-Prozesse. Bauer war einer der wenigen Juristen mit antifaschistischer Grundhaltung. In seinem Berufsmilieu ein einsamer Streiter in Sachen Aufarbeitung der jüngsten deutschen Geschichte.

Als Vertreterin einer Plattenfirma wird Anita Geliebte ihres Chefs, der sie aber schließlich seiner Ehefrau zuliebe anzeigt. Auch ihren nächsten Job als Zimmermädchen verliert sie wegen eines ihr angedichteten Diebstahls. Ihre Bemühung, sich an der Universität einzuschreiben, scheitert wegen ihrer defizitären Vorbildung, wie ihr ein blasierter Universitätsassistent erbarmungslos aufzeigt.

Als Geliebte des Ministerialrats Pichota scheint sich ihr Schicksal zum Besseren zu wenden, doch als sie von ihm schwanger wird, fertigt er sie mit 100 Mark ab. Die mittlerweile steckbrieflich gesuchte Anita G. zieht von einem Ort zum anderen, bis sie sich wegen der bevorstehenden Geburt ihres Kindes der Polizei stellt. Das Kind wird ihr weggenommen, und im Frauengefängnis sieht sie ihrer kommenden Verurteilung entgegen.

Das also war unser wahres Weihnachtsmärchen aus der gerade mal 17 Jahre alten Bonner Republik. Wir waren überwältigt und diskutierten das Schicksal der Anita G. noch bis in die späte Nacht.

*

Amy fragte mich, wie wir Silvester verbringen wollten und ich konnte es ihr nicht sagen. Vielleicht würden meine Eltern darauf bestehen, dass ich mit ihnen gemeinsam feierte, was mich sehr nerven würde. Das war noch zu klären. Und es klärte sich direkt am letzten Tag des Jahres, als meine Eltern kurz vorm Mittagessen einen Telefonanruf von Frau Wolff erhielten. Sie war die Betreiberin der Gastwirtschaft auf dem 185 Meter hohen Lohrberg, Frankfurts kleinem Hausberg. Die Lohrberg-Schänke war zum Jahreswechsel ein Geheimtipp, denn von hier hatte man einen herrlichen Ausblick auf die ganze Stadt und das Feuerwerk. Nur wer persönlich eingeladen wurde, konnte dort den Silvesterabend verbringen.

Eigentlich hatten wir mit der Einladung der Wolffs gar nicht mehr gerechnet und uns auf ein Fondue zuhause eingerichtet. So gab es das Fondue schon am Mittag, wobei sich Lollo über die Amerikaner lustig machte, die am letzten Tag des Jahres Linsensuppe kredenzten, weil dies Glück und viel Geld für das nächste Jahr bringen soll. Günter sagte: „Und Pech sichert sich in Amerika derjenige, der sich nicht an die Regel hält ‚nothing goes out'. Nichts darf da das Haus verlassen, auch nicht der überquellende Müllbeutel, sonst stürzt man sich ins Unglück. Is' aber nur 'n dusseliger Aberglaube!"

Dabei stopfte sich mein Bruder gleich zwei Fleischspieße in den Mund und zog genüsslich und schmatzend die Fleischstücke ab.
„Du isst mal wieder wie ein Schwein am Trog. Könntest dir auch gleich den ganzen Topf reinwürgen!"

Was für ein Mist, nun ging dieses Theater wieder los. Vater musste immer an Günters Essverhalten rummeckern. Mal aß er zu viel und sollte auf seine angebliche Fettleibigkeit achten. Wobei er gar nicht fett sondern nur etwas stämmiger war. Mal aß er in den Augen unseres Vaters zu hastig und ohne Genuss; mal aß er total genusssüchtig und natürlich „immer nur dass, was dir schmeckt!" Alle Vorwürfe waren Unsinn, am unsinnigsten war der letztgenannte, denn Günter aß immer alles auf und ließ nichts liegen, weil ihm eben alles schmeckte. Er war zwar wirklich ein wenig verfressen, aber wie Vater das jedes Mal zum Thema machte, war einfach nur doof.

Gemein war, wenn er dann auch noch mich zum Vorwand nahm, um Günter zu maßregeln; so sagte er: „Nimm dir eine Beispiel an deinem jüngeren Bruder. Er isst langsam und nur die Hälfte von dem, was du verschlingst. Du solltest ihm nicht alles wegessen; das benachteiligt deinen Bruder!"

Diesen Satz ließ er heute, am letzten Tag des Jahres, weg, und ich vermutete, auch zwei gute Gründe dafür zu kennen. Einmal hatte ich Mutter mit Vater schimpfen hören, er solle Günter beim Essen gefälligst in Ruhe lassen und ihn nicht wie ein Essenspolizist beäugen. Ein anderes Mal, es war keine zwei Wochen her, da hatte ich für Günter Partei ergriffen und mitten in die Predigt meines Vaters hineingeredet: „Günter isst mir weder etwas weg, noch bin ich hier benachteiligt. Außerdem ist mein Bruder älter und größer als ich und arbeitet acht Stunden am Tag, da kann er auch mehr essen, finde ich!“ Otto hatte mich, seinen Lieblingssohn, nur kurz angeguckt, „Ja, ja!“ gesagt und geschwiegen. Das war ein Erfolg für uns Brüder.

Ich rief bei Amy zuhause an, um sie kurzfristig zur Silvesterfeier auf dem Lohrberg einzuladen. Aber niemand meldete sich. Später sagte mir Amy, dass ihre Mutter und Schwester gemeinsam mit ihr per Bus zu einem entfernten Verwandten nach Offenbach gefahren waren, wo sie mit deren drei kleinen Kindern bei viel Radau und Spielen ins neue Jahr hinein feierten. *Offenbacher Verwandtschaft!,* dachte ich.

Offenbacher, das waren Leute ohne Führerschein, was klar an dem Auto-Kennzeichen zu erkennen war: OF. Die fuhren auch wie die Sau, wie man so hörte. Wir Frankfurter machten uns über dieses komische Offenbacher Völkchen lustig. Umgekehrt straften uns die Offenbacher mit allen Regelwidrigkeiten, die es im Straßenverkehr gab. Und, schwupp die wupp, da war er wieder: der Unfrieden zwischen den Menschen, schon auf kleiner Ebene. Ich hatte mich selbst ertappt, wie schrecklich „rassistisch“ ich im Grunde meines Herzens noch war. Mit Verstand musste ich diesem barbarischen Überbleibsel in mir Herr werden. Doch bevor ich weiter darüber nachdenken und meinen Verstand anstrengen konnte, war es Mitternacht und das Feuerwerk ging über Frankfurt wie über Offenbach gleichermaßen schön in die Lüfte.

Hier auf dem Lohrberg nutzten wir auf Bitten der Gastwirtsfamilie nur Barockfeuerwerk, also Bodenfeuerwerk wie Fontänen, Vulkane, Sonnenräder, Springbrunnen und Wasserfälle, sowie Lichterbilder. Das war die klassische Feuerwerks-Art zur Zeit des Barocks. Wolffs hatten große Lautsprecher an die Fenster gestellt, woraus nun barocke Musik ertönte, Bach's *Brandenburgische Konzerte*, irgendwas von Vivaldi und natürlich Händels *Feuerwerksmusik*.

Hier war ich unter die mittel-klassische Bourgeoisie geraten, gar nicht so unangenehm. Die Kultur des gesetzten Bürgertums. Und es gefiel mir außerordentlich – und doch rührte sich im Innern der Widerstand in Form eines schlechten Gewissens. Während wir hier feierten und Feuerwerksraketen für viel Geld in den Himmel schossen, mangelte es anderswo auf dem Planeten an genügend Essen. Und in Vietnam wurden Napalm-Raketen und Splitterbomben auf die Dörfer unschuldiger, armer Bauern geschossen. Da war was nicht in Ordnung. Wir mussten es gleich im neuen Jahr in Ordnung bringen.

Love and Peace

Am ersten Neujahrstag gab's am Mittag den traditionellen Heringssalat mit roter Beete, den nur Mutter so gut zubereiten konnte. Weil am Silvesterabend wegen des Lohrberg-Buffets Lollos leckere Russische Eier ausgefallen waren, gab es die nun am Neujahrsabend, und anschließend sah ich Günter das erste Mal Pfeife rauchen. Da sah er außerordentlich klug aus. Wie Günter Grass und viele andere Intellektuelle. So stellte ich mir jedenfalls einen echten Intellektuellen vor, wie er sich gemächlich die Pfeife stopft, dabei grübelt und über allerlei Weltgeschichtliches seine Stirn in Falten legt. „Worüber denkst du nach?", fragte ich ihn.

„Über deine kindischen Provos und über die Forderung der Studenten, die die Wirtschaft demokratisieren wollen. Das heißt doch für die: alles wird zu Staatsbetrieben gemacht. Was soll dann aus mir werden?"
„Wenn das so wäre, könntest du doch weiter deine Arbeit machen, denn sie ist ja nötig. Du hättest halt keinen Herrn Springer mehr mit seinen aalglatten Managern vor der Nase, sondern …"
„… sondern immer noch meinen Abteilungschef. Und die Staatsbürokraten würden ganz oben hocken und würden aus dem Profitbetrieb in kurzer Zeit eine Wirtschaftsruine machen und ich wäre arbeitslos!"
„So ein Quatsch. Wenn ein Betrieb gut läuft, braucht man in der Regel nur eines: es laufen zu lassen. Hoffent-

lich aber würden die Einkommen besser verteilt, und du hättest endlich einen anständigen Lohn. Und überhaupt heißt demokratisieren ja nicht unbedingt verstaatlichen! Mitbestimmung der Beschäftigten, wie zum Beispiel in Jugoslawien, wäre doch eine gute Lösung. Du warst da doch schon im Urlaub. Sahen die alle verhungert aus?"

„Komm, es gibt Nachrichten", sagte Günter, und dann sahen und hörten wir Unglaubliches. Da hatte sich im verstaubten Deutschland die erste Kommune am 1. Januar 1967 gegründet; alles junge Leute aus der Außerparlamentarischen Opposition, die sich zu einer politischen Wohngemeinschaft zusammengeschlossen hatten. Ja, das war das Lebens- und Wohnmodell der Zukunft! Hier entstand ein lebendiges Gegenmodell zur bürgerlich-konservativen Kleinfamilie. Worum ging es da? Ich rief sofort Hörbi an, der sich mit solchen Sachen auskannte, weil er eine Unmenge an Büchern und Theorien verschlang und noch mehr Studentenzeitschriften wälzte. Er wusste auch prompt Bescheid. Dieter Kunzelmann, ein Mitglied der *Münchner Subversiven Aktion*, hatte die Idee gehabt, eine Kommune zu gründen, um ein Leben der „leidenschaftlich an sich selbst Interessierten" zu versuchen. Die Idee war natürlich geklaut. Sie kam aus Kalifornien. Von den Hippie-Kommunen.

*

Keine zwei Wochen später veranstaltete der Club Voltaire einen Vortragsabend zum Thema „Neues Wohnen, neues Leben in der Kommune". Irgendein sehr wichtiger Student vom Sozialistischen Deutschen Studentenbund, dem von der BILD inzwischen bundesweit verpönten und verteufelten SDS, hielt uns einen Vortrag, ganz ohne Bilder, ganz ohne Musik. Aber die Worte beflügelten dennoch unsere wilde Sehnsucht nach einem anderen Leben.

Die Kleinfamilie sei die Keimzelle des Faschismus. Als kleinste und ursprünglichste Zelle in der Gesellschaft leiteten sich aus ihr alle Übel ab – alle staatlichen Institutionen mit ihrem unterdrückerischen Charakter. In dieser „potentiell faschistischen Kleinfamilie" lebten Mann und Frau in gegenseitiger sklavischer Abhängigkeit, so dass keiner von beiden sich zum wirklich freien Menschen entwickeln könne. Ich fragte mich, ob das potentiell glückliche Leben meiner Eltern trotz einiger Ärgernisse wie Mutters langer Kleinkampf um ein eigenes Konto tatsächlich blanker Faschismus war. War Faschismus nicht Krieg anfangen? Juden vergasen? Gewerkschaften verbieten, ihre Funktionäre foltern? Freie Meinungen und die Presse unterdrücken?

„Diese kleinfamiliäre Zelle muss zerschlagen werden", sagte der namenlose, aber scheinbar wichtige Student. Er musste ja wichtig sein, sonst würde er hier nicht sprechen. Man wolle jeden Besitz, jede private Sphäre abschaffen. Und man war gegen das Leistungsprinzip, aber dafür umso mehr für das Spaß- und Lustprinzip. Jeder sollte und konnte tun, was er wollte, solange es unter aller Augen geschah.

„Auch der Sex?", fragte Gaby, die aus unserer Tanzschul-Clique mitgekommen war und sich mit Pit gut verstand. Pit saß neben ihr und sie hielten schon Händchen.

„Da muss man die Praxis noch abwarten“, sagte der Referent und fügte fast etwas verschämt hinzu: „Wie weit da die Freiheit geht, ist noch völlig unerprobt.“
Uns allen schwebte die grenzenlose Udo-Jürgens-Freiheit vor; ob das jedoch auch das Ficken betraf, und wer mit wem im Wechsel was machte, das war uns noch nicht ganz klar. Der Phantasie waren keine Grenzen gesetzt. Es sei denn, diese verdammte bürgerliche Eifersucht würde einem einen Strich durch die Rechnung machen. Aber war das überhaupt die Rechnung aller Beteiligten? Wollten Männlein wie Weiblein im Rahmen eines Zusammenlebens in der Kommune wirklich das Gleiche?

Wir gingen in der kalten Januarnacht zu viert den langen Weg zu Fuß nachhause, Amy, Pit, Gaby und ich, und wir diskutierten noch allerhand liebliche, liebestechnische und erotische Aspekte. Die Mädels fanden die Treue sehr wichtig; das wurde uns Jungs schnell klar, während wir um den heißen Brei herumredeten und meinten, dass zur wirklich freien, zur wirklich echten Liebe auch die freie Sexualität gehören würde. Im Klartext, aber nur in unserem Kopf, dachten wir: Ficken, querfeldein, mit allen Weibern in der Kommune, ja, das wär‘s.

*

Ende Januar schrieb mir Günter einen Brief aus Berlin:

Liebes Bruderherz,
hier wurde unser neuer CDU-Kanzler gleich mal mit einem ohrenbetäubenden Pfeifkonzert von über 1000 Demonstranten empfangen. Das gab's bisher noch nie. Die Leute beschimpften ihn

als Altnazi. Ich habe mich mit einem BILD-Journalisten unterhalten, der meinte, das sei alter Kaffee. Aber im »berliner extradienst« habe ich gelesen, dass Kurt Georg Kiesinger bis zum bitteren Ende 1945 treues NS-Mitglied und obendrein Ministerialdirigent im Reichsaußenministerium der Nazis war. Und dort war er auch noch für die Verbindung zum Goebbelschen Reichspropagandaministerium zuständig. Um bei der Entnazifizierung gut wegzukommen und um wieder ungestört Karriere machen zu können, hat er gelogen, dass sich die Balken bogen. Und so ein Typ ist jetzt Chef unserer Republik.

Da muss ich den Studenten ja mal Recht geben. Außerdem haben sie gegen die Erhöhung der Studiengebühren demonstriert – und gegen das Demonstrationsverbot in der Westberliner Innenstadt. Ich dachte, das Demonstrationsrecht ist im Grundgesetz festgeschrieben – aber so eine selbstherrliche staatstragende Person verträgt natürlich keine öffentliche Kritik, und schon gar nicht auf der Straße!

Ich hoffe, Dir geht es gut und Du verrennst Dich nicht mit Deiner komischen Provo-Sache. Die wollen doch nur provozieren!
Wie sind eigentlich die Weihnachtsfotos geworden?
Und wie steht's mit Amy?
Sei umarmt,
Dein Bruderherz"

P.S.
Aber weil Du letztlich nach meinem Liebesleben gefragt hast: Vielleicht kommt da bald was zum Laufen. Ich habe neulich eine Hannelore kennengelernt. Das heißt, ich kenne sie schon länger aus einer Arztpraxis, wo ich manchmal hingehe, wenn ich eine Krankschreibung brauche. Sie ist da Arzthelferin. Bin ihr kürzlich im KaDeWe an den Fressständen begegnet und wir haben bei einem Tee miteinander geschwätzt. Ich hoffe, dass ich bei ihr

angekommen bin. Habe vergessen, mich mit ihr zu verabreden. Um sie bald wiederzusehen, müsste ich mich krankschreiben lassen. Soll ich?

Die Weihnachtsbilder hatte ich aus Onnas und Tattis Drogerie schon in der zweiten Januarwoche abgeholt. Die Entwicklung der Filme dauerte in der Regel zwei bis drei Wochen. Beim berühmten Selbstauslöser-Foto fehlte wieder mal was. Diesmal waren die Köpfe nicht drauf. Letztes Jahr hatten die Arme gefehlt. Also nix Neues im Westen.

„Liebes Bruderherz“, schrieb ich zurück, *„die Bilder sind ordnungsgemäß verunglückt, wie immer. Diesmal sind wir eine kopflose Familie. Im Moment nervt mich die Schule. In Gemeinschaftskunde alles sehr konservativ bei diesem blöden SPD-Lehrer. Und in den Naturwissenschaften vermisse ich den Anwendungsbezug. Alle Unterrichtseinheiten rauschen nur so durch und sind total verkürzt. Man kommt nicht zum Vertiefen des Stoffes. Das liegt nicht an meinem Empfinden. Alle sagen das, selbst die Lehrer. Das liegt natürlich an diesem verflixten Kurzschuljahr. Mal sehen, wie das nächste Kurzschuljahr so läuft. Wir müssen unter diesem Kurzunterricht leiden, nur damit die nächsten Generationen nicht an Ostern, sondern im Herbst eingeschult werden. Alles, weil die Bayern es so wollen. Sollen die doch von Herbst- auf Ostern-Einschulung umstellen!*

Dass Provos provozieren, liegt in der Natur der Sache. Ohne Provokation kann man die bürgerlich-verschlafene Landschaft nicht umkrempeln. Wir machen jedenfalls auf Probleme aufmerksam. Während der Rest der Gesellschaft im Tiefschlaf verharrt. Traumlos. Phantasielos. Alles alte Knacker. Aber was sag ich da! Du, oh Gott, bist ja auch schon bald 25 !!!
Mit Amy läuft es gut. Wir läuft es eigentlich bei Dir, rein liebesmäßig?

Sei gedrückt
Dein Brüderchen"

*

Am nächsten Tag, nach dem Mittagessen, ging Mutter einkaufen. Sie kam völlig aufgelöst nachhause. Ich war gerade beim Abtrocknen des Geschirrs.
„Der bildet sich ein, dass ich verpflichtet sei, bei ihm den Weihnachtsbaum zu kaufen. Stell dir das mal vor!", rief sie aus.
Ich ahnte gleich, dass sie Onkel Paul, den Obergeizhals und ewig jammernden Geschäftemacher getroffen hatte. Also echt, so einen Bruder hätte ich nicht haben wollen. Jetzt machte er Lollo noch ein schlechtes Gewissen, weil wir ihn nicht um seinen überteuerten Christbaum bereichert hatten.
„Und was hast du ihm geantwortet?", fragte ich Mutter.
„Wenn du zu geizig bist, uns einen Weihnachtsbaum zu spendieren, dann werde ich ihn mir in den nächsten Jahren lieber selbst von meinem Geld als Putzfrau leisten. Aber glaube nicht, dass ich ihn jemals bei dir kaufe!"

Meine Güte, ich ahnte, wie schwer meiner Mama diese Ansage gefallen sein mochte. Erstens wollte sie vor Gott und der Welt verheimlichen, dass sie sich als Putzfrau einen Zuverdienst verschaffte. Keine ihrer Freundinnen durfte das wissen. Und jetzt wusste es sogar ihr Bruder! Die vornehme Eitelkeit meiner Frau Mama war zutiefst getroffen. Zweitens war sie stets auf Ausgleich und diplomatische Gepflogenheiten bedacht. Nun hatte sie aber mal so richtig die Sau rausgelassen.

Ich bestärkte sie. „Du hättest ihm ruhig mal seine Rechnung mit den Pfennigbeträgen pro verkauftem Liter Öl vorrechnen können. Da hätte er vielleicht etwas mehr Respekt vor dir, auch und gerade, wenn er sich entlarvt und entdeckt fühlt!“ Entlarven war im Moment sowieso unsere Provo-Taktik. Wir wollten die Verlogenheit der Gesellschaft entlarven, ihre Doppelmoral, ihre Verbohrtheit und Blindheit.

„Gib mir mal dein Papier mit, auf dem du das alles ausgerechnet hast. Damit gehe ich morgen zu ihm. Damit er weiß, dass er seine Schwester nicht für dumm verkaufen kann!“ Mutter war in Kampfeslaune, wie ich sie noch nie erlebt hatte. Das gefiel mir. Ich war schon einen halben Kopf größer als sie, ging zu ihr, nahm sie in die Arme und drückte sie sanft an mich. Ich glaube, dass Mutter mir diese Bestärkung lange Zeit auf mein moralisches Habenkonto gutgeschrieben hat.

*

Der Kalte Krieg war seit der Kubakrise von einem Höhepunkt zum anderen gesprungen. Wir Jugendliche bekamen es mit, weil unsere Eltern ängstlich von den Gefahren neuer Konflikte sprachen und weil in den Nachrichten immer wieder über den Ost-West-Klinsch berichtet wurde. Doch in diesem Januar unterzeichneten 63 Staaten, darunter die USA, die UdSSR und Großbritannien, den Vertrag über die friedliche Nutzung des Weltraums. Das war ein erster Hoffnungsschimmer, dachten wir. Sollten die Opas, die unsere schöne Welt dem Untergang schon so schrecklich nahe gebracht hatten, wenigstens die Sterne in Ruhe ihre Bahn ziehen lassen. Da musste ich an den Laternenumzug denken, als ich noch Kind und so gottgläubig war, musste daran denken, wie unbedarft wir als Kinder diese Welt erleben durften. Was waren das für unbeschwerte Zeiten gewesen.

Laterne, Laterne,
Sonne, Mond und Sterne.
Brenne auf, mein Licht,
brenne auf mein Licht,
aber nur meine liebe Laterne nicht!

*

Tante Paula und Onkel Adolf luden meine Eltern zur Großen Elferratssitzung des Frankfurter Karneval-Vereins 1911 am ersten Samstag im Februar ein. Ich sollte unbedingt mitkommen, meinten die Eltern, denn die letzten Jahre war ich ja noch zu jung gewesen, um die gesellschaftlichen und politischen Witzeleien der Erwachsenen zu verstehen, jetzt sei es Zeit. „Kann ich Amy mitbringen?"
„Wenn ihr da keine Geschichten macht, warum nicht? Wegen mir!", sagte Papa.
„Geschichten?", fragte ich.
„Na, so Rumknutschereien zum Beispiel."
„Ach so!", sagte ich. „Selbst wenn! Wir verkleiden uns doch, oder?"
„Nix selbst wenn! Das ist für Euer Alter nicht angemessen. Also bitte, blamiert uns nicht."

Amy und ich trugen Piratenklamotten, die wir in einem Kostümverleih für teures Geld ausliehen. Lollo bezahlte uns das Zeug, weil sie es uns eigentlich nähen wollte, aber keine Zeit mehr gefunden hatte. Die große Sitzung der großen Narren, deren Großer Vorsitzender mein Großonkel Adolf war, fand im großen Saal des

Volksbildungsheims statt. Da gingen vielleicht fünfhundert Leute oder mehr rein. Es war rappelvoll. Und stinklangweilig. Insbesondere die – wie mir schien – todernste humorlose Rede, die mein Onkel schwang, war ermüdend. Dann kamen die Büttenredner, die noch einmal das letzte Jahr Revue passieren ließen. Nur einer der Redner erregte meine Aufmerksamkeit, als er sich über die alt-braunen Socken lustig machte, die wieder zu Amt und Würden gekommen waren. Diese Art Narrenkritik gefiel mir sehr, hauptsächlich als die Namen unseres Bundeskanzlers, Kiesinger, und des Chefs des Bundeskanzleramtes, Hans Globke, fielen.

Globke war in der Ostzone in Abwesenheit wegen seiner Beteiligung an der antisemitischen Gesetzgebung des NS-Regimes zu einer lebenslangen Zuchthausstrafe verurteilt worden. Er hatte als Ministerialrat im Reichs-Innenministerium und als Kommentator an den Nürnberger Rassegesetzen mitgewirkt, die es erlaubten, die arische Rasse über alle anderen Menschen zu stellen. Das war die Rechtsgrundlage der Nazis gewesen, um die industriemäßige Vergasung der Juden zu rechtfertigen. Globke war der typisch aalglatt-arische Bürokrat, im tiefsten Herzen Herrenmensch, den nichts erschüttern konnte. Der war tatsächlich mit seiner Vergangenheit im Reinen. Und so ein Typ war nun der Chef im Bonner Kanzleramt. Das kotzte uns, die kritische Jugend, an.

Für Amy und mich war es wie ein kleines Tischfeuerwerk, wenn selbst hier im Kreis der Narren so ein heikles Thema aufgegriffen wurde. Ansonsten hielten wir wenig von verordnetem Humor. Erst als die Tanzgarde ihren Auftritt hatte und später, als frei getanzt werden konnte, wurde es so richtig karnevalistisch. Amy und

mir machte es Spaß rum zu hopsen, den Beat-Rhythmen folgend, links tipp tipp, rechts tipp tipp. Die Beatmusik hatte ich zusammengestellt, weil Onkel Adolf vier Wochen zuvor Amy und mich um Rat gefragt hatte, was so heutzutage der Musikgeschmack der Jugend sei. „Beatmusik müsst ihr bringen. Das reißt uns mit. Nur keine Schunkellieder, auf die nur der übliche Standardtanz möglich ist!", sagte Amy.
„Beat? Das ist doch reinste Affenmusik", meinte Onkel Adolf und kratzte sich ausgerechnet am Kopf.
„Wir stammen ja auch vom Affen ab!", antwortete ich. Da sah er mich mit seinen großen traurigen Augen an, aus denen kein Fünkchen Humor strahlte.

*

Als ich Amy zu der Elferratssitzung eingeladen und von Onkel Adolf berichtet hatte, war ihre erste Frage gewesen, was für Leute Tante Paula und ihr Adolf seien.
„Beim Karneval versteht Onkel Adolf keinen Spaß! Karneval ist für ihn eine hochbürokratisch organisierte todernste Angelegenheit!" Ich erzählte Amy die Geschichte meines Ferienaufenthaltes bei diesem kinderlosen Zweiergespann.

Damals war ich zwölf Jahre gewesen; Lollo und Otto hatten ihren ersten Auslandsurlaub nach dem Krieg geplant. Ihr Ziel war auch das Ziel fast aller Deutschen in jenen Jahren – Rimini, an der italienischen Adria. Mit Neckermann-Reisen. Die zehn Tage musste ich untergebracht werden. Das war das erste und letzte Mal, dass ich bei Paula und Adolf zu Besuch war. Und das lag daran, weil ich meine Lachflashs nicht zurückhalten konnte. Immer, wenn Onkel Adolf abends von seiner

Arbeit mit mürrischer Miene nachhause kam, musste ich daran denken, dass er der Chefhumorist des Frankfurter Karnevals war. Dann sah ich in sein todtrauriges, freudloses und zerknülltes Gesicht und konnte nicht anders – als lachen. Das Lachen wollte nicht aufhören.

Und wenn Tante Paula mich fragte, warum ich denn so lache, da fiel mir nichts anderes ein, als zu sagen, wie gut ich es fände, dass mein Onkel Vorsitzender des Karnevalsvereins war. Was hätte ich sonst sagen sollen? „Und was ist daran so lustig?“, wollte Paula wissen, da der Lachflash nicht enden wollte. Und so ging es Abend für Abend. Natürlich hatten beide den Eindruck, dass ich sie auslachen würde, aber das war es ja gar nicht. Mir, als dem Zwölfjährigen, fiel damals nur der Widerspruch auf zwischen dem Helau-Humoristen und seiner tieftraurigen Lebenswelt.

Später fragten mich meine Eltern, was denn losgewesen sei, sie hätten gehört, dass ich mich sehr komisch benommen hätte.
„Komisch?“, fragte ich.
„Ja, du sollst wohl immer Onkel Adolf ausgelacht haben, wenn er nachhause kam. Was hast du dir denn bloß dabei gedacht!“, sagte Lollo. Da erzählte ich meiner Mutter, was mich zum Lachen gebracht hatte. Sie verstand es auf Anhieb, und wir lachten gemeinsam über meine Lachsalven bei Onkel und Tante. Ich musste dort nie mehr meine Ferien verbringen. Ja, lachen hatte mich vor einigen Shit-happens-Ereignissen bewahrt.
„Gott bewahre!“, meinte auch mein Vater. „Nächstes Jahr fährst du auf Jugendfreizeit.“

*

War das Leben nicht ein einzigartiges Ereignis, ein Happening, das einfach geschah, ohne Inszenierung, ohne Drehbuch? Brauchte es Gott für dieses Leben? Zum Leben gehörten eben auch jene Ereignisse, die mich an Gott stark zweifeln ließen – das Warschauer Ghetto, Auschwitz, Dachau, Theresienstadt, Hiroshima, Nagasaki und Vietnam zum Beispiel. Das hätte Gott verhindern können, wenn er allmächtig wäre. Aber entweder war er hilflos oder, wie ich vermutete, gar nicht existent. Warum auch sollte es ihn geben? War nicht alles naturwissenschaftlich erklärbar? Gott war kein Happening-Künstler, kein Performer. Ich begriff in diesen Tagen, dass er ein Hirngespinst des schöpferischen Menschen war, der sein eigenes Schöpfertum auf eine Jahrtausende alte götzenhafte Gottfigur projizierte. Performances und Happenings geschahen durch Menschenhand, entworfen in Menschköpfen, ganz einfach.

Im Februar fiel mir ein Plakat zu einem Kunsthappening auf. Das wurde von einem Joseph Beuys veranstaltet und fand in Darmstadt statt. Meise und Günter Amendt luden mich ein, mitzukommen. Das Ausstellungsthema hieß mysteriöser Weise »*Hauptstrom FLUXUS*«, und Beuys machte das zusammen mit Henning Christiansen. Meise zeigte seine ganz persönliche Einladungskarte zur Eröffnung der Ausstellung *Fettraum* vor, und dann sah ich die zwei Happening-Künstler. Beide sahen sehr urig aus, völlig unkonventionelle Erwachsene. Wer hätte gedacht, dass es solche Menschen über Dreißig gab!

Den über Dreißigjährigen sollte man eigentlich nicht trauen. Aber die hier waren eine Ausnahme, so verrückt wie die sich gaben. So spinnert wie die aussahen. Das Hütchen von Beuys faszinierte mich am meisten. Später unterhielten sich Meise und Günter mit Beuys und Christiansen, und ich saß wie ein kleiner Depp daneben, weil ich nichts von dem künstlerisch-intellektuellen Geschwafel verstand. Da dachte ich automatisch an die Inschrift auf dem Uni-Klo, die ich am Vortag entdeckt hatte: *Real bumsen in den Seminaren, statt endlos verbal onanieren!*

*

Die Schulwoche begann mit einem idiotischen Vergleich in Sozialkunde, wo uns Oberstudienrat Stiehler nötigte, die ökonomischen Vor- und Nachteile der Kolchosen und Sowchosen in der SU gegen die freie landwirtschaftliche Nutzung in den USA abzuwägen. Wie sollte man Äpfel mit Birnen vergleichen? In der Pause machten sich Pit und ich mit Diether Dehm, unserem neuen Schulsprecher, Gedanken, ob es nicht Zeit sei, eine Schülergewerkschaft zu gründen. Da könnten wir konkrete Demokratieanwendung üben, das würde unserer Allgemeinbildung sicher mehr dienen als theoretisches Geschwätz über Kolchosen und andere Chosen.

Nach der Schule stürzte ich mich auf Günters neuesten Brief.

Bestes Brüderchen,
Bärlin ist bärenstark, eine wirklich tolle Stadt, auch wenn sie geteilt ist. Vielleicht gerade deshalb. Sie ist aber nicht nur als Stadt geteilt, auch in Generationen, ist mein Eindruck: Einerseits nur Alte, andererseits nur Junge, wie zum Beispiel Studenten, Lehrlinge, Kriegsdienstverweigerer und Jungarbeiter. Dazwischen

gibt's anscheinend nichts. Nur noch viele Hunde und Hundehaufen. Hier gibt's dauernd neue politische Entwicklungen. Und natürlich viele original Berliner Eckkneipen mit echten ollen Berlinern. Die haben so'ne Art Ruppigkeit an sich, die gewöhnungsbedürftig ist, und sie saufen viel Bier und rauchen wie ein Schlot. Irgendwie aber auch liebenswerte Alte. Die Busfahrer haben's besonders krass drauf, geben sich gerne missmutig und die stänkern viel. Weniger liebenswert.

Gestern fuhr ich mit dem Bus zum Savigny-Platz, wo 'ne Studi-Kneipe ist. Da haben sich lauter Künstler und Studenten rumgetrieben; die Stimmung war einzigartig. So was habe ich noch nicht erlebt – unsere Musik und nicht der ewige Freddy Quinn. Ich muss dir aber gestehen, dass ich den Freddy auch immer mal wieder gerne höre – das war halt meine Jugend von wegen „Junge, komm bald wieder!" Als ich von euch weggezogen bin, um hier meine Lehre anzufangen, habe ich in einsamen Situationen immer diesen Schlager vor mich hingesungen. Und einsam fühlte ich mich anfangs oft. Na ja, alles eine Sache der Zeit. Dann findet man schon Anschluss. Ich bin noch in Sachen Hannelore unterwegs. Bei dir alles in Ordnung, schreibfaules Etwas??? (Wo du doch sonst so viel schreibst, Herr Schulzeitungsredakteur!)
Sei umarmt und schreib mal wieder!
Dein Günter

Ich schrieb zurück, dass ich auf alle Fälle nach Berlin kommen wolle, aber vorher würde ich gerne nach Holland, dem Ursprungsland der Provos. Da war Ende März ein großes Provo-Treffen in Scheveningen; dafür hatte ich schon sechzig Mark gespart. Dann, Mitte Mai, in den Pfingstferien, könnte ich ihn vielleicht in Berlin besuchen; vielleicht würde Papa einen Zuschuss beisteuern, denn nochmal einen halben Hunni zusammensparen sei in dieser kurzen Zeit unmöglich. Nach Berlin würde ich trampen; wohnen und essen könnte ich ja bei ihm.

*

Mitte März hörte ich in den Nachrichten von einem neuen Skandal. Das Schlafmittel „Contergan", hergestellt von der Chemiefirma Grünenthal, führte zu Missbildungen bei Neugeborenen. Schwangere Frauen, die dieses Schlafmittel genommen hatten, brachten Kinder mit verkrüppelten Extremitäten zur Welt. Das war gewiss schon Schock genug, aber dass sich die Aachener Staatsanwalt volle vier Jahre mit ihren Ermittlungen Zeit gelassen hatte, schockte mich mindestens genauso. Warum mahlten die Mühlen der Justiz so langsam, wenn es um das lebenslange gesundheitliche Schicksal zigtausender Menschen ging? Und warum so verdammt schnell, wenn eine Handvoll Gammler den Platzverweis von ihrer Schlafstelle ignorierten und sich in bitterkalter Nacht immer wieder über dem Warmluftschacht des Kaufhauses erwärmten? Die wurden ruckzuck in Polizeigewahrsam genommen oder sogar vor der Stadt auf einsamer Landstraße ausgesetzt – wie überflüssige Hunde zur Urlaubszeit. Einige verbrachten auch mehrere Nächte in der Zelle und erhielten wegen irgendwelchen lächerlichen Paragraphen eine schmierige Anklage. Na ja, in der Zelle war es zumindest nicht eisig kalt und man hatte wenigstens ein warmes Essen.

In der Cafeteria von Hertie traf ich auf meine Ex, auf die unentjungferbare wunderbare Jungfrau Hanna. Oder war sie keine mehr? War sie etwa lesbisch geworden? Neben ihr saß ein rothaariges Sexbienchen, Michaela, wie Hanna sie mir vorstellte, und ich reichte dem Mädel an Hannas Seite schüchtern die Hand, nachdem ich meiner Ex ein sanftes Küsschen auf die Wange gedrückt hatte. Michaela hatte niedliche Sommersprossen, gleichmäßig verteilt über das hübsche Gesicht, war schlank, saß da mit übereinander gekreuzten langen Beinen in engen Hosen und enger Bluse, mit langen lockigen Haaren. Dass sie mich auf den ersten Blick faszinierte, musste ich Hanna zuliebe krampfhaft verheimlichen. Deshalb schwafelte ich etwas verlegen daher, redete von den verfluchten autoritären Lehrern, kam auf Contergan zu sprechen und kam so in Rage, dass ich auch noch die Flucht von Stalins Tochter Swetlana in die Schweiz erwähnen musste.

„Du bist ein bisschen negativ geworden", kommentierte Hanna. „Das ist keine gute Voraussetzung für einen kreativen Dichter."
„Vielleicht bin ich etwas kritischer geworden, wenn du das meinst", antwortete ich, obwohl es nur ziemlich wirr war, was ich daher geplappert hatte. „Hast du einen Freund?", fragte ich Hanna ziemlich unverblümt.
„Nein, erst mal nicht. Und bei dir? Läuft alles mit Amy gut?"
„So lala", sagte ich und versuchte es mit einem Ablenkungsmanöver, indem ich auf „die Alten" und ihre Verstrickungen in der NS-Zeit zu sprechen kam. Und dann die steigenden Preise. Und die blöden Kurzschuljahre, die einem keine Zeit ließen, um den Lehrstoff anständig zu beherrschen. Wie sollte man da jemals ein anständiges Abi hinlegen?

„So negativ kenn' ich dich gar nicht", sagte Hanna.
Und dann schaltete sich Michaela ein. „Es gibt ja wirklich nur Negatives rund um uns herum. Meine Mutter hat mich rausgeschmissen, weil ich mich angeblich zu anzüglich kleide." Sie wohne jetzt in einer Wohnge-

meinschaft mit drei anderen Mädels, die bereits studierten. Wir drei unterhielten uns noch eine geschlagene Stunde lang bei drei Cola und einem Päckchen Salzstangen. Mode, Schule, Gammler, unsere Wohnsituationen, die Stones, die Beatles, die Provos und die Studentenproteste waren unsere Themen. Hanna öffnete mir bei Michaela sämtliche Türen, indem sie von meinen dichterischen Fähigkeiten schwärmte und letztlich sogar mein extra für sie getextetes Liebesgedicht auswendig aufsagte. Das machte ordentlich Eindruck. Besser hätte ich nicht bei Michaela werben können.

Als ich Michaela vier Tage später solo im Club Voltaire wiedertraf, besiegelten wir unsere neue Freundschaft. Michaela forderte erst das Ende mit Amy, bevor sie mit mir schlafen würde. Und das würde sie, garantiert, sagte sie. Mit diesem Konflikt war ich überfordert. Ich bat Michaela um Bedenkzeit; wir könnten ja zwischenzeitlich einfach so, ganz unkompliziert, Freunde sein. Sie sah mich erst etwas skeptisch an, lächelte verschmitzt und sagte dann: „Aber wer zuerst kommt, mahlt zuerst."
Ich fragte nicht weiter nach. Was war da zu mahlen? Und wer würde mahlen? Jedenfalls malte ich mir allerhand aus. Näheres erfuhr ich jedoch erst mal nicht.

*

In Günters neuestem Brief gestand er seine totale Verliebtheit. Er sei jetzt fest mit Hannelore zusammen, die er „aus Gründen der Zärtlichkeit" Hannchen nennen würde. Sie sei genau für ihn geschaffen. Allerdings könne sie nicht kochen, aber dafür könne er das ja. Sie würden wahrscheinlich noch in diesem Sommer zusammenziehen. Dummerweise gebe es da noch den Verkupplungsparagraphen und demzufolge bekämen sie nur dann eine Wohnung, wenn sie heirateten. Das würden sie nun beide überlegen. Erstmal würde vielleicht aber auch die Verlobung reichen, um sich bei einem Vermieter vorzustellen. Na ja, man müsse das ganze Leben über Theater spielen, das sei halt nun mal so und würde nie anders sein.

Wir hatten Physik bei Dr. Albert Vierengel, den wir auch in Mathe hatten und dessen Namen wir liebevoll verhunzten, indem wir ihn Dr. Albert Weinstein nannten, weil er wie Einstein aussah und sich auch so gebärdete. Weinstein stellte uns die Aufgabe, wieviel Prozent der Zeit heute abgelaufen wären, wenn es zur Zeit des Jesus von Nazareth bereits Atomreaktoren und somit radioaktiv strahlenden Atommüll gegeben hätte. Vierengel dachte schon himmlisch weit und war der Antiatomkraftbewegung um Jahre voraus. Pit beugte sich mit seiner Berechnung zu mir rüber und flüsterte: „Das kann doch unmöglich sein. Nur ein Prozent der Verfallszeit wären nach zweitausend Jahren abgelaufen!“
„Ich hab 1,03 Prozent raus“, sagte ich.

Peter Völker, unsere niedliche Sportniete, den wir niemals Peter, aber immer Oma nannten, meldete sich, um uns seine mathematische Kunst unter Beweis zu stellen. „Die Atomstromkonzerne produzieren heute Atommüll, den wir – beziehungsweise unsere Nachfahren – noch in zweihunderttausend Jahren unter strahlungssicherem Verschluss halten müssen.“

Oma rechnete uns das an der Tafel exakt vor. Ja, er hatte wie wir gerechnet, und es stimmte. Was aber konnte in zweihunderttausend Jahren alles passieren, wenn man bedachte, was alleine in den letzten dreiundfünfzig Jahren an explosiven Problemen entstanden war: Erster Weltkrieg mit über fünfzehn Millionen Toten, Revolution in Russland, Schwarzer Freitag in New York, „legaler" konservativer Staatsstreich in Deutschland mit dem Ergebnis einer brutalen braunen Diktatur, Zweiter Weltkrieg mit über sechzig Millionen Toten, amerikanische Atombomben auf Hiroshima und Nagasaki, der Kalte Krieg zwischen Ost und West, der Korea- und Vietnam-Krieg, die Kuba-Krise, der Panzeraufmarsch der Supermächte am Checkpoint Charlie 1961. Da konnte einem ja schwindlig werden. Jedenfalls war das ein Thema für unsere Schülerzeitung, fand ich.

In der vierköpfigen Schülerzeitungsredaktion waren wir uns einig, dass wir eine solche Rechnung mal offenlegen sollten. Fränki – das Tanzgenie –, Oma – unser Antisportler und Mathe-Ass –, Richy – unser mehrfach ausgezeichneter Schulbester – und ich fanden das noch nicht mal besonders politisch. Das war eine rein physikalisch-technische Berechnung. Gesagt, getan. Das gab aber Ärger! Der Direx und die Schulelternvertreter stiegen uns aufs Dach. „Das ist kommunistische Agitation", sagte einer dieser grauhaarigen fetten Elternvertreter.
„Ihr habt euer Ziel weit verfehlt", stauchte uns der Direx vor den Elternvertretern zusammen. „Schließlich seid ihr die Schülerzeitung des Helmholtz-Gymnasiums und kein antikapitalistisches Propagandaorgan."

„Ja, das finde ich auch", sagte da Fränki und fiel uns voll in den Rücken. Das war mein erster großer Tiefschlag in Sachen Kameradschaftsverrat. Und natürlich war es Verrat an der Wahrheit, die wir exakt und sachlich berechnet hatten. Was sollte daran „kommunistisch" und „antikapitalistische Propaganda" sein? Immer mehr interessierte mich, was das war, der Kommunismus. Schließlich hatte ich noch nicht die Ehre gehabt, einen einzigen dieser kommunistischen Menschen, die wohl massenweise in der Zone und in Sowjetrussland lebten, kennen zu lernen.

Nach der vereinten Schul- und Elternschelte an unserem Atomkraftartikel, stellten wir Fränki zur Rede. Der tat plötzlich so, als sei er immer gegen den Artikel gewesen, weil das ja sowieso keinen interessierte und überhaupt – vielleicht sei das alles zu aufgeplustert von uns und nur halb so schlimm.
„Halb so schlimm, nur weil es Halbwertzeit heißt? Das wären nach Adam Riese immer noch hunderttausend Jahre Strahlkraft von Hochsicherheitsmüll, der mit Milliarden Mark bewacht und technisch gewartet werden muss!", sagte Hajo. „Ich glaub, dir piept's. Das ist voll schlimm!"

*

Ich traf mich endlich wieder mit Vera, die ich schon lange nicht mehr gesehen hatte. Wir verabredeten uns im Günthersburgpark. Da es ein ungemütlicher und kalter Tag war, gingen wir zur Rotlintstraße, wo gerade eines der ersten Studentencafés aufgemacht hatte. Da saßen auch die Schüler der umliegenden Schulen. Am Telefon hatte ich Vera bereits von meinem Besuch bei den Happening-Künstlern in Darmstadt erzählt und den Begriff *Fluxus* erwähnt – und dass ich gar nicht wusste, worum es dabei eigentlich geht, weil ich nur Bruchstücke von der Unterhaltung zwischen Günter Amendt und Joseph Beuys verstanden hätte. Ich wusste lediglich, dass sich in den 1960er Jahren in der Bundesrepublik eine übergreifende und umwälzende kulturelle Bewegung entwickelt hatte, die die Kunstszene revolutionierte.

Wir bestellten uns Chai, dazu gab's Biskuitschnitten. Vera hatte sich kundig gemacht und berichtete, dass Persönlichkeiten wie Joseph Beuys, Wolf Vostell und der Koreaner Nam June Paik, die in Köln lebten, die Kunst als etwas völlig anderes als bisher sahen. „Aber sie sind sehr umstritten. Die meisten Kunstliebhaber halten diese Künstler für ausgeflippte Spinner", sagte Vera. „Meine Eltern sagen, das seien keine Künstler, sondern Provokateure, die unsere traditionelle deutsche Kultur nicht verstanden hätten. Na ja, das ist aber nicht meine Meinung, denn ich habe keine Antwort von ihnen erhalten, was denn eigentlich eine deutsche Kultur ausmacht. Ich finde es gut, wenn man das Kunstpublikum zur aktiven Mitgestaltung auffordert. Der Anspruch ist ja, dass alle Sinne in das Happening und in die Fluxus-Aktionen einbezogen werden. So habe ich es jedenfalls im Spiegel gelesen." Das beeindruckte mich. Vera las den *Spiegel*, das war immerhin eine aufrührerische Zeitschrift. Die hatten sich mal mit dem erzkonservativen Herrscher über Bayern, Herrn Strauß, angelegt.

Die Sache mit der aktiven Mitgestaltung in der Kunst erinnerte mich an unser Verständnis als Provos. Auch wir waren wie die künstlerischen Happening-Aktivisten von der Fähigkeit der Menschen überzeugt, mit der Teilnahme an den Happenings selbst aus ihren eigenen Ressourcen zu schöpfen und sich durch Kreativität zu

»vervollkommnen«. Sollte ich Vera überhaupt über uns Provos etwas erzählen? Würde sie das nicht langweilen? Ich konnte es ja mal versuchen. „Wusstest du, dass auch die Provos ihre politischen Aktionen nach einem ähnlichen Muster ausrichten?“

„Welche Aktionen meinst du?“

„Zum Beispiel die Blockaden von Straßenkreuzungen“, sagte ich, weil mir gerade nichts Besseres einfiel.

„Stimmt“, sagte Vera, „da machen alle Autofahrer mit all ihren Sinnen ganz bestimmt begeistert mit und verstehen plötzlich, was da in Vietnam los ist, oder wie meinst du das?“

Natürlich war mir klar, dass man in bildungsbürgerlichen Kreisen zwar wusste, was ein Happening ist, aber nicht in der Lage war, es auf den konkreten revolutionären Fall wie der Besetzung einer Straßenkreuzung anzuwenden. Und natürlich hatte Vera Recht. Aber war ich bereit das zuzugeben? Ich lachte und sagte: „Wenn ich in Scheveningen war, erzähle ich dir von meinen Happening-Erfahrungen.“

*

Lollo und ihre Freundinnen trafen sich bei uns zum monatlichen Kaffeeklatsch. Als erstes trudelte Friedel ein. Ihr Mann Peter Westenberger betrieb Bornheims größte Holzhandlung und Schreinerei. Das war in der Wiederaufbauphase unseres Landes ein fast so sicheres Gelddruckunternehmen wie es auch jede x-beliebige Apotheke war. Den Westenbergers ging es echt sau gut, und Friedel zeigte das gerne. Sie war immer „schick bis ins Genick“ gekleidet, wie mein Vater sagte. Als ich ihr die Tür öffnete, sagte sie: „Na, mein Junge, was bist du wieder gewachsen!“

Ich lächelte über diese geläufige Floskel der alten Dame hinweg. Zum Bedauern meiner Mutter trug ich mein Weihnachtsgeschenk an mir, das mit Stickereien sanft erscheinende, aber eindeutig erkennbare Gammler-Outfit. Friedel sah mich skeptisch von oben bis unten an. Vielleicht fühlte sie sich von meinem Lächeln veralbert.

„Gehörst du jetzt auch schon zu den Rebellen?“
„Ach, Tante Friedel!“ Ich sagte zu allen Freundinnen meiner Mutter »Tante«. „Ward ihr früher nicht auch Rebellen?“
„Um Gotteswillen, wir waren brave Mädchen und ordneten uns den Eltern und anderen Erwachsenen unter. Das war doch immer so. Widerspruch gab es nicht. Die Erwachsenen waren Autoritäten und so sollte es auch heute noch sein! Wogegen hätten wir denn rebellieren sollen?“

Ich glaube bis heute, dass sie das völlig ernst gemeint hat. Sie hat fest daran geglaubt, dass die Erwachsenenwelt der 1930er Jahre bis zu den 1960er Jahren keinen Anlass zur Rebellion gegeben hatte. Sie glaubte auch wirklich, dass die junge Bundesrepublik perfekt sei und die Lehren aus 1945 gezogen habe. Mir wurde klar, dass diese Generation ihr eigenes Schicksal nicht wirklich begriffen hatte, nicht begriffen hatte, wie überlebenswichtig Widerstand und Rebellion sind, wenn menschliche Werte und Würde bedroht sind.

„Wir wollen es uns nicht bequem machen und zu allem schweigen, was schiefläuft“, antwortete ich der Unternehmergattin.

„Was läuft denn schief? Geht es uns nicht gut? Du kannst das Gymnasium besuchen und deine Eltern besitzen ein Haus und haben ein sicheres Einkommen. Was wollt ihr jungen Leute mehr?“

Damit sich Lollos feine Freundinnen nicht durch den Anblick von schnödem Unrat, Zigarettenkippen, Kaugummipapier und Kiesel auf unserer Straßenseite beleidigt fühlen konnten, hatte mich Mutter am Vorabend zum Straße fegen verdonnert. Ulla hatte ja einen so schrecklich schweren gewerkschaftlich-bürokratischen Sesselfurzertag hinter sich, dass sie nicht mehr fähig war, mir zu helfen. Sie verschwand in ihr Zimmer, um da irgendwas Dringendes zu erledigen. Immer auf der Flucht vor Haus-, Garten- und Straßenarbeiten. Der ganze Mist blieb an mir hängen.

Ich ging mit Tante Friedel ins Wohnzimmer, wo sie auf Lollo wartete, die sich noch schnell im Bad die Lippen schminkte. Friedel war etwas zu früh gekommen, was man aber von ihr kannte. Noch war ich nicht ganz mit dem Eindecken des Kaffeetisches fertig geworden und holte jetzt das gute goldumrandete hellbeige Sonntagsservice aus dem Kirschholz furnierten Esszimmerschrank hervor. Schon klingelte es wieder.

Es war Frau Gräf-Völsing, familienintern – also von Vater, Ulla, Günter und mir, aber nicht von Mutter – auch »Tante Rindswurst« genannt. „Guten Tag Tante Elsbeth“, begrüßte ich sie.
„Na, junger Mann, du bist aber groß geworden! Und deine Haare werden ja auch immer länger. Willst wohl ein Beatle sein, was?“

Da beschloss ich, meine Haare nie mehr schneiden zu lassen. An meinem Äußeren sollte man erkennen, dass es einer anderen Gesellschaft bedurfte. Vielleicht konnten ich und meine Freunde mit unserem ungestümen Haarwuchs die komplette freiheitlich-demokratische Grundordnung aus der Fassung und somit in eine neue Verfassung bringen.

„Mama ist noch im Bad“, sagte ich. „Darf ich dir aus dem Mantel helfen?“ Das hatte ich im Tanzunterricht gelernt.
„Danke. Und hier sind zehn Rindswürste. Wenn du sie gleich in den Kühlschrank legen könntest.“
„Deine Rindswürste sind immer so lecker“, sagte ich und meinte es ernst. Das Beste an Tante Elsbeth waren zweifellos ihre Rindswürste. Sie waren in ganz Frankfurt der Hit. Elsbeths Familie verdiente mit Rindswurst ein Schweinegeld. Da waren zehn Würstchen als Mitbringsel angemessen; für jedes Familienmitglied zwei. Günters Würstchen wurden eingefroren bis er wieder mal zu Besuch aus Berlin herkam.

Dann kam Lollo strahlend aus dem Bad mit blutroten Lippen und amerikanisch-silberblauen Haaren, in ihrem besten Kostüm und hoch toupiertem Haar. Kurz darauf kam auch noch Tante Rosel, Lollos jüdische Schulfreundin aus alten Zeiten, deren Eltern mit ihr vor den Nazis nach England geflüchtet waren und die seit Mitte der 1950er Jahre wieder nach Deutschland zurückgekehrt waren. Die Hälfte ihrer Verwandtschaft war in KZs umgekommen. Als Mutter mir das mal berichtete, sagte ich: „Dann habt ihr ja doch mitbekommen, dass man die Juden verfolgte!“

„Ja, das schon, aber dass der Hitler sie auch umgebracht hat, damit haben wir nicht gerechnet.“

Der Hitler, der Hitler! Ich konnte es nicht mehr hören. Als hätte Hitler persönlich alles völlig alleine gemacht, ganz ohne Industrie, ohne die Rüstungsmafia des Ruhrpotts, ohne preußische Junker und ohne westfälische Großgrundbesitzer, ohne Frankfurter Bankiers, ohne Chemiegiganten wie die IG Farben und ohne Presse: die totale Aufrüstung, die totale Militarisierung der Gesellschaft, den totalen Krieg, die Eroberung des bodenschatzreichen Ostens, die Rekrutierung europäischer Zwangsarbeiter, die Zerschlagung der Gewerkschaften und Arbeiterparteien, die Folterung der Widerständler und Arbeiterfunktionäre, die Vergasung der Juden. Genauso musste es gewesen sein: Alles hatte Hitler alleine gemacht. Ganz allein. Na klar doch!

Wir Jungen dachten: *Nein, liebe Elterngeneration, daran waren schon alle beteiligt – auch wenn ihr geschwiegen und euch als Unbeteiligte ausgegeben habt. Aber ihr ward zumindest Mitwisser und – aufgrund funktionierender Verdrängung – schweigende Erfüllungsgehilfen! Und die deutsche Wirtschaft war bis zum bitteren Ende Organisationshelfer und Profiteur zugleich.*

Als nächstes schneite Tante Maya herein und brachte die gut riechende Mayaseife als Gastgeschenk mit. Auch sie war Unternehmergattin und entsprechend stolz und schick und gut auf unser Wirtschaftswunderland zu sprechen. „Ja, Seifen und Gerüche machen Menschen!“, hatte sie einmal gesagt. Natürlich lieferte Tante Mayas Mann seine Seifen auch an Tattis und Onnas Drogerie. Und nach Spanien, wie Tante Maya stolz berichtete.

Ich durfte dem Damenkränzchen Kaffee einschenken und Dosenmilch aus einem niedlichen Goldrand-Milchkännchen reichen. Heimlich goss ich zuvor ein Schlückchen *Bärenmarke* in meine Tasse. Mein Stück Buttercremetorte, die Mama gebacken hatte, *Frankfurter Kranz*, aß ich in der Küche, wo ich den nächsten Pott Kaffee aufbrühen durfte. Ich hatte jahrelang gerne den Servicepart gespielt, aber nun kam mir das ganze Theater doch etwas spanisch vor, wenn ich als heranwachsender Revolutionär mit siebzehn Jahren noch die Damen der vermeintlichen High Society zu umschwänzeln hatte. Ich schwor mir, dass dies das letzte Mal war.

Der Vorteil meiner Servicehilfe bestand darin, dass mir die Damen zum Schluss ein kleines Trinkgeld zusteckten. Und ich erfuhr bruchstückhaft etwas von ihrer Unterhaltung. Die war normalerweise stinklangweilig. Da ging es drum, ob Haar-Tönung oder Färben besser sei; welcher Farbton wie günstig im Sonnenlicht glänzte; wie hoch der derzeitige Kaffeepreis war oder welches Waschmittel weißer wusch. Hin und wieder flammten aber auch gesellschaftliche Themen auf. Heute schnappte ich auf, wie Friedel sagte: „Unter Adolf war ja auch nicht alles schlecht!" Sie erinnerte an ihre kostenlosen Ferien in einem »Kraft-durch-Freude-Heim« an der Ostsee. Und natürlich erinnerte sie an die Autobahnen – ohne zu erwähnen, dass dies die notwendige Infrastruktur für die deutschen Infanterie-Blitzkriege war.

Als ich das Speisezimmer verließ, hörte ich gerade noch wie Maya sagte: „Damals gab es nachweisbar keine Kriminalität. Und wenn, dann hat man da kurzen Prozess gemacht."

In der Küche schnappte ich halblaute Satzfetzen auf wie „Das hätte es früher nicht gegeben!"
Und zu den aufflammenden Rassenunruhen in den USA meinte die Rindswurst-Tante: „Na, da habt ihr's! Die sind auch nicht viel besser als wir. Und spielen sich obendrein als Musterdemokraten auf!"

Nur Rosel hielt sich bei diesen Themen immer vornehm zurück. Weder legte sie sich für den angeblich neuen Aufbruch in der Bundesrepublik ins Zeug, noch relativierte sie die schrecklich düstere Vergangenheit. Sie wiegte immer nur ihren Kopf – ähnlich dem Wackel-Dackel am Rückfenster des Käfers von Onkel Adolf.

Für mich waren die Äußerungen der alten Damen – sie waren um die Fünfzig – eine Art Resonanzkörper auf die erheblichen Unruhen, die sich im Land ausbreiteten. An immer mehr Schulen und Universitäten entwickelten sich Aktivitätszentren des Aufbegehrens. Tante Friedel winkte mich ran. „Stefan, was uns gerade interessiert: Warum opponieren junge Leute wie du eigentlich gegen den Vietnamkrieg?", fragte sie, während ich die leeren Kaffeetassen auffüllte. „Es geht uns doch gar nichts an, was da in der Ferne passiert. Das ist so weit weg. Wir Deutsche haben damit doch rein gar nichts zu tun!"

Ich schaute sie verständnislos an. „Bei diesen scheußlichen Bildern kann man aber nicht wegschauen, nur weil es weit weg ist. Es geht mir sehr nahe. Verstehen wir uns nicht als die Guten, als Christen und als Demokraten?", sagte ich.
„Ja bewunderst du etwa diesen Mao Tse-tung und diesen Ho Chi Minh?" Friedel starrte mich mit einschüchternd-entsetzter Mine an.

„Was weiß ich! Fakt ist, dass beide Politiker keinen Krieg in westlichen Ländern führen, sondern der Westen führt Krieg in deren Ländern, in Asien."

*

Zwar stimmte es, dass am Anfang Ho Chi Minh und Mao Tse-tung für manchen als eine Art Vorbilder dienten, aber für mich spielten sie Anfang des Jahres 1967 eine Nebenrolle. Stattdessen gewann mein inneres Aufbegehren gegen unsere Vätergeneration, die Hitlers Herrschaft ermöglicht hatte, immer größere Bedeutung. »Nie wieder Faschismus! Nie wieder Krieg!« malte ich mit Amy Anfang März auf ein altes weißes Laken, das als unser Ostermarsch-Transparent dienen sollte.

Amy und ich zogen damit zur Bockenheimer Warte, wo eine Menge Leute versammelt waren. Im Laufe der nächsten halben Stunde schwoll die Menge auf mehrere tausend Leute an. Aus Offenbach, aus Langen, aus dem Hochtaunuskreis, aus der Wetterau, aus Hanau und aus Mittelhessen hatten sich mehrstündige Demos oder auch Busse in Bewegung gesetzt, um zu Frankfurts bekanntem Universitätsviertel zu gelangen. Von dort aus setzte sich der endlos lange Zug Richtung Römerberg in Bewegung, wo auf dem Balkon des Rathauses einige Redner Ansprachen hielten. Hervor stach mir eine Rednerin, Ellen Weber, deren Sätze und benannte Fakten mich sehr berührten. Neben Amy und mir stand ein älterer Herr, der sich zu seiner Frau wandte und sagte: „Das ist 'ne waschechte Kommunistin. Was will die hier auf uns'rem Ostermarsch? In der Zone könnte sie nicht so frei reden."

Ich fragte mich, ob das wohl stimme. Warum sollte eine Kommunistin nicht in einem kommunistischen Land gegen den Krieg der USA reden dürfen? Aber das Wichtigste für den Moment war die Tatsache, dass ich das erste Mal in meinem jungen Leben eine Kommunistin gesehen und reden gehört hatte. Das waren, wenn das Gesagte ernst gemeint war, eigentlich ganz vernünftige Gedanken. Wenn alle Kommunisten so waren wie diese Frau dort auf dem großen Balkon, dann musste ich erfahren, warum ihre Partei verboten worden war.

Am nächsten Tag schrieb die *Frankfurter Rundschau*, dass bundesweit rund 150.000 Menschen zu 800 Ostermärschen gekommen waren. Am späten Nachmittag gingen Amy und ich zu Meise und Günter Amendt in die WG. Wir bekamen das Gästezimmer und nutzten es dankbar und liebevoll. Was uns am Wohngemeinschaftsleben faszinierte war, dass hier geputzte Schuhe, Ordnung und Pünktlichkeit nicht die erste Geige spielten. Hier hatte jeder phantasievolle Ideen; man besaß Schlüssel für die Zukunft und visionäre Rezepte für die Vermenschlichung unseres Lebens. Man lachte viel, sang zur Gitarre, schmückte sich bunt und hörte entweder Rock-‘n‘-Roll oder Beatmusik.

Für den ordentlichen Bürger war Beat der Inbegriff eines kollektiven Jugendwahns. Dem Wahn waren wir verfallen. Und so drehte Amy die Lautstärke am WG-Plattenspieler auf volle Pulle. Keinen störte es. Wir waren überglücklich, wegen der gelungenen Demo, wegen unserer solidarischen Freunde, wegen unserer Liebe. Und doch war es das letzte Mal, dass ich Amy auf europäischem Boden sah.

(Zwanzig Jahre später begegnete ich ihr in San Francisco, als ich am dritten Tag nach meiner Ankunft und nach Bezug meiner neuen Wohnung dort vor die Haustür trat. Wir erzählten uns im naheliegenden Coffeeshop stundenlang unsere Geschichten. Ihre Mutter hatte sich Hals über Kopf in einen Besatzungssoldaten verliebt, hatte ihre Bündel gepackt, als er in die kalifornische Heimat versetzt wurde, und hatte Amy und ihre Schwester Jamie mit über den großen Teich genommen. Amy war inzwischen mit einem Niederländer verheiratet und hatte zwei Kinder und arbeitete bei IBM in S.F. Und Jamie alias Eva Banani war Single mit abwechselnden Liebschaften und arbeitete als B-Schauspielerin und Sängerin eines Musicals in Las Vegas.)

*

Für die letzte Woche der Osterferien hatte ich die Fahrt zu einem Provo-Happening nach Holland geplant. Das schöne Nordseestädtchen Scheveningen war das Ziel von uns Frankfurter Provos. Wir trampten zu acht dorthin, aber zu unterschiedlichen Tageszeiten und von unterschiedlichen Orten aus, vier Pärchen: Michaela, der ich mich seit dem spurlosen Verschwinden von Amy zugewandt hatte, und ich. Sunny, der aus Scheveningen stammte, und seine Freundin Claire. Veit und seine neue Freundin Eva, die wie ich siebzehn war. Von Kassel aus, wo sie ergebnislos versucht hatten, eine Provo-Zelle aufzubauen, trampten Spieler, unser Chefprovo, und sein ideologischer Adjutant, Klint, Richtung Holland.

Wir hatten Hunger. Nach anstrengenden neun Stunden Autobahn hatten wir sieben Anhalter-Stopps hinter uns. Sieben verschiedenste Leutchen, die sich nach unserem Ziel und unserem Lebensweg erkundigten. Sieben Mal Gelegenheit, unsere Sicht der Welt darzulegen. Die Diskussionen waren immer spannend. In Scheveningen angekommen, gingen Michaela und ich zur erstbesten Pommes-Bude und stopften uns voll. So was Leckeres wie original holländische Frietjes mit Majo gab es in Frankfurt nicht. Da sah man wieder mal wie rückständig unser Land war.

Am Pommes-Stand trafen wir auf ein anderes deutsches Pärchen, Gisi und Helli. Zwei Gammler aus Hamburg, die wie wir auf das Provo-Happening aus Anlass des hoheitlichen Geburtstags der niederländischen Königin wollten. Das Mädel hatte einen großen Schlapphut auf und trug einen buntbestickten Parka. Er, mit wallendem dunklem Haar, vielen Perlenkettchen um den Hals und verdreckten Schlaghosen, zog einen Joint aus seiner Parka-Tasche. Sie nahm ihm das Ding sogleich aus der Hand und steckte es ein. „Erst essen wir mal was!"

Helli schaute sehnsuchtsvoll auf Gisis Tasche, wo die Wundertüte verschwunden war, gab sich dann aber wortlos geschlagen und bestellte zwei große Frietjes.
„Wo kommt ihr unter?", fragte Michaela.
„Am Vissershaven gibt es zwei Wohnschiffe von Provos für Provos. Wenn ihr da übernachten wollt, solltet ihr gleich mit uns hingehen, es ist schon ziemlich voll dort", sagte Gisi.
„Für die Liebe im gemeinsam bewohnten Schlafsack ist es im Freien noch zu kalt", meinte Helli.

Es war die letzte Woche im März. Gisi bot uns jetzt den Joint an, den Michaela annahm. Meine Frietjes-Tüte war noch halbvoll und so verzichtete ich, der ich das Zeug sowieso nur in einem Hustenanfall ertragen hätte. Auf dem Weg zum Wohnschiff kamen wir am Strand vorbei, wo eine Gruppe Gleichaltriger um ein Lagerfeuer saß. Helli und Gisi kannten einige von ihnen, und wir setzten uns einen Moment dazu.

„Hätten wir nur Schlafsäcke mitgenommen, dann könnten wir hier pennen“, meinte einer und sah etwas neidvoll auf unsere Schlafsäcke, die am Rucksack baumelten. „Viel zu kalt“, sagte sein an ihn geschmiegtes Mädel mit Baskenkappe. Ihr Typ griff ihr zwischen die Beine und meinte, dass er schon wüsste, wie er sie heiß bekomme. Alle lachten und die Baskenkappe beugte sich zu seinen Schenkeln runter und machte eindeutige Bewegungen. „Ohne Schlafsack bist du kein freier Mensch“, hörten wir jemanden sagen. „Man ist heute hier und morgen dort, man rollt sein flexibles Bett aus oder rollt es ein – je nachdem wie es einem passt. Nie wieder will ich in eine feste Wohnung!“

Ich aber freute mich jetzt auf einen festen Schlafplatz. Wir brachen zum Wohnschiff am Vissershaven auf und erhielten noch eine Übernachtungsgelegenheit in einer Koje, wo wir zu viert für drei Tage wohnen durften. Wir teilten uns die Koje mit Gisi und Helli, die uns herbegleitet hatten. Die beiden waren dann noch einmal zur Strandgruppe zurückgegangen. Michaela und ich hatten ein kleines Streitgespräch, weil sie sich mehr als Hippie und weniger als Provo sah. Wir legten uns auf das schmale Bett.

„Was soll denn die Hippies von den Provos im Grund unterscheiden?“, fragte ich sie. „Alle sind für Frieden, für eine pazifistische Welt, in der es gerecht und ohne Unterdrückung und ohne Krieg zugeht.“

Im Hintergrund tönte aus irgendeiner der Nachbarkojen Psychodelic Music: *Surrealistic Pillow* von Jefferson Airplane.

„Die Hippies sind spiritueller, bunter und blumiger", sagte Michaela. „Sie sind einfach harmonischer und immer positiv. Ich sehe ja jetzt den Unterschied, seitdem ich öfter mit dir und anderen Provos zusammen bin. Ihr seid irgendwie aggressiver, zynischer und seht immer nur das, wogegen ihr seid, aber wo bleibt das *Dafür*? Provos sind mir zu problemlastig! Du natürlich nicht", lachte sie und zwickte mir in den Arsch.

„Wir rebellieren – und das sehr kreativ. Ein Provo ist eben kein typischer Kiffer, der sich nur mit sich selbst beschäftigt. Wir wollen was ändern!", sagte ich.
Michaela sah mich ein wenig skeptisch an. „Vor zwei Wochen war ich auf einer Hippieparty und nahm meinen ersten LSD-Trip. Da war alles so turbulent, so bunt, so paradiesisch schön, so voller kosmischer Energie. Ich habe mich gefragt, warum ich nicht früher darauf gekommen war. Seitdem lese ich – du wirst es kaum glauben – Hermann Hesse, Rousseau und alles was mit buddhistischer Weisheit und Meditation zu tun hat. Vielleicht solltest du das auch mal probieren."

Ich zog Michaela an mich. „Ich probiere lieber dich!" Und ich küsste sie so innig, dass ihre mich sexuell erregende Naivität zum Schweigen kam. Wir krochen in unseren Schlafsack, und ich zerbrach mir den Kopf, ob es unanständig wäre, wenn die Situation auf ein kleines Nümmerchen hinausliefe. Aber bevor ich zu Ende denken konnte, nahm Michaela mein gutes Stück in die

Hand und wichste drauflos. „Das ist ein bisschen grob", meinte ich, und genau da kamen Gisi und Helli zurück.

Die Nacht verlief so, wie man es erwarten konnte – ununterbrochen lief die Psychodelic Music auf halber Lautstärke. Gisi meinte, dass die Mucke über die Lautsprecheranlage in den Schiffsfluren komme und nicht von den Nachbarn. Als Gisi und Helli sich in ihrem schmalen Matrosenbett gemütlich einkuschelten, hörten wir, wie sie Liebe machten, und so fingen auch wir wieder von vorne an – knutschen, fummeln, knutschen. „Mehr geht nicht", flüsterte Michaela, „jetzt ist die gefährlichste Zeit, Eisprung und so'n Zeug, du weißt schon. Oder hast du Pariser dabei?"
Hatte ich nicht. Pech.

Am nächsten Tag war auf der Scheveninger Strandpromenade schon morgens der Teufel los. Wir hatten zuvor an einem langgestreckten Tisch auf dem geschlossenen Oberdeck gemeinsam mit unseren Kojenmitbewohnern und vielleicht zwanzig anderen Übernachtungsgästen ein karges Frühstück eingenommen. Hauptthema war das bevorstehende Happening. Als wir an den Versammlungsort kamen, war bereits eine Reiterstaffel von vierzig wunderschönen dunklen Rassepferden auf der Promenade unterwegs. Die Polizisten trugen an ihrer Seite extralange Gummistöcke. Heute war der Geburtstag der Königin. Wir wollten ihn auf ehrenvolle Provo-Art begehen.

Unterwegs trafen wir auf unsere Frankfurter Freunde, Spieler, Klint, Veit und Eva, Sunny und Claire. Sie hatten für kleines Geld auf einem benachbarten Wohnschiff übernachtet. Jetzt sahen sie frisch aus, hatten gute

Laune und hielten Plakate unserer holländischen Provo-Freunde hoch. Darauf war Königin Juliana mit prunkvoller Käsekrone abgebildet. Darüber stand in Niederländisch, dass sie die unbestreitbare Königin des ganzen holländischen Käses sei. »Macht die Monarchie kaputt, denn sonst macht sie euch kaputt«, stand auf einem der Plakate in Deutsch.

Von überall her kamen sie angeschwärmt, Jugendliche in unserem Alter, zwischen 15 und 25 Jahre alt, ein buntes, internationales Völkchen. Sie trugen lustige selbstgemalte Bilder und Maskeraden, um der nicht anwesenden Königin auf ihre Weise zum Geburtstag zu gratulieren. Die Königin hätte gewiss nicht alle Plakate lustig gefunden, waren darunter doch auch welche, die die Königin und ihren Prinzgemahl in des *Königs neuen Kleidern*, also nackt wie der niederländische Gott sie schuf, zeigten. Diesen Plakaten ging ein spärlich bekleidetes Pärchen voran; das war bei diesen fiesen Märztemperaturen sehr mutig, denn das Mädel war nur mit einem weißen Gesichtsschleier, einem durchsichtigen Regencape und hautfarbenen Strumpfhosen bekleidet. Ihr Begleiter zeigte seine volle männliche Blöße und konnte nach meiner Meinung von Beruf nur russischer Eistaucher sein.

Dann plötzlich ging ein Feuerwerk los, und am Strand stand mit einem Mal ein riesiger Scheiterhaufen aus Sammelholz, angeschwemmtem Unrat, darunter Plastikmüll in Flammen. Zig Meter hoch stieg eine kohlrabenschwarze Rauchfahne. „Arme Umwelt“, dachte ich, und doch waren meine Bedenken in Sekundenbruchteilen verschwunden, als plötzlich aus heiterem Himmel, der jetzt verdunkelt war, die Reiterstaffel in vollem Galopp über den Kai sprengte und Männlein wie Weiblein rücksichtslos beiseite fegte. Das nackte Pärchen wurde vor meinen Augen direkt von einer Reiterkette überrannt. Was aus ihnen wurde, sah ich nicht mehr. Die langen Knüppel sausten erbarmungslos nieder, und wir, die wir aus Frankfurt kamen, verglichen die Brutalität mit unseren Erfahrungen vor der Alten Oper und am Amerikahaus. Ergebnis: Bullen sind Bullen und überall als Systemschweine die Haudegen für die neuen kapitalistischen Könige und ihren fürstlichen Hofstaat.

Zwei Tage später war ich wieder zuhause und von Michaela getrennt, die nichts mehr von Provos wissen wollte. Wir hatten die verschiedenen Happenings unversehrt überstanden, aber heimlich fragte auch ich mich, ob das alles so sinnvoll sei. Ob ein blumiger Hippieausstieg aus der Gesellschaft nicht die friedvollere Alternative sei. Jedenfalls individuell gesehen. Würde die Geschichte nicht sowieso über unsere Köpfe hinweg stapfen? Würden wir, die bislang unterlegene Jugend, all das ändern können, was uns die alten Autoritäten mit ihren Kriegen, mit ihren hohlen Demokratiephrasen und ihrem Konsumfetischismus eingebrockt hatten?

*

Irgendwann um diese Zeit lief in der Nähe von Cornwall der Supertanker „Torrey Canyon“ auf ein Riff und verursachte die erste große Ölkatastrophe vor einer europäischen Küste. Das war Schulthema Nr. 1, aber unser konservativer Sozialdemokrat, Herr Stiehler, rechtfertigte den Supergau mit einem „natürlichen Risiko, das nun mal der Technik innewohnt“. Dann kam er schnell auf die Rassenkonflikte in den USA zu sprechen, und wie die arg dezimierten indianischen Ureinwohner jetzt in Reservaten wohnen müssten, was nicht besser sei als die Ghettos der Nazis. Das fand ich einerseits einen gewagten und doch irgendwie zutreffenden Vergleich. Zum anderen erinnerte es mich an den blöden Spruch von Mutters Freundin, der Rindswurst-Tante, die unsere eigene Nazi-Vergangenheit zu relativieren versuchte, indem sie einen Vergleich mit der imperialen US-Politik zog, ohne diese jedoch zu verurteilen.

Auch Mutters Schwester, Tante Anneliese, hatte mir neulich erklärt, andere Völker seien auch nicht besser als wir und Fehler von Regierungen hätte es schließlich schon immer gegeben. Da sprang mir das erste Mal die Doppelzüngigkeit meiner unmittelbaren verwandtschaftlichen Umwelt ins Auge. Völkerrechtsverbrechen waren nur „Fehler“.

Nach Schulschluss ging ich in die Bornheimer Stadtbibliothek, um mir was Neues auszuleihen. Ich fand aber zufällig etwas altes, was ich bereits fünf Jahre zuvor mit Zwölf gelesen hatte: Karl Mays drei Winnetou-Bände. Ich hatte sie damals weiterverschenkt. Jetzt wollte ich sie gerne mit neuen Augen lesen und darauf prüfen, ob der Autor in seinen Erzählungen die Grausamkeiten der weißen Siedler gegenüber den Indianern auch gesellschaftskritisch betrachtet. Ließ Karl May den wirtschaftlichen Eroberungskrieg der Weißen und die brutale Vertreibung der Ureinwohner Amerikas erzählerisch durchschimmern? War er kritisch im Umgang mit der Siedlergeschichte? Daraus wollte ich ein freiwilliges Referat in Englisch machen, um meine mangelnde mündliche Beteiligung auszugleichen.

Am nächsten Morgen hätte ich mir fast in die Hose gemacht, weil Ulla im Bad so lange mit Malarbeiten in ihrem Gesicht zu tun hatte.

Ins Klassenzimmer kam ich mit fünf Minuten Verspätung, was ich mit meiner Schwester zu entschuldigen versuchte, was mir aber wieder mal keiner glaubte. „Im Erfinden von Geschichten sind Sie hervorragend, Herr Koenig, immer was Neues auf Lager, was?"
Das war gemein vom Cornelius. Aber ich wusste, dass ich sein Vorurteil gegenüber meinem Erfindungsreichtum nicht ausräumen konnte. Die Hauptsache, ich konnte Wahrheit und Lüge auseinanderhalten, und so fügte ich mich in mein Schicksal und sagte: „Klar doch, ich habe weder eine Schwester noch ein Bad zuhause."

*

Das zweite Kurzschuljahr würde Ende Juli zu Ende gehen und der Unterricht hätte mich nicht viel weitergebracht, wenn ich nicht selbst die Dinge hinterfragen würde. Neugierde wurde unabdingbar. Fernsehen war immer populärer geworden und mir fiel auf, dass die Welt durch den Fernsehapparat zu einem Dorf geworden war. Seitdem sollte uns alles, was dort passierte, etwas angehen, fand ich. Doch noch ließen fast alle Nachbarn bei Einbruch der Dämmerung die Rollläden runter und sperrten damit ihr nachbarschaftliches Gegenüber aus. Aber irgendwie funktionierte das zunehmend nicht mehr. „Was ein Wunder", sagte Mutter eines Abends und deutete zum gegenüber liegenden Haus. „Die Rollläden von Simons bleiben länger oben!"

Vera erzählte mir, dass die Nachbarn aus ihrem Seckbacher Wohngebiet neuerdings auch mal nach Feierabend auf der Straße eine Weile vorm Haus standen und sich über Gott und die Welt unterhielten und sogar über Politik. „Das kommt daher, weil die Welt kleiner wird. Sie rückt näher durch das Fernsehen", meinte ich.
„Das stimmt; und dadurch bekommt man natürlich viel mehr Probleme mit, die es weltweit gibt: Hungersnöte, Kriege, Verbrechen", sagte Vera. „Das macht mich trauriger als früher."
„Ja, es ist kein Zuckerschlecken, dieses *Wir leben in einem Dorf*, verstehst du?"

Als Folge der bewegten Bilder bewegte sich viel in den Köpfen der Bürger und insbesondere in unseren jugendlichen Köpfen. Ein viele tausend Kilometer entfernter Stellvertreterkrieg zwischen den Supermächten erregte mehr denn je die Empathie unserer Pazifisten-Generation, die sich ewig die leidvollen Kriegsgeschichten von Opa, Vater und Lehrern hatte anhören müssen.

Am Wochenende gingen Vera und ich ins AKI-Kino im Hauptbahnhof. Dort fasste die *„UFA - Fox tönende Wochenschau"* die Neuigkeiten der letzten Woche zusammen – für alle, die immer noch kein Fernsehgerät ihr Eigen nennen konnten. Das war knapp die Hälfte der 27 Millionen westdeutschen Haushalte. Veras Eltern gehörten bereits zur besitzenden Fernsehklasse mit einem großformatigen Ungetüm.

Als erstes kamen wieder schreckliche Bilder aus Vietnam, zackig, fast aggressiv kommentiert im harschen AKI-Kriegsberichterstatter-Ton, der mich schrecklich an die NS-Propagandasprache erinnerte. Wir hatten im letzten Schuljahr alte Nazi-Filme zu Ereignissen im Zweiten Weltkrieg gesehen, um sie zu analysieren. Diese grässliche Nazisprache, das schreiende Gedöns! Und auch hier diese militante Sprachtönung, dieser kriegerisch-hetzerische Sound. Immer wiederkehrender Tenor: Die Vietnamesen sind selber schuld, wenn sie bombardiert werden. Der Westen verteidigt dort nur irgendwelche Freiheiten. Harter Filmschnitt, dann tönte die *„Fox tönende Wochenschau"*: „Gunther Sachs hat die Bardot heim ins Reich geführt. In Las Vegas nahmen sich die beiden Königskinder noch nicht einmal die Zeit, sich für die Trauung umzuziehen. Frankreichs Sexbombe erhält innerhalb von Minuten einen deutschen Sachs-Antrieb."

Wie würde es mit Vera und mir weitergehen? Wir saßen in der hintersten Reihe. Ich ließ im Kinosessel meine Hand auf ihren Oberschenkel gleiten, und sie gab mir einen verschämten flüchtigen Kuss. Auf der Leinwand war ein Zusammenschnitt von Konzerten zu sehen. *The Kinks* waren zu sehen; sie spielten „Dandy" und *Manfred Mann*'s „Ha! Ha! Said the Clown". „All You Need Is Love" von den *Beatles* hörten wir nur noch mit halbem Ohr, während sich Veras schüchterne Küsschen allmählich zu einer kleinen Kussorgie steigerten.

Zwei Wochen später war ich bei ihren Eltern eingeladen. Alles gediegen. Alles geordnet. Alles blitzblank sauber und aufgeräumt. Einwandfreie Garderobe, Vater Herbert im dunkelblauen Anzug, die Mutter in einem schicken blaugestreiften Kleid und weißer Bluse. Ihre Eltern waren höflich und aufgeschlossen. Sie nahmen an meinem Äußeren keinen Anstoß. Weder meine Haare noch mein Qutfit mit den aufgestickten bunten Peace-

und Ostermarsch-Abzeichen wurden erwähnt oder gar moniert. Man nahm mich so wie ich war. Oh, dachte ich mir, das ist die Liberalität wie ich sie von meiner Mutter kenne. Diesmal keine schwäbische, sondern, huch, freidemokratische Liberalität.

Aber Veras Eltern waren Erwachsene. Und als solche forderte es einen geradezu heraus, ihnen mit Misstrauen zu begegnen. An der Kaffeetafel begann das obligatorische Interview.
„Sie gehen noch zu Schule, Stefan?“, fragte der Hausherr mit den großen Geheimratsecken und der goldgerahmten Brille
„Ja, auf‘s Helmholtz-Gymnasium.“
„Ach was, das war auch meine Schule!“, rief er begeistert aus und begann von meiner Penne in höchsten Tönen zu schwärmen.
„Ist sie immer noch eine naturwissenschaftliche Schwerpunktschule? Und was sind Ihre starken Fächer?“
Ich bejahte und erklärte, dass mir eigentlich alle naturwissenschaftlichen Fächer liegen würden – außer Chemie, was wohl an Oberstudienrat Gruse liege, der einem das Fach regelrecht vermiese.
„Nein, den Gruse gibt’s immer noch? Ein alter Nazi, sag ich Ihnen, der hat wenig dazugelernt.“
Na, da waren wir uns schon einig.

Veras Mama schenkte uns Kakao ein; Kaffee war für uns Jugendliche nicht vorgesehen, den gab es erst, wenn man einundzwanzig war. Vater Karry suchte die politische Diskussion. Ich wusste ja von Vera, dass er bei der FDP ein landespolitisch hohes Tier war. Er fragte mich zu einigen Themen und ich sagte ihm meine ungeschminkte Meinung.

Wir unterhielten uns noch eine Weile zu den klassischen Themen Toleranz und Freiheitsrechte. Was mich nicht zufrieden stellte, war seine Feststellung: „Mer muss die Mensche nemme, wie‘se sin! Mer kann‘se ja net backe lasse!“
Ich fand schon, dass man am Bewusstsein arbeiten konnte.
Nach drei langen Kaffeestunden hatte ich das Vorstellungsprozedere geschafft. Die waren zwar noch spießbürgerlicher als meine Alten, aber dennoch sehr nett.

*

Morgens klopfte ich wieder mal vergebens an die Toilettentür, wo Ulla schon über eine Viertelstunde mit ihrer Schminkerei zugange war. „Ich mach gleich in die Hosen“, antwortete ich auf ihr mürrisches „Was is’n?“
Beim Frühstück zofften wir uns und warfen uns gegenseitig Egoismus und Unverständnis vor.
„Was für eine Welt!“, rief Ulla theatralisch aus. „Wo man noch nicht mal in Ruhe in den eigenen Spiegel gucken kann!“

„Wie sehe ich unsere Welt und welche Bedeutung hat das öffentlich-rechtliche Fernsehen?“. Herr Cornelius schrieb die Aufsatz-Aufgabe für die Deutschklassenarbeit an die Tafel. „Sie haben eine Doppelstunde Zeit.“
Wenn der gewusst hätte, dass ich mit meiner Schwester bereits weltumfassenden Zoff hinter mir hatte.

Ich schrieb, was ich mit Vera zuvor schon ausgiebig diskutiert hatte. Dass die Welt durch den Fernsehapparat zu einem Dorf geworden sei. Mein Eindruck war, dass die bewegten Bilder Folgen hatten; und so sinnierte ich: „Das Fernsehen fördert das Bewusstsein der Bürger, weil wir immer mehr über den Rest der Welt erfahren. Das friedenspolitische Engagement nimmt zu."

Ich bekam die Note „befriedigend"; ich hätte zu sehr mit „unbewiesenen Tatsachenbehauptungen" argumentiert.
„Hä?" Entweder „unbewiesen" oder „Tatsache"! Was für ein verschrobenes Pauker-Statement. Der Cornelius konnte mir heute den Buckel runterrutschen.

Es war Zeit, wenigstens Winnetou I zu lesen. Das Englisch-Referat nahte. Schon Karl Mays Einleitung, geschrieben im Jahr 1892, gefiel mir, weil jeder, „der die Verhältnisse kennt, den Indianer als den »sterbenden Mann« bezeichnen muss."
Meinen Referatsentwurf begann ich mit »I would say«. Dann nahm ich mein dictionary und übersetzte qualvoll das halb-politische Statement des Romanschreibers.

„Ja, die rote Rasse liegt im Sterben! Vom Feuerland bis weit über die nordamerikanischen Seen hinauf liegt der kranke Riese ausgestreckt, niedergestreckt, niedergeworfen von einem unerbittlichen Schicksal, das kein Erbarmen kennt. Er hat sich mit allen Kräften dagegen gewehrt, doch vergeblich. Seine Kräfte sind mehr und mehr geschwunden. Er hat noch wenige Atemzüge zu tun, und die Zuckungen, die von Zeit zu Zeit seinen nackten Körper bewegen, verkünden die Nähe des Todes. Ist er schuld an seinem frühen Ende? Hat er es verdient?"

Meine Güte, wie sollte ich das nur kurz zusammenfassen? Oder sollte ich es einfach zitieren und somit Zeit und Zeilen füllen. Ich entschied mich für Letzteres. Und so zitierte ich auch die Schlussfolgerung. *„Wenn es richtig ist, dass alles, was lebt, zum Leben berechtigt ist, und wenn sich das ebenso auf die Gesamtheit wie auf das Einzelwesen bezieht, so besitzt der Rote das Recht zum Dasein nicht weniger als der Weiße und darf wohl Anspruch erheben auf die Möglichkeit, sich in sozialer, in staatlicher Beziehung nach seiner Eigenart zu entwickeln."*

Pustekuchen, wenn's nur so wäre, dachte ich und schrieb: „The white racits are responsible for Indians death!" Ich erhielt eine Drei plus, und der konservative Pauker meinte, damit könne ich glücklich sein. Eigentlich hätte ich rein sprachlich eine Vier verdient, aber ich hätte ja immerhin aufgezeigt, dass es bei allen Völkern nicht immer gerecht zugehe – und das spreche für meine Ausgewogenheit, die er mitberücksichtigen könne. Wieder einer dieser Relativierer, deutsches Unrecht gegen amerikanisches Unrecht!

Die Woche darauf meldete sich das Kreiswehrersatzamt und schoss eine Vorwarnung ab. Anfang nächsten Jahres wäre meine Musterung fällig. Bundeswehr – igitt! An Waffen ausbilden, zur Waffe greifen müssen – und das als Pazifist. Nicht mit mir. Da kam es mir gerade gelegen, dass an der Goethe-Uni dieser Tage eine Info-Veranstaltung des Verbands der Kriegsdienstverweigerer angesagt war.

In Geografie ging's um die Rassenkonflikte in den USA und um die Reservate für die von den weißen Siedlern entrechteten und dezimierten Indianerstämme. Die heutigen Indianer würden sich nur noch mit Feuerwasser volllaufen lassen.

*

An den Luchterhand-Verlag schrieb ich Anfang Mai 1967 wieder mal in revolutionärer Kleinschreibung:

sehr geehrte herren,
wir haben beschlossen, schon jetzt – vor dem schah-besuch, wo sich einiges zu höchster aktualität steigern wird – einige provo-lyrik zur publikation freizugeben. abgesehen davon, dass einige der poems wahrscheinlich in den rahmen ihrer „traktate – demokratische kampfschriften" passen würden, wären wir natürlich daran interessiert, einen eigenständigen band, etwa unter dem titel „provo, deine straße lang" von ihnen verlegen zu lassen. Sollten sie ernsthaft an unserem angebot interessiert sein, so schicken wir ihnen umgehend die lyrik zur einsicht zu.
mit provokatorischem gruß
gez. kara kooscha, spieler, sonny, veit

Nach einer heftigen Knutscherei fragte mich Vera, was ich von der Antibabypille halten würde. In den Tagen zuvor hatte die BILD über die moralische Verkommenheit dieses familienfeindlichen Sprengstoffs geschrieben. In der »Ostzone« würde die Antibabypille unter dem Namen *Ovosiston* seit 1965 kostenlos verteilt. Typisch Kommunisten, die wollten die Bevölkerung atheistisch erziehen und die Vermehrung verhindern. „Schwachsinn!", hatte Meise gesagt, dabei brauche die DDR doch dringend Arbeitskräfte und sei eher an der Vermehrung ihres kleinen 17-Millionen-Volkes interessiert. „Typisch BILD; erfindet Schwachsinn und dreht die Wahrheit einfach um. Die Antibabypille passt den Hofschreiberlingen nicht in den Kram, weil sie die Sexualität von ihren Fesseln befreit und zu einem selbstbestimmten Leben führt." So sagte ich das dann auch zu Vera.

An unserer Schule wurde wie an anderen Schulen eine Schülergewerkschaft gegründet. Lerryn, unser politischer Troubadix, war ihr Vorsitzender. Die Lehrlinge des Rhein-Main-Gebietes gründeten eine Lehrlingsgewerkschaft. Nobbi und Hajo waren in Frankfurt die organisatorischen Helden dieser Neugründung, und beide kannte ich noch aus der Realschule. Wir nahmen Kontakt auf und verknüpften unsere Aktivitäten. „Vereint sind wir unschlagbar!".

Mitte Mai war Pfingsten und ich wollte für vier Tage nach Berlin. Günter hatte mich ja schon lange eingeladen, also schrieb ich:

An meinen großen Bruder!
Big Brother can watch me soon – ich kann über die Pfingstfeiertage zu dir kommen!!! Ich bin auch brav und höre auf dich und folge dir unauffällig in alle Spelunken und zu allen Spekulanten. Ich habe gelesen, dass mit der Ostmark irgendwelche Schiebergeschäfte gemacht werden, um Ostberlin auf's Kreuz zu legen. Hast du davon was mitgekriegt?

Ich muss dir dann von unseren Provo-Happenings in Scheveningen erzählen – dufte Sache war das, oder in berlinerisch ausgedrückt: einfach knorke! Wir haben die Monarchie ganz schön hochgenommen – und die hat ganz schön auf uns eingedroschen. Obwohl die fliegenden Holländer auf ihren Teppichen doch schon so weit gereist sind, müssten sie doch weltgewandt und wenig autoritätsgläubig sein.

Aber ich glaube, die Faszination einer Prinzessin, einer Krone und eines Prinzen und das ewig königliche Märchen mit Schloss und Hoheiten und Hofmarschällen scheint unser Nachbarvolk noch immer arg zu beeindrucken.
Ich merke mehr und mehr, dass unsere Pauker irgendwie 'ne Klatsche weghaben – wahrscheinlich noch ein Überbleibsel aus der Adolfzeit. Die kommen vom Krieg und vom deutschen Wesen, an dem die Welt genesen soll, nicht weg. Gottseidank gibt es inzwischen auch drei Neue, die mehr unsere Gedanken und Gefühle teilen. Die andern sind alle stumpf, glaub mir!

Bis an Pfingsten. Ruf bitte bald mal an.
Mit bärenstarken Brudergrüßen
Dein Atzen

Meine Eltern sagten zu mir manchmal »Kellerassel« – oder abgekürzt »Atzen«, wenn sie mich auf die Schippe nehmen wollten, weil ich in Abgeschiedenheit mein Souterrain-Dasein genoss. Im Lexikon stand, ein häufiges Vorkommen von Kellerasseln „befindet sich unter Steinen, in der Streuschicht frischer Laubwälder und Gebüsche sowie in Kellern, Gärten, Ställen, Gewächshäusern, Komposthaufen und besonders in der Nähe von Totholz." Das mit dem Totholz traf wohl am ehesten zu, denn mein toller Bauerntisch warf an einigen wurmstichigen Minilöchern etwas Holzmehl aus. Da war der Holzwurm drin. Meine Schublade war an einer Ecke angeknabbert und es rieselte feiner Holzstaub heraus. Gut, dass ich meine Liebesbriefe vor Lollo in Sicherheit gebracht hatte, sonst wär der Wurm auch in der Liebe.

Am Abend trauerte ich Amy nach und fragte mich, was geschehen sei. Sie und ihre Schwester Jamie waren einfach unauffindbar. Beide Schönheiten entführt? Na, das konnte wohl nicht sein. Hatten sie einen Unfall? Wo war die Mutter geblieben? Waren sie zu dritt nach Bayern oder zu ferner Verwandtschaft gezogen? Dann dachte ich über Hanna nach, und dass wir wirklich nicht zusammengepasst haben und dachte an die zahlreich verpatzten Entjungferungsversuche. Dann zappte ich mich in meiner emotionalen Dachstube bis zu Michaela durch. Ich fand sie sehr attraktiv. Aber politisch? Und dann ihre Begeisterung für Drogen, ihre Ablehnung des Provo-Protestes – das alles barg zu viel Zündstoff. Als ich in Gedanken bei Vera war, legte ich alte Platten auf und hörte von den *Stones* „Get off of my cloud“; danach *The Spencer Davis Group* mit „Keep on Running“. Als ich langsam müde wurde, ließ ich den Abend mit *Simon & Garfunkel's* „The Sound of Silence“ ausklingen.

*

In der Folgewoche besuchten Vera und ich Tatti und Onna in ihrer Drogerie. Vera war sehr konservativ in dunkelblau gekleidet. Alles an ihr sah recht bieder aus; ein unauffälliges Mäuschen, das ich dennoch sehr mochte. Aber liebte ich sie? Ich nahm ihre Hand. Unterwegs sahen wir eine türkisfarbene Isetta, eine Art Rollermobil, gesteuert von einem Opa. „Ein Oldtimer!“, rief Vera aus, und ich fragte: „Der Opa oder das Motorrad-Auto beziehungsweise Auto-Motorrad?“ Die Isetta war irgendwas dazwischen; die Hersteller hatten sich für das Vehicle freilich eine schicke Bezeichnung ausgedacht: „Motocoupé“. Aber nun gehörte es eigentlich schon lange der Vergangenheit an, und alle Welt schwärmte vom Bulli.

Ich hatte meiner platonisch geliebten Vera von Tattis „geheimen" Schrankschubladen erzählt, die mit allerhand Drogeriepröbchen vollgestopft waren. Tatti begrüßte uns herzlich und bat uns, die Straße vor den Schaufenstern zu kehren. Dafür durften wir uns als Gegenleistung mit Sanostol-Proben, Handcremes, Parfüms im Puppenstubenformat, Himbeerbonbons und Miniseifen eindecken.
„Da hast du aber eine sehr nette und höfliche Freundin", befand Tatti, als wir uns auf den Heimweg machten, und Onna stand in seinem weißen Drogeriekittel wie eine Werbe-Ikone an der Ladentür und verabschiedete Vera mit Handkuss, während er mir auf den Rücken klopfte und sagte: „Aus dir wird auch noch was!"

Das hoffte ich auch. Aber dafür wusste ich, dass aus meinem geplanten Berlinbesuch nichts werden würde. Wir schrieben gegen Ende dieses Kurzschuljahres eine Arbeit nach der anderen. War das ein Stress, diese eiskalte Leistungsgesellschaft! Diese überflüssige Konsumgesellschaft! Wir mussten unbedingt eine emotionale, eine erotische, eine liebevolle Lustgesellschaft aufbauen. Aber wie? Und wann war es soweit? Ich rief erstmal Günter an und sagte schweren Herzens ab.

*

In Berlin stand der Schah-Besuch an. Fast täglich fanden Demos gegen diesen Unterdrücker und Ausbeuter seines Volkes statt. Teach-ins in den Schulen und Uni-Instituten, Go-ins in Kauf- und Rathäusern, Bibliotheksbesetzungen. Die Berliner Kommunarden hatten in Flugblättern zum Widerstand gegen den Gewaltherrscher aufgerufen. „Bezeichnend, dass sich das Establishment mit einem solchen Diktator gemein macht! Prügeln, foltern, lebenslang einsperren und aufhängen sind seine Stärken! Seine Schergen spionieren hier iranische Studenten aus. Die SAVAK-Typen gehören hinter Gitter!", rief der Kommunarde Dieter Kunzelmann in ein Mikrofon der ARD.

In wenigen Tagen würde der persische SAVAK, ein besonders folterfreudiger und brutaler Geheimdienst, Kunzelmanns Worte bestätigen. Mein Klassenkamerad Pit und ich wurden in diesen Tagen von Hörbi von einem Teach-in zum anderen gelotst. Hörbi hatte die besten Verbindungen und war immer auf dem Laufenden. Der Club Voltaire hatte Hochbetrieb. Im Vorfeld des Schah-Besuchs liefen unsere Telefone heiß, und wir holten von überall her Informationen ein. Im Moment war an ein Liebesleben nicht zu denken. Im Moment ging es um Menschenrechte und Freiheit.

Eine Gruppe von iranischen Studenten organisierte die Gegenbewegung zu diesem unerwünschten Besuch. Sie stellten Referenten, die über Zeugenaussagen von Gefolterten berichteten. Sie belegten die Vergewaltigung von Minderjährigen in Gegenwart der Eltern, das Grillen von Opfern auf elektrisch erhitzten eisernen Bettgestellen, Einläufe von kochendem Wasser in den Anus, Ausreißen sämtlicher Finger- und Zehennägel sowie der Zähne. Der iranische Dichter Reza Baraheni berichtete in einem Buch über seine Gefängnis-Erfahrungen sogar von Kannibalismus. Wir waren entsetzt und voller Wut. So ein Schwein hatte in unserem Land nichts verloren.

*

Vera rief mich am Mittwoch, dem letzten Maitag, an, und fragte, ob wir Freitagabend etwas gemeinsam unternehmen wollten. In den Club Voltaire wollte ich zwar gerne, aber nicht mit ihr. Dort würden wir meinen Provo-Kumpels begegnen, und da passte sie irgendwie nicht dazu. Einem Treffen im *Onkel Max*, einer der wenigen studentenfreundlichen Selbstbedienungs-Kneipen, stand nichts im Weg. Dort konnte man lange sitzen, ohne etwas verzehren zu müssen.

„Was verstehst Du unter einer platonischen Liebe?“, fragte sie mich unvermittelt. Vera trug eine Jeans mit einem aufgestickten Herzchen auf der linken Tasche und einen Rollkragenpulli, ihre Haare halblang, und ihre Augen hatten gerade etwas Herausforderndes. Ihre biederen Klamotten hatte sie heute zuhause gelassen.

„Platonisch? Ist das nicht so was wie einseitig? Also nicht, dass Platon einseitig gewesen sei – da kenne ich mich nicht aus. Aber platonische Liebe, das ist doch, wenn man sich mag und Gutfreund ist und nicht fickt, oder?“
„Ich glaube, dass wir seelenverwandt sind und doch eine zu große Kluft zwischen uns ist, die unsere körperliche Beziehung …, also du weißt schon, was ich meine …“
„Weißt du, was Platon damit zu tun hat?“, fragte ich und sah sie erwartungsvoll an. Kannte sie wirklich den alten Griechen?
„Für Platon ist die platonische Liebe die höchste Form der Liebe, die im Leben jemals erreicht werden kann. Sie ist für ihn weit mehr wert als körperliche Liebe, da sie das körperliche Begehren bereits hinter sich gelassen hat.“

Da klappte mir in genau diesem Moment die Kinnlade herunter, weil ich mir etwas anderes unter einer platonischen Beziehung vorgestellt hatte, jedenfalls kein meditatives Ringelreihen. „Und ich dachte, es handle sich um eine Art rein intellektueller Liebe, vielleicht um eine Art Vernunftbeziehung mit erotischem Hintergrund.“ Ich stockte. „Jedenfalls hatte ich noch nie so eine Beziehung.“

Vera streichelte über meine Hand. „Du vergisst hierbei, dass du in deinem Leben bereits schon sehr viele platonische Beziehungen geführt hast. Alle Freundschaften mit Mädels, bei denen du keinerlei sexuelle Anziehung verspürt hast, darfst du hierzu zählen.“

Ich ging an den Tresen und bestellte eine Pizza Margerita. Vera eine Salamipizza. Sie lud mich ein und zahlte mit einem gönnerischen Blick. Jetzt hatte sie mich in der Hand, dachte sie. Oder dachte ich nur, dass sie so dachte?

Zuhause war das große Heulen angesagt. Big Sister ganz klein; Monsieur Pierre Beaugrande hatte sie sitzen lassen. Helfen konnte ich ihr nicht, wie auch. Sie war jahrelang unnahbar gewesen. Und jetzt setzte Ulla einen obendrauf und wurde noch abweisender, aber heulte wie ein Schlosshund. Er hatte einfach Schluss gemacht. Per Telefon.

*

Pit und seine Gaby, Ebus vom Marshallbrunnen und ich – ohne Vera – hatten uns Freitagabend verabredet. Es war der 2. Juni. Hörbi und seine neue Biene, Chrissi, die

er bei einer Party der Naturfreundejugend aufgerissen hatte, und Veit schlossen sich uns an. Wir trafen uns am Abend im Jazzkeller hinter der Fressgasse. Die Bude war vollgequalmt. Wer genügend Moos und Lust hatte, trank amerikanischen Brandy. Typen in Lederjacken und engen Jeans bohrten steile Zähne auf, und die Mädels, die sich hier um Mitternacht herumtrieben, suchten keine öden Macker sondern Hammertypen. Wir blieben eine Stunde. Danach gingen wir noch in unseren Club.
Da hatte bis eben eine Diskussion zur neuen Jugendsprache getobt. Und wir hörten an allen Tischen noch das Nachbeben. Durch den Aderlass des Krieges waren wir Jugendliche mächtig in der Überzahl. *Babyboomer*-Generation nannte uns die Presse, und so war es kein Wunder, dass sich unser Jugendvokabular dank Masse rasant vermehrte. Die Alten verstanden uns teilweise nicht und schüttelten nur den Kopf, wenn wir auf ihre Frage, wie etwas war, antworteten, dass alles *dufte* oder eben auch *bescheuert* war. Geld verdienen hieß bei uns *Kies absahnen*, und das Mittagessen *schmissen wir uns nur schnell rein*, bevor wir wieder *abdüsten*. Das waren Worte, die in den Ohren unserer Eltern so seltsam klangen, dass sie ob dieser „Sprachverrohung“ verständnislos den Kopf schüttelten.

„Ich seil mich mal ab.“ Am Nebentisch stand ein Mädel auf und legte fünfzig Pfennige auf den Tisch. „Für‘s Laberwasser“, sagte sie und meinte das Dünnbier. Für die Älteren, wenn sie hier gewesen wären, hätte sich manches gewiss wie eine Geheimsprache angehört. Wir aber pflegten unsere sogenannte Sprachverrohung und saßen noch bis weit nach Mitternacht beisammen und beölten uns über die verstockte Sprache der Alten, über das teils noch wilhelminische Deutsch.

Plötzlich flog die Tür zum Club auf, und aufgeregte Studenten vom SDS, die wir vom Ansehen kannten, stürmten in den Raum und auf das Podest. „Sie haben einen von uns in Berlin erschossen! Benno Ohnesorg!" Wir wussten, dass heute der Schah von Persien in Berlin eingetroffen war, um sich feiern zu lassen. Für uns war er ein von den Amis am Leben gehaltener Despot, eine CIA-Marionette. Es war klar, dass es für alle Demokraten und Kritiker der Menschenrechtssituation im Iran eine Provokation der Großen Koalition war, ausgerechnet diesem Diktator einen pompösen Staatsempfang zu bieten.

Am Nachmittag hatte ich eine Life-Übertragung des amerikanischen Propagandasenders, des „Rundfunks im amerikanischen Sektor", RIAS, gehört. Da wurde von studentischen Gegendemonstrationen und Kundgebungen berichtet. Um dies zu verhindern, sollte die Berliner Polizei mit „äußerster Härte" eingreifen, forderte der Kommentator und ließ den Leiter des Presse- und Informationsamtes des Berliner Senats zu Wort kommen: „Heute können diese Burschen sich auf etwas gefasst machen, heute gibt's Dresche!"

Wie mir mein Bruder bereits die letzten zwei Wochen zuvor telefonisch berichtet hatte, liefen die durchweg antistudentischen Springer-Zeitungen heiß. Sie bereiteten in hetzerisch einmaliger Weise die Berliner Bevölkerung auf ein angeblich bevorstehendes Attentat auf den Schah und seine glamouröse Farah Diba vor. Die Stimmungsmache gegen die aufmüpfigen Studenten nahm ungeahnte Ausmaße an. Wie Günter berichtete, hatten die alten Westberliner enorme Vorurteile gegen die jungen Revoluzzer, insbesondere gegen einen ihrer Anführer, den Rudi Dutschke.

„Was sagen denn die Leute?“, hatte ich wissen wollen.
„Erstens sagen sie, wenn man nicht ihrer Meinung ist: Geh doch nach drüben!“
„Kriegt man hier auch dauernd zu hören. Und zweitens?“
„Die Regierung ist ja nicht dumm, sagen sie. Die da oben wissen schon, was richtig ist. Und den Studenten da geschieht es ganz recht, dass sie auch mal hart rangenommen werden. Die wissen ja immer alles besser. Haben noch nie gearbeitet, wollen aber alles wissen. – Diese Sätze habe ich oft gehört.“
„Die wissen ja auch vieles besser. Jedenfalls wissen sie mehr als diese autoritätsgläubigen Nachplapperer“, sagte ich. Dann erzählte Günter noch, dass er kürzlich bei einer Taxisfahrt mitbekommen habe, wie der Taxifahrer über Funk mit anderen Fahrern in Verbindung gestanden habe, um zum großen Hallali auf Rudi Dutschke zu blasen.

Im Club Voltaire herrschte nun eine Stimmung wie in einem aufgescheuchten Bienenstock. In dieser Nacht gingen wir nicht nach Hause. Es war jetzt Samstag, der 3. Juni. Erst früh gegen sechs Uhr fanden wir den Weg ins Bett und verschliefen um dreizehn Uhr den Demobeginn der Studenten und vieler anderer. Auch Mitglieder von DFU und Humanistischer Union, der Kriegsdienstverweigerer, Naturfreundejugend, der Falken, der Gewerkschaftsjugend und der Jungsozialisten hatten zur Demo aufgerufen.

Per Telefonkette informierten wir uns am Sonntagnachmittag und demonstrierten zwischen Mitternacht und fünf Uhr morgens vor dem noch verrammelten BILD-Auslieferungslager. Beabsichtigt war eine Blockade, die auch für einige Stunden gelang. Wir wollten die Hetze stoppen. Viele trugen Plakate mit der Aufschrift „Enteignet Springer". Die Polizei rückte heran und drosch auf uns ein. Dann fuhr ein Wasserwerfer auf und verschaffte den Auslieferungsfahrzeugen freie Fahrt. Von meinen Provo-Kumpels hatte ich nur Martin und Ebbet gesehen. Pennten die anderen gar? Überhaupt waren sie mir etwas fremder geworden, seitdem Chefprovo Spieler am Marshallbrunnen die Parole ausgegeben hatte: „Mann, wir wollen Revolution machen! Was interessiert uns Politik!" Das klang mir zu sehr nach Lifestyle-action. Aktion um der Aktion willen. Ich vermisste zusehends die Inhalte, wofür wir agieren wollten.

Als ich patschnass nachhause kam, fiel ich erschöpft ins Bett und verschlief die ersten beiden Schulstunden. Als ich an jenem Montag zur ersten großen Pause auf dem Schulhof zu meiner Klasse stieß, war der Tod von Benno Ohnesorg das Thema Nummer Eins. Die einen sagten, es hätte auch einen toten Polizisten gegeben; aber das war, wie sich inzwischen herausgestellt hatte, eine gezielte Falschmeldung der Polypen. Ein Lautsprecherwagen der Bullen hatte die erfundene Hetzmeldung auf dem Kudamm vor dem Café Kranzler verkündet. Man wollte auf diese Weise die Aggressionsbereitschaft der Einsatzkräfte mobilisieren.

Einige Klassenkameraden meinten, das sei nun schon eine Art neuer Faschismus. Die regierenden Politiker seien eine „wahre Mörderbande". Es müsse damit gerechnet werden, dass die physische Liquidierung der außerparlamentarischen Opposition durch die Bullen unmittelbar bevorstehe. Um das eigene Leben zu retten, müsse man eigentlich Polizeikasernen stürmen, um sich Waffen für die Verteidigung zu besorgen.

Andere fanden diese Einschätzung übertrieben. Ein putschistisches Vorgehen sei mit einer Demokratie unvereinbar. Es komme jetzt darauf an, die gesamte Jugend in Bewegung zu setzen und sie massenhaft für den Widerstand gegen weitere Terrorangriffe der Polizeikräfte zu mobilisieren. Geordneter Unterricht fand an diesem Tag nicht statt.

Am selben Tag, dem 5. Juni, begann im Nahen Osten der „Sechs-Tage-Krieg". Israel besetzte die Golan-Höhen, das Westufer des Jordan, den Gaza-Streifen und die Sinai-Halbinsel. Am selben Tag hatte Tante Paula Geburtstag, und meine Mutter hatte Verständnis, dass ich nicht mit auf die Feier kommen wollte. Am selben Tag erhielt ich Post vom Luchterhand-Verlag, der unsere Provo-Lyrik mit höflichen Worten so gut wie zum Teufel wünschte, weil das alles nicht so recht in ihr Verlagsprogramm passe. Aber ansonsten sei dies natürlich kein Werturteil …

Am selben Tag erschien in Vaters Tageszeitung ein Artikel, in dem bemängelt wurde, dass nur Kinder aus gutbetuchten Familien studieren konnten und dass sich dies ändern müsse, wenn die Wirtschaft der Bundesrepublik auf Dauer wachsen solle. Deutschland brauche mehr Akademiker. Nur sollten die jungen Leute eben auch studieren und nicht demonstrieren. An diesem Abend telefonierte ich mit meiner platonisch verliebten

Vera, um ihr die Welt zu erklären. Dann sagte ich meinen Eltern Gute Nacht und ging in mein Souterrainzimmer, versetzte mich mit dem Song *Keep on Running* von der Spencer Davis Group zwei Jahre zurück, in eine „unbeschwerte" Zeit und schlief mit der Frage ein, wie das wohl alles enden würde.

*

Pit sagte, er würde mit mir gerne mal einen Trip nach Italien machen. Vielleicht nächstes Jahr. Vielleicht könne man aber auch mal die DDR besuchen, er habe gehört, da seien sie viel weiter in Sachen Sex und Liebe, dort hätten sie den Befreiungskampf gegen die Fesseln der Prüderie geführt und etwas Neues sei entstanden – die Freikörperkultur, FKK.
„Ja", sagte ich. „Alles zu seiner Zeit. Lass uns erst mal 1967 hinter uns bringen. Und lass uns Klarheit in unsere Beziehungen mit den Mädels bringen! Und ob man in die DDR so einfach einreisen kann, bezweifele ich."

Unsere Knete war immer knapp. Ich erinnerte Pit an die Umsetzung unserer topgeheimen Einspar-Idee in Sachen Straßenbahn. Pit und ich hatten bereits vor längerem einen genialen Plan ausgeheckt, wie wir umsonst Straßenbahn fahren konnten. Doch im Moment waren die Vorbereitungen noch nicht getroffen.
„Du besorgst die DC-fix-Folie und das Etui, ich die Zehnerkarte und den Nagellackentferner."

Als wir am Nachmittag alles beisammen hatten, begannen wir unser betrügerisches Ganovenstück. Über die Zehnerkarte, die man in der Bahn am Automaten abstempeln konnte, klebten wir sauber die Folie auf die noch nicht abgestempelte Karte. Die Zehnerkarte kam dann später nach dem Automatenaufdruck in das folienbespannte Etui, das man einem Kontrolleur bloß hinhalten musste, ohne sie rauszunehmen. So konnte er den aktuellen Stempel lesen, ohne die Folienspiegelung der Zehnerkarte zu bemerken, da sie ja hinter der Etuifolie steckte. Pit traute sich nicht, mit eigener Falschkarte zu fahren. Wann immer, fuhr er mit mir mit. Noch am selben Tag fuhren wir damit in die Innenstadt, um uns im Café Laumer mit Pits Freundin und mit Michaela zu treffen, die sich plötzlich wieder für mich interessierte. Das Abstempeln der Karte funktionierte einwandfrei. Kein Mensch konnte den Schmu entdecken, solange die Karte hinter der Etuifolie steckte.

Im Laumer tranken wir vier jeder ein Cola, und dann gingen wir zur Uni. Unter den Bäumen saßen in der sommerlichen Abendsonne viele Studentinnen in Miniröcken und flatternden Hippieblusen, kettenbehangen, und ihre Freunde und Kommilitonen saßen bei ihnen, hörten Musik aus Transistorradios oder lagen auf Decken oder im Gras und lasen.

Wir setzten uns dazu und begannen zu knutschen, ohne große Worte zu verlieren. Michaela und ich hatten wieder zusammengefunden. Sollte ich ihr von Vera erzählen? Ich dachte an Amy‘s damalige Eifersuchtsszene und beschloss, dass Michaela von Vera nichts wissen musste. Aber Vera vielleicht von Michaela – eine platonische Liebe würde das doch vertragen müssen. Am Abend beseitigte ich den Stempelaufdruck auf der Zehnerkarte mit Nagellackentferner und hatte wieder eine Freifahrt gewonnen.

*

In der Penne traten jetzt gelegentlich Studenten als Gast-Referenten auf, geduldet von einer verunsicherten Lehrerschaft. Diether Dehm, der sich als Protestsänger den Künstlernamen *Lerryn* zugelegt hatte, und der unser Schulsprecher war, hatte den Bücherfritzen vom Opernplatz, Kurt Trautmann, eingeladen, im Namen der Schülergewerkschaft. Die autoritären oder halbautoritären oder viertelautoritären Pauker standen solchen selbständigen Aktionen von uns recht hilflos gegenüber. Der Tod Benno Ohnesorgs hatte die konservative Stimmung vorübergehend verstummen lassen. Die Teilnahme der Klassen an den Referaten war freiwillig. Der Saal war gerammelt voll. Kurt referierte im Auditorium zum Rassenkonflikt in den USA, wo Mitte April in New York eine Demo unter der Führung des Bürgerrechtlers Martin Luther King mit mehr als 125.000 Menschen stattgefunden hatte. Dabei ging es natürlich auch um den Krieg in Vietnam, in dem vornehmlich Schwarze als Kanonenfutter verballert wurden.

Michaela passte mich am Schultor ab. „Weißt du schon, dass *Hair* nach Deutschland kommt? Da möchte‘ ich unbedingt mit dir hin.“
Ende April war das Rock-Musical *Hair* in New York uraufgeführt worden. Die BILD hatte empört auf dieses unzüchtige Machwerk aus Amerika reagiert, aber in der BRAVO, in der *Twen* und im *flip teen magazine* und auch in der *konkret*, einer linksliberalen Zeitschrift für Politik und Kultur, wurde es in kürzester Zeit zu einem Kultstück erhoben. Das Musical zeigte uns das Leben einer ländlichen Hippie-Gemeinschaft, die gegen das US-

amerikanische Bürgertum, die Rassendiskriminierung und den Vietnamkrieg protestiert.
„Ja, da gehen wir hin", sagte ich und wusste nicht, dass wir noch über ein Jahr warten mussten.

Lollo fragte mich, wie es in der Schule aussehe. „Gut", sagte ich. „Alles palletti."
„Du machst doch gut im Unterricht mit, oder? Bei all der Politik, für die du dich interessierst, kommen die Schulfächer hoffentlich nicht zu kurz. Was gab's denn für die letzte Mathearbeit?"
„Eine Zwei", sagte ich, obwohl es eine Drei geworden war. Waren ja auch wieder mal völlig nebensächliche Rechnungsarten, die uns bei unserer Revolution keinen Schritt weiterbrachten.

In der WG von Günter Amendt und Meise diskutierten wir über die nötigen Ausstiegsszenarien aus dem kapitalistischen System, dem das ganze Elend geschuldet war. Wir diskutierten über Herbert Marcuses Motiv der „großen Verweigerung". Der deutsch-amerikanische Soziologe und Philosoph wurde einer meiner theoretischen Stichwortgeber. In seinem 1964 veröffentlichten Werk *Der eindimensionale Mensch* versuchte er, die befreite Gesellschaft vernunfttheoretisch und triebtheoretisch zu begründen. Immerhin hatte ich schon das erste Kapitel des Buches gelesen – und dazu drei Wochen gebraucht, und das, obwohl ich ein Schnellleser war.

Die Beschäftigung mit antikapitalistischen Visionen und Ideen wurde in meinem Freundeskreis, wie bei Pit, Jean-Francois, Nobbi und Hajo zunehmend populärer. Richy, unser Schulbester, gesellte sich immer mehr zu uns. Das freute mich, denn er war gutmütig, zuverlässig, ehrlich und so superklug – sein Gedächtnis war phänomenal. Meine Verflossene, Hanna, hatte mir letztlich auf einer der Schülerdemos erzählt, dass sie jetzt *Der Ursprung des Privateigentums, der Familie und des Staats* von Friedrich Engels das erste Mal „so richtig lese" und jetzt „erst so richtig" verstehen würde. In Michaelas Mädchen-Klasse an der Bettina-Schule wurden von einer Lehrerin sogar die bislang verpönten Ideen von Karl Marx besprochen und Arbeiten dazu geschrieben: „Wie unterscheidet Marx die zwei Faktoren der Ware: Gebrauchswert und Wert?"

„Das ist aber leider eine Ausnahme", sagte Amendt, der an der Bettina-Schule als SDS-Referent von der Schülerinnen-Gewerkschaft eingeladen worden war. „Außerdem ist Marx viel zu schwergewichtig für Mädchen in eurem Alter. Das ist was für Studentinnen der Volkswirtschaft. Die Analyse des Kapitals, der Warengesellschaft und des Geldes ist viel zu kompliziert, um sie in zwei oder drei Doppelstunden verstehen zu können. Und ich bezweifele, dass die Schülerinnen sich zuhause hinsetzen und sich nur mit Theorien befriedigen. Die masturbieren lieber auf ihre eigene Art, und da ist Sigmund Freud eine viel bessere geistige Wichsvorlage."

Wir lachten und Meise sagte: „Nicht zu vergessen Wilhelm Reich, der Vater von *Die Sexuelle Revolution*." So hieß Reichs programmatischer Titel, den er nach dem Zweiten Weltkrieg veröffentlichte. Doch erst Ende der Fünfziger Jahre zeichnete sich der von ihm prognostizierte Epochenbruch ab.

„Wir leben mitten drin in dieser Umbruchzeit", meinte Veit, den ich endlich mal wiedersah. Seine Freundin Eva war mit einem Gammler, den sie am Hauptbahnhof kennen gelernt hatte, kurz entschlossen nach Sizilien getrampt. Von dort hatte Veit kürzlich Evas Karte erhalten; seitdem lebte er in seiner eigenen Umbruchzeit. Sie bliebe nun gerne bei Knut, um mit ihm durch die Welt zu reisen. Veit hielt aus diesen privaten Gründen im Moment nichts von „befreiendem Partnerwechsel" und von der „Befreiung abwechselnder Sexualität". Veit war einfach nur niedergeschlagen.

*

Meine neue Lieblingszeitschrift hieß *Pardon*. Sie war eine ideenreiche, erfrischende und politisch-satirische Ergänzung zu den vielen ernsthaften Zeitungsquellen, mit denen man sich auseinandersetzen musste, wenn man mitreden wollte. Hörbi hatte mich darauf gebracht.

„Die BRAVO ist zu unpolitisch, viel zu spießig", meinte er. „Sie transportiert zwar kulturelle Trends, kommuniziert in scheinbar demokratischer Weise mit ihrer Leserschaft über Leserbriefe und gibt uns Ratschläge in Liebesangelegenheiten. Ihre spektakulären aktionsartigen Fanclub-Initiativen helfen uns bei der Selbstorganisation, kein Zweifel. Und bei Preisverleihungen dürfen wir Leser irgendwie mitentscheiden – aber im Prinzip will sie zugleich das Alte erhalten."

Da hatte Hörbi nicht Unrecht. Die BRAVO wendete sich unterschwellig gegen jegliche Überschreitungen des gesellschaftlich Akzeptablen. Demos, Sit-ins und politische Happenings waren ihren Redakteuren suspekt. Das wurde schlechtgeredet. *Pardon* hingegen vertrat eher unsere Interessen und wandte sich nicht gegen »halbstarke Krachbrüder«, gegen »Dauerstudenten«, »Exis-

tenzialisten und Gammler«, wie uns die BRAVO nannte.
Ja, Hörbi sah das richtig. Das war mir auch schon bitter aufgestoßen. Die BRAVO hatte so etwas Steuerndes, so etwas Manipulatives. Das gefiel mir nicht. *Pardon* war ganz anders. Hörbi hatte mir einige Exemplare des satirischen Magazins mitgebracht. *Liebende aller Länder vereinigt Euch!* hieß da eine der provokanten Titelgeschichten. Eine andere lautete *Rauschgift, Rauschgift über alles* und setzte sich auf humorvoll-satirische Weise mit dem zunehmenden Drogenkonsum in unserer Jugendbewegung auseinander. Die liebestechnischen Experimente der Berliner Kommune I und ihre antibürgerliche sexuelle Vierwände-Revolution wurden in *Pardons Teuflische Jahre* kritisch, erheiternd und ermunternd zusammengefasst. Ich liebte diese Art Satire, liebte die belustigende Beleuchtung all dessen, was ansonsten bierernst abgehandelt wurde. Durfte man wirklich alles Revolutionäre nur humorlos durchziehen?

Kurz nach den Sommerferien war wieder einmal eine spontane Demo gegen den immer brutaler werdenden Vietnamkrieg. Natürlich verging uns bei diesem Thema der Humor total. Wir versammelten uns spätnachmittags vor dem amerikanischen Konsulat, wo ein SDS-Student eine Ansprache über ein Megaphon hielt. Thema: Das Nervengift *Agent Orange*, das die US-Luftwaffe flächendeckend über Vietnam versprühte. Wir waren eine bunt gemischte Schar von vielleicht 2.000 Demonstranten, die die rot-blaue Fahne des Vietcongs schwenkten und „Ami go home!“ skandierten. Anschließend zogen wir mit dem rhythmisch herausgedonnerten Spruch „Bürger lasst das Gaffen sein, kommt herunter, reiht euch ein!“ über den Opern-

platz zurück zur Hautwache. Aber die Bürger hatten Feierabend, und die Innenstadtbüros waren leer.
Spieler, Veit, Martin und Ebbet, Hörbi und Chrissi, Klint, Michaela und ich saßen im *Onkel Max* und planten eine provokante Happening-Aktion für den August. Der SPD-Politiker und Staatsrechtler Carlo Schmid sollte als erster aktiver Politiker der Bundesrepublik den Goethepreis der Stadt Frankfurt am Main erhalten. Schmid, der seit 1966 das Amt des Bundesratsministers bekleidete, war einer der Väter des Grundgesetzes und des verwässerten Godesberger SPD-Parteiprogramms. Aber er war auch einer der Väter der Notstandsgesetzgebung, die wir als undemokratische Verballhornung des Grundgesetzes ablehnten.

Die Entscheidung der Jury zur Verleihung des mit 50.000 DM dotierten Goethepreises an Schmid war für uns unverständlich. Was hatte der ehrenwerte Goethe mit solch einem Notstandsschnösel zu tun? War das nicht Missbrauch einer literarischen echten Autorität, um autoritäre antidemokratische Strukturen durchzuboxen? Wir beschlossen eine Rauchbomben-Aktion. Sie sollte die Vernebelungsabsichten dieses Preises symbolisieren. Schwarzer, roter und goldgelber Rauch waren angesagt. Veit besorgte die Nebelkerzen bei seinem Vater, der mit uns sympathisierte und der einen Schornsteinfeger kannte. Schornsteinfeger benutzen die Nebeltöpfe, um Kamin-Undichtigkeiten festzustellen. Wie geplant, so getan. Vielleicht würde unsere Farbnebel-Aktion ja sogar im Fernsehen kommen, denn genau drei Tage vor der Preisverleihung in der Frankfurter Paulskirche startete das Farbfernsehen am 25. August 1967.

Als Carlo Schmid auf dem Pauls-Platz eintraf, erwarteten wir ihn mit einem großen Pfeifkonzert. Wir waren rund zweihundert geübte Straßen-Protestler, Provos, Gammler, Schüler und Studenten. Etwa gleich viele Jubel-Carlos standen unmittelbar am Paulskirchen-Eingang. Michaela stand neben mir und trillerte mit einer silbernen Schiedsrichterpfeife. Ich hatte die von mir zu zündende Rauchbombe sowie die Gebrauchsanweisung in meiner schwarzen Aktentasche transportiert. Auch das Layout und die bearbeiteten Artikel für unsere Provo-Zeitung *PENG!* befanden sich da drin. Sobald Klint und Spieler uns das verabredete Handzeichen gaben, zündeten Veit, Martin und ich jeweils einen Nebeltopf an drei unterschiedlichen Plätzen. Ich hatte die Farbe Rot. Die drei Rauchsäulen schossen gen Himmel und ein großes Raunen ging durch die Menge, aus der sich plötzlich wie durch Zauberhand einzelne Männer lösten und in Richtung der Rauchsäulen losrannten. Das waren die zivilen Bullen von der Politischen Polizei.

Ich klemmte meine Aktentasche mit den Provo-Unterlagen unter den Arm, nahm Michaela an der Hand, und wir zwei suchten uns einen Weg durch die Menge und rannten los. Ich visierte den Haupteingang zum Römer an. Hier im Rathaus saß nicht nur Frankfurts regierender Chef, sondern auch die Jugendbehörde. Und bei ihr arbeitete im zweiten Stock mein Ex-Pfadfinder-Führer, Helmut. Kein Pförtner weit und breit, und so stürmten wir ungesehen die zwei Treppen hoch auf den langen Gang, an dessen einem Ende Helmut residierte. Hoffentlich war er im Büro.

Es gibt Dinge, die vergisst man nicht. Manche einfach deshalb, weil sie mit besonderen Gefühlen wie Angst,

Liebe oder Glück verbunden sind. Manch andere einfach deshalb, weil es immer die ersten Male sind, die sich besonders einprägen. Zum Beispiel mein erster Kontakt mit der Flimmerkiste vor der Jahreswende 1960/61. Warum ich das so genau weiß? Weil sich in meinem Freundeskreis Pits Eltern zu Weihnachten das erste Fernsehgerät gegönnt hatten, und weil ich Pit und seine Eltern eben immer zwischen den Jahren besuchte.

So gibt es einige erste Male - der erste Schultag, die erste Langspielplatte, der erste Kuss, das erste Mal ... na ja, die ersten Male eben. Bei Pit und seinen Eltern war es 1960 mein erstes Mal fernsehen. Weil es das erste Mal und etwas ganz besonderes war, haben sich einige wenige Bilder bis heute in meinem Gedächtnis erhalten. Zum Beispiel Bilder aus dem Film – meinem ersten Fernsehfilm – *Don Camillo und Peppone.*

Jetzt brannten sich mir die Stimmen und das Gebrüll der uns verfolgenden Bullen ein. Eine bedrohliche Lage. Unten im Rathaus-Flur hörten wir Männerstimmen rufen. „Stehen bleiben!“ Unser Herz klopfte rasend, die Hände schweißnass. Völlig außer Puste und ohne anzuklopfen stürmten wir in das Büro. Helmut schaute erschrocken auf und erkannte sofort die Situation. „Wer ist hinter euch her?“
„Die Bullen!“
„Dann verhaltet euch ruhig und setzt euch dort an den Tisch. Ich schließe den Raum ab. Ich könnte sowieso schon Feierabend haben.“ Es war 16:10 Uhr. Wir erzählten ihm flüsternd, was vorgefallen war. Helmut schüttelte den Kopf und sagte: „Ihr seid mir Helden. Und jetzt habt ihr Muffensausen. Wir warten erst mal

ab. Nachher könnt ihr durch den Hintereingang wieder raus. Den kennen die Polizisten gewiss nicht."

Draußen hörten wir hektische Schritte, die erst am Zimmer in die eine, dann in die andere Richtung vorbeigingen. Dann hörte man wieder fluchende Stimmen, die sich nach unten verloren.
„Helmut, ich lasse die Aktentasche hier und hole sie morgen ab. Geht das? Am liebsten möchte ich gleich wieder raus zu unseren Kumpels."
„Na gut, dann zeige ich euch den Geheimausgang. Kommt mit! Ihr kommt hinter der Paulskirche auf der anderen Straßenseite raus."
Wir folgten ihm um ein paar Ecken bis zu einer unscheinbaren Tür, die wie eine der vielen Bürotüren aussah. Er schloss sie auf, wünschte uns viel Glück und schloss hinter uns wieder ab.

Unten angekommen, gingen wir entspannt zum Vordereingang der Paulskirche, wo noch immer die Jubel-Carlos wie auch unsere Leute auf Kater Carlo warteten. Wir mischten uns unters Volk, hatten ein reines Gewissen, weil niemand zu Schaden gekommen war und keine Beweisstücke existierten, die uns in irgendeiner Weise belastet hätten. Unsere Leute verteilten Flugblätter, auf denen die Verleihung von Preisen an Einzelpersonen als „Verbrechen an der Gesellschaft" bezeichnet wurde. Andere zeigten Plakate, die Schmid als „Preisochse" bezeichneten und ihn aufforderten, das Preisgeld an die Nationale Front für die Befreiung Südvietnams zu stiften: „*Carlo! Gib die 50.000 dem Vietcong*!"

Spielers Ausruf „Nieder mit Goethe!" erwiderte der frischgebackene Preisträger mit dem Gegenruf „Goethe hält euch auch noch aus!" Schmid trug sich anschließend gemeinsam mit dem zur Verleihung angereisten Außenminister Willy Brandt in das Goldene Buch der Stadt Frankfurt ein. So hieß unser nächster Artikel in *PENG!* „Tanz ums Goldene Kalb".

Michaela und ich tanzten am Abend in der WG von Günter Amendt und Meise an. Wir machten es uns im Gästezimmer gemütlich. Das heißt, wir fielen wie besessen über uns her, besessen von einem Glücksrausch, und feierten unseren Sieg über die abgehängten Bullen mit einem Potpourri an Sexspielchen. Michaela sagte später, das sei das erste Mal in ihrem Leben „wunnebar" gewesen.

Wunnebar! Der als „Mr. Wunnebar" oder „Onkel Lou" bekannte Showmaster war der Star für die ganze bürgerlich-brave Fernseh-Familie. Zu Beginn seiner Sendung sang er immer: *„Der goldene Schuss heißt unser Spiel. Dass Sie sich freuen, ist mein Ziel."* Es war die erste deutsche Gameshow, die in viele Länder im Ausland verkauft wurde.

Im Sommer 1967 war der überaus beliebte Moderator wegen seines „unseriösen Privatlebens" vom ZDF gefeuert worden. Er hatte ein Verhältnis mit seiner Assistentin Marianne; beide waren verheiratet, jedoch nicht miteinander. ZDF-Intendant Karl Holzamer sagte damals: „Die Visitenkarte des ZDF wurde beschmutzt. Sie muss und soll sauber bleiben." Lou van Burg bekam für den Rauswurf immerhin eine finanzielle Entschädigung; außergerichtlich einigte man sich auf 120.000 DM. Sein Ruf aber war ruiniert – und weitere Fernsehangebote bekam er auch nicht mehr, obwohl er die Assistentin

1969 heiratete. Ans Licht gekommen war die Affäre, als van Burgs frühere Freundin, die er wegen Marianne verlassen hatte, geplaudert hatte. Das war schon damals total unsexy, und wir Jungen lachten uns tot über die heuchlerische Scheinwelt der Erwachsenen.

*

„Deinen Achtzehnten feiern wir ganz groß in der Drogerie“, sagte Mutter.
„Muss das sein? Ich wär‘ gerne mal mit Michaela irgendwohin einen Städtetrip machen.“
„Ich dachte, Vera ist deine Freundin? Und dein Geburtstag fällt übrigens auf den Dienstag und nicht aufs Wochenende! Städtereisen? Während der Schulzeit ausgeschlossen!“
„Vera ist meine platonische Liebe, also …“
„Also was?“
„Na, ‘ne Freundin nur mit knutschen und so.“
„Und wer ist Michaela?“
„Eine gute Freundin, die ich euch gerne vorstelle.“
„Wahrscheinlich auch mit knutschen und so. Na gut, wenn das für euch in Ordnung geht … von wegen Eifersucht. Die Jugend von heute, sag ich nur.“
„Also feiern wir mal nicht in der Drogerie“, sagte ich.
„Das wäre doch mit Achtzehn absolut angesagt!“
„Gerade deshalb, mein Lieber! Es ist vielleicht deine letzte Geburtstagsfeier im Verwandtenkreis. Wir haben schon das Kuchenbacken aufgeteilt und wer was zum Abendessen macht. Der Plan steht. Da gibt’s keinen Rücktritt von.“

Wie immer bimmelten die fünf Glöckchen an der Ladentür anmutig, und es roch wie immer nach Seifen,

Parfüms, Gewürzen und nach vielen süßlich duftenden Köstlichkeiten, nach Honig und Aroma-Ölen. Michaela staunte. Onna und Tatti gratulierten mir mit der üblichen dicken Umarmung und Tatti knutschte mir schier endlos auf die Wange. Ich stellte ihnen und den anderen Verwandten Michaela vor. Dann gratulierten die anderen, die – wie üblich – lange vor mir eingetroffen waren und um den großen Tisch herum saßen.

Wie immer saß jeder auf seinem Stammplatz. Die Sitzordnung war Ausdruck der geordneten und traditionellen Verhältnisse, die konserviert werden mussten. Vielleicht stürzte sonst wirklich einmal das ganze Land zusammen. Seit einem Jahr war man dieser Möglichkeit gefährlich nahe gekommen. „Und was seid ihr jetzt?“, fragte Tante Lydia und schaute an Michaelas Minirock und langen Beinen hinunter und dann zu mir. „Gammler wohl kaum. Und deinen Parka mit den vielen politischen Abzeichen hast du ja heute auch nicht an. Ist die Provo-Zeit abgelaufen? Oder biste nur brav wegen deinem Geburtstag?“

„Immer noch Revoluzzer, schätze ich!“, sagte Lydias Mann und klopfte mir auf die Schulter. „Geh nur deinen Weg.“ Der sonst so schweigsame Onkel Franz hatte für mich Partei ergriffen, das war ja eine Sensation. „Und wenn du ein neues Gedicht hast, dann lass es uns hören.“ Er sah mich auffordernd an. „Alles hat hier seine Tradition“, sagte er zu Michaela gewandt.

Ich war kurz in Versuchung, unseren politischen Standort zu erläutern, dann überdachte ich die Sache und blies es in Gedanken ab, denn was hatte Politik hier und jetzt zu suchen? Lieber ein politisches Gedicht, dachte ich. Das klingt wenigstens nach Kultur.

„Dann will ich zur Abwechslung mal ein völlig unpolitisches Gedichtlein aufsagen“. Kuchengabeln kratzten auf den Porzellantellern und Kaffeetassen wurden auf die Untersetzer gestellt. Ich räusperte mich und legte los.

„Ich bitte um Aufmerksamkeit:

juchhee
das land von
dem lübke meint
es müsse mein vaterland
sein
das land
ist jetzt modern
vor wenigen tagen befestigte
man mit einwilligung
des pfarrers einen
kaugummiautomaten
an
einer
kirchmauer

…. Danke, für den ausbleibenden Applaus!“ Ich machte eine tiefe Verbeugung.

„Ach Stefan! Nun trag doch mal was Schönes vor. So ein richtiges Gedicht. Sowas mit Liebe und Hoffnung und Wolken. So in der Art“, sagte Tante Paula.
„Später, nach einer Tasse Tee, wenn ich mich vom Schock eurer Begeisterung erholt habe. Wäre das in Ordnung, Tante Paula?“

Sie nickte und lächelte gequält. „Dann aber wirklich nix mit Politik, das ist zu langweilig."

Obwohl Politik gerade in diesen Zeiten höchst spannend war, wie ich als Jugendlicher empfand, versuchten die meisten Erwachsenen, sich der politischen Meinung zu enthalten. Nur die Hardcore-Typen, die uns aufgrund unserer äußerer Erscheinung schon auf der Straße anpöbelten und einen Groschen vor unsere Füße warfen, damit wir Geld für den Frisör oder für die öffentliche Badeanstalt hatten, legten sich politisch mit uns an. Immer wieder tönten sie „Haut doch ab! Geht doch nach drüben!" Meine Verwandtschaft war nicht so krass; sie akzeptierten, dass ich – wie sie sagten – „ein bunter Vogel" war.

Das verwandtschaftlich organisierte Geburtstagsprogramm nahm seinen Verlauf. Frankfurter Kranz, Käsesahne- und andere Cremetorten, Erdbeertorte, Sandkuchen, Muckefuck, Tchibo-Kaffee in goldumrandeten Kaffeetässchen, Bärenmarke, Darjeeling-Tee, Kakao. Onkel Onna legte seine Lieblings-LP von Freddy Quinn auf. *Junge, komm bald wieder*. Tante Gretel, und ihre Tochter Ellen mit meiner Cousine Elke saßen wieder einmal genau vor meiner Geheimschublade, wo die kleinen Sanostol-Fläschchen drin waren.
„Gestatten?", fragte ich und holte aus der Schublade zwei Fläschchen heraus. Eines gab ich Michaela, die sich neben Elkes Giraffenerscheinung wie eine Gazelle ausmachte. „Zur Stärkung, bevor ihr mich wegen meines Liebesgedichtes in der Luft zerreißt!" Ich süffelte das Fläschchen aus und legte los:

„Es war einmal ein Paar

Das voller Liebe war
Die Liebe war so heiß
Da schmolz sogar das Eis
Die Liebe schmolz dann auch
Das war ein alter Brauch
Da war das Paar am Ende
Doch sah es eine Wende

Die Frau sprang in den See
Das tat im Herzen weh
So sprang er hinterher
Es fiel ihm gar nicht schwer

Doch war der See recht kalt
Da ging er in den Wald
Und wartete dort lange
Auf seine Frau mit Bange

Ihr war der Wald zu dicht
Da nahm sie sich ein Licht
Das Licht war ihr zu grell
So ging sie in die Höll

Die Höll war voll Gedränge
Es zog sich in die Länge
Bis dann ihr Mann ankam
Er blickte voller Scham

Er sah sie lieblich an
Bis der Herr Teufel kam
Der warf sie beide raus
Da ging's zurück ins Haus

Im Haus da war'n sie schlau

Und nahmen sich ein Tau
Sie banden sich ganz fest
Und bauten neu ihr Nest
Nach einem Jahre schon
Gebar die Frau den Sohn
Und sie vergaß den Mann
Und alles fing von vorne an"

Diese Mal applaudierte man tatsächlich, und Paula sagte: „Dass du das alles im Kopf behalten kannst."
Onkel Adolf blickte mürrisch drein. Vielleicht wägte er heimlich ab, ob mein Gedicht als Büttenrede geeignet war. „Das war zur Hälfte ein Liebesgedicht. Und die andere Hälfte Kritik an der Ehe. Was soll man davon halten?"
Ja, mein Karnevalsonkel hatte es geschnallt. Das war doch schon mal was!

Meine Cousine Marion hatte ihre Ausbildung in Italien beendet und lebte wieder bei ihren Eltern und ihrer Oma. Sie und Cousine Elke unterhielten sich mit Michaela über Mode und bestaunten ihre Stiefel, die, wie sie fanden, gut mit ihrem Mini-Hängekleid kombiniert waren. Elke trug ein abwaschbares Plastikkleid, das man natürlich nicht heiß waschen konnte.

„Und wenn es schmutzig wird?", fragte Michaela.
„Dann wisch ich es einfach ab." Elke lachte und kleckerte extra ein bisschen Kakao auf ihr halbdurchsichtiges blaues Plastikkleid und wischte die abperlenden Tropfen mit der Hand weg.
„Diese komische Mode von heute!", sagte Tatti. „Dass ihr jungen Leute euch in diesem Plastikschund wohlfühlt!"

Vor dem üblichen Geburtstagslied – *Zum Geburtstag viel Glück* – schwang sich Papa zu einer kleinen Rede auf, wobei er einen ausgeschnittenen Zeitungsartikel vor sich auf den Tisch legte. Ausschneiden von Artikeln war eine der Vorlieben von Otto. Worauf musste ich mich nun gefasst machen? Bei Papa wusste ich seit Neuestem nie, ob er meine politische Einstellung heimlich achtete oder still verachtete.

„Lieber Stefan,
nun bist du achtzehn Jahre alt und in drei Jahren schon volljährig. Aber vorläufig tragen wir noch die volle Verantwortung für dich. Dabei werden wir dir bei allen deinen Schritten gerne behilflich sein. Doch schon heute müssen die jungen Leute in deinem Alter, und gerade auch du, verstehen, dass auch ihr gegenüber Staat und Gesellschaft Verpflichtungen habt. Vielleicht wird schon nächstes Jahr das aktive Wahlalter von 21 Jahren auf 18 herabgesetzt, dann könntest du schon mitbestimmen, wer in der Politik am besten deine Ideen verwirklichen kann. Wenn sich für deine wirklich außergewöhnlichen Ideen Vertreter finden, dann wird sich zeigen, ob deine Vorstellungen mehrheitsfähig sind. Ich wünsche dir heute alles Gute und viel Glück und dass du erfolgreich dein Abitur angehst. Es sind ja nur noch achtzehn Monate bis zu deinem Abschluss.“

Alle klatschten, und auch Michaela und ich klatschten verhalten und sahen uns lächelnd an.
„… deine wirklich außergewöhnlichen Ideen?“ Was meinte Otto damit? Betriebliche Mitbestimmung? Mehr Mitwirkungsrechte für Schüler und Studenten? Freie Liebe und offene Aufklärung? Faire und neutrale Presseberichterstattung? Weg mit den Notstandsgesetzen? Frieden in Vietnam und der ganzen Welt?

Danach diskutierte die Verwandtschaft die Vorverlegung der Volljährigkeit von 21 auf 18 Jahre. Papa griff zu dem Zeitungsausschnitt und las aus einem Statement der CSU vor: „Im Gegensatz zum Wahlrecht der 18-Jährigen handelt es sich bei der beabsichtigten Vorverlegung der Volljährigkeit um eine revolutionäre Veränderung der familiären Ordnungsstruktur, in einem Ausmaß, dass man sich fragen muss, ob damit nicht das Verfassungsgebot, die Familie unter den besonderen Schutz des Staates zu nehmen, verletzt wird."

Tante Polly erklärte sich solidarisch mit der Kirche, denn die befürchtete einen Anstieg der Frühehen, weil Männer nun schon mit 18 statt mit 21 Jahren heiraten durften. Man sehe es doch an der Ostzone, wo schon seit 1950 die jungen Leute Volljährigkeit mit achtzehn erreichten. Kein Wunder, wenn dann die Moral sinke und früh geheiratet würde, nur um eine Wohnung zu bekommen. Ellens Mann, Puk, bezweifelte, dass mit einer Vorverlegung der Volljährigkeit junge Erwachsene aus der Obhut der Familie in die Arme der Staatsgewalt getrieben würden.

Mein Vater las dazu die im Bundestag ganz ungeniert vertretene Meinung des christlich-sozialen-Hardliners Richard Jaeger vor, den man auch *„Kopf-ab-Jaeger"* nannte, weil er für die Todesstrafe eintrat, obwohl das Grundgesetz und die biblischen Gebote diese untersagte: „Es ist darauf hingewiesen worden, dass der ganze Osten 18 Jahre als Grenze hat. Die Privatautonomie wird dort ideologisch und praktisch beschränkt. In unserem freien Lande werden höhere Ansprüche an die soziale Reifung eines Menschen gestellt wie im Osten."

Das war grammatikalisch falsch, weil es nicht „wie im Osten“ sondern „als im Osten“ heißen musste. Und das war ja sowas von verlogen. Denn umgekehrt wurde ein Schuh draus: Unsere Privatautonomie wurde hier und heute von solchen konservativen Hornochsen beschränkt! Man bevormundete uns Jungen! Die Konservativen hatten nur eines: Angst vor uns, ihrer eigenen Jugend, Angst vor unserem revolutionären Elan, die Dinge im Land nach vorne zu bringen, sie sozialer, gerechter und friedlicher zu machen. Jetzt wurde „der Osten“ erst recht interessant für mich.

Zuhause lag eine bunte Glückwunschkarte meiner Schwester auf dem Tisch. Immerhin. Das erste Mal. Wahrscheinlich ihrer tränenreichen Liebestrauer um Pierre geschuldet. Ein Brief mit einer Berliner-Mauer-Briefmarke lag neben Ullas Karte. Günter hatte ihn mir zu meinem Geburtstag geschickt.

Liebes Brüderchen!
Nun bist du schon achtzehn und hast mich immer noch nicht in Berlin besucht. Aber gemach – du wirst noch Zeit dazu finden. Wird auch Zeit, dass ich euch in Frankfurt mal Hannchen vorstelle. Wir sind immer noch so verliebt wie am Anfang. Ich war mit Hannchen seit Ewigkeiten mal wieder im Big Eden, wo wir prompt dem alten Playboy Rolf Eden begegneten mit all seinem weiblichen Gefolge. Ich hab den Eindruck, dass die meisten unter 18 sind; wenn das mal nicht problematisch ist … Der Typ ist doch schon 37, glatte 20 Jahre älter als seine Baby-Ladies. Na ja, ist ja Privatsache. Ich glaube nur, dass sich die armen Mädchen Illusionen machen und endlos enttäuscht sein werden. Von wegen reich und glücklich werden an seiner Seite – die denken wahrscheinlich, sie allein seien die Auserwählten unter all den vielen …

Hannchen und ich planen Weihnachten bei euch zu verbringen, und danach reisen wir weiter nach Österreich, wo wir Ski-Urlaub machen. Das wird bezahlbar sein, weil wir in eine Jugendherberge gehen. Den Jahresbeitrag habe ich gestern eingezahlt. Zum 1.9. gab's vom Arbeitgeber eine Gehaltserhöhung von 6 Prozent. Da ist Springer ja mal richtig großzügig gewesen. Vielleicht sein schlechtes Gewissen wegen dem schlechten Image. Denn Springer bekommt von den Studis ganz schön was auf die Mütze, weil denen die Meinungsmache gewaltig auf den Keks geht. Fast wöchentlich demonstrieren sie hier vor unserer Verlagsauslieferung. Die haben ja recht.

Anbei zwei Zehner für ein oder zwei gute Bücher. Ich weiß ja nicht so recht, was du gerade gerne liest. Ich hab mal bei Marx reingelesen. Echt sehr schwierig. Da ist mir die Zeit zu schade.
Bis an Weihnachten. Lass vorher was von dir hören.
Dein Bruderherz Günter

*

Che Guevara war mein Held und Vorbild. Michaela besaß schon lange ein Shirt mit seinem Abbild, weil sie von seiner erotischen Ausstrahlung fasziniert war. Oft schon hatten wir sein Konterfei auf Demos mit uns geschleppt und hochgehalten. Unser Herz schlug für den Befreiungskampf der Dritten Welt. Und Che war ein Protagonist dieses Kampfes gegen den Imperialismus der Amis. Seine feige Ermordung am 9. Oktober, als er verwundet und wehrlos auf einer Pritsche lag, führte zu einem weltweiten Aufschrei der protestierenden Jugend. Sein Mörder war ein bolivianischer Offizier, der auf Anweisung der CIA gehandelt hatte.

In Frankfurt gingen wieder Tausende auf die Straßen. Ganz viele Studentinnen trugen in den Folgewochen T-Shirts mit dem Konterfei unserer Widerstands-Ikone. Auch Vera hatte ihn sexy gefunden, aber politisch sei er nicht auf dem richtigen Weg, meinte sie. Mit Gewalt irgendwelche Ideen durchzusetzen, sei grundsätzlich falsch. Gewalt erzeuge Gegengewalt und zu guter Letzt sei er nun Opfer seiner eigenen Politik geworden. Eine solche Aussage törnte mich regelrecht ab. Die platonische Liebe zu ihr wurde im Laufe der Wochen immer platonischer, bis sie im November völlig platt war. Wir schrieben uns noch höflich ein paar Abschlussbriefe.

Michaela und ich liebten uns wild und waren dennoch nicht eins, keine so toll verliebte Einheit, wie man sich eben ein wild-romantisches Paar vorstellte. Unsere Einheit bestand aus vielen politischen Gemeinsamkeiten und einer sexuellen Anziehung, die allein dem Neuen geschuldet war. Irgendwas fehlte, aber weder sie noch ich sprachen darüber.

„Wer kommt mit nach München zum hotten?“, fragte Fränki, unser Tanz-Star, der den Tanzschulkurs bereichert und niemals gefehlt hatte. Er und Bonzo planten für unsere Klasse - für alle, die achtzehn waren - übers Wochenende eine Bahnfahrt in die bayrische Hauptstadt. Im Münchner *Blow Up* fand jeden Abend unter dem nervösen Geflacker von 240 bunten Lampen die totale Flowerparty statt. Da wollten wir rein. Freundinnen waren als Mitfahrerinnen willkommen. Aber die wenigsten Mädels bekamen vom Elternhaus eine Ausgangserlaubnis, die man beim *Blow Up* vorzeigen musste. Für die jüngeren Partybesucher öffnete der Schuppen schon um 17:00 Uhr. Das war unser Glück, denn Punkt

22:00 Uhr mussten wir in der Jugendherberge, wo wir preiswert übernachteten, zurück sein. In der Disco sahen wir drei Mädchen mit Che-Guevara-Shirt. Und das in der bayrischen Landeshauptstadt, wo man doch Revolutionäre gar nicht mochte. Na ja, vielleicht waren sie wie wir aus Hessen.

Wir waren zu neunt, sechs Jungs, drei Mädels. Wie in allen Herbergen waren auch hier die Geschlechter noch getrennt untergebracht. Michaela und ich waren uns einig, die Nacht zusammen zu verbringen. Kurz bevor die von der Herbergsordnung verordnete Bettruhe um 22:00 Uhr hereinbrach, lag Michaela bereits in meinem Schlafsack. Mit Einverständnis meiner Kumpel. Michaela hatte ihre Tage, und so verbrachten wir die Nacht harmlos aneinandergeschmiegt.

Pit, besonders mutig, war in die Mädchenabteilung geschlichen, wo er in Gabys Schlafkoje Unterschlupf fand. „Habt doch nix dagegen?“, hatte er die anderen Mädels gefragt, die keinerlei Einwände vorbrachten. Aber am nächsten Morgen wusste es der Herbergsvater doch; er berief sich süffisant auf eine Beschwerde aus Gabys Zimmer. Pit flog raus und wir sammelten für eine Privatpension. Es tat uns finanziell sehr weh.

Gegen Ende des grauen Novembermonats schrieb mir mein Bruderherz, dass die Polizei mit Reitern und Wasserwerfern gegen rund tausend Demonstranten vorgegangen sei, die sich vor dem Kriminalgericht in Moabit versammelt hatten. Es ging um Fritz Teufel von der Kommune I, den man bei der Anti-Schah-Demo Anfang Juni widerrechtlich festgenommen hatte. Man klagte ihn nach sechsmonatiger Haft wegen Landfriedensbruch an. Endlich hatte das Gericht ihn nun freigesprochen. Mich hätte mal interessiert, ob es im Knast nur Wasser und Brot gab oder wie da die Mahlzeiten aussahen. Ob man ihm Briefeschreiben und Bücherlesen erlaubt hatte?

Am Samstag bepinselte Lollo kleine Püppchen und bastelte aus Samt und Pappe zierliche Röckchen, Flügelchen und Krönchen. Fertig waren die Weihnachtsengel, die sie dann an ihre Freundinnen und Papas Unternehmerfreunde als Erwiderungspräsent verschenken konnte. Mittags gab's Spinat mit Salzkartoffeln und Spiegeleiern. Mamas Standardgerichte schienen auch bei den Müttern meiner Schulfreunde auf einer Art Nationaler Einheitsliste zu stehen. Dazu gehörten Eintopf mit Würstchen; Kartoffeln mit Hühnerfrikassee, Kartoffelbrei mit Sauerkraut und Rippchen, Bratkartoffeln mit Möhren und Rührei und Pfannkuchen mit Apfelmus. Nur sonntags gab es Braten, Schnitzel oder Hähnchen. Gans, Ente, Kaninchen oder Wild gehörten zu den seltenen Feiertagsgerichten.

*

Der Eklat fand am letzten Samstag vor Weihnachten statt. Vater war mit der Länge meiner Haare unzufrieden. Das war bisher nie Thema gewesen. Jetzt schaukelte sich das Thema plötzlich und mit einer nicht vorauszusehenden Urgewalt auf. Otto stilisierte die Haare zu einem moralischen Knackpunkt hoch. Wer solch ungepflegte lange Harre trüge, an dessen Moralvorstellungen müsse man zweifeln. Wenn mir das ernst mit der Veränderung unserer Wohlstandsgesellschaft wäre, dann sollte ich nach Biafra auswandern und mich dort erstmal

der Hungersnot stellen. „Da kannst du mal zeigen, wie ein verwöhntes Wohlstandsjüngelchen überleben kann. Aber dazu seid ihr ja zu feige!“
Ihr? Das war ein Generalangriff auf uns Revoluzzer, auf uns alle, die wir mit dem altbackenen schwarz-braun-versifften Establishment nichts mehr am Hut haben wollten.

„Was bist du für ein Depp!“, rief ich respektlos aus, und prompt flog ein Schlüsselbund in meinen Rücken. Es war nicht der Aufprall oder der kleine körperliche Schmerz, der mich verletzte. Mich verletzte, dass mein Vater hinterrücks nach mir geworfen hatte. Wortlos ging ich hinunter in mein Souterrainzimmer, packte das Notwendigste, Sport- und Schulsachen, Bücher, Klamotten, Schuhe. So zog ich am selben Abend in die Studenten-WG. Damit war Weihnachten mit den Eltern gelaufen. Günter und Hannchen hatten ihren Besuch auf die Woche nach Silvester verschoben. Vielleicht könnte ich sie irgendwo anders treffen. Ulla war wahrscheinlich sowieso noch in ihrem Trennungsschmerz gefangen und nervte nur. Sollte sie jetzt mal den Eltern beim Christbaumschmücken und Abwasch helfen. Würde ihr nicht schaden.

Meine Eltern kannten die WG nicht; ich hatte ihnen nie davon erzählt. Kontakt war ausgeschlossen. Es war ein Superversteck, um meinen Alten mal so richtig zu zeigen, dass es so nicht weiterging. Hier fühlte ich mich sicher und geborgen. Meise tröstete mich und sicherte mir das Gästezimmer als dauerhafte Bleibe zu. Im Gemeinschaftsraum stand neben dem durchgesessenen Sofa ein schriller Plastikweihnachtsbaum, geschmückt mit Parisern, Zahnbürsten, Zahnpasta, Slips, Geldscheinen, alten Sparbüchern und vielen kleinen Kunststoff-Nikoläusen.

Veit, Günter Amendt, Meise, Sunny und Claire aus Holland, Martin und Ebbet und ich saßen beisammen, ganz ohne Weihnachtsstimmung. Hörbi und Chrissi kamen spät abends zu Besuch. Wir legten die Stones auf und tanzten durch den Raum rund um den unchristlichen Christbaum. Nichts war uns albern genug. Keiner wollte über Weihnachten reden. Oder gar über alte Zeiten, als uns Weihnachten noch kindlich berührte. Für uns war es zu einem heidnisch-materialistisch-kapitalistischen Konsumfest mutiert. Dann verschnauften wir und hörten uns amüsiert Weihnachtslieder von der Süverkrüp-LP an:

Stille Nacht, heilige Nacht –
Weihnachtsgeld wird gebracht
Durch Herrn Ruprecht vom Lo-hohnbüro!
Schweigend geht die Belegschaft aufs Klo
Zählend, wie viele Krümel
Gnädig vom Herrntisch gefall'n

Stille Nacht, heilige Nacht –
Falscher Trost! Oh, wie lacht
Der Direktor mit randvollem Mund!
Singt uns gnädig zu göttlicher Stund:
„Arbeitsfriede auf Erden!“ -
Wir fallen mal wieder drauf rein!

Billige Nacht, eilige Nacht –
Ratenkauf, leichtgemacht
Durch der Engel Alleluja!
Die gehören zum Werbe-Etat

Denn der Vater im Himmel
Ist Präsident vom Konzern!
Stille Nacht, heilige Nacht –
Lichterbaum angemacht
Und ein liebliches Liedlein gesingt!
Und ein Eierlikörchen getrinkt –
Und die Kinder geprügelt
Bis sie hübsch andächtig sind!

Gute Nacht, peinliche Nacht –
Fernsehspiel ausgemacht
Und im Magen ein flaues Gefühl
Weil die Liebe nicht hochkommen will!
Noch zwei Nächte zum Schlafen –
Dann wieder rinn in' Betrieb!

Stille Nacht, heilige Nacht –
Weihnachtszeit rumgebracht!
Großes Gähnen im Portemonnaie –
Überstunden tun immer noch weh!
Falscher Frieden auf Erden
Feierten wir mit den Herrn!

Wilde Nacht, streikende Nacht!
Eines Tag's, nicht ganz sacht
Pfeifen wir auf die Gnade der Herrn
Übernimmt mal das Volk den Konzern
Und die Führung im Staate –
Das wird ein Weihnachtsfest wer'n!

Der gute, treue Plattenspieler eierte etwas. Stimme und Melodie klangen ein ganz klein wenig verzerrt. Das passte zum schrägen Text, der die traurige Wahrheit

widerspiegelte. Martin und Ebbet steckten Räucherkerzen an und drehten sich einen Joint.
„Find ich nicht so gut, wenn ihr kifft“, sagte Meise.
„Ich auch nicht“, schloss sich Hörbi an.
„Stellt euch nicht so an, Mannomann!“, antwortete Ebbet. „Dient nur der Entspannung, nach alle dem Weihnachtsstress.“

Ich hatte die Woche zuvor schon mit Michaela eine harte Diskussion gehabt: von wegen Rauschgift als Waffe der Herrschenden gegen uns. Ich war der festen Überzeugung, dass man uns mit all dem Rauschgiftgedöns infiltrierte, um uns wehrlos zu machen. Einen Bekifften bekam man nicht auf die Straße. Ein LSD-Trip war – erst einmal eingeworfen – für manche die Einbahnstraße in die Unendlichkeit der Illusionen. Für viele, das hatten wir schon im Herbst erlebt, war es eine psychodelische Straße ohne Wiederkehr. Ebus hatte ich noch ein Jahr zuvor als harmlosen Gammler mit Klampfe kennen gelernt, mit Grips und Kritik im Kopf. Er machte schließlich eine Zeitlang bei den Provos mit und wurde politisch sehr interessiert. Er fand, dass Reichtum und Armut zu weit auseinanderklafften; er wetterte gegen die Konsum- und Werbegesellschaft, gegen den Vietnamkrieg und gegen das sture Streben unserer Regierung nach Notstandsgesetzen.

Vor kurzem hatten Michaela und ich ihn im Café des Hertie-Kaufhauses getroffen. Abgemagert, ausgelaugt und politisch völlig desinteressiert saß er da. Wir konnten kaum mehr miteinander sprechen. Ein Häufchen Elend, das uns um eine Mark anbettelte, damit er sich was zu essen holen konnte. Er war inzwischen von Heroin abhängig. Es war zum Heulen. Michaela meinte

später, es läge an jedem selbst, wie er mit Drogen umgehe. Wer sich selbst nicht genug kenne, gerate natürlich in Gefahr, abhängig zu werden.
„Das ist Quatsch mit Soße“, sagte ich. „Man wird durch das Gift nicht nur psychisch sondern vor allem körperlich abhängig. Das ist ein schleichender Prozess. Wie willst du das selbst steuern, wenn du erst einmal hineingeraten bist? Die Droge steuert dich. Und die Drogen kommen hier auf den Markt, weil es den Herrschenden in den Kram passt. Je mehr von uns auf diese Weise absaufen, umso weniger ist die Herrschaft der Mächtigen in Gefahr.“
„Du glaubst, dahinter steckt ein Plan?“
„Ich weiß es nicht; aber es sieht so aus!“
„Ich bin aber nicht von denen da oben gekauft. Ich rauche meine Joints ganz bewusst und bin selbst für mich verantwortlich.“
„Wahrscheinlich bist du noch nicht abhängig genug.“
Ich lachte Michaela an und sie lachte zurück: „Nein, bin ich nicht. Ich weiß, was ich vertrage.“
Ich bezweifelte es.

Pit und seine Freundin Gaby besuchten mich am ersten Weihnachtsfeiertag in der WG. Aufgeregt erzählte er, dass mein Vater bei ihm und seinen Eltern aufgeschlagen war. Otto habe berichtet, dass ich spurlos verschwunden und er sehr beunruhigt sei. Ob Pit wisse, wo ich stecke. Pit hatte verneint. Falls Pit erfahre, wo mein Unterschlupf sei, möge er bitte bei meinen Eltern anrufen. Und falls ich keinen Kontakt wünsche, solle er mir ausrichten, dass Mutter sich sehr sorge und viel weine. Ich solle mir doch überlegen, ob es nicht besser sei, die restlichen Weihnachtsferien zuhause zu verbringen, damit ich mich auf die Schule und das bevorstehende Abi vorbereiten könne.

Ich bat Pit, weiterhin dicht zu halten. Dann tranken wir gemeinsam mit den anderen WGlern ein Bier, ich mein Kara-Malz, die anderen ein Weihnachtsstarkbier. Gemeinsam hörten wir Süverkrüps weihnachtliche Protestlieder. Lieblich verzerrt tönten sie vom Kirschbaum furnierten Philipps-Plattenspieler durch den Raum. Natürlich in Stereo. Besonders beeindruckend fand ich Süverkrüps neuesten Weihnachtssong:

Leise schnieselt der Re-
Aktionär seinen Tee
Sitzt bei der Lampe noch spät –
Blättert im Aktienpaket!

Ordnend Scheinchen auf Schein
Fällt Erinnerung ihm ein:
„Kriegsweihnacht vierzig war still –
Trotzdem sehr stark im Gefühl!

Heut' geht alles zu glatt –
Alle Welt frisst sich satt!
Und zu der Innerlichkeit
Ist keine Sau mehr bereit!

Leider lief der Krieg schief –
Trotzdem tröstet es tief:
Hatte man schlau investiert
Hat sich der Hitler rentiert!

So ein Krieg, wenn er klappt
Wirft er unerhört ab!

Nicht allein Bomben aufs Feld –
Nein, auch bezahlt und Geld!"

Aus dem Aktienpaket
Steigt ein heißes Gebet:
„Mache, du gütiger Gott
Unser Geschäft nicht kapott!

Sieh, wir wurden verkeilt –
Unser Land ist geteilt!
Zwar sind wir heut' über'n Berg -
Aber, politisch als Zwerg!

Herr, es ist dir doch klar
Diese rote Gefahr
Tritt nicht nur uns in den Bauch
Sondern der Frömmigkeit auch!

Denk mal dran, wie der Krieg
Dir die Menschen zutrieb!
Haste da nich'ne Idee?
Mach doch nicht immer nur Schnee!"

Leise schnieselt der Re-
Aktionär seinen Tee
Horcht nur, wie lieblich es knallt –
Fürchtet euch, Kriegskind kommt bald!

*

Nachhause wollte ich in nächster Zeit nicht, aber die Schule wollte ich im neuen Jahr auch nicht versäumen. Ich hatte alles mit, was ich brauchte. Was mir jetzt am dringendsten fehlte, war Abwechslung. Michaela besuchte mich zwischen den Jahren und ich fragte sie, wie sie es mit der Antibabypille hielt. Bisher hatten wir uns nach dem Prinzip Hoffnung geliebt und hofften darauf, dass wir nicht Eltern wurden. Michaela berechnete ihre fruchtbaren Tage offenbar sehr korrekt. „Ich baue ein, zwei Tage Sicherheit ein“, sagte sie. „Die Pille wäre natürlich sicherer. Aber bekomme ich die überhaupt verschrieben?“

Ebbet und Martin kamen gerade in den Gemeinschaftsraum und wir konnten sie, die schon einige Jahre älter waren und Erfahrung hatten, um Rat fragen.
„In der DDR wird die Antibabypille schon lange kostenlos verteilt“, sagte Martin.
„Ja, ja, weiß ich schon“, sagte ich. „Das hilft uns jetzt aber auch nicht weiter.“
„Das müsste es hier auch geben. Dann bräuchte man nicht noch in eurem Alter die Eltern mit zum Gyn schleppen, um sich das Einverständnis zu sichern.“
„Wie verlogen das hier alles ist“, meinte Ebbet. „Nur weil die Pille mit den Moralvorstellungen der Kirchen kollidiert, muss man Menstruationsstörungen vortäuschen, um sie zu bekommen!“

Tatsächlich hatte Schering sie als „Mittel zur Behebung von Menstruationsstörungen“ eingeführt. Sie wurde zunächst nur verheirateten Frauen verschrieben. Die Katholiken lehnten die Verwendung künstlicher Verhütungsmethoden grundsätzlich ab.

Sexy Ebbet räkelte sich verführerisch auf der Couch, während Martin sie tätschelte. „Für die freie Liebe ist die Antibabypille ein absolutes Muss. Wie soll sich die

Liebe zwischen den Menschen frei entfalten, wenn dabei ein existenzielles Risiko für die Beteiligten droht?"
Martin nickte zustimmend, und auch ich stimmte Ebbet zu. Ich las aus dem neuesten Flugblatt der *Sexfront* vor, an dem ich mitgewirkt hatte: „Das Lebenskonzept einer Partnerschaft, die nicht durch Zwänge, sondern nur durch die reine Liebe geprägt ist, lässt sich ohne Pille kaum verwirklichen." So klugscheißerisch. So revolutionär.
„Kara's wahre Worte", sagte Martin, und wir lachten uns tot.

Dabei hatte ich nur den Umkehrschluss aus den Vorhaltungen der antisexuellen Meinungsmache gezogen. Denn demzufolge „weicht ihr Jugendlichen die Sitten auf, indem ihr mit der Pille ungestraft sexuellen Verkehr haben könnt." Das hatte mir Onkel Karl, der Ex-SSler, mal an den Kopf geworfen. Wilhelm Reich und Sigmund Freud hätten mit ihm wahrscheinlich über Gewalt und sexuelle Phantasien diskutiert und ihm so einiges um die Ohren gehauen.

Jedenfalls galt für uns die unumstößliche Regel: *Wer nicht verkehrt, lebt verkehrt.* Also musste die Pille her. Ebbet versprach Michaela, sie zum Gyn zu begleiten. Danach machten wir *heiteres Sprüche raten.* Das Thema hieß: *LOVE – SEX – FREIE LIEBE.*
Wer in 30 Sekunden die meisten Sprüche zusammenbekam, hatte gewonnen.
„Du beginnst, Kara."
Also legte ich los: „Wer zwei Mal mit derselben pennt, gehört schon zum Establishment. Im Bett zart – gegen Bullen hart. Nur Äktschen bringt Sätisfäktschen!"

„Falsch. Thema verfehlt!“, rief Michaela, weil der letzte Spruch sich nicht auf *LOVE* beziehe, auch wenn das Wort „satisfaction“ drin vorkomme.
Jetzt war Ebbet an der Reihe: „Wir leben wie wir lieben! Oder hier der Klospruch: Such nicht nach Witzen an der Wand, den größten hältst du in der Hand!“
Wir beäumelten uns. Ebbets Weinglas fiel um, gefolgt von einer Lachsalve, und ich, Sternzeichen Jungfrau, holte eilig den Wischlappen von der Spüle.
„Martin, du bist dran!“, sagte Michaela.
„Ich muss passen. Na ja, vielleicht geht das: Bumsen ist die schönste Kunst und steht hoch in unsrer Gunst. – Den Spruch hab ich gerade erfunden. Und natürlich: Make Love Not War!“

Als Veit reinkam und uns das heutige Abendprogramm im Club Voltaire vorlas, unterbrachen wir das Spielchen. Club-Thema war *„Freiheit und Sex – Romantik und Bedürfnisse“*. Wir gingen hin. Aber das meiste, was uns da ein bärtiger Student vom Blatt ablas, kannten wir schon. Das einzig Interessante war die anschließende Diskussion.

Wenn man dem *Stern* Glauben schenken konnte, dann exportierten die Amis außer Panzern, Raketen und Chewinggum auch Sex. Und das sollte das Land der Prüderie sein? Amerikas Frauen seien so emanzipiert, dass sie eine neue Form der sexuellen Befreiung entdeckt hätten: die Masturbation in Gruppen. „Ich habe auch mit gut gestylten Cocks aus Plastik experimentiert“, gestand da zum Beispiel eine Cindy aus Minnesota, „aber die sind eine Nummer zu groß und nicht flexibel genug.“ Sie bevorzuge eine gewaschene grüne Gurke oder eine geschälte, etwas stärkere Mohrrübe. „Die

Männer meinen ja, jede Muschi sei für Extremgrößen geeignet. Aber die meisten von uns", weiß sie von ihrer Gruppe, „mögen das gar nicht."
Verrückte neue Welt da drüben! Frauen, die sich in gemeinschaftlicher Runde Gemüse reinschieben. Danach die Weiterverarbeitung in der Küche zur italienischen Minestrone, damit die Familie auch was davon hat. Krass. Oder hatte ich das falsch verstanden? Egal, wenn es denn nur der sexuellen Befreiung diente.

*

Drei Tage vor Silvester fuhren wir um Mitternacht mit der WG-Karre zum Mainufer. Vom dortigen Parkplatz aus zogen wir zu viert zur Kaiserleibrücke. Veit hatte die Anti-NPD-Plakate zusammengerollt unterm Arm, *Die Jugend sagt NEIN zur NPD – Gebt Nazis keine Chance!* Ich trug den Eimer mit Kleister; Hörbi trug eine Tasche mit breiten Malerpinseln und Martin eine kleine Klappleiter. Jetzt durften uns nur nicht die Bullen erwischen. Ich war sportlich und ein guter Kletterer. So fiel mir die Aufgabe zu, auf den dicken Brückenröhren hinaufzuklettern und die hoch gereichten Plakate anzukleben. Als ich mit den beiden zwanzig Meter hochragenden Brückenträgern fertig war, hörten wir aus der Ferne das Martinshorn der dummen Bullen. Gut, dass sie uns warnten.

Wir packten unsere Sachen und verschwanden unter der Brücke und rannten am Main entlang zu unserem R4. Am nächsten Mittag fuhren wir gespannt zurück und sahen schon von weitem unsere Plakate in schwindeliger Höhe auf den Brückenröhren. Jetzt wurde mir auf einmal bewusst, in welche Gefahr ich mich begeben hatte;

aber das war das Mindeste, was man für die Revolution zu tun bereit sein musste. Manche starben dafür. Wie Che.
Silvester gingen wir auf die größte Party in town. Die fand im Studentenheim bei uns um die Ecke statt; es war gerammelt voll und die Luft flirrte vor Erotik. Wie uns Meise vorwarnte, bedeutete Silvester für viele Pärchen oftmals eine Nacht der Trennungen und Neufindungen. „Also, nehmt euch in Acht!“
Wir lachten. Michaela und ich klebten zusammen, Veit im Schlepptau, der sich nach einer neuen Freundin umsah. Um zwei Uhr war sie gefunden, um vier Uhr lagen sie zusammen in der WG im Bett. Seitdem gehörte Carola zu Veit und zu uns.

Caro war achtzehn und Veit seit Oktober neunzehn. Gedankenspiele wurden geäußert. Veit fragte sich, weshalb ihm die gertenschlanke Caro nicht schon früher aufgefallen war. Schließlich war man sich öfters im Club Voltaire begegnet. Hatte sie ihm nicht schon mal einen langen Blick zugeworfen? Er wusste nichts von ihrer heimlichen Verliebtheit, aber er wäre auch nicht schwach geworden, weil ja damals noch Eva an seiner Seite war. Also galt die gute alte Treue doch noch was. „Ich hätte mich nie an dich rangemacht, solange Eva an deiner Seite war“, sagte Caro, und dann küssten sich die beiden, wie man sich nur küsst, wenn man über beide Ohren verliebt ist. Es war der Neujahrstag 1968.

Make Love Not War

Anfang Januar kam ein Produkt des *Jungen Deutschen Film* zur Uraufführung und Mitte des Monats zu uns ins Kino an der Hauptwache. *Zur Sache, Schätzchen.* In der Hauptrolle das Münchner Sexbienchen Uschi Glas. Der durchaus brave Sex-Film handelte von einem verschlafen-dynamischen Nichtstuer namens Martin, was Michaela und mich an unseren WG-Martin erinnerte. Film-Martin beglückte die Welt mit pseudophilosophischen Sprüchen. Zusammen mit seinem „Manager" Henry, der ständig die „genialen" Schlagertexte des charmanten Taugenichts in bare Münze verwandeln will, leben sie wie zivilisierte Gammler in den Tag hinein. Es sei denn sie ärgern gerade Polizisten und andere Zeitgenossen. „Es wird böse enden ..." sagt Martin. Aber dann wirbelt die Begegnung mit Barbara, der knackigen aber wohlbehüteten Tochter aus gutbürgerlichem Haus, mit der man so schön kuscheln kann, sein Leben fröhlich durcheinander.

Mitte Januar klingelte es an unserer Haustür. Ein Mann des Versandhauses Quelle stellte sich als Lieferant eines umfangreichen Angebotes an Tiefkühlkost vor. Mutter sprach mit ihm. Ob gnäd'ge Frau Interesse daran habe, regelmäßig direkt vom Kühlwagen beliefert zu werden. Lollo lachte und verneinte. „Wir essen nur frische Ware, wissen Sie", sagte sie. Aber später, als ihr Damenkränzchen über die Vorzüge zutiefst tiefgefrorener Tiefkühlkost schwärmte, was die Hausfrau unabhängig vom Einkauf mache, bestellte Lollo doch ein- oder zweimal, bevor sie es wieder aufgab und meinte: „Alles nur Geldmacherei. Und nicht besonders gesund. Und auch nicht schmackhaft. Da hol ich lieber frischen Fisch und frisches Gemüse."

Günter und Hanne trudelten erst am Wochenende nach ihrem Winterurlaub in Frankfurt ein. Ich hatte es über Pit erfahren, den mein Bruder aufgesucht hatte. Pit gab Günter mit meinem Einverständnis die Telefonnummer der WG, und wir verabredeten uns für Sonntag im Café Wipra in der Neuen Kräme. Hier waren Günter, Ulla und ich schon oft mit unseren Eltern in den späten Fünfzigern und frühen Sechzigern zum Kuchen essen gewesen. Das Wipra war etwas für Familien mit Kindern und nannte sich *Café der Tierfreunde*. Wir waren umgeben von Papageien in großen und von Wellensittichen in kleinen Vogelvoltairen.

In geräumigen Käfigen sprangen Affen umher. In Aquarien an der Wand und rund um die Tischgruppen schwammen exotische Fische. Baumteile, Äste und Buschwerk verzierten Türbögen und Wände. Sie waren rund um die Käfige drapiert. Auf einem Veranstaltungsplakat im Fenster waren Termine von Tierschutzvereinen aufgeführt, die hier demnächst tagten und reserviert hatten. War das nicht pervers, fragte ich mich, als ich jetzt das Café betrat.

Mir kam es vor, als besuchte ich einen sehr unpassenden Ort. Einen Ort der Tierquälerei. Schon mir, der ich nicht rauchte, schlug der Zigarettenqualm der Erwachsenen höchst unangenehm entgegen. Dazu der ständige Lärm. Viele kuchenfressende Pelztiere saßen da und begafften beim vornehmen Tässchen Kaffee ihre armen evolutionären Vorfahren. Das Gequassel der alten Damen und das entzückte Kindergeschrei mussten sich in den Ohren der echten Tiere zu einem unmenschlichen Urwaldgeschrei vermischten.

Günter stellte mir Hannchen vor, die ich sehr sympathisch fand, und ich sollte ihnen vom elterlichen Zerwürfnis berichten. Letztlich erzählten wir uns alles voneinander, was uns die letzten Monate bewegt hatte. Dann riet mir Günter zur Versöhnung, damit die Eltern wieder beruhigt sein konnten und ich mich auf die Schule konzentrieren könne. Er bedauere, dass er damals nicht das Durchhaltevermögen im Gymnasium hatte. Aber sein jetziger Beruf mache ihm Spaß, und vielleicht gäbe es in den nächsten Jahren ja eine Bildungsreform, damit auch Leute wie er zum Studium zugelassen würden. Natürlich nach erfolgreichem Lehrabschluss und mehrjähriger Berufslaufbahn. „Ihr Revoluzzer kämpft ja dafür, das finde ich klasse!“, sagte Günter. „Aber ich wüsste nicht, was ich dazu aktiv beitragen könnte, außer SPD zu wählen.“

Hannchen war Krankenschwester und hatte ein Herz für die Anliegen der Studenten. Sie berichtete über die vielen Verletzten, die damals anlässlich der Demos gegen den Schah-Besuch in ihrem Krankenhaus behandelt worden waren. „So viele junge Leute, alle in meinem Alter, zusammengeprügelt und teilweise schwer verletzt. Aber davon stand nichts in den Zeitungen!“

Ich hatte es allerdings bereits im Juni vergangenen Jahres an den Info-Ständen auf dem Campus erfahren. Im Club lag der alternativ-linke, unabhängige *Berliner Extra-Dienst* aus, der sehr genau über die Schah-Ereignisse und ihre Folgewirkungen berichtet hatte.
„Ja“, sagte ich. „Die offiziellen Medien schweigen sich gerne aus, wenn es um die Prügelorgien der Bullen geht. Aber wehe, einer aus der Kommune I plant eine harmlose Pudding-Klatsche in die Fresse eines amerikanischen Kriegsverbrechers. Das wird als Attentat eingestuft und die Planung als Terrorakt geahndet.“

Wir unterhielten uns noch eine Weile über die Kommune I, über Sinn und Zweck gemeinschaftlichen Zusammenlebens.
„Kennt ihr eigentlich den Rudi Dutschke?“, fragte ich.
„Den kennt doch jeder in ganz Deutschland“, sagte Günter.
„Der ist doch der Anführer der APO“, ergänzte Hanne.
„Ich meine, habt ihr ihn schon mal live gesehen?“
„Ich schon. Wann war das nochmal?“ Hanne grübelte. „Ich glaub, das war auf so ‘nem Teach-in zu Vietnam letztes Jahr. Da war ich mit zwei Kolleginnen und deren Freunden, die an der FU studieren.“
„Und wie findest du den Dutschke?“
„Eine faszinierende Person. Er redet einfach toll. Selbst wenn man nicht alle Worte und Zusammenhänge voll versteht, weiß man doch, was er meint. Seine Freiheitsvorstellung teile ich total.“

Ich nippelte an meinem Kakao und schaute mich um. Einige Äffchen lausten sich, andere sprangen von Ast zu Ast. Die Wellensittiche flatterten aufgeregt und die bunten Papageien kreischten im Chor. Nur die Fische schwammen stumm immer nur im Kreis herum.

„Sag den Eltern, dass ich Anfang nächster Woche wieder zu ihnen komme“, sagte ich am Ende unseres Treffens.
„Eine gute Entscheidung“, meinte Günter. „Ulla hat an Silvester übrigens einen neuen Freund kennen gelernt. Wir haben ihn gestern getroffen. Er ist zwar höflich, aber hat sehr merkwürdige Ansichten. Er findet es gut, dass die NPD in den Landtag gekommen ist. Mehr habe ich allerdings noch nicht aus ihm rausholen können. Er gibt sich da sehr bedeckt. Ich hoffe nicht, dass er ein Rechtsradikaler ist.“

Aber das war er. Sogar mit Pistole.

Doch vorerst plärrte im Radio ein Kinder-Caruso, der sich Heintje nannte, sein unwiderstehliches *»Mama«*. Ich wusste sofort, dass von nun an die Herzen von Lollo und ihren Freundinnen dahinschmelzen würden. Was mir Süverkrüp und Degenhardt bedeuteten, das war ihnen ab jetzt Heintje. Ein wenig vermisste ich nun schon diese älteren verschrobenen Damen. Doch mir war klar, dass die Revolution gerade an solchen Tantchen scheitern würde. Es war Zeit, meine kleine persönliche Revolution in Form der Überzeugung meiner Eltern zuhause fortzusetzen.

Am 21. Januar stürzte über Grönland ein amerikanischer B-52-Bomber mit Wasserstoffbomben an Bord ab. Bei minus 40 Grad und auf Hundeschlitten machten sich Soldaten auf die Suche nach den radioaktiven Atomwaffentrümmern. Obwohl SPD-Lehrer Stiehler sich erst sträubte, machten wir das zum Unterrichtsthema. Die Sache erinnerte uns ein weiteres Mal an das, was wir später Umweltbewusstsein nannten. Wieder rechneten wir anschließend in Mathe die Langzeitwirkung der Atomtrümmer aus.

Eigentlich wollte ich Ende Februar zum Konzert der Popgruppe *The Bee Gees* nach Hamburg. Aber ich hatte weder Geld noch Zeit. Und außerdem erfuhr ich, dass es ausverkauft war. Was für ein Glück, so brauchte ich mich nicht zu ärgern.

Die Versöhnung mit den Eltern lief glatt. Schnell waren wir uns einig, dass Vater und Sohn übertrieben reagiert hatten. Dennoch blieb jeweils wohl noch eine gewisse Zeit ein Unbehagen, ein gewisses schlechtes Gewissen. Kaum war diese Geschichte bereinigt, kam Ulla und stellte mir Claus vor. Vom ersten Augenblick an konnte er mich nicht leiden. Wie ich später erfuhr, hatte Ulla ihm meine politische Haltung vorangekündigt. Umgekehrt lief es leider nicht. Obwohl mich Günter vorgewarnt hatte, wollte ich nicht mit einem Vorurteil an ihn herantreten und war sehr offen und freundlich. Aber ich erntete nur Eiseskälte und Verachtung.

Als Ulla aufs Klo musste und wir allein waren, sagte er: „So Typen wie du gehören abgeknallt. Deutschland braucht nicht noch mehr Kommunisten. An die Wand sollte man euch stellen. Nichtsnutzige Affen, die ihr seid! Sich hier vollfressen und dann auf unsrem Vaterland rumhacken!"
Ich war sprachlos. Erst nach einer langen Denkpause fragte ich ihn, was denn ein Kommunist sei.
„Na, so Typen wie du eben!"

Der Mann war Anfang Dreißig, war ein ruppiger Emporkömmling aus kleinen dörflich-fränkischen Habenichts-Verhältnissen mit mickrigster Zwergschulbildung, der sich zum Hertie-Klamotteneinkäufer hochgedient hatte. Jetzt fühlte er sich offensichtlich als Herr Hertie persönlich. Ein Sklave seiner selbst. Ein selbstausbeutender Ausbeuter, der gegenüber seinen Lehrlingen, wie er später sagte, kein Pardon kannte. Diese Art Klein- und Spießbürgertum hatte bereits Hitler als idealer Nährboden gedient. Nun also hatten wir ein NPD-Mitglied, wie er stolz bekannte, in der Familie, wenn … wenn denn meine Schwester, diese merkwürdige Gewerkschaftssekretärin, diesen Fascho-Stinker wirklich lieben sollte. Sie tat es. Ein Leben lang. So kalt sie auch immer zu mir war, solch ein Arschloch hatte ich ihr nicht gewünscht. Wie sah bei denen bloß die Liebe aus?

*

Anfang Februar entsetzte ein Bild die Welt. In Saigon erschoss der Chef der südvietnamesischen Polizei auf offener Straße in aller Ruhe einen nach einer Offensive gefangengenommenen Vietcong, einen Kommunisten. Da dachte ich gleich an das mir zugedachte Schicksal.

Fünf Tage später stand in der *Frankfurter Rundschau* ein Artikel über den westdeutschen Foto-Unternehmer Hannsheinz Porst. Er verkörperte die deutsche Spaltung. „Ja“, sagte er in dem Interview, „das geht. Ich bin Millionär und Marxist“. Nur aufgrund seines guten Drahtes zur DDR wurde er wenig später verhaftet. Ein Gericht verurteilte ihn ein Jahr später wegen Landesverrats. Ohne substantielle Beweise. Auch das war ein Mosaiksteinchen in unserem Kampf gegen das braunschwarz versiffte Land.

Gemeinsam mit Hörbi und Pit besuchte ich an einem Nachmittag eine Vorlesung der Politologen im sogenannten *Elfenbeinturm* der Frankfurter Uni. Ein junger bärtiger Mann, wissenschaftlicher Assistent des abwesenden Professors, stand vorne am Pult und referierte. Ich schrieb mit, für unsere Schülerzeitung und für die Provo-Zeitung *PENG!*

Danach war mir vieles klar. Zu den Stützen der Hitlerdiktatur, den Wegbereitern und Nutznießern der Judenverfolgung, den Organisatoren und Kommandeuren der Überfälle auf fast alle Länder Europas, zu den überführten Mördern von Antifaschisten und Widerstandskämpfern, die in unserem westlichen Deutschland wieder tätig waren, zählten allein 21 Minister und Staatssekretäre, 101 Generäle und Admirale der Bundeswehr, 828 hohe Justizbeamte, Staatsanwälte und Richter, 245 leitende Beamte des Auswärtigen Amtes, der Botschaften und Konsulate und 297 hohe Beamte der Polizei und der Geheimdienste. Untergeordnet waren ihnen zigtausende kleine selbstgefällige Altnazis. War ja kein Wunder. Millionen Deutsche hatten ja zwölf Jahre lang enthusiastisch von früh bis spät *Heil-Hitler!* gebrüllt.

Bei so viel mieser Politik verging mir fast der Liebesappetit. Überlebensstrategie war gefragt. Also gab ich dem negativen Gefühl nicht nach und verabredete mich nach der Vorlesung mit Michaela in unserer nahe gelegenen WG. Hörbi, Pit und ich aßen noch ein Schaschlik an einer Bude und trennten uns dann. Michaela hatte es sich im Gästezimmer bereits bequem gemacht. Sie lag halb ausgezogen, ohne BH, ihre kecken Brüste mir frech entgegenstreckend, verführerisch auf dem Bett. Nur mit dem Miniröckchen bekleidet und mit Stiefeletten. Ich warf meine Klamotten ab, aber leider nicht die Erinnerung an die Fakten des jungen wissenschaftlichen Assistenten. Konnte einem da nicht wirklich die Lust vergehen? Ich bekam keinen hoch, jedenfalls nicht so schnell wie sonst. Meine Süße musste harte Arbeit verrichten, um mich auf einen erotischen Ablenkungsweg zu bugsieren.

Vom 17. bis 18. Februar fand in Westberlin der Internationale Vietnamkongress statt. Wir bekamen es im Fernsehen und Radio mit. Im Auditorium maximum der TU Berlin hatten sich fünftausend Teilnehmer und 44 Delegationen aus vierzehn Staaten versammelt. Organsiert war der Kongress vom Sozialistischen Deutschen Studentenbund. Einer der wichtigsten Redner war deren Vorsitzender Rudi Dutschke. Er rief ins Mikrofon: „Heute versucht der US-Imperialismus, über die NATO die westeuropäischen Metropolen in seine Politik der kolonialen Konterrevolution einzubauen."
„Müssen wir uns wirklich mitschuldig fühlen?", fragte Michaela.
„Kommt drauf an, wie weit die Unterstützung unserer Regierung geht", antwortete ich.

Die Tagung endete mit einer Solidaritätserklärung mit der vietnamesischen Freiheits-Bewegung, dem Vietcong. Auf der anschließenden Demonstration mit über fünfzehntausend Teilnehmern ging es friedlich zu. Vielleicht würde meine Regierung ein Einsehen haben und mäßigend auf die Amis einwirken, wagte ich zu hoffen.

*

Ende des Monats trudelte der angekündigte Musterungsbescheid ins Haus. Lollo hatte mir das Schreiben auf den Schreibtisch gelegt. Zwei Wochen später war es soweit. Ich ging hin, obwohl ich vorhatte, den Kriegsdienst zu verweigern. Pazifist sein mit Knarre, das ging ja gar nicht! Wir Jungs standen vor dem Musterungsarzt völlig nackt in Reih und Glied mit unsrem Glied. Mir machte es nichts aus, das Nacktsein, nur die Fleischbeschau in Verbindung mit dem Kriegsgeschäft fand ich abscheulich. Anderen hingegen sah ich es an, dass sie sich schämten. Ihre Hände rutschten immer wieder automatisch wie schutzsuchend mehr schlecht wie recht vor ihr Geschlecht.

Zwei Wochen später flatterte erwartungsgemäß der Einberufungsbefehl als scheinbar unabweisbares Einschreiben auf meinen Schreibtisch. Dummerweise hatte Lollo das Schreiben angenommen, obwohl ich Wochen zuvor gewarnt hatte, für mich kein Einschreiben anzunehmen. Aber Mutter konnte wohl der Autorität eines staatlichen Postbeamten nicht widerstehen. Da ich ahnte, worum es sich handeln würde, war ich schlau genug, um den Brief vorsichtig unter Wasserdampf zu öffnen. Der Inhalt bekräftigte meine Ahnung und testierte mir zugleich meine offensichtlich kräftige Natur. Ich sollte sofort nach dem Abi Anfang Juli beim Gebirgsjägerbataillon 233 in Mittenwald antanzen. Eine besonders harte Truppe.

Mittenwald, diesen schönen Urlaubsort, hatte ich in früher Jugend bereits zwei Mal mit meinen Eltern besucht, um eine Bronchitis auszukurieren. Jetzt also sollte ich dort Gemsen oder Feinde jagen üben. Ich lächelte innerlich und verschloss den Brief sehr vorsichtig mit *tesa*-Flüssigkleber. Noch am gleichen Nachmittag ging ich zum Postamt und reklamierte die Annahme durch meine Mutter. Der Schalterbeamte wollte das nicht akzeptieren. Da strich ich vor seinen Augen die Briefvorderseite entschlossen durch und schrieb hin: *Annahme verweigert, gez. Stefan Koenig.* Ich knallte ihm den Wisch vor die Nase und ging.

*

Die folgenden Wochen waren hart, aber auch erfolgreich. Vater hatte mir versprochen, den Führerschein zu bezahlen, wenn ich ihn innerhalb von sechs Wochen hinbekäme. Ich startete Anfang März und schloss mit der unspektakulären Prüfung Mitte April ab. Nun durfte ich Roller, PKW, PKW mit Wohnwagen und 7,5 Tonner – sogar mit Anhänger – fahren.

Im März lief alles hochtourig, denn nun standen auch die ersten Abi-Klausuren an. Ich verbrachte meine fünfstündige Deutschklausur mit der Interpretation von Goethes Faust und war hochbefriedigt. Passend zur teuflischen Thematik massakrierten am 16. März US-Soldaten unter Befehl des Oberleutnants William Calley wahllos die Bewohner des südvietnamesischen Dorfes My Lai. In unserer Presse wurde die unmenschliche Reaktion des amerikanischen Oberbefehlshabers meist ohne Kommentar kolportiert: *„Glückwünsche den Offizieren und Mannschaften zum ausgezeichneten Gefecht"*, ließ General Westmoreland verlauten. Da hatte seine Truppe gerade 504 Zivilisten abgeschlachtet, unter ihnen 172 Säuglinge und Kinder, 60 Greise und 17 Schwangere.

In einem Kommuniqué des *Solidaritätsverbandes Vietnam* konnten wir später Augenzeugenberichte nachlesen: „Sie töteten und töteten. Die Kugeln fielen wie Regen. Ein Mann riss meine Mutter an den Haaren, drückte ihren Kopf ins Wasser und erschoss sie“, erinnerte sich eine der wenigen Überlebenden. „Sie fingen einfach an zu schießen und stießen die Menschen in den Graben.“ Doch die Amis schossen nicht nur. Sie jagten Frauen, vergewaltigten, schossen fliehenden Kindern in den Rücken. Sie warfen Handgranaten in Häuser, steckten die Hütten in Brand, sie trennten ihren Opfern Köpfe, Ohren, Zungen ab.

Das war das brutale, grausame Amerika, nicht das Hippie-Kalifornien, das uns als Vorbild diente. Was mich sehr bedrückte, war das willfährige Mitläufertum unserer älteren, angeblich so schrecklich kriegsgeschädigten Generation. Mussten sie, die das ja nach eigenem Bekunden alles am eigenen Leib erfahren hatten, nicht aufstehen gegen solch eine Barbarei? Ich war mehr als enttäuscht. Der Protest blieb allein an uns Jungen hängen. Ich spürte, wie ich mehr und mehr dem lustigen Provo-Dasein entwuchs. Auch das Liebäugeln mit dem harmlosen Hippieleben bröckelte, fand stückweise ein Ende. Sicher war solch ein Leben sympathisch, friedlich, aber doch reichte es offensichtlich nicht aus, um die Gesellschaft zu ändern, um sie nach vorne zu bringen. Ich wurde politischer.

Mehr denn je lehnte ich nun den Dienst mit der Waffe ab. Ich ging zu dem aufgeschlossenen niederländischen Gemeindepfarrer, der meine Familie gut kannte, und schilderte ihm meine Absicht. Er sicherte mir seine

Unterstützung zu und gab mir die Adresse der Kriegsdienstverweigerer, die ein eigenes Büro in der Innenstadt unterhielten. Eine Woche später konnte ich sein Empfehlungsschreiben für mein Verweigerungsbegehren, das Voraussetzung für die Annahme des Antrags war, mit Unterstützung der hilfsbereiten Organisation der Kriegsdienstverweigerer an das Kreiswehrersatzamt weiterleiten. Bald schon erhielt ich die Nachricht, dass meine Anhörung vor dem Prüfungsausschuss am Freitag, dem 14. Juni, im Kreiswehrersatzamt stattfände. Eine Gewissensprüfung sollte ich dort ablegen. Konnten andere sich erdreisten, mein Gewissen zu überprüfen? Wollten tatsächlich irgendwelche schissigen Bürokraten mein moralisch Innerstes auskundschaften? Da war ich ja mal gespannt, wie das laufen sollte.

*

Ein weiteres Erlebnis ließ mich politischer werden. Der Besuch des KZ Auschwitz. Den hatte mein Schulkamerad Dieter Dehm alias „Lerryn" über die Jungsozialisten für unsere Abgangsklassen organisiert, auf freiwilliger Basis. Fast alle aus unseren drei Abgangsklassen kamen mit. Es war ein fürchterlicher, ein fürchterlich beeindruckender Besuch. Das also war das berüchtigte Vernichtungslager, in dem eineinhalb Millionen Menschen industriemäßig vergast worden waren.

Wir sahen die schäbigen Unterkünfte, die Verbrennungsöfen, die als Duschen hinterhältig getarnten Vergasungsräume. Fotos mit den am Elektrozaun klebenden Leibern, Fotos mit den zum Skelett ausgehungerten Menschen, die mit großen leeren Augen ihre sowjetischen Befreier wahrnahmen, aber nicht kräftig genug waren, um auch nur lächeln zu können. Hierher hätte ich den Nazifreund meiner Schwester gerne einmal mitgenommen.

„So Typen wie dir hätte das KZ gut getan!“, hatte er mir an den Kopf geschmissen. Und Onkel Karl, den alten SS-Schergen, hätte ich auch gerne hier erlebt. „Arbeit macht frei“ stand höhnisch über dem Lagerportal. Das war der Spruch, den er mal mir gegenüber geäußert hatte – damals, als ich noch nicht wusste, was damit gemeint war.

Als ich zuhause den Eltern meine Eindrücke schilderte, sagte Mutter: „Hätten wir das nur gewusst …“ Und Vater murmelte etwas von „furchtbar“ und „unvorstellbar“ vor sich hin. Aber ich glaubte es ihnen nicht, wie wir Jugendlichen allesamt unseren Eltern nicht mehr blind über den Weg trauten. Abgesehen von den angepassten Mamasöhnchen und ewigen Duckmäusern.

„Die Hippiebewegung wird immer unpolitischer und wird von den Herrschenden immer mehr kommerzialisiert“, sagte Meise, als wir wieder einmal im Club beisammensaßen. Peter Melzer vom Hessischen Rundfunk saß bei uns. Wir diskutierten mit ihm und dem linken SPD-Stadtverordneten Heiner Halberstadt, der mit Else befreundet war, und mit Lerryn. Er war inzwischen als linker Liedermacher stadtbekannt. Wir ereiferten uns die halbe Nacht über die Strategie des Kapitals gegen die sich aufbäumende Jugendbewegung, die es wagte, die heuchlerischen Werte des heiligen Westens in Frage zu stellen.

„Auch Sexualisierung und Drogenkonsum werden vom Kapital im Sinn seines Eigeninteresses instrumentalisiert“, meinte Melzer. Er hatte hierzu eine Reportage für den HR gemacht. „Man will die sexuelle Befreiung und die Suche nach einem anderen, progressiven Bewusstsein in kapitalverwertbare und kapitalkonforme Bahnen umlenken! Die Drogen sind die ideale Waffe, um Protestpotential zu neutralisieren. Und die mit der CIA verfilzten Drogenbarone verdienen sich eine goldene Nase. Da entsteht eine Parallelgesellschaft.“

*

Anfang April wurde die Ikone der amerikanischen Bürgerrechtsbewegung, Martin Luther King, ermordet. Zwei Tage später wurde ein führendes Mitglied der Black Panther Party vom FBI getötet. Es rollte eine Verhaftungswelle gegen die schwarzen Rebellen, die ihrerseits den Frieden aufkündigten. Illegale Hausdurchsuchungen und Verhaftungen wechselten mit Vergeltungsschlägen der Panther. Polizisten und FBI-Agenten drangen in die Gesundheitsstationen ein, wo farbige Demonstranten behandelt wurden, und vernichteten Medikamente oder verboten den Ärzten die Weiterbehandlung.

Überall Dramen und Krisen, wohin man blickte. Und ich erlebte meine zweite überraschende Liebeskrise, als sich Michaela von heute auf morgen mit einem zwölf Jahre älteren Uni-Mitarbeiter verlobte. Na dann: Prost Mahlzeit!

In Rom gründete sich ein Club von Experten diverser Disziplinen aus dreißig Ländern und setzte sich für eine nachhaltige Zukunft der Menschheit ein. Man hörte davon, dass der *Club of Rome* an einer umfassenden Bestandsaufnahme des Zustands unseres Planeten arbeite. Der Titel dieser Arbeit lautete wie der spätere Bericht: *Die Grenzen des Wachstums.* So schlimm stand es also mit den Ressourcen unseres Planeten, dass sich wichtige Leute schon Gedanken machten? Ich dachte das erste Mal über das Stichwort »Wachstum« nach. Hatte das alles seine Grenze? Und was würde passieren, wenn die Menschheit diese Grenze überschreiten würde?

In München las Josef Bachmann, ein 23-jähriger rechtsradikaler Hilfsarbeiter, einen Artikel über den Mord an Martin Luther King, schnitt ihn aus und legte ihn zu anderen Zeitungsausschnitten, die er gesammelt hatte. In ihnen wurde mehr oder weniger unverblümt zum Lynchen des Anführers unserer studentenübergreifenden Jugendrevolte, Rudi Dutschke, aufgefordert. Der Mord an King machte die in Bachmann tickende Bombe scharf und beschleunigte möglicherweise die Realisierung seiner schon länger gehegten Attentatspläne. Er hatte mit einem NPD-Mitglied Schießübungen durchgeführt und beschloss, nach Berlin zu fahren und dieses „dreckige Kommunistenschwein" zu erschießen. Am 10. April 1968 fuhr er abends mit dem Interzonenzug nach Berlin. Im Gepäck zwei Pistolen und einen Zeitungsausschnitt aus der neofaschistischen „Deutschen National- und Soldatenzeitung" vom 22. März 1968 mit der Schlagzeile: *„Stoppt Dutschke jetzt! Sonst gibt es Bürgerkrieg"*. Darunter fünf Fotos von Dutschke, angeordnet in Art eines Steckbriefs.

Am Morgen des 11. April in Berlin angekommen, fragte er sich nach Dutschkes Adresse durch. Dieser war gerade aus Prag zurückgekehrt, wo er im überfüllten Audimax der Karls-Universität über den Prager Frühling und den von Dubcek propagierten *„Sozialismus mit menschlichem Antlitz“* gesprochen hatte, dessen Entwicklung Rudi mit kritischer Solidarität beobachtete. Rudi hatte unter dem Jubel von über tausend tschechoslowakischen Studenten darauf hingewiesen, dass „die Erzieher selbst erzogen werden müssen“. Am Nachmittag des 11. April war er unterwegs, um im Berliner SDS-Zentrum vorbeizuschauen und für seinen kranken Sohn ein Medikament zu besorgen.

Man schickte Bachmann schließlich zum SDS-Zentrum am Kurfürstendamm. Gegen 16:35 Uhr entdeckte er Rudi Dutschke mit dessen Fahrrad vor dem Gebäude. Er trat auf ihn zu und fragte: „Sind Sie Rudi Dutschke?“ Als Rudi bejahte, feuerte er drei Kugeln auf ihn ab, zwei in den Kopf und eine in die Brust. Bachmann floh und wurde nach einem Schusswechsel mit der Polizei festgenommen. Bei seiner ersten Vernehmung gab er zu Protokoll: „Ich möchte zu meinem Bedauern feststellen, dass Dutschke noch lebt. Ich hätte eine Maschinenpistole kaufen können. Wenn ich das Geld dazu gehabt hätte, hätte ich Dutschke damit zersägt.“

*

Der Mordanschlag machte uns unvorstellbar wütend, und mit dieser unheimlich feurigen Wut im Bauch gingen wir in Frankfurt wieder einmal vor die Auslieferungszentrale von Springers tödlicher Hetzpresse. Brennende Barrikaden, rausgerissene Pflastersteine, ausgebrannte Fahrzeuge waren das Ergebnis. Das Attentat löste die „Osterunruhen“ aus - die größten Straßen-

schlachten, die die BRD bis dahin gesehen hatte. Hier sah ich das erste Mal in meinem Leben Sternchen. Mich erwischte um Mitternacht ein Knüppel frontal, und ich sackte zusammen. Ich erwachte erst wieder im Krankenwagen, wo ich die Sanitäter abfällig über uns reden hörte.
„Die sind doch selber dran schuld. Recht und Ordnung müssen eingehalten werden. Der Dutschke lebt doch noch, was haben die denn bloß!"

Fast hätte ich gekotzt. Mir war sehr übel. Man diagnostizierte eine Gehirnerschütterung. Ich kurierte mich vier Tage in meinem Souterrainzimmer aus, wo mich Lollo fürsorglich umsorgte.
„Wie kamst du denn dazu?", fragte sie.
„Auf 'ner Demo hat mir ein Bulle einen Knüppel übergezogen."
„Ich sag's ja, das wird noch böse enden!"
„Und was sagst du zu dem Mordanschlag auf Dutschke?"
„Schrecklich, diese Gewalt und dieser Hass. Jetzt beginnen schon Schießereien. Bleib von so was bloß fern."
Hanna hatte über Umwege von meinem Niederschlag erfahren und besuchte mich, obwohl wir längst getrennte Wege gingen. Aber politisch und moralisch war sie irgendwie eine treue Seele.

Günter rief mich aus Berlin an und berichtete, was er erlebt hatte, denn auch er war in jener Nacht mit Hannchen zum Audimax der Technischen Universität gefahren, um sich zu solidarisieren. Während Rudi noch auf dem Operationstisch lag und die Ärzte zwei Kugeln aus seinem Kopf entfernten, brach draußen ein Sturm der Entrüstung los. Wie Günter mir berichtete, ver-

sammelten sich im Audimax der TU circa 2.500 Menschen, um auf Nachrichten aus dem Krankenhaus zu warten und zu beraten, was nun zu tun sei. Alle hatten das Gefühl, dass die Kugeln auch ihnen gegolten hatten. Man war sich einig, dass BILD mitgeschossen hatte.
„Ich fühle mich mitschuldig", sagte Günter am Telefon. „Weil ich durch meine Arbeit bei Springer die Hetze indirekt unterstütze!"
„Völliger Quatsch", sagte ich. „Bist du Herr Springer? Na also!"

Springer hatte zwar nicht selber den Finger am Abzug gehabt, aber ohne die in den Monaten vor dem Attentat von der Springer-Presse entfesselte Hetzkampagne gegen die rebellierenden Studenten und vor allem gegen die Person Rudi Dutschkes wäre die Tat von Bachmann kaum möglich gewesen.

„Wir dürfen das Problem nicht personifizieren und an Josef Bachmann festmachen", las ich am nächsten Tag in einer Stellungnahme des SDS, die mir Hanna vorbeibrachte. Sie war besorgt um mich, hatte aber inzwischen einen festen Freund, den sie mir gelegentlich vorstellen wollte. Ich fand es toll, dass sie mich mit den neuesten Infos versorgte, die ich meinen Eltern zum Lesen weitergab. Ich merkte, dass Otto sich für das Anliegen von uns Jungen interessierte. Ich fragte ihn nicht, ob er alles gelesen habe, aber ich merkte es an verschiedenen kleinen Äußerungen: Ja, er las die Studenten-Infos.

Da hieß es: „Als *verantwortungslose Störer, bösartige Krawallmacher, Rowdies, rote SA, Kriminelle* und als *Schädlinge der Gesellschaft* haben uns die *Springer*-Zeitungen beschimpft, nur weil wir von einem Grundrecht Gebrauch gemacht und gegen den Vietnamkrieg, Pressekonzentration, Notstandsgesetze und die Große Koalition demonstriert haben. Die Springer-Blätter erklärten uns zu Freiwild und forderten zur Selbstjustiz auf: *»Man darf auch nicht die ganze Drecksarbeit der Polizei und ihren Wasserwerfern überlassen«*, hieß es in der *Bild*-Zeitung vom 7.2.68. In der Person von Josef Bachmann hatte Springers Aufforderung ihren Vollstrecker gefunden. Das ist Fakt. Unsere Forderung *ENTEIGNET SPRINGER* ist berechtigt!"

In Presseberichten stand später: *Vor Gericht räumte Bachmann ein, dass er sich tatsächlich von hetzerischen Berichten in der Bild-Zeitung zu seiner Tat hatte anregen lassen.*

Wie mir Günter weiter berichtete, strömte gegen 21 Uhr alles nach draußen und setze sich in Richtung Springer-Haus in Bewegung, um den Versuch zu unternehmen, die Auslieferung der dort gedruckten Zeitungen zu verhindern. In dieser Nacht flogen die ersten Molotowcocktails … *Zur Verfügung gestellt von Peter Urbach, einem Spitzel des Verfassungsschutzes, wie sich später herausstellte.*

„Wie sieht es bei euch aus?", fragte mich Günter.
„Ich liege hier und kann wegen der Gehirnerschütterung leider nicht mehr mitmachen. Aber Tausende belagern derzeit die Springer-Druckereien und versuchen, die Auslieferung von *BILD* und *Welt* zu verhindern. Von überall her kommen die Leute nach Frankfurt, um sich an der Blockade der Societätsdruckerei zu beteiligen, in der die regionale Ausgabe der *BILD-Zeitung* gedruckt wird."

Ein paar Tage später konnte ich ihm berichten, dass sich vor der Societätsdruckerei und in Frankfurts Stadtkern über 2000 Demonstranten tagelang Straßenschlachten mit der Polizei geliefert hatten. Das hatte er dann aber auch schon im Fernsehen gesehen. Ebenso wie ich hatte er auch die durchaus selbstkritische Rundfunk- und Fernsehansprache des SPD-Justizministers Gustav Heinemann gehört und gesehen. Wenn man einem aus dem Establishment eine irgendwie geartete Entschuldigung abnehmen konnte, dann diesem Mann. Er erschien ehrlich – in Wort und Tat. Sein Lebenslauf sprach für ihn. So einen brauchten wir als Kanzler oder Präsidenten!

Rudi Dutschke überlebte schwer verletzt. Er musste gehen und sprechen wieder neu erlernen und ging ins Exil nach Dänemark.

*

Ein neuer Brief von Günter lag in meinem Souterrainzimmer auf dem Nachttisch. Nachttisch statt Schreibtisch? Hatte Mutter geschnüffelt? Gottseidank hielt ich meine Liebesbriefe immer noch gut versteckt. Egal. Ich riss den Brief auf.

Wie dufte hier, Brüderchen!
Dass Du das nicht erleben kannst, so schade. Aber in den Pfingstferien musst Du unbedingt herkommen. Dann kann ich Dich vielleicht sogar mit Uschi Obermaier bekannt machen. Aber mach Dir keine Hoffnung, die gibt sich nicht mit kleinen kurzhaarigen Jungs ab (hahaha, ich weiß, Du hast 'ne Beatles-Mähne, aber eben keinen so aufgeplusterten Pusteblumenkopf wie der Rainer Langhans oder der Fritz Teufel). Jan, mein Freund aus jenem Verlag, den die Studenten und Du so schrecklich reaktionär finden (jaaaa, ich auch, jedenfalls sehr oft), dieser Jan ist ja

auch als Berlin-Journalist für die BILD am SONNTAG tätig und der hat mich als Fotograf mit in die Kommune I genommen, weil sein Leibfotograf wegen einer Tropenkrankheit im Krankenhaus liegt.

Das mit der Kommune war ja mal eine total interessante Show. Jan sagte mir, dass sie ihm nur gegen ein hohes Honorar das Interview und die Fotos zusagten. Sowas von unordentlich, aber alles total aufregende Leute mit irren Ansichten und wechselnden Partnern. Unglaublich, einfach unglaublich! Da kann man schon neidisch werden, wie die so leben. Und weißt du, wovon die leben? Nur von den Zeitungs-, Radio- und Fernsehhonoraren. Das ist ein Leben!

Dagegen ist mein Leben die reinste Langeweile, gääähhn. Glaub's mir nicht, alles halb so wild. Ich hab ja Hannchen, und wir verstehen uns echt prächtig und unternehmen viel. Museumsbesuche, Kino und so Sachen. Ansonsten nichts Besonderes los, außer Arbeit und nochmal Arbeit. Brudergrüße aus dem wilden Berlin,
Dein Günter

Ich plante Pfingsten nicht ein. Wir befanden uns mitten in den Abi-Klausuren.

Richy aus der Parallelklasse suchte immer öfter Kontakt zu mir. Er, Pit und ich waren ein ideales Diskussionstrio wenn es um die Sinnhaftigkeit unseres Abis ging. Kurz vor der letzten Klausur, Geschichte war an der Reihe, die ich gerne mitgeschrieben hätte, brachte es Richy auf den Punkt.

„Ich glaube nicht, dass es eines Zertifikates bedarf, um uns als Menschen mit Bildung auszuweisen. Wir wissen, was wir können. Wir werden mit diesem Abitur abge-

stempelt wie das begutachtete Stempelfleisch in den Schlachthöfen. Ich habe das Abi nicht nötig. Ich werde mein Leben auch ohne Abi leben können."
„Wir brauchen aber doch den Abschluss, um einen Beruf ergreifen zu können. Willst du wirklich aus allem aussteigen?", fragte Pit.
„Beruf hin oder her", sagte Richy. „Wir finden doch alle irgendwas, was uns Spaß machen wird. Sollen wir uns zwischen den Mühlen des Kapitals zermahlen lassen? Unser Ziel aus den Augen verlieren? Uns der Allmacht des Geldes unterwerfen? Brauchen wir wirklich dieses Zertifikat, um unser Leben leben zu können?"

Die Entscheidung zuckte in unser Leben wie ein unvorhergesehener Blitz vom Himmel.

Eine Woche später sagten Richy und ich unseren Klassenlehrern, dass wir die Schule verlassen würden. Pit hatte sich fürs Bleiben entschieden. Wir verstanden ihn, teilten aber nicht seine Sorge um unsere Zukunft. Dafür fauchte mich mein Klassenlehrer an, als sei ich sein leibhaftiger Sohn. „Sie haben wohl nicht begriffen, um was es geht, Herr Koenig! Sie liegen mir am Herzen! Ich bitte Sie! Sie verbauen sich ihre ganze Zukunft. Sie werden den Schritt noch elendig bereuen. Ich warne Sie – geben Sie Ihr Vorhaben auf und machen Sie weiter!"
„Nein", sagte ich. „Ich habe mich entschieden."
„Und was sagen Ihre Eltern dazu?"

*

Meinen Eltern hatte ich noch nichts gesagt. Auch nicht, dass ich mich finanziell unabhängig machen und ausziehen wollte. Ich hatte mich in der Vorwoche beim

»Solidaritätsverband für Vietnam« gemeldet und nachgefragt, ob man meine Hilfe benötige und auch bezahlen könne. Ja, hatte man gesagt. Man brauchte LKW-Fahrer, um bei Altkleideraktionen zugunsten Vietnams die Textilien in Frankfurts Stadtteilen einzusammeln und in die Sortieranlage nach Neu-Isenburg zu fahren. Pro Tonne gab es 180 Mark netto. Man fuhr täglich durchschnittlich 10 Tonnen ein. Als täglicher Reinerlös für Vietnam blieb mindestens ein Tausender übrig.

Das Geschäft florierte bereits seit über zwei Jahren. Es gab noch keine anderen Sammelorganisationen, kein Rotes Kreuz, keine Auflagen, nichts. Wir klebten Stadtbezirk für Stadtbezirk unsere Werbezettel an die Türen und Flurwände von Mietblocks und an die Tore von Villen. Offen warben wir mit dem Hinweis auf die Notwendigkeit, die Vietnamesen in ihrem Befreiungskampf gegen die Amis zu unterstützen. Säckeweise sammelten wir ein. Kein Haus, vor dem nicht etwas stand. Es war Bargeld für den Befreiungskampf im Fernen Osten. Und die Leute wussten es.

Wie mir Richy am nächsten Tag berichtete, hatte auch sein Klassenlehrer krampfhaft versucht, ihn zu bekehren. Er hatte ihm vorgehalten, dass er als Schulbester auch eine Art Vorbild sei und es für alle Abiturienten doch sehr unverständlich erscheine, wenn er sie nun gerade während der Klausur-Phase im Stich lasse und demotiviere. Ob er vielleicht krank sei und Hilfe brauche. Ob er bereits irgendein Super-Angebot eines Arbeitgebers habe, der wüsste, wie begabt er sei – und so weiter und so fort. Richy hatte den Touch eines Heiligen. Er sah mit seinen langgewellten brünetten Haaren wirklich wie Jesus aus, hatte einen sanft leidenden Gesichtsausdruck, wenn er mit etwas nicht einverstanden war; und er lächelte wissend und wohlwollend, wenn es ihm gefiel. Er war nie überschwänglich, niemals radikal in seinen Äußerungen, stets bedacht, das Richtige so zu formulieren, dass niemand sich bevormundet, übergangen oder benachteiligt fühlen und am Kopf kratzen musste.

„Nein", hatte Richy gesagt. „Ich möchte meine Entscheidung nicht näher begründen, aber ich habe meine Gründe."
„Sie können jederzeit das Abitur nachholen!", hatte sein Lehrer gesagt.
„Ich weiß", hatte Richy geantwortet. „Mal sehen."
Vier Tage später begann er seinen Job als Taxifahrer. Sein Vater war letztes Jahr verstorben. Seine alleinerziehende Mutter wollte er nicht allein lassen, und so wohnte er weiterhin bei ihr.

„Wie hat deine Mutter darauf reagiert?", fragte ich ihn.
„Sie sagte, dass sie mir nicht reinreden wolle. Und das Geld brauchten wir sowieso sehr nötig. Und klug wie ich sei, würde ich gewiss irgendwie meinen Weg machen."

Meine Eltern reagierten mit einer Mischung aus Entsetzen, Verzweiflung und Hoffnung – und so, als hätten sie nichts anderes erwartet. Ein wenig schämte ich mich.

„Das sagen wir aber erstmal niemandem", meinte Mama. Sie war sichtlich um das Image der Familie bemüht. Hier kam selbst ihre schwäbisch-liberale Grundhaltung an ihre Grenze.
„Und Günter und Ulla?", fragte ich.

„Das lass mal meine Sorge sein. Ich weiß noch nicht."
Otto war sauer. Aber er wusste dies zu verstecken. Ich nehme an, ihm war klar, dass seine Widerrede mich nur noch mehr in meinem Vorhaben bestärkt hätte.
„Du bist alt genug und musst wissen, was du tust. Wie willst du denn dein Geld verdienen?"
Ich klärte beide nun auch über mein Vorhaben auf.

*

Am Marshallbrunnen hatte ich schon lange Kontakt zu Rolf gefunden, der als Steuerfachgehilfe arbeitete und mit Nobbi und Hajo gemeinsam die Berufsschulklasse besuchte. Er verdiente schon richtig Knete und war mit Beppo und Tommi, dem frisch ernannten Postbeamten, befreundet, die auch beide bereits dickes Geld verdienten. Alle drei waren in der Lehrlingsgewerkschaft aktiv. Und sie suchten noch einen vierten Mitbewohner für ihre Wohngemeinschaft in der Rotlintstraße. Ich sagte ihnen zu.

Und nun sagte ich dies meinen Eltern. Ich erzählte auch von meiner zukünftigen politischen Arbeit beim Solidaritätsverband, wobei ich immerhin 450 Mark verdiente. 53 müde Mark musste ich für die WG-Miete und 17 Mark für die Nebenkosten hinblättern. Danach war ich immer noch stinkreich, fand ich.

„Bitte nicht mehr beim Frisör wegen mir heulen", sagte ich zu Papa. „Ich habe euch beide sehr lieb, aber ich brauche meine Selbständigkeit. Ich besuche euch auch ganz oft und verspreche euch, keinen Blödsinn zu machen!"

„Den größten Blödsinn hast du gerade schon gemacht“, sagte Lollo, gab mir einen Kuss auf die Stirn und weinte.

*

Liebes Bruderherz,
steht dein Angebot noch? Ich würde gerne über Pfingsten kommen, habe aber nicht viel Moos – und du weißt: Ohne Moos nix los. Und wie sieht es mit einem Besuch bei Uschi Obermeier aus? Kannst du da vielleicht deinen Reporter-Freund von BILD am SONNTAG einspannen? Oder kann man da einfach so vorbei kommen?
Hier läuft alles glatt. Jetzt also bin ich nur noch Viertel-Provo, „ehrenamtliches“ Schüler-Gewerkschaftsmitglied, Sympathisant der Naturfreunde und Lehrlingsaktivist. Hab auch einen Nebenjob als LKW-Fahrer für Altkleidersammlungen zugunsten der Vietcong. Mehr dazu in Bärlin.
Lass mal bald was hören. Nicht wundern. Ich habe eine neue Anschrift und Tel.-Nr. (siehe Absender). Eltern sind einverstanden. Ich wohne ab jetzt in einer WG.
Sei gedrückt
Dein Atzen-Bruder

Günter rief an und wir besprachen, wann genau und wie ich nach Berlin kommen könne. Vater würde mir noch die Bahnfahrt bezahlen. Und die Sache mit der Kommune I ginge wahrscheinlich klar. Die Uschi sei ein geiles Weib. Und an der DDR-Grenze solle ich mich benehmen, sonst würde ich schwupp-die-wupp mal für einige Stunden in deren Grenzaufenthaltszellen sitzen und würde bis ins Arschloch gefilzt.

Ich machte meinen ersten Einsatz beim Soli-Verband für die kommende Woche fest und packte meine Sachen für Berlin. Meine neuen WG-Kumpel waren neidisch,

dass ich ins großartige Westberlin abdüsen konnte – und dort wahrscheinlich die Uschi treffen würde.
„Bring uns ein Andenken von ihr mit", sagte Beppo, der in einer Spedition als festangestellter LKW-Fahrer arbeitete. Beppo war schon 22 Jahre alt und nur nebenher in der Lehrlingsgewerkschaft aktiv. Er hatte vorläufig nicht vor, sich in seiner Transportgewerkschaft zu organisieren.
„Was für'n Andenken?", fragte ich.
„Vielleicht 'nen BH oder Schlüpfer", sagte er mit einem breiten Grinsen. „Ich kann's ihr ja bei meiner nächsten Berlin-Tour zurückbringen."

Die Kommune I hatte sich in der Wohnung des Schriftstellers Uwe Johnson einquartiert, weil Johnson gerade für einige Zeit in New York arbeitete. Günter und ich kamen zu dem Eckhaus am Stuttgarter Platz, Ecke Kaiser-Friedrich-Straße in Charlottenburg, und ich, ganz wichtigtuerisch, hatte einen Fotoapparat umhängen. Günter kannte man ja, und Langhans fragte gleich nach dem Honorar. Als Günter sagte, dass wir nur mal privat reinschauen wollten, verzog sich die Miene des Kommunarden sichtbar in die Länge, aus Langhans wurde Langhals und aus Langhals schließlich Langgesicht. Umrahmt wurde sein schmales Gesicht von einem bis zu den Schultern reichenden wilden Lockengeflecht. Aber Rainer konnte uns ja nicht so einfach wegschicken. Offensichtlich musste selbst er, der unkonventionelle Sex-Revolutionär, lukrative Geschäftskontakte pflegen.

„Es wird aber nicht fotografiert", sagte er und zeigte mit ausgestrecktem Finger auf meinen Fotoapparat. „Leg das Ding mal lieber hier auf den Tisch. Fotos vertickern nur wir!"

In der Kommune roch es nach einem Gemisch aus Bratwurst, Curry, Kloreiniger und Zimt und nach unterschiedlichsten Blumendüften, die in kleinen Wölkchen aus allen Ecken von Räucherstäbchen aufstiegen. Man beachtete uns kaum; erst als Fritz Teufel fragte, ob wir ein besonderes Anliegen hätten, fragte ich zaghaft, ob ich mit Uschi ein Interview für unsere Provo-Zeitung machen könne. Und ob auch ein Foto möglich wäre.
„Foto nicht, hab ich gesagt!" rief Langhans energisch dazwischen.
„Uschi, der Kleine würde dich gerne interviewen", sagte Fritz.
„Macht alles mein Management", erwiderte sie und warf lachend ihr hübsches Köpfchen mit den brünetten Locken in den Nacken.

Langhans schaute zu ihr und sagte: „Nee, mach das mal selber, dafür gibt's keine Kohle, das ist für 'ne Politzeitung."
Uschi rekelte sich in ihrer sexy Art und schien sich ein wenig zu zieren. „Okay, aber nicht so lange, nur zehn Minuten", sagte sie und winkte mich zu ihr auf die blauweiß gestreifte Couch. „Hast du einen Recorder mit?"
„Ich kann Steno", sagte ich – und nach einer kleinen Pause – „… dank eines neurotischen Lehrers."
Das wollte sie genau wissen, und so erzählte ich die Geschichte von unserem verrückten Stenografie-Lehrer Geier und seinem mysteriösem Schuhritual. Uschi interpretierte das inszenierte Gehabe als eine Form der unterdrückten Sexualität. „Der Mann ist eindeutig untervögelt."

*

Sechs Tage später saß ich abends nach einer Altkleider-Sammeltour in meinem WG-Zimmer und tippte meine exklusiven Steno-Aufzeichnungen in die Schreibmaschine. Das erste Zimmer, das so echt meines war. Ich hatte die eine Wand mit einer übergroßen Che-Foto-Tapete aus dem Laden des angeblich spionageverdächtigen Hannsheinz Porst bekleistert. Ansonsten waren die Wände in scharlachfarbenes Liebesrot getaucht. Der Teppich war flauschig und hellbraun. Die kleinen wabenförmigen Regaleinheiten waren nebeneinander und übereinander gestapelt. In ihnen befanden sich Bücher und Revolutionskitsch wie ein von den Bullen verlorener Gummiknüppel, eine gekaperte Baustellen-Leuchte, eine Marxbüste vom Trödel und gerahmte Bildchen von Ho-Chi-Minh und den Beatles. Und von der Monroe, die allerdings mit Revolution weniger zu tun hatte als vielmehr mit Kitsch.

Ich hämmerte mit meinem doch recht flotten Ein-Finger-Hacksystem in die Maschine:

PENG: „Wie stehst du zu Männern, Uschi?"
Uschi: „Weil mein Vater auf attraktive Frauen stand, hab ich mir gedacht, dass ich auch eine tolle Frau werden muss. Nur dann würde mich mein Vater beachten. Mein Trieb war deshalb, in die Zeitungen zu kommen. Wenn er mich schon nicht lieb hat, dann liest er wenigstens über mich, dachte ich."
PENG: „Hattest du deshalb schon sehr früh mit Jungs etwas?"
Uschi: „Wo ich mit zwölf Jahren wohnte, gab es Jungs mit Lederjacken, die Haare an den Seiten angeklatscht und oben zur Tolle gedreht. Echte Halbstarke. Die Jungs waren schon älter, um die achtzehn, und ich fand

sie cool, weil sie so wild waren und das auch so offensichtlich raushängen ließen."
PENG: „Und haben die dich angemacht oder wie lief das?"
Uschi: „Wenn die Jungs im Park waren, habe ich immer wie zufällig dort Ball gespielt. Die haben mich auch irgendwie gemocht. Bei dem einen wollte ich immer auf dem Schoß sitzen, und der hat mich auch gelassen. Dann wurde ich zum ersten Mal auf eine der Kellerpartys bei meiner Cousine eingeladen, mit Platten von Elvis, Peter Kraus und Ted Herold. Alle kamen in exzentrischer Existenzialisten-Aufmachung, schwarzer oder dunkelroter Baskenmütze, schwarze Strumpfhosen und Ringelpullover. Im Schummerlicht habe ich zum ersten Mal ganz eng getanzt. Da war ich zwölf und schon hip."

Dann tippte ich „Fortsetzung folgt", denn ich wollte meine Munition nicht in nur einer einzigen Ausgabe verschießen. Die Spannung sollte aufrechterhalten werden. Als ich das Skript der Provo-Runde unterbreitete, wurde der Beitrag mit drei gegen zwei Stimmen abgelehnt. Ich hatte mich der Stimme enthalten. Da erinnerte ich mich, wie unkollegial ich meine *Telstar*-Redaktion im Stich gelassen hatte.

Ich besuchte Pit und Fränki und überreichte ihnen das Uschi-Obermaier-Interview. Sie waren begeistert.
„Wir können deinen Namen aber jetzt nicht mehr erwähnen, weil du ja nicht mehr auf der Schule bist", sagte Fränki, mein bester Klugscheißer aller Zeiten.
„Ich weiß. Es kommt doch auf den Inhalt an", meinte ich.
„Kannst du auch die Fortsetzung schreiben?", fragte Pit.

Also musste ich an der nächsten *Telstar*-Ausgabe arbeiten und tippte hochmotiviert den zweiten Teil meines Uschi-Obermaier-Interviews. Am gleichen Tag brachen politische Unruhen in Frankreich aus. Mit Gewalt versuchte Präsident de Gaulle, den friedlichen Studentenprotest gegen Frankreichs verkrustete Strukturen zu brechen. Da aber riefen die Gewerkschaften den Generalstreik aus und sprangen den Studenten zur Seite. Die mächtigen französischen Gewerkschafter, Mensch, das waren Kerle! Der Protest wuchs von der Jugendbewegung hinüber in die Arbeiterbewegung. Die Fünfte Republik erlebte ihre schwerste Krise.

*

Auch die Bonner Republik erlebte eine ihrer schwersten Tage, denn nur einen Tag nach dem Generalstreik in Frankreich unternahmen die Gegner der Notstandsgesetzgebung einen Sternmarsch nach Bonn mit 30.000 Teilnehmern aus dem ganzen Bundesgebiet. Das hallte lange nach. Leider war ich verhindert, war auf Kleidersammel-Tour gewesen. Aber wie ich vermutete, wäre ich eh nur der 30.001ste Teilnehmer gewesen. Man hätte mich gewiss nicht besonders erwähnt.

Und zehn Tage später wurde der 1. FC Nürnberg Deutscher Fußballmeister, was Günter zu einem wahren Entzückungsanruf veranlasste. Von diesem superglücklichen 1. FC Nürnberg hatte ich noch nie etwas gehört. Ob das mit dem Sport-Lotto irgendwie zusammenhing? Bevor Günter es mir erklären konnte, hatte ich ihm mein Interview mit Uschi am Telefon vorgelesen.

„Das war jetzt aber ein teurer Spaß“, sagte Günter, denn eine Telefonminute kostete damals 24 Pfennige. Viel Geld. „Ich kenn das doch. Ich war doch dabei!“

In der nächsten *Telstar*-Ausgabe erschien die Fortsetzung des Uschi-Interviews.

Telstar: „Wie waren deine ersten Erfahrungen mit Männern?“
Uschi: „Meine ersten Männer waren Kopien meines Vaters. Wenn ich nur sein Rasierwasser, *Aqua Velva*, an anderen Männern gerochen habe, dann wurde ich schon schwach. Meine Devise hieß immer: *»I don't want your money, I want your honey.«* Deshalb wollte ich auch nie einen Doktor oder einen Anwalt als Mann. Für mich kam nur ein wilder Mann infrage.”
Telstar: „Und wer war deine erste Liebe?“
Uschi: „Damals stand ich auf Eberhard, einen ganz schlanken Typen aus der Nachbarschaft mit braunen, schon etwas längeren lockigen Haaren, den wollt ich so gern, und von dem hab ich nachts geträumt. Aber er sagte, mit einer Jungfrau käme ihm nichts in die Tüte. Hmm, hab ich mir dann gedacht, das ist also eigentlich was Schlechtes, so ‘ne Jungfrau zu sein. Geradezu was Lästiges. Das brauchte ich nicht auch noch. Also beschloss ich kurzerhand, mich von irgendjemandem entjungfern zu lassen. In der Zeit der Pubertät stand ja jeder auf jeden. Die Hormone waren am Toben.“

Meine Finger taten mir weh und ich legte eine Tipp-Pause ein. Ich las ein wenig in der neuesten *Pardon*-Ausgabe, wo man sich wieder einmal über den einfältigen Heinrich Lübke, unseren unglückseligen Bundespräsidenten, lustig machte, indem man einfach seine Originalreden zitierte. Nach zehn Minuten raffte ich mich auf, kochte mir einen Tee und tippte weiter.

Telstar: „Wie und mit wem hast du dich dann hormonell ausgetobt?"
Uschi: „Ich ging mit einem Jungen nach Hause, an dessen Namen ich mich nicht mehr erinnern kann, und hatte fast die ganze Zeit ein schlechtes Gewissen. Denn eigentlich hatte ich meinem Onkel versprochen, dass ich mich nur ganz stilecht entjungfern lassen würde, im wunderschönen Bauernbett, mit Kerzenlicht oder im Mondschein. Doch damals war ich halt in einem Alter , wo man sich schon von den gut gemeinten Versprechen entfernte, und die Wirklichkeit sah fast immer anders aus."
Telstar: „Wie alt warst du da?"
Uschi: „Ich war siebzehn, und eigentlich war die ganze Angelegenheit ziemlich brutal. Wir saßen erst in seinem Zimmer auf dem Jugendbett mit der orangefarbenen Bettwäsche und den braunen Blumenmustern und tranken was, dann legte er Musik auf. Wir redeten nicht darüber, was da lief. Er ging einfach ran."
Telstar: „Hast du geahnt, was dir blühte?"
Uschi: „Ich wusste nichts über meinen Körper, und als er fertig geschnauft hatte, dachte ich: Um Gottes willen, was ist denn jetzt los? Mit einem Mal war alles nass. Ich blutete! Ich bin gleich ins Bad gefetzt. Ich hatte gar nicht gemerkt, dass der sich da schon ergossen hatte, und dann der Horror, schwanger zu werden. Mir kam alles plötzlich so fremd vor, und dann bin ich auch gleich danach gegangen. Aber Eberhardt war leider trotzdem nicht an mir interessiert."

Ich erinnerte mich an die Fotos aus ihrer Teenagerzeit, die sie mir und Günter gezeigt hatte. Sie war wirklich wunderhübsch und bereits in jungen Jahren wie zum Fotomodel geschaffen. Ob sie jetzt bei den Demos gegen die Springer-Hetzpresse mitgemacht hatte? Oder hatte sie nur albern in ihrem eigenen Kommune-Kosmos Pudding für das nächste Puddingattentat gekocht? Als ich später mal Günter fragte, sagte er, er habe die Mitglieder der Kommune I mitdemonstrieren sehen. Uschi vorneweg. Aha, sie waren also noch nicht von Springers Honoraren korrumpiert. Dann schrieb ich weiter auf der von Onna und Tatti zu meinem Siebzehnten geschenkten Reise-Schreibmaschine, die inzwischen zu meinem Alltagswerkzeug geworden war. Ich schrieb auch Artikel für die *Pardon* und die *Konkret*. Aber kein einziger wurde 1968 angenommen.

Telstar: „Konnte dir ein anderes, ein positives Erlebnis aus der verbockten ersten Nacht weiterhelfen?"
Uschi: „Aber sicher. Schon bald lernte ich Eddy kennen, der war in der gleichen Clique wie eine von meinen Kolleginnen. Er war sehr männlich, sehr italienisch und ein paar Jahre älter als ich. In ihn habe ich mich in kürzester Zeit richtig verliebt – ein total wilder, starker Typ. Grausam, wie ich auf den abgefahren bin."
Telstar: „Und da hattest du deine erste wirklich lustvolle Nacht?"
Uschi: „Mit Eddy kam der Sex zum ersten Mal richtig gut, und wir haben gemeinsam begonnen, zu experimentieren und alles auszuprobieren, was uns in den Sinn kam. Sonst machte man ja nur so im Dunkeln unter der Bettdecke rum, aber wir haben uns zum ersten Mal richtig angeschaut und bewusst angefasst. Er hat mir gezeigt, wie man einen Schwanz anfasst, sodass es Spaß

macht, und wie man die Hand bewegt, sodass es guttut. Wir haben schon verschiedene Objekte benutzt und auch oralen Sex gemacht."

Ich schloss das Interview mit dem Versprechen, auch noch das restliche Interview als Fortsetzung zu bringen. Doch ich hatte schon im Gefühl, dass das ein sehr hohles Versprechen sein könnte. Wie mir Pit später berichtete, hatten sie das Interview in der Schülerzeitung ungekürzt gebracht und einen Shitstorm aus den Reihen der Eltern und Lehrer geerntet. Somit war dies mein letzter Liebesakt für meine gute alte Schule, das Helmholtz-Gymnasium, gewesen. Ich bereute nicht, dass Lehrer wie Elternschaft ausflippten. Konnte man etwas anderes von diesem fiesen autoritären Establishment erwarten? Pit und die tapfere Redaktionsmannschaft taten mir leid, aber so war eben das Leben. Das beschissene Leben in einem autoritär-verkrusteten Land mit gesellschaftlichen Vorstellungen aus kaiserlicher und brauner Urzeit.

*

Der Mord an Robert Kennedy, dem jüngeren Bruder des früheren Präsidenten John F. Kennedy, Anfang Juni goss Öl ins Feuer der US-Unruhen. In Europa griffen die studentischen Revolten nicht nur auf Frankreich über, sondern auch Italien und England wurden von sozialen Unruhen geschüttelt. In Nordirland herrschte blutiger Bürgerkrieg mit wöchentlich frisch erschossenen Bürgern – mitten im zivilisierten Europa. Der Westen war im Umbruch.

Auch die Kunst war im Umbruch. Und die Gegenbewegung, die wir fachgerecht »Konterrevolution« nannten, war nicht müde. Die Kasseler *documenta 4* geriet aufgrund des autoritären Ausschlusses von Kunstformen wie *Happenings* und *Fluxus* ins Kreuzfeuer der Diskussion. Der Protest der Studentenbewegung, der SDS-Gruppe »Kultur und Revolution« und die Kritik Wolf Vostells am Auswahlverfahren richteten sich gegen die Dominanz US-amerikanischer Künstler. Das Schlagwort von der *»americana«* entstand – in Anlehnung an *»documenta«*.

Als meine Eltern für zehn Tage an der geliebten Adria Urlaub machten, war ich alleiniger Hausherr. Ich sollte auf das Haus aufpassen. In dieser Eigenschaft hisste ich sofort am Tag ihrer Abreise eine extragroße knallrote Fahne mit dem Konterfei von Che auf dem Dach der elterlichen Stadtvilla. Die Fahne hatten Ebbet und die Meise-WG extra für den vergangenen Ostermarsch angefertigt. Nun lieh ich sie mir aus, weil sie nicht in einer Ecke verstauben sollte. Tante Ria regte sich fürchterlich auf und versuchte mir Angst einzujagen. „Ich sag‘s Otto. Dann wirst du dein Erlebnis haben! Wenn du die Fahne jetzt runter nimmst, behalt ich die unangenehme Sache für mich.“
Darauf konnte ich pusten.

Dann kamen meine Eltern braungebrannt, nichtsahnend und erholt aus ihrem verdienten Italien-Urlaub von der Adria. „Man kann dich wohl nicht allein lassen! Und das mit fast Neunzehn!“, schimpfte Otto. „Hol sofort die Fahne vom Dach runter!“
Die Eltern nölten und waren stinksauer; aber geschehen war geschehen. Die Fahne hatte revolutionär vom Haus

geflattert und zehn Tage lang allen Nachbarn gezeigt, dass sich die Zeiten geändert hatten. Oder?

Meine Werktage waren durch LKW-Fahrten mit einem Team von zwei weiteren Mitarbeitern vom Soli-Verband ausgefüllt. Wir fuhren um 9:00 Uhr los, sammelten bis 13:00 Uhr ein; dann war der LKW meist voll, und wir luden die ganze erste Fuhre in der Stoffverwertungsanlage ab. Ich kassierte bar. Die zweite Fuhre ging bis abends um 18:00 Uhr. Abgeladen wurde am nächsten Tag um 8:00 Uhr wieder in Neu-Isenburg. Als Ausgleich machten wir in unserer WG jedes Wochenende Party.

*

Am Freitag, dem 14. Juni, waren alle meine WG-Kumpels auf Arbeit, und so hatte ich vorher Meise gefragt, ob er mich zur Gewissensprüfung begleiten würde. Das war für ihn selbstverständlich. Ich belud seinen WG-Renault mit 14 Aktenordnern, in denen ich unzählige Dokumente gesammelt hatte, die sich alle um Krieg und Frieden drehten. Und um Religion, um christliche Werte, Gewissen, Moral, um Rüstungsindustrie und legale staatliche Mordorganisation. Meise durfte nicht mit in den Verhandlungssaal, aber er half mir dabei, die Akten auf meinem Anhörungstisch vor den Augen des mit vier Männern und einer Frau besetzten Anhörungsausschusses ordentlich aufzureihen.

Der Vorsitzende war ein alter Knopf um die Sechzig, der mit verkniffener Miene meine Akten misstrauisch musterte und den Kopf schüttelte.
„Benötigen Sie die Akten?“, fragte er mich.

„Es kann sein, dass eher Ihre Hoheit diese Akten zur Einsicht benötigen."
An der Wand hinter dem miesmutig dreinschauenden Vorsitzenden hing ein ziemlich doof grinsender Heinrich Lübke an der Wand. Ich stand auf und sagte: „Entschuldigen Sie bitte, aber als erstes möchte ich nicht versäumen, unseren verehrten Herrn Bundespräsidenten zu begrüßen."
Ich machte eine höfliche Verbeugung in Richtung des modernen Götzenbildes. Diese autoritären Arschlöcher konnten mich mit ihrem Getue nicht einschüchtern.

„Kommen wir zum offiziellen Teil der Anhörung." Der Vorsitzende, rückte seine Brille zurecht und nickte in Richtung der Frau, die wohl allein für den Protokolldienst vorgesehen war. Ob die heimlich miteinander vögelten? Dann fragte der Anhörungschef all meine persönlichen Daten ab, bevor er endlich zur Sache kam: „Als erstes muss ich Sie fragen, ob Ihr Antrag Bestand hat."

Bestand? Ach, der meinte, ob ich zu meinem Antrag stehen würde. In diesem Moment dachte ich: Nein, wenn die amerikanische Nationalgarde die Schwarzen wie Vieh abknallte, dann hatten die ein Recht sich zu wehren. Und auch die Vietnamesen hatten ein Verteidigungsrecht gegen einen völkerrechtswidrigen Überfall. Ich musste an My Lai denken, an die brutale Auslöschung der über fünfhundert Zivilisten, der Babys, Schulkinder, der unschuldigen Frauen und alten Männer, der Mütter und Schwangeren, der Brüder und Schwestern. Gewaltfrei sich erschießen lassen? Nein, ich würde eigentlich, wenn ich denn schon gezwungen wäre, die Waffe in die Hand nehmen. In diesem Moment, die bürokratischen Masken dieser vor mir sitzenden Kasper vor Augen, wandelte ich mich vom absoluten Pazifisten zum wehrbereiten Revoluzzer.

„Wie bitte?“, fragte ich zurück, um etwas Zeit zu gewinnen.
„Ich muss Sie der guten Ordnung halber eingangs der Anhörung fragen, ob Sie Ihren Antrag auf Befreiung von der Wehrpflicht aufrechterhalten. Das ist so Vorschrift bei einer Gewissensprüfung.“
„Nein“, sagte ich.
„Wie?“, fragte der große Vorsitzende verunsichert. „Sie meinen Ja?“
„Nein“, wiederholte ich.

Rechts neben dem sich als Gewissenschef aufspielenden Beamten-Würstchen sagte ein Bleichgesicht: „Er meint ganz sicher Nein zu Nein, was also Ja bedeutet. Sie meinten doch das Nein so. Oder meinten sie es wirklich als Nein?“
„Ich meinte es so, wie ich es sagte“, antwortete ich.
Die arme Tippse sah hilflos auf und fragte: „Was soll ich denn nun schreiben?“
Der Vorsitzende deutete auf meinen Aktenberg. „Sie kommen doch nicht alleine deshalb her, um die Akten wieder einzusammeln?“
„Nein, da haben Sie Recht“, sagte ich.
„Also doch Ja wie ich es gleich gesagt habe“, bestätigte sich das Bleichgesicht selbst.
„Stimmt das?“ fragte der Vorsitzende. „Ich möchte es jetzt bitte als ganzen Satz von Ihnen hören. Soll das Verfahren stattfinden?“
„Sie meinen die Gewissensprüfung?“, stellte ich ihm die Gegenfrage.

„Ja", sagte er.
„Nein", sagte ich, stand auf und begann meine Akten hinaus zu Meise zu tragen, der mir sofort zu Hilfe kam. Wieder machte ich in Richtung des Wandbildes eine knappe Verbeugung und dankte dem Bundespräsidenten für seine unendliche Geduld. Aber der grinste nur weiter recht dämlich. Und so war die Gewissensprüfung in nur zehn Minuten wie eine Seifenblase geplatzt.
„Jetzt werden sie dich aber bald am Schlafittchen haben", sagte Meise im R4. „Die holen dich mit der Feldpolizei."
„Die müssen mich erstmal finden. Glaubst du, ich sei so blöde und hätte mich polizeilich in der Rotlintstraße angemeldet?"

Noch am selben Tag besuchte ich die Eltern und bläute ihnen ein, dass man mich wahrscheinlich mit der Feldpolizei suchen würde und sie auf Teufel komm raus nichts von einer Frankfurter WG, in der ich wohnen würde, sagen sollten. Ich sei nach Westberlin verzogen, sollten sie sagen. Adresse noch unbekannt. In Westberlin durften die Militaristen nämlich nicht schnüffeln und hatten auch keinen Zugriff.

*

An diesem Wochenende fand eine Party statt, wie ich sie in meinem bisherigen Teenagerleben noch nicht erlebt hatte. Unsere WG-Mannschaft hatte ordentlich rotiert. Rolf, Tommi, Beppo und ich hatten alles super vorbereitet: schummriges Licht flutete die Zimmer, lila und rot-rosa-farbene Tücher bedeckten unsere einfachen Holzmöbel. Blumenbilder und natürlich Che Guevarra zierten die Wände. Es war eine einladende Liebesland-

schaft, bestehend aus einem Wust von bunt drapierten Matratzen, Decken und Kissen. Was wir nicht selber hatten, besorgten wir von Freunden. „Zufällig" war aus Beppos LKW ein ganzer Stapel neuester Schallplatten von Otis Redding und anderen Hit-Stars runtergefallen.
„Kriegst du da keinen Ärger mit deinem Chef?", wurde Beppo von Tommi gefragt, der später nach seinem Postler-Dasein am liebsten Jura studieren wollte.
„Das zahlt die Versicherung. Und außerdem kann mich mein Chef mal. Der findet keinen anderen Dummen wie mich. Der ist auf mich angewiesen."

Wir besaßen Singles und LP's von den *Beatles*, den *Stones*, den *Kinks, Monkees* und von den *Beach Boys*. Dazu hatten wir von Ebus eine Menge Psychedelic Music ausgeliehen, darunter *Jimi Hendrix* und *The Zombies*, aber auch *Donovan*. Für Essen und Getränke hatten wir einen Monat lang gespart und zusammengelegt. Die Küche war fulminant bestückt. Die Party war als Bottle-Party geplant, so dass die meisten Gäste tatsächlich ein paar Flaschen mitbrachten. Man war nicht geizig.

Wir starteten die Party, fließend, ab 20:00 Uhr. Bis Mitternacht waren über 60 Leute bei uns versammelt und schwangen mehr im Rausch als nüchtern ihre halbnackten Körper zu Rhythmus und Klang der Musik. Eine Stunde später rückte eine andere Partymannschaft mit rund 20 Leuten an, und unsere Feier driftete mit ihnen in eine Psychodelic-Party ab. Fast alle waren bekifft oder auf einem LSD-Trip. Ebus hatte die Gruppe angeführt. Gut, dass wir alle unsere Wertsachen und wichtige Dinge unseres Wohnbedarfs in den Keller verfrachtet hatten.

Männlein und Weiblein lagen kreuz und quer durcheinander, und allem Anschein nach gab es keine größeren Hemmungen, was die Freiheit der sexuellen Bedürfnisse betraf. Auf den Decken wurden kleine Kissenschlachten geschlagen. Unter den Decken wurde sich sportlich betätigt. Der Liebe und der lustvollen Phantasie waren keine Grenzen gesetzt. Aber es ging nicht arg so wild durcheinander, wie Beppo es im Nachhinein darstellte.

Als ich um Fünf in mein Zimmer kam, um mich schlafen zu legen, war mein Bett bereits von einem laut schnarchenden Typen belegt. Es war Diddi. Ich hatte ihn und Traudel, seine Frau, erst heute kennen gelernt. Diddi war 24 und Traudel war 25 Jahre alt; sie waren seit drei Jahren verheiratet. Sie lag auf dem Boden auf einer Matratze und hatte sich eine Decke übergezogen, ließ aber ihre schlanken Beine bis zum Oberschenkel frei hervorgucken. Diddi sägte einen Baum nach dem anderen, und es roch stark nach Alkohol. Wo sollte ich mich hinlegen? Wohl kaum zu Diddi. Also holte ich mir aus Beppos Zimmer eine Decke und legte mich neben die Matratze auf den Boden. Dann versuchte ich zu schlafen, denn nun war ich total fertig, ausgelaugt. Und das ganz ohne Alkohol und ohne Drogen. Aber der Boden war hart und unbequem. Kaum waren meine Augen zugefallen, berührte mich eine Hand und tastete sich vorsichtig zu meiner Brust vor.

„Psst“, flüsterte Traudel. „Komm hier auf die Matratze.“
Ich zögerte. „Zu dir? Was ist mit Diddi?“
„Der ist stockbesoffen; wie immer. Der kriegt nix mit. Und wenn schon!“

„Wir schlafen aber nur ganz brüderlich und schwesterlich nebeneinander“, flüsterte ich.
„Na klar“, sagte sie und zog mich an sich und ging sofort zum Angriff über. Bevor ich mich versah, lutschte sie an mir rum und machte mich wild.
„Verhütest du?“, fragte ich
„Na klar. Ich nehm die Pille!“
Wir steckten noch eine knappe Stunde unter der Decke und machten das, was man Liebe machen nennt. Als wir endlich einschliefen, stand schon längst die Sonne am Himmel und ein strahlender Tag kündigte sich an. Es war bereits sechs Uhr.

Um Zwölf mittags wurden wir wach, und ich bereitete für die noch anwesenden Partygäste das Frühstück vor. Acht Leute waren übriggeblieben. Diddi wurde erst später um Zwei wach. Er hatte nichts mitgekriegt. Traudel und ich machten so, als wäre nichts geschehen. Sie hatte mir nur noch kurz zugeflüstert, dass sie in einem Frisörsalon am Eschenheimer Turm arbeiten würde.

*

Am Montag war ich wieder am Einfahren von Tonnen von Altkleidern und hatte am Abend 2.200 Deutsche Mark bei Roland abgegeben. Er fragte mich, ob ich mit ihm nach Berlin-Ost fahren würde. Er hätte die eine Million Mark, auf die der Verband hingearbeitet hatte, jetzt komplett. Und er habe einen Diplomatenwagen für die Vietnamesische Botschaft gekauft. Das sei mit denen abgestimmt. Auto und Geld müssten überführt werden. Natürlich sagte ich zu. Das war ein Abenteuer. Er telefonierte mit der Botschaft in Ostberlin und sagte, dass wir am Freitag starten konnten.

Im fernen China stürzte Mao Tse-tungs »proletarische Kulturrevolution« Millionen Chinesen ins Unglück. Und ausgerechnet ich geriet am Mittwoch auf einer Infoveranstaltung des Solidaritätsverbandes an eine Maoistin, die mich total faszinierte und vom ersten Augenblick an in Beschlag nahm. Ihr Name war Karin .Sie war so was von sexy. Ganz im Gegensatz zu ihrer Freundin Claudia Roth, die mit ihr in einer dieser dubiosen maoistischen KP-Organisationen zugange war. Die zerbrachen sich da ernsthaft den Kopf darüber, ob und wie man die Macht der Gewehrläufe auch in Westdeutschland sprechen lassen könne, um hier eine »proletarische Kulturrevolution« zum Laufen zu bringen. So einen Mist hatte ich schon lange nicht gehört. Da fand ich wieder zu meinem Pazifismus zurück.

Mich wunderte zeitlebens, dass hier Innenministerium und Verfassungsschutz nicht aktiv wurden und man diese gewaltverherrlichenden Splittergruppen, deren es eine Vielzahl gab, nicht verbot. Später einmal sagte mir Peter Gingold, ein lebenserfahrener Politiker, ein aktiver jüdischer Widerstandskämpfer gegen die Nazis, der dem Tod im KZ knapp entronnen war, dass die herrschende Politik ein Interesse an der Zersplitterung und Desorientierung der Außerparlamentarischen Opposition habe. „Ganz klar. Deshalb gründen sogar Geheimdienstmitarbeiter under cover solche Organisationen oder geben eine Anschubfinanzierung und logistische Starthilfen. Oder zumindest verhätschelt man diese Leute und unterwandert sie, um sie im Sinne der staatlichen Dienste zu lenken. Sie erfüllen wissentlich oder unwissentlich die Strategie der herrschenden Klasse nach dem Motto:

Teile und herrsche! Gab's alles schon in der Weimarer Republik und bei den Nazis."

Sexy Karin schleppte mich das erste Mal ins *Libresso*, das war ein maoistischer Buchladen, in dem lauter Mao-Bibeln und kleinformatige Propagandabroschüren für die Brusttasche rumlagen, die man für lau mitnehmen konnte. Ich deckte mich damit ein, musste ihr aber irgendwann gestehen, dass ich das Geschreibsel für absolut untauglich hielt, um unsere Demokratie in Richtung sozialer Gleichheit und Sozialismus zu entwickeln. Im Gegenzug machte ich sie mit der VVN, der Vereinigung der Verfolgten des Naziregimes, bekannt. Die hatte ich Monate zuvor über Kurt, den Buchhändler, kennen gelernt. Da gab es eine Menge politerfahrener Leute, wie zum Beispiel die Eheleute Gingold, die uns aus eigener Erfahrung berichten konnten, was der Faschismus im Alltag bedeutet hatte – und wie feige sich die große Mehrheit der Deutschen weggeduckt hatte. Karin hatte ehrlichen Respekt vor ihnen. Damit konnte ich vorerst über ihre maoistische Anschauung hinwegkommen.

Etwa zu diesem Zeitpunkt erreichte der Minirock seine maximale Popularität, und meine neue Flamme, siebzehn Jahre, trug das Ding so schrecklich aufreizend und knapp. Ihre türkisfarbenen Augen funkelten, bereit den Klassenfeind tot zu lieben oder besser gleich zu erdolchen. Ihre vollen Lippen sprachen politisch-radikale Texte, wenngleich dies das einzig Verwunderliche war. Wie konnte aus so einem schönen Mund solch eine gequirlte Scheiße plätschern. Trotzdem hatten wir uns unsterblich ineinander verliebt. Das endlich war wahre Liebe.

„Eigentlich müsstest du doch – streng ideologisch gesehen – statt einem Mini den maoistischen Einheits-Blaumann tragen“, provozierte ich sie.
„Wenn du das magst, okay.“ Sie warf ihre schulterlangen brünetten Haare schwungvoll nach hinten.
„Nein, mag ich nicht, das sieht doch gar nicht sexy aus!“

An einem der folgenden Treffen trat sie mir im Blaumann entgegen – genauso sexy und verführerisch wie im Mini.
„Aber das ist so ein wirklich plumpes und doofes politisches Bekenntnis. So etwas find ich peinlich. Es reicht doch schon, wenn die Nonnen in ihren Uniformen die Welt auf sich aufmerksam machen wollen“, sagte ich und schüttelte wie angewidert den Kopf, was ich natürlich nicht so meinte.
„Komisch“, sagte Karin, „dass die Männerwelt gerade wohl deshalb junge Nonnen in ihrer Tracht so schrecklich sexy findet. Oder kennst du nicht die Kalenderbilder von Beate Uhse?“
Schon ein paar Monate später wurde auch der Mao-Look von der Modeindustrie vereinnahmt und kapitalträchtig vermarktet. Wie konnte ich das ahnen!

*

Wie vereinbart fuhren Roland und ich am Freitag mit dem auf Hochglanz polierten Diplomatenwagen los, einem schwarzen Volvo mit grauen Vorhängen an den Seitenscheiben. Es ging Richtung Herleshausen, dem DDR-Grenzübergang. Ich saß am Steuer, neben mir Roland, der erst jetzt ein Brötchen futterte, weil er morgens stets zu frühstücken vergaß. Auf der Höhe von Gießen fiel mir auf, dass wir nicht angeschnallt waren.

Es gab noch keine Anschnallpflicht, aber es war dennoch sinnvoll sich anzuschnallen, wie mir mein Fahrlehrer eingetrichtert hatte. Ernsthafte Verletzungsgefahren bei einem Unfall ließen sich um achtzig Prozent minimieren. Also hielten wir auf einem Rastplatz an.

Weit vor uns, vielleicht in hundert Metern Entfernung, parkte ein LKW mit offener Ladefläche, aus der mit roten Fähnchen bestückte Teile herausragten. Schicker Diplomatenwagen hin, schicker Wagen her, die Gurte waren 1968 noch mit der Hand lose heranzuziehen. Man benötigte zwei Hände wie bei einem Spanngurt, denn eine automatische Aufwicklung gab es noch nicht. Während Roland und ich konzentriert mit unserer Anschnallerei beschäftigt waren, sahen wir, wie der LKW-Fahrer offensichtlich den Rückwärtsgang eingelegt und zu uns zurückgesetzt hatte. Er fuhr immer schneller auf uns zu. Ich ließ den Gurt los und versuchte noch den Rückwärtsgang einzulegen, aber da donnerte und krachte es bereits, und das Dach des Volvo wurde zehn Zentimeter über unseren Köpfen zur Hälfte hinweggerissen.

Ich stieg geschockt aus. Der LKW-Fahrer kroch verschlafen aus seinem Häuschen.
„Wie können Sie nur zurückfahren und uns nicht sehen!" schrie ich ihn an.
Tatsächlich aber waren wir auf sanft abschüssigem Gelände gerollt. Langsam, aber sicher, immer schneller und schneller werdend. Auf nur hundert Metern kann man schon auf eine passable Geschwindigkeit kommen. Passabel genug, um einen nagelneuen Diplomatenwagen zu Schrott zu fahren - und mit viel Glück knapp den Kopf noch auf dem Hals zu behalten.

Roland und ich hatten nicht bemerkt, dass sich diese gut gefederte Karosse sanft fahrend in Bewegung gesetzt hatte, absolut geräuschlos. Wir fühlten uns beide schuldig. Ich fühlte mich jedoch am schuldigsten, denn als gerade examinierter Fahrschüler hätte ich wissen müssen, dass man – auch auf scheinbar gerader Strecke – beim Parken stets die Handbremse anziehen musste. Ich vergaß es seitdem nie mehr.

„Es tut mir so leid", sagte ich. „Wie kann ich das nur wiedergutmachen?"
„Wir beide sind heil geblieben. Meine drei Kinder haben noch ihren Vater. Das ist das Wichtigste. Das andere ist nur Geld. Die fünfundzwanzigtausend Mark haben wir in einem Monat locker wieder eingefahren."
Die fünfundzwanzigtausend Mark entsprachen nach heutigen Maßstäben im Vergleich zu den jeweiligen Monatseinkommen rund achtzigtausend Euro.

Nur mit halbem Dach und ohne Windschutzscheibe fuhren wir auf der Autobahn mit 60 km/h zurück nach Frankfurt. Wir benötigten das Doppelte der sonstigen Zeit und wurden zum Glück nicht erwischt und angehalten.

Im Büro angekommen, informierte Roland die Botschaft. Nur ein Telefonat später bestellte er einen neuen Diplomatenwagen mit Sonderausstattung. Die Lieferzeit betrug etwa zwei Monate. Deshalb beschlossen wir, am Sonntag per Bahn nach Ostberlin zu fahren und die angesparte eine Million endlich abzuliefern. Wie gesagt, so getan. Die Vietnamesen freuten sich überschwänglich und berichteten uns über den Befreiungskampf in ihrer

Heimat. Ob wir an der Grenze Schwierigkeiten gehabt hätten, fragte der Botschaftssekretär.
„Keine Spur", antwortete Roland. „Die Grenzer haben uns flott durch gewinkt."
Der Sekretär lächelte stolz und schaute den Botschafter an, als wolle er sagen: Alles mein Werk.

*

Dann kam das Werk der katholischen Kirche über uns wie die Sintflut. Ende Juli legte Papst Paul VI. in der Enzyklika »Humanae vitae« *(Über die Weitergabe des Lebens)* dar, dass *„vor dem Hintergrund der Beachtung des natürlichen Sittengesetzes jeder eheliche Akt von sich aus auf die Erzeugung menschlichen Lebens hin geordnet bleiben"* müsse.

„So ein Quatsch, was für verlogene und verschnörkelte Worte!", befand Karin, die aus katholischem Elternhaus kam. Darin, in der Ablehnung der verkorksten katholischen Sittenlehre, waren wir uns absolut einig. Aber über den hirnrissigen Maoismus zofften wir unerbittlich. Wahrscheinlich nur, um uns anschließend unerbittlich zu lieben. Wir befanden uns in einem unablässigen Diskussionsrausch ebenso wie in einem nicht enden wollenden Liebesrausch. Und beides hielt an.

Mein Solidaritätsjob nahm mich immer mehr gefangen. Er füllte meinen Tag total aus. Endlich keine unnötigen Theorien mehr, endlich keine Eintrichter-Ware mehr aus der Schule. Eines Tages, beim Einsammeln der Säcke mit Altkleidern, trat ein Mann aus der Haustür, den ich kannte, zu gut kannte. Es war Oberstudienrat Grus, mein ehemaliger knorriger Chemielehrer, erzkonserva-

tiv, höflich-korrekt, höchst ungeschickt – kein Tag, an dem ihm nicht ein Reagenzglas hingefallen war.
„Guten Tag, Herr Grus!“, sagte ich.
Er schaute mich erstaunt an. „Herr Koenig, Sie?“
„Ich bin es leibhaftig“, lachte ich.
„Ach, Sie sammeln hier für den Vietcong?“
„Ja, unser Solidaritätsverband sammelt für Vietnam.“
„Glauben Sie, dass die das nötig haben? Die werden doch schon von den Sowjets mit Waffen versorgt.“
„Wir wollen humanitäre Hilfe leisten, keine Waffenhilfe.“
„Und wie wollen Sie das bitte kontrollieren!“

Und schon hatte er mich kalt erwischt. Diese Frage hatte ich mir noch nicht gestellt.
„Ich werde dieser Frage nachgehen und Ihnen bei der nächsten Sammlung Bescheid geben. Ich verspreche es Ihnen.“
„Na, ehrlich sind Sie ja, das muss man Ihnen lassen. Aber auch etwas zu leichtgläubig. Und außerdem war es keine gute Entscheidung, das Abitur abzubrechen. Irgendwann werden Sie es nachholen. Denken Sie an mich! Guten Tag!“

Seine Worte gingen mir in der nächsten Stunde nicht aus dem Kopf, und ich legte mir allerhand Rechtfertigung zurecht, was Vietnam betraf: Erstens konnte man den Menschen in der Dritten Welt, die von uns unterdrückt und ausgeplündert wurden, eher vertrauen als unseren Mächtigen. Zweitens hatte er ja selbst gesagt, dass die Vietcong von der Sowjetunion mit Verteidigungsgütern beliefert wurden. Also brauchten sie nicht Waffen, sondern Medikamente und Medizinapparaturen. Drittens hatte uns der Botschafter höchstpersönlich versprochen, dass genau diese Güter von der Million angeschafft würden.

Am Abend sprach ich Roland darauf an und er sagte, eben dies sei Thema eines neuen Telefonats mit der Botschaft gewesen. Man habe um Lieferung von bestimmten medizintechnischen Apparaten gebeten, die es weder in der DDR noch in Vietnam gäbe. Er hatte daraufhin per Post eine Liste von technischen Geräten erhalten, die summa summarum einen Wert von 175.000 Mark hatten. Wir lieferten sie zwei Monate später mitsamt dem neuen Diplomatenwagen.

*

Am zwölften September, meinem neunzehnten Geburtstag, einem Donnerstag, besuchte ich die Eltern, die sich schon mit einem üppigen Abendessen vorbereitet hatten. Natürlich war Thema mein Abi-Abbruch, mein Leben überhaupt – mit all dieser vermaledeiten Politik und ihren Unwägbarkeiten. Das sei doch kein Leben. Ich versuchte, Lollo und Otto ihre Grundtraurigkeit zu nehmen und erzählte ihnen von meinem sozialen Arbeitsengagement und dass ich mich sehr glücklich fühle. Was ja auch stimmte. Demnächst würde ich ihnen meine neue feste Freundin Karin vorstellen. Vielleicht schon am Wochenende. Und es könne sehr wohl sein, dass ich irgendwann mal das Abi nachholen würde. Aber nicht jetzt. Jetzt müssten wir Jungen für eine neue Zeit streiten. Das sei wichtiger.

Für Samstag und Sonntag hatten Karin und ich uns allerdings für ein Wochenendseminar an der Goethe-Uni angemeldet. Thema: »Die Dritte Welt und wir – wie wir mit Dritte-Welt-Läden eine solidarische Unterstützung leisten können«. Es ging um ein neues Geschäftsmodell. Der Konsum mit Gütern aus Entwicklungsländern sollte zu deren Nutzen gefördert werden. Ich sagte meinen Eltern telefonisch ab. Zu diesem Zeitpunkt wurde ihr Telefon offensichtlich noch nicht abgehört, sonst wäre an diesem Samstag die Feldpolizei nicht angerückt, um nach mir zu fragen, wie mir Mutter am Sonntagabend berichtete. Die Feldbullen waren wohl davon ausgegangen, dass ich am Wochenende aus Berlin, wo ich mich ja angeblich aufhielt, nach Hause kommen würde. Schlaue Kerlchen und doch nicht schlau genug.

Übrigens bestand das Geburtstaggeschenk meiner Eltern das erste Mal aus Knete, blankem Moos – zweihundert Eiern! Ein Vermögen!

Das Vermögen der Kommunisten in Westdeutschland war 1956 eingezogen worden, da war ihre Enteignung durch die Nazis gerade mal 24 Jahre her. Ihre Partei, die KPD, hatte man kurzerhand verboten. Jetzt, gegen Ende September 1968, gründete sie sich neu als DKP, als Deutsche Kommunistische Partei. Auf Plakaten forderte man die Enteignung der Großkonzerne und die gerechtere Verteilung des Eigentums. Die Plakate erinnerten an die Aufforderung im Grundgesetz, dass das Eigentum verpflichtenden Charakter habe. Man wolle die Monopole an die Leine legen. Der Staat müsse dem Volk und nicht dem Großkapital dienen. Friedenspolitik habe Verfassungsrang. Von deutschem Boden dürfe nie wieder Krieg ausgehen. Was war daran so falsch, dass viele sie hassten? Konnte man diesen Forderungen widersprechen?

Zwei Monate später ohrfeigte Beate Klarsfeld Bundeskanzler Kurt Georg Kiesinger auf dem CDU-Parteitag in Berlin. Sie wollte mit dieser öffentlichen Handstreich-Aktion auf dessen schwarz-braune Vergangenheit als Leitungsfigur in Goebbels Propagandafunk aufmerksam machen. »Gut gemacht, Beate!« schrieben die Leute aus Meises WG auf große Transparente und blockierten mit den wenigen Übriggebliebenen aus der Provo-Szene und mit einigen Dutzend Studenten die Verkehrsadern rund um die Stadtanlage und die Hauptwache.

Karin war Verführung pur. Sobald wir uns sahen, fielen wir übereinander her. Und danach wurde gesellschaftspolitisch reiner Tisch gemacht; die Argumente flogen hin und her wie außer Rand geratene Pingpong-Bälle. Ergebnis war aber keinesfalls der reine Tisch, sondern ein Tisch mit einem noch größeren Haufen unterschiedlichster Mosaiksteinchen als zuvor. Mosaiksteinchen, die immer wieder neu zusammengesetzt werden mussten. Da war die Frage, ob man mit Wahlen die Gesellschaft ändern könne. Ob man mehr vom Kopf oder vom Bauch her argumentieren müsse. Ob der Arbeiter und das studierende Arbeiterkind – das würde Karin irgendwann sein – die Zukunft des Landes bestimmen müssten. Welche Rolle die bürgerlichen Intellektuellen einnehmen sollten. Ob die sexuelle Revolution Ausgangs- oder Endpunkt einer gesellschaftlichen Umwälzung sein würde. Wir konnten bis zur Erschöpfung diskutieren. Dann konnten wir uns wieder lieben und lesen und endlich befriedigt einschlafen.

Eines Tages erklärte Karin, sie habe zwei Mal hintereinander vergessen die Pille zu nehmen. Wir hätten genau

in der fruchtbaren Zeit gebumst; sie fresse einen Besen, wenn wir jetzt Eltern würden.
„Denkst du an Abtreibung?“, fragte ich.

Abtreibung wurde immer mehr das beherrschende Thema der jungen Frauen. Die Studentinnen organsierten Aufklärungsveranstaltungen, die sich gegen den Abtreibungsparagraphen richteten. Der Keim für die Befreiung der Frauen trug langsam Früchte. Karin und ich erinnerten uns an eine Sommer-Veranstaltung im Club Voltaire. Da kannten wir uns noch nicht. Wir waren aber unabhängig voneinander dort gewesen. Ich mit Michaela, Karin mit Claudia Roth. Es ging um den Vortrag einer Jurastudentin. Sie war für die Legalisierung von Abtreibungen eingetreten und hatte kritisch zu einem Abtreibungsprozess berichtet:

Assessor Manfred Bachmann, 30 Jahre jung, Anklagevertreter bei der Staatsanwaltschaft in Hannover, hatte Routine walten lassen. Als der ehrgeizige Jurist in einem Abtreibungsverfahren vor dem Schöffengericht plädierte, beantragte er nach einschlägiger Strafmaß-Schablone sechs Wochen Gefängnis mit Bewährung und 600 Mark Geldbuße.

Amtsgerichtsrat Berlit, 47 Jahre, und seine beigeordneten Schöffen aber mochten es bei Routine nicht bewenden lassen. Sie ignorierten das Strafschema, und Richter Berlit verkündete ein ungewöhnliches Urteil: *„Der Angeklagte Günter Wähler wird wegen Beihilfe zur versuchten Fremdabtreibung zu einem Tag Gefängnis verurteilt. Die Vollstreckung der Strafe ist zur Bewährung ausgesetzt.“*
Dem Gesetz war Genüge getan, doch das Urteil war demonstrative Absage an ein Gesetz, dessen Nutzeffekt

seit langem umstritten war. Und die milde Strafe wies aus, wie ungern das Gericht überhaupt in der „Strafsache Wähler“ verurteilte, deren Ursprung bereits neun Jahre zurücklag.

1959 hatte der Landvermesser Günter Wähler, damals 22, die drei Jahre jüngere Erika Kappel geliebt. Das Mädchen wurde schwanger. Da sich die beiden jedoch bald „nicht mehr so richtig verstanden“, wie Erika Kappel sagte, beschlossen sie, den Fötus zwei Monate nach der Empfängnis abtreiben zu lassen.

Wähler schickte seine Freundin zu dem als hilfsbereit bekannten Arzt Dr. Fritz Lüllemann, der ihr zwei Spritzen gab, ohne Erfolg. Erst drei Monate danach hatte Erika Köppel eine – nicht eingeleitete – Fehlgeburt. Der Abort war das banale Ende einer alltäglichen Liebschaft. Acht Jahre später wurde die Kriminalpolizei auf die Hilfsdienste des Arztes Dr. Lüllemann aufmerksam und durchforstete dessen Patienten-Kartei. In den Aufzeichnungen über 650 Abtreibungsbehandlungen hatte der Arzt auch die Spritzen für Erika Köppel registriert, der die Strafverfolger freilich nichts mehr anhaben konnten: Ihre versuchte Eigenabtreibung – ein Strafrechts-Vergehen nach Paragraph 218 – war fünf Jahre nach der Tat verjährt.

Freund Wöhler dagegen wurde angeklagt, denn er hatte an einem Verbrechen der Fremdabtreibung mitgewirkt, das nach dem gleichen Paragraphen – einem Recht aus dem Jahre 1871 – mit fünfzehn Jahren Zuchthaus bestraft und ebenso lange verfolgt werden durfte.

Die Zahl der Abtreibungen hatte diese rigorose Strafandrohung, die Wöhler-Verteidiger Horst Mügge *„brutal, unmenschlich und antiquiert“* nannte, allerdings über Jahrzehnte nicht verringert. Das drakonische Gesetz bewirkte vielmehr nur zweierlei: Aus Furcht vor harter Bestrafung wurde umsichtig abgetrieben – von 150 illegalen Schwangerschaftsunterbrechungen wurde nur eine aufgedeckt. Und Frauen, die keine Adresse eines hilfswilligen Mediziners bekommen hatten, waren auf den riskanten Eingriff im Hinterzimmer einer Engelmacherin angewiesen.

So fragwürdig wie die Strafandrohung, war auch die Strafwürdigkeit des delikaten Delikts. Nur die sogenannte medizinische Indikation, Schwangerschaftsunterbrechung bei Gefahr für Leben oder Gesundheit der Schwangeren, wurde nach herrschender Rechtsauffassung geduldet. Die soziale Indikation – wegen erheblicher Beeinträchtigung der Existenz von Mutter und Kind – stand beim Gesetzgeber nie ernstlich auch nur zur Debatte.

Aus der Einsicht, dass weder Strafmaß noch Rechtsauffassung in Sachen Abtreibung der modernen Gesellschaft angemessen waren, hatte auch Richter Berlit in der Begründung seines Wöhler-Urteils Gesetzesschelte geübt: *„Das Gericht hat es bedauert, dass keine strafrechtliche Lösung möglich war, die zur Einstellung des Verfahrens geführt hätte, was das Gericht für sinnvoll erachtet hätte.“*

Anklagevertreter Bachmann dagegen hielt sich zugute, mit seinem Antrag „gesetzestreuer“ gewesen zu sein als das Gericht. Und seine Vorgesetzte, die Staatsanwältin Socher, 31, wollte sich mit der couragierten Entscheidung des Schöffengerichts nicht abfinden: *„Das sieht mir doch sehr nach symbolischer Bestrafung aus. Das ist doch sozusagen gar nichts. Da werden wir wohl in die Berufung gehen.“*

Damals hatte ich zu Michaela, mit der ich zusammen im Club gewesen war, gesagt: „Ich sag ja – trau keinem über Dreißig!“
„Aber der Richter ist doch auch über Dreißig, und hat er nicht richtig geurteilt? Ich denke, dass altersbezogene Pauschalurteile nicht unserer Sache dienen.“

„Also sag: Denkst du an Abtreibung?“, fragte ich Karin nochmal.
„Lass uns darüber erst entscheiden, wenn es soweit ist.“
Eine Woche später fiel sie mir um den Hals und weinte vor Glück: „Ich hab meine Tage!“

Es wäre auch fatal gewesen. Karin hatte es als Arbeiterkind tatsächlich in die elfte Gymnasialklasse geschafft. Sie war ehrgeizig. Sie würde auf alle Fälle ihr Abi machen. Jetzt ein Kind? Das wäre die Katastrophe geworden. Und ich? Ich wollte baldmöglichst nach Berlin und einen dortigen Solidaritätsverband aufbauen und nebenher mein Schreibtalent soweit bringen, dass meine Artikel von Zeitungen abgedruckt würden. Vielleicht würde ich irgendwann in ferner Zukunft damit meinen Lebensunterhalt verdienen.

*

Die Idee mit Berlin kam nicht von ungefähr. Rolf hatte kürzlich gemeint, er könne als Steuerfachgehilfe fast das doppelte in Westberlin verdienen – wegen irgendwelcher Berlinzulagen. Er kenne dort bereits ein Steuerberatungsbüro und dessen Chef, Herrn Tanner. Der wolle ihm bis Weihnachten eine preisgünstige Wohnung besorgen. Fräulein Knobloch, Tanners Sekretärin, würde sich darum kümmern. Tommi und ich waren hellhörig geworden. Auch Tommi würde bei der Post durch die Steuervorteile besser verdienen und könnte dort nebenbei am Berlin-Kolleg sein Abi nachholen. Später könnte er an der berühmten FU studieren, Jura, der Stoff, aus dem Krimis gestrickt werden, wie er betonte. Für mich war Westberlin die rettende Insel vor dem Zugriff der Gebirgsfeldjäger. Die sollten lieber auf ihren Skiern den Alpen den Rücken runter rutschen.

Mein Verbandschef Roland versprach mir Startkapital; ich konnte im Namen des Verbandes eine Zweigstelle aufbauen. Das Know-how hatte ich. Die ersten beiden Kleinlastwagen würden wir zunächst auf Mietbasis anheuern, um später einen gebrauchten Groß-LKW anzuschaffen. WG-Kumpel Beppo, der LKW-Fahrer, würde vielleicht später nachkommen, wenn absehbar war, dass die Klamotten-Sammelei gut lief. Dann würde er mitmachen. Aber den sicheren Job hier wollte er nicht einfach so aufgeben, was ganz meiner Vorstellung entsprach. Einsammel-Helfer und Helfer für die Werbezettel-Klebeaktionen würde ich locker in Studentenkreisen finden. Ich war zuversichtlich.

Aber was sollte aus meiner geliebten Karin und mir werden? Wahrscheinlich hätte ich bald genug Geld, um sie alle zwei Wochen per Bahn zu mir kommen zu lassen. Aber würden ihre Eltern mitspielen?

Als ich Karin vorsichtig reinen Wein einschenkte, war sie weder entsetzt noch betrübt, sondern Feuer und

Flamme. „Das ist doch toll“, rief sie aus. „Dann kann ich dich alle zwei Wochen und in all meinen Ferien in Berlin besuchen und dir sogar bei den Sammelaktionen helfen. Statt irgendeines blöden Ferienjobs arbeite ich bei dir und wir haben uns. Wir sind unzertrennlich, unsere Liebe ist unverbrüchlich. Und wenn ich achtzehn bin und du eine eigene Wohnung hast oder die WG genügend Zimmer, dann ziehe ich zu dir und mache mein Abi in Berlin. Das soll dort eh viel leichter sein als hier.“

Nun waren nur noch meine Eltern zu überzeugen. Es gelang mir leidlich. Es beruhigte sie, dass ich dort eine Arbeit wie hier verrichten und eigenes Geld verdienen konnte.

„Dann sind unsere beiden Söhne halt in Berlin. Da könnt ihr euch ja gegenseitig oft besuchen und abwechselnd oder gemeinsam an Feiertagen nach Frankfurt zu Besuch zu uns kommen. Oder wir fahren mal nach Berlin und sehen bei euch nach dem Rechten“, meinte Vater.

Mutter stimmte schweren Herzens zu. „Besser als wenn du unabkömmlich bei den Gebirgsjägern in der Kaserne leben und achtzehn Monate lang Gebirgsziegen jagen musst.“ Jetzt musste sie lachen.

Am selben Abend planten Rolf, Tommi und ich unseren Umzug. Beppo würde die WG-Zimmer untervermieten. Er war traurig. „So Kumpels wie euch krieg ich nie wieder!“

„Vielleicht kommst du ja nach, wenn das mit dem Soli-Verband klappt“, sagte ich.

Ende November kam es an der Düsseldorfer Kunstakademie zu Auseinandersetzungen um die Lehrtätigkeit von Joseph Beuys, weil er sich für Mitbestimmungsrechte der Studenten einsetzte. Das autoritäre Establishment wollte uns Jungen einfach nicht mitbestimmen lassen – als Wahlstimmvieh waren wir ihnen schon nicht recht. Erst recht wollten sie uns keine selbstbestimmten Möglichkeiten in „ihrer“ Gesellschaft einräumen. Wem aber „gehörte“ die Gesellschaft? Und wem gehörte Westberlin?

*

Und ganz aktuell stellte sich die Frage: Wem gehörte eine Freundin? Das war gerade Thema bei Nobbi und Hajo, meinen ehemaligen Realschulkameraden, die solidarisch in der Lehrlingsgewerkschaft zusammenarbeiteten. Doch auf dem Feld der Liebe konkurrierten sie offenbar miteinander, wie ich jetzt erfuhr. Sie konkurrierten so erbittert, wie sie auch zusammen und gegeneinander erbittert Schafskopf und Skat spielten. Nach dem Spiel zofften sie sich regelmäßig und konnten sich drei Tage lang nicht riechen. Dann waren sie wieder beste Freunde, waren ein Arsch und ein Gesicht und schlossen andere rigoros von ihrer Freundschaft aus. Auch mich.

Eines Tages, es war um den Nikolaustag herum, kam Nobbi völlig aufgelöst in unsere WG und wollte mit mir alleine reden. Er erzählte eine Geschichte und ich dachte, ich trau meinen Ohren nicht.

Seine Freundin Nelly hatte ihm gebeichtet, dass sie mit Hajo drei Monate lang eine Affäre hatte. Und das Kuri-

ose daran war, dass er zur gleichen Zeit mehrere Seitensprünge gemeinsam mit Hajos Freundin Geli hingelegt hatte.
„Was für eine verquirlte Scheiße“, sagte ich. Da ist doch eure Freundschaft im Arsch. Wie kamt ihr denn auf den Gedanken, und auch noch zeitgleich.“

„Stell dir vor, es begann im Juli. Wir waren gemeinsam schwimmen, und Geli, bezaubernd und lebhaft, hatte mir heimlich zugeblinzelt. Ich war von ihrem Körper total angezogen, obwohl Nelly ihr fast in nichts nachsteht. Nelly ist eben ruhiger und hat, wie soll ich sagen – sie hat weniger Feuer. Ich konnte am Badesee also meinen Blick kaum von Geli abwenden und hätte sie von den Knöcheln bis zu den Achselhöhlen küssen können. Ich beherrschte meine Erregung, glaubte aber, dass ausser Geli auch die anderen beiden Lunte gerochen hatten, denn plötzlich wurden alle wie aufgedreht. So, als wolle man künstlich von irgendetwas ablenken. In der Kneipe, wo wir anschließend gemeinsam Pizza bestellt hatten, saß sie rechts neben mir. Mein Teil war erregt und beulte schon die Hose aus.“
„Obwohl Nelly auf der anderen Seite neben dir und Hajo dir genau gegenüber saß?“
Nobbi nickte. „Sie las meine Gefühle in meinen Augen, denn während wir vier uns unterhielten, flatterte ihre Hand auf meinen Schoß, zog sich aber sofort zurück, als sie sich Nelly zuwandte, die sie etwas fragte.“
„Wie sieht sie denn aus“, fragte ich, weil ich Hajos Geli noch nicht kennen gelernt hatte.

„Sie hat dunkle, leuchtende Augen in einem zarten, blassen Gesicht, und ihre Lippen hatte sie an jenem Abend auf der Toilette leuchtend rot geschminkt. Ihr Kleid war

großzügig geschnitten und ließ ihre langen Arme und ein tiefes rechteckig geschnittenes Dekolleté frei. Die Wirkung auf mich war bemerkenswert."
„Und die anderen beiden haben nicht gemerkt, dass es zwischen euch funkte?"
„Kennst doch Hajo! Politik vorn, Politik hinten. Wenig später, als er gerade die kriminelle Energie unserer Regierung ausmalt, kehrte Gelis Hand heimlich zu meinem Schoß zurück. Diesmal blieb sie länger. Nervöse Finger ertasteten durch den Stoff meiner Hose die Umrisse meiner Erektion."

Ich konnte es irgendwie nicht glauben. Vielleicht wollte Nobbi mich testen, weiß der Teufel auf was und warum. Weil ich mal ohne böse Absicht seiner Nelly ein paar Komplimente gemacht hatte? Nobbi war da sehr empfindlich. Aber jetzt die Kehrtwende und das Eingeständnis eines Freundschaftsbruchs?

„Hast du sie nicht sachte abwehren können?"
Nobbi sah mich an, als sei dies die Frage eines Außerirdischen. „Meine Aufregung war so heftig, dass ich fürchtete, in wenigen Sekunden meine Unterhose zu versauen. Einen Augenblick überlegte ich, ob ich nach unten greifen sollte, um ihre Liebkosungen zu unterdrücken, aber die Empfindung war zu köstlich. Gerade die Gefahr entdeckt zu werden, entflammte meine Phantasie und meine Nerven mindestens ebenso wie das heimliche Streicheln. Wenn sie es schaffte, dann sollte es so sein! Hajo würde mir für immer die Freundschaft aufkündigen und Nelly würde mir einen Arschtritt verpassen. Aber das wäre es wohl wert, dachte ich in diesem Augenblick."

Die Geschichte nahm dann noch eine unglaubliche Wendung. Es stellte sich heraus, dass Nelly und Geli ein lesbisches Verhältnis miteinander hatten und die Verführung von Hajo und Nobbi eine geplante Aktion war. Die Mädels spielten mit den Jungs „Bäumchen-wechsel-dich" und waren sich bewusst, dass es aus war, wenn sie aufflogen. War es aber nicht. Die erotischen Episoden und heimlichen Verführungen gingen solange gut, wie sich Nelly und Geli in ihrer neuen lesbischen Sexbeziehung wohl fühlten.

Aber irgendwann nach drei Monaten war es mit dem Magnetismus dahin und Nelly und Geli gestanden ihren Freunden, wie es tatsächlich gewesen war. Ich staunte, weil danach scheinbar alles wieder in Ordnung war. Jedenfalls, wie mir Nobbi berichtete, verziehen sich die Freunde untereinander – und gönnten sich im Nachhinein gegenseitig ihre Seitensprünge. Die Mädels selbst hielten sexuell voneinander Distanz, klebten wieder an den Jungs und sahen im Großen und Ganzen über die Erlebnisse hinweg. Ich war gespannt, wie lange das noch gut gehen würde.

Als Nobbi erfuhr, dass ich umzuziehen gedenke, sagte er, dass er mich beneide. Das glaubte ich ihm aufs Wort, denn wenn er ganz sicher etwas war, dann war er ein Neidhammel.

*

Natürlich gab es all die menschlichen Schwächen, die uns Menschen seit jeher auszeichnen – auch bei uns jungen Revoluzzern. Aber in besonderen geschichtlichen Situationen gibt es eben auch herausragende Stärken. Die Stärke unserer Zeit war die Solidarität, der Zusammenhalt. Die Solidarität untereinander, wenn es um den Kampf gegen eine ungerechte Ellenbogen-Gesellschaft ging. Und natürlich die Schüler- und Studenten-Solidarität, wenn es um das Abwehren völlig ungerechtfertigter Pseudoautoritäten ging. Die Solidarität mit den weltweiten Friedens- und Befreiungsbewegungen. Die Solidarität mit Vietnam und den Kriegsveteranen aus dem Vietnamkrieg. Einige von ihnen kamen in den Club Voltaire und erzählten ihre traumatischen Geschichten. Wie hätten wir bei so viel Elend nicht solidarisch sein können?

Solidarität und Zusammenhalt waren auch familiäre Ankerpunkte. Gleichwohl empfand ich diese Art Solidarität immer mehr als erdrückend – aber noch hielt man sich ja in gewissem Maße an Konventionen. Deshalb wollte ich mich aus der verwandtschaftlichen Gesellschaft ordnungsgemäß nach Berlin abmelden, und so unternahm ich an den folgenden Tagen zahlreiche Besuche. Als erstes besuchte ich Tatti und Onna in ihrer Drogerie.

„Ja, dann sehen wir dich ja nur noch an hohen Feiertagen – oder hast du bei deinem Verband auch Urlaub und kommst uns in deinen freien Tagen besuchen?", fragte Tatti.

„Das weiß ich alles noch nicht. Ich muss mir ja erst mal meinen Arbeitsplatz selber beschaffen."

„Denk dran, verzettel dich nicht", sagte Tatti, „Politik verdirbt den Charakter!"

„Und was wird aus deinem Abitur?", fragte Onna.

„Da bleib' ich dran."

Onna, der nicht wusste, dass ich hingeschmissen hatte, lachte. „Du kannst aber auch auf's Abitur verzichten

und dir von Konsul Weyer gleich einen Doktortitel besorgen lassen. Der hat sie manchmal sogar im Angebot!“
Ich lachte mit. Weyer war bundesdeutsche Reality-Comedy.

Das Metier des „schönen Konsuls Weyer“ war die Dekoration von Männern, die Honoratioren sein wollten. Weyer selbst kam aus bescheidenen Verhältnissen und war nichts weiter als ein kleiner Warenhändler. Seine Waren bestanden aus Titeln aller Art. Aus Adelstiteln vom Grafen bis zum afrikanischen Prinzen und König, aus Diplomatentiteln, Doktoren- und Professorentiteln. Allein in den ersten Monaten seines Titelhandels machte er neunzehn bodenständige Geschäftsleute gegen „gebündeltes Bares“, wie er einmal schelmisch betonte, zu Konsuln des nicht existierenden Fürstentums Thomond. Mit diesen Eulenspiegeleien konnte er mich erheitern, denn damit führte er das kleinkarierte imagesüchtige Mittelstandsbürgertum vor. Das war so was von satter Realsatire!

Der Sohn des Möbelkönigs Arzberger, Alex, war mit mir aufs Gymnasium gegangen. Sein Vater hatte von den Geschicken des angeblichen Konsuls mit dem Felix-Krull-Charme und dem Koffer voller Orden und Diplomatenpässen gehört. Mit dessen Hilfe ließ er dem grundbiederen Konkurrenten Heinz Becker, Deutschlands zweitgrößtem Möbelhändler, einen Schabernack spielen. Für 84.000 Mark sollte Weyer Becker zum Konsul küren. Doch der fand zunächst, dafür sei er nicht der richtige Mann, schließlich habe sein Vater „noch an der Hobelbank gestanden“. Flugs schlug Weyer den Katholiken mit einem geliehenen römischen Offizierssäbel in der Rechten und einem geliehenen Popen zur Linken zum Ritter der ungarisch-orthodoxen Kirche. Nun hieß Becker „Grand Conseiller du Saint-Siège“ und ließ sich stolz und gerührt im Wohnzimmer unterm Hirschgeweih fotografieren. Ich lachte mich tot. Alex fand das Ganze weniger lustig, als der Schwindel aufflog, weil nun auch seine Familie in der Presse durch den Kakao gezogen wurde. Immerhin hatte sein Vater den teuren Klamauk in Auftrag gegeben.

Lollos Damenkränzchen diskutierte ernsthaft, ob ihre Männer nicht auch solche Titel verdient hätten. Genügend Knete hatten sie ja. Als mir Mutter davon erzählte, sagte sie sogleich: „Aber nicht dass du denkst, ich hätte das auch für Papa in Betracht gezogen. Das sind einfach zu große Nummern für uns.“ Ich hatte gehofft, sie hätte den Schmarrn durchschaut. War sie nicht doch ein wenig naiv?

*

Als ich Merzens in Wiesbaden auf dem Sonnenberg meinen Abschiedsbesuch abstattete, stand Dada schon in der Tür ihres luxuriösen kleinen Schlösschens. Sie umarmte mich herzlich und führte mich zu Onkel Karl, der im Herrenzimmer saß und Zigarre rauchte. Er begrüßte mich ziemlich reserviert, wie immer, mit kritisch skeptischem Blick.
„So, so, du gehst also als Fahnenflüchtiger nach Berlin!“
„Wer denkt denn so was!“, antwortete ich ihm keck.
„Du haust doch ab wegen der Bundeswehr, sei ehrlich!“
„Ich gründe dort ein Textilverwertungsunternehmen“, schwindelte ich. Was sollte ich diesem Feind der Vietnamesen die Wahrheit sagen? Warum sollte ich diesem

Arschkriecher Washingtons reinen Wein einschenken? Er würde nur wieder auf mir und auf den bösen kommunistischen Vietnamesen rumhacken. Denn denen sah man ja die ganze angeborene Bösartigkeit schon an den Schlitzaugen an.

Irgendwann kam Mamasöhnchen Gerd aus seinem Zimmer geschlichen und begrüßte mich kurz und knapp. Dass der mein Cousin war, konnte ich nicht verstehen. Ob sein Vater ihn instruiert hatte? Ihm immer wieder gesagt hatte, er solle ja nicht so werden wie ich? Nach einer Tasse Tee war er wieder verschwunden, ohne mich auch nur ein einziges Wort gefragt zu haben. Die Verabschiedung von Dada und Onkel Karl fiel mir äußerst leicht. Ich war froh, sie so bald nicht wiedersehen zu müssen.

Dann schlug ich noch bei meinem Karnevalsonkel und Tante Paula auf. „Onkel“ Adolf konnte diesmal sogar lächeln, als ich ihm erzählte, man kenne in Westberlin zwar keinen Fasching, dass ich aber gelesen habe, es hätte sich in Neukölln ein Karnevalsverein gegründet.
„Da siehst du es!“, sagte Helau-Adolfo, wie ich ihn Lollo und Otto gegenüber nannte. „Karneval ist international. Sogar in Rio de Janeiro feiern sie unseren Frankfurter Karneval und äffen uns nach. Aber das ist gut so. Wenn die da drüben auch mal was Gutes aus Europa nachmachen.“ Und er lächelte stolz.
Das Einzige, was mir durch den Kopf schoss, war „Hmm!“

Selbst die mürrische Tante Ria unterrichtete ich der guten Ordnung halber von meinem Umzug nach Westberlin.

„Na, dann werden hier gottseidank keine Partys mehr gefeiert."
„Aber Tante Ria!", antwortete ich ihr mit gespielter Entrüstung. „Ich bewohne doch schon seit Jahren nicht mehr die Mansarde! Und in der habe ich auch noch nie eine Party gemacht. Erinnerst du dich nicht, dass ich im Souterrain gewohnt habe?"
„Das ist ja schließlich auch egal", meinte sie. „Du warst immer sehr laut. Wie dein Vater."
Auch hier – ich beherrschte mich – schoss mir lediglich ein verwundertes „Hmm!" durch den Kopf.
Und dann kam noch Rias krönender Abschlusssatz: „Und eine rote Fahne auf dem Dach wird dann ja wohl auch nicht mehr so schnell gehisst werden!"

Von Ulla und ihrem schrägen Claus nahm ich keinen Abschied, weil sie sich nicht blicken ließen; und ich hatte keine Lust, wegen ihnen umständlich und zeitaufwendig nach Bruchköbel zu trampen, wo sie inzwischen wohnten. Das war mir diese unhöfliche Bagage nicht wert. Unhöflich nicht nur deshalb, weil er mich bedroht hatte; unhöflich auch, weil er zu Vaters sechzigstem Geburtstag nicht gekommen war.
„Nur wenn Stefan fernbleibt, kommen Ulla und ich", hatte er am Telefon meiner Mutter abgesagt. Das war Erpressung. Es sollte innerfamiliären Streit entzünden. Aber da war er bei Lollo an die Falsche geraten.
„Dann bleib du doch halt weg", hatte sie ihm geantwortet. „Aber was hat Ulla damit zu tun?"
Ulla blieb aber auch weg. Sie ließ sich erpressen und war trotz ihrer Arbeitsstelle beim DGB ein unemanzipiertes Frauchen geblieben. Eigentlich sehr schade. Ich empfand Mitleid für sie.

Dann verabschiedete ich mich von Hörbi, Pit, Klint, Martin und Ebbet telefonisch. Meises und Günter Amendts Wohngemeinschaft besuchte ich am vorletzten Tag vor meiner Abreise. Sie saßen gerade mit Veit und seiner Freundin Caro vor ihrem alten Nordmende-Fernseher und sahen eine Dokumentation zur Hippiebewegung in Kalifornien. Günter Amendt sagte, dass er schon im Februar anlässlich eines Schwulen-Kongresses in Berlin sei. Meise hatte für die Westberliner Hochschule für Bildende Künste eine Berufung als Honorarprofessor erhalten. Wir würden uns auf alle Fälle dort wiedersehen. Und Diether Dehm würde ich im Mai sehen, wenn er mit den Jungsozialisten in Westberlin Zwischenstation machen würde, vielleicht aber auch erst einige Zeit später. Diether wusste noch nicht genau, wann sie zu einem politischen Meinungsaustausch mit der FDJ nach Ostberlin reisen würden. Vielleicht könnte ich mitkommen. Das wollte ich im neuen Jahr noch klären.

*

Mitte Dezember war es soweit. Rolf, Tommi und ich mieteten uns einen Kleinlaster, packten unsere spärlichen Sachen drauf und düsten ab. Diesmal ließ man uns an der DDR-Grenze eine Stunde lang warten, um uns und unsere Habseligkeiten eine weitere Stunde lang zu filzen. „Sie dürfen unterwegs nur auf den Intershop-Raststellen anhalten!“, belehrte uns der Grenzbeamte in breitem Sächsisch.

Wir erreichten Westberlin und unser neues Wohngemeinschaftsobjekt gegen Abend. Es war eine recht große Fünf-Zimmer-Wohnung mit einem breiten langen

Flur, dem eine Wohnküche angeschlossen war. Der Vermieter hieß Brat, war ein etwas mürrischer Mann um die Siebzig und erwartete uns bereits zur Wohnungsübergabe. Seine Hosenbeine waren viel zu kurz, die dunkelblau gestreifte Hose mehrfach genäht, seine graublaue Jacke abgewetzt, sein weißes Hemd wohl mehrere Tage getragen. So etwa stellte ich mir einen etwas besser situierteren Bettler vor, aber keinen Vermieter. An jenem Abend erfuhren wir noch nichts von seinem tragischen Schicksal, auch nichts von seinem Multimillionärs-Dasein, aber er teilte uns mit, dass er alles in seinem Haus vertragen könne, nur keine Nazis, Kommunisten und Studenten. Wir seien ja alle in ordentlichen Berufen. Er sah mich an und wiegte den Kopf.
„Wobei, mir ist nicht ganz klar, in welcher Weise Sie, Herr Koenig, beruflich unterwegs sind."
„Ich bin in Sachen Textilverwertung unterwegs."
„Hauptsache, Sie sind keiner dieser aufmüpfigen Studenten. Dann gute Nacht noch!"

Wir luden schnell Matratzen und Bettzeug aus und erkundeten mit gutem Hunger im Bauch die Gegend rund um unser neues Zuhause in der Clausewitz-Straße 2, einer Seitenstraße am belebten Kurfürstendamm. Nur eine Ecke weiter, an der Brandenburgischen Straße, war eines der ersten Selbstbedienungsrestaurants. Griechen betrieben den „Athener Grill", der ein Renner bei der Westberliner Jugend war. Das Essen war exotisch. Wer kannte schon griechische Spezialitäten? Es war preiswert und die Betreiber selbst waren ehemalige Studenten mit griechischer Abstammung. Das Völkchen hier war international gemischt, ebenso wie die tolle Musik, die wir hier hören konnten, ohne dass sie die Diskussionen übertönte.

Rolfs neuer Chef, Tanner, hatte ihm berichtet, dass die Clausewitz-Straße 2 bis Ende der 1950er-Jahre ein von der Ostberliner Staatssicherheit betriebener exklusiver Puff gewesen war. Hier verkehrten nur Männer mit viel Heu; Wirtschaftsbosse, Diplomaten, hohe alliierte Offiziere und Bonner Beamte, die auf Besuch im selbständigen Westberlin waren. Die Nutten waren von der Stasi, und die feudal eingerichteten Zimmer wurden von versteckten Kameras überwacht. Kompromittierende Bilder und Filme dienten den Ost-„Kundschaftern" zur Erpressung, zur Gewinnung von Nachrichten wie auch der Rekrutierung von Agenten.

Zwei Straßen weiter betrieb Rolf Eden, über dessen Disco, das »Big Eden«, Günter mir bereits berichtet hatte, seinen *Eden-Nachtclub*. Hier, an der Whisky-Bar, sollen sich die hohen Herrschaften vor ihrem Gang in die Clausewitz-Straße aufgewärmt und ihre weiblichen Bekanntschaften geschlossen haben. Eden war ein stadtbekannter, geschäftstüchtiger „jüdischer Playboy und Immobilienhai" – wie auf den Protest-Postern stand, die seine Gegner, enttäuschte Mieter oder rausgeworfene Discobesucher, rund um seine Geschäftsräume an die Häuserwände geklebt hatten. Zu diesem Zeitpunkt ahnte ich nicht, dass ich ihn schon ein Jahr später persönlich kennen lernen würde.

Am nächsten Tag, einem Samstag, räumten wir unsere Buden ein. Ich suchte in der Wilmersdorfer Straße einen Photo-Porst-Laden auf und kaufte die Foto-Tapete mit dem überlebensgroßen Che-Konterfei, die ich bereits in der Rotlint-Straße gehabt hatte. Noch am selben Nachmittag zierte es eine meiner vier Wände. Die anderen zwei strich ich weiß, und die Wand gegenüber von Che bemalte ich mit bunten Acrylfarben. Wenn mich jemand fragte, was es darstellen solle, verwies ich auf Picasso und behauptete, das sei „in etwa Picasso-Stil“.

Am Sonntag schlenderten wir drei Neuberliner den Kudamm von Halensee bis zur Gedächtniskirche hinunter. Was uns auffiel, waren neben den vielen Touristen die vielen jungen und die überaus vielen alten Leute. Das Alter dazwischen, zwischen Mitte Dreißig und Ende Vierzig, schien zu fehlen. Eine Stadt also, die nicht nur als Ganzes in Ost und West, sondern auch – zumindest für uns im sichtbaren Westteil – in sich selbst noch einmal zwischen Jung und Alt gespalten war.

Um die Ecke von uns gab's ein Off-Kino, die Kurbel. Da hatten wir die Auswahl zwischen *»Alles was verboten ist«* von Michael Gordon und *»Agenten sterben einsam«*. Wir schauten uns den Agenten-Thriller an und gingen danach wie am Vorabend in den Athener Grill, wo wir – wenn wir uns umschauten – viele junge Agenten wahrnahmen: Agenten, die wie wir die Gesellschaft des Kapitalismus in eine Gesellschaft des sozialen Miteinanders wandeln wollten.

Die Gespräche drehten sich um griechische Spezialitäten und um Uso und Retsina. Aber auch um Wohngemeinschaften, freiere Kinder- und Sexualerziehung, ein neues Rollenverständnis der Frau sowie nicht-eheliche Beziehungen. An den Tischen wurde viel und laut und heftig diskutiert. Hier war überwiegend die rebellische Jugend vertreten. Wie wir im Laufe der ersten Wochen jedoch schon mitkriegten, hatte die Mehrheit der Westberliner keine Lust, von ein paar tausend Studenten

„befreit" zu werden. Eher würden sie sich von diesen Studenten befreien.

Man trug stolz die Speckringe der Fresswelle zur Schau, wie auch ganz Westberlin als Schaufenster des Westens gen Osten ausgerichtet war. Man wollte hier nur eines: das Leben in großen Zügen genießen, bloß nicht groß nachdenken. Der Kalte Krieg hatte hier, an der kalten Front der Weltmächte, das Denken und Fühlen der Menschen fest im Griff. Er war – kombiniert mit dem obligatorischen Antikommunismus – eine systemnützliche Allzweckwaffe. Man glaubte an den in Beton gegossenen Fortschritt wie Stadtautobahn und die neuen Trabantenstädte Gropiusstadt und Märkisches Viertel. Man suchte sein persönliches Glück in Familienleben und Berufskarriere, wie wir es bereits aus Frankfurt kannten. Die Gesellschaft war auch hier polarisiert. Wir Jungen stellten die Grundwerte der Alten in Frage. Gleichzeitig ging das Berliner Leben seinen Gang. Und dieser Gang war sehr konservativ, strikt antisozialistisch.

Pünktlich zu Heilig Abend legte sich eine winterliche Schneedecke über Berlin, verbunden mit den strengsten Frösten der vergangenen Jahrzehnte. Allerdings war es nicht mehr ganz so kalt wie noch drei Tage zuvor, als das Fensterthermometer minus dreißig Grad anzeigte. Drei Tage vor Heilig Abend starteten in Floridas sechsundzwanzig Grad warmem Cape Canaveral drei US Astronauten zur Mondumkreisung. Das Raumschiff *»Apollo 8«* erreichte unseren Trabanten pünktlich zum Geburtstag des verehrten Erlösers.

Die BILD feierte dies fast mehr als die Geburt des Heilands. Und auf dem Kudamm trällerten am Nachmittag

des 24. Dezember selbst bei dieser Kälte junge Leute in dicken orangefarbenen Wintergewändern, bewaffnet mit Schellen und Glöckchen ihr *„Hare Krishna, Krishna, Krishna, Rama, Rama, Krishna, Krishna"*. Einfach nur Nerv tötend. Von Jesus hielten sie nichts. „Das ist ganz im Sinne der Imperialisten", sagte Tommi. „Dieser Mist kommt doch garantiert wieder von drüben!"
„Meinst du Jesus oder die Krishna-Jünger?", fragte ich provozierend.
„Du weißt, wen ich meine. Außerdem – ach, egal … Jeder Mist kommt irgendwie von drüben."

Mit „drüben" war ausnahmsweise nicht der Osten, sondern der Wilde Westen gemeint. Zur aggressiven Krishna-Mitgliederwerbung wurden Passanten in Gespräche verwickelt oder zu kostenlosen vegetarischen Essen eingeladen. Auf der Straße boten die sanft daher kommenden Krishna-Jünger spirituelle Literatur, ominöse Schallplatten oder Räucherstäbchen an, für die sie anschließend eine Spende verlangten. Das Geld diente dem Unterhalt der Organisation und ihrem pompös lebenden Guru.

„Und was hältst du von der Hare-Krishna-Bewegung?", hakte ich bei Rolf nach. „Weiß jemand, was dieses *Hare* und *Krishna* und *Rama* bedeuten?"
„Hare ist der Vokativ des Wortes »Hara« – Gottes Energie, womit Krishnas Gefährtin Radha gemeint ist. Rama bedeutet wörtlich »Freude« und bezeichnet den siebten Avatar des Gottes Vishnu. Krishna ist eine hinduistische Gottheit und bedeutet unter anderem »der Allanziehende«. Ich weiß es von einer Mandantin, die gehört dem komischen Verein an.", sagte Rolf.

„Also geht es da wieder einmal um Opium für‘s Volk, um Frömmigkeit und Entsagung weltlicher Genüsse und weltlicher Forderungen. Die Losung heißt wahrscheinlich: Hallo junge Leute! Lasst die Machtverhältnisse wie sie sind, kümmert euch nur um eure Seelen, oder?“
„Erraten!“, sagte Tommi. „Ziel ist die »Erlangung des Krishna-Bewusstseins« über die Bhakti-Frömmigkeit, das ist die liebevolle Hingabe an Krishna. Im Kern dasselbe Theater wie bei unseren Religionen.“

Rolf kannte sich recht gut mit dieser Bewegung aus, da ihn seine Mandantin unbedingt missionieren wollte. Er erzählte uns, dass man als Krishna-Jünger entweder in eine Tempel-Wohngemeinschaft eintreten oder weiterhin außerhalb des Tempels wohnen könne.
„Für die Mönche im Tempel gelten strenge Lebensregeln, bis zum genau vorgeschriebenen Tagesablauf“, hatte ihm seine Mandantin erklärt. Als eine Form der Bhakti-Frömmigkeit musste man das Hare-Krishna-Mantra ganze 1.728 Mal am Tag gechantet haben.
„Gechantet haben?“, fragte ich.
„Das heißt, man musste es singend-betend unablässig wiederholen. Daher kommt doch das Wort »gebetsmühlenartig«. Die Gruppe, die wir hier hören, leiert deshalb den ganzen Kudamm lang ihr Mantra rauf und runter.“

Später unterhielt ich mich einmal mit einem Anhänger dieser Sekte. „Treibt ihr es in eurer Wohngemeinschaft miteinander? Seid ihr sowas wie die Kommune I, nur halt spirituell?“
„Nein, nein, nein“, wehrte er entsetzt ab. „Bei uns gibt es keine unerlaubte Sexualität. Sie darf nur in der Ehe und nur zur Zeugung von Nachkommen praktiziert

werden. Unser Guru sagt uns, wer mit wem wann darf. Er muss es ja wissen, denn seine spirituelle Kraft widmet er ganz unserer großen Familie."
Na, vielen Dank. Da hatten wir also wieder das altbekannte Führerprinzip, diesmal eben religiös unterfüttert. Und da war auch wieder die altbekannte verklemmte Unterdrückung freibestimmter Sexualität. Das hatte es bereits Jahrhunderte lang gegeben, das brauchten wir nicht mehr.

Am Nachmittag des ersten Weihnachtsfeiertags holte ich Karin vom Bahnhof Zoo ab. Wir fielen uns sehnsuchtsvoll in die Arme. Ich nahm ihr den Rucksack ab und wir gingen zur Bushaltestelle. Bis der 19er Bus kam, hatten wir vor dem Café Kranzler fünf Minuten im Dauerknutschmodus verbracht. Das Kranzler war, ähnlich wie das Frankfurter Café Wipra, Treffpunkt für gutbetuchte ältere Singles und kuchenfressende Pelztiere. Nur dass im Kranzler keine Äffchen von Ast zu Ast schwangen.

Karin staunte über unsere perfekte zentrale Wohnlage und natürlich über unsere Altberliner Zimmer, die recht hoch und mit Stuck an den Decken verziert waren. Wir waren alleine in der WG. Rolf und Tommy hatten sich noch gestern Abend – vermittelt über die studentische Mitfahrzentrale – auf den Weg nach Frankfurt zu ihren Eltern gemacht. Kaum war die Tür ins Schloss gefallen, fummelte Karin an mir rum. Ich hatte alles für unsere intime Zweisamkeit vorbereitet. Erstmal ein feines kleines Weihnachtsessen mit Rotkohl, Klößen und Gänsekeule. Aber das Essen musste warten. Wir fielen übereinander her und hatten erst nach der Stillung unseres Liebeshungers Appetit auf was anderes.

Zwischen den Jahren erkundeten Karin und ich bei frostigen Minusgraden Westberlins Stadtteile. Wir machten eine Stippvisite bei meinem Bruder und seiner Freundin Hanne; beide kannten Karin ja noch nicht.
„Die sind aber schon ganz schön alt“, sagte Karin auf dem Heimweg.
„Ja, Günter ist sieben Jahre älter als ich, und sein Hannchen dürfte auch schon vierundzwanzig sein.“

Wir besuchten den Grenzübergang der Frontstadt, den Check Point Charlie, wo sich zur Zeit der Kuba-Krise die Panzer der Sowjets und der USA bedrohlich nahe gegenüber gestanden hatten. Wir standen davor und überlegten, wie interessant es wohl wäre, wenn wir mal da rüber in die wilde Fremde gehen könnten.

Pünktlich zum Jahreswechsel und zur großen Studentenfete an der TU kamen Rolf und Tommi aus Frankfurt zurück. Wir feierten ausgelassen und bereits nach Mitternacht vertrat Karin in unserer WG nicht mehr alleine das weibliche Geschlecht. Rolf und Tommi waren fündig geworden. Rolf hatte Quiny und Tommi hatte Rosi abgeschleppt. Am Neujahrstag schliefen wir bis in die Puppen und kochten nachmittags gemeinsam gegen fünf Uhr unser Mittagessen. Es gab Backfisch mit Salat und Pellkartoffeln. Als Nachspeise servierten die Mädels Eis mit heißen Himbeeren. Die Himbeeren waren aus der Tiefkühltruhe des Supermarktes und seit drei Tagen aufgetaut. Kühlschränke mit Gefrierfach waren selten. Es war ein Superstart ins sexy Jahr 1969.

Einfach nur Liebe

Karin und ich liebten uns zum Abschied eine ganze Nacht hindurch. Es war ein Liebesmarathon, wie er auf jeder Olympiade mit einer Goldmedaille auf dem Podest gewürdigt worden wäre. Das nächste Mal würde sie mich erst Anfang Februar besuchen kommen, wenn in Frankfurt Fasching gefeiert wurde. So hatten wir uns auf Vorrat geliebt. Zuhause hatte Karin fleißig für die Schule zu büffeln. Ich hatte Infozettel zu entwerfen, sie abzutippen und drucken zu lassen, musste Werbehelfer anwerben, einen Kleinlaster anmieten, gute Konditionen heraus schlagen und einen Aufteilungs- und Abfuhrplan für die einzelnen Stadtbezirke anfertigen. Außerdem musste ich den bereits kontaktierten Sortierbetrieb in Steglitz aufsuchen und persönlich den Geschäftskontakt festklopfen. Karin und ich hatten uns von nun an nur noch in Gedanken und würden gelegentlich telefonieren. Von da an wurde die gelbe Telefonzelle Ecke Kurfürstendamm und Brandenburgische Straße, neben dem Athener Grill, eine Zeitlang mein „zweites“ Zuhause. Denn telefonieren musste sein.

Jeder von uns drei WG-Bewohnern hatte bei der Post bereits vor Weihnachten einen eigenen Telefonanschluss beantragt. Wir erfuhren in der zweiten Januarwoche, dass man unserer Wohnung nur einen einzigen Anschluss genehmigen konnte. Und dass es bis zur Einrichtung noch sechs Wochen dauern würde. Das war verdammt schnell. Viele Anträge, so berichteten uns Nachbarn, wurden von der Post erst nach einem Viertel- bis einem halben Jahr ausgeführt.

Anfang des neuen Jahres flog die Kriegslüge von Tonkin auf. Fünf Jahre zuvor hatte US-Präsident Johnson mit den Bombardements Nordvietnams begonnen. Wie auch spätere US-Kriege, so lösten „fabrizierte Geheimdienstberichte" den amerikanischen Albtraum aus.

Als „Zwischenfall von Tonkin" war es bisher in den Geschichtsbüchern bezeichnet worden. Aber der „Zwischenfall" war eine konstruierte Lüge, um einen Krieg vom Zaun brechen zu können. Am 4. August 1964 – der Kalte Krieg befand sich auf seinem Höhepunkt – fuhr der US-Zerstörer *Maddox* vor der nordvietnamesischen Stadt Haiphong in den Golf von Tonkin, als er angeblich von vietnamesischen Schnellbooten mit Torpedos beschossen wurde. US-Präsident Lyndon B. Johnson reagierte auffällig schnell, schickte umgehend Bomber über das verhasste kommunistische Nordvietnam, drei Tage später verabschiedete der Kongress die »Tonkin-Resolution«, faktisch eine Kriegserklärung und ein militärischer Blankoscheck.

Verschiedene Zeitungen deckten in diesen ersten Tagen des neuen Jahres auf, dass der Angriff auf die *Maddox* ein Bluff war – der Militärgeheimdienst NSA hatte Informationen gezinkt. „Fabrizierte Geheimdienstberichte", nannte das Carl W. Baker, Südostasienexperte des *Center for Strategic and International Studies (CSIS)* in Was-

hington. Tatsächlich war die Kriegsresolution schon Wochen vor dem Zwischenfall vorbereitet worden. „Es gab ein erhebliches politisches Interesse, dass die Tonkin-Resolution durchkam", sagte Baker.
„Im Frühjahr 1964 hatten die Militärplaner detaillierte Pläne für Angriffe auf den Norden“, stellte die Professorin Marjorie Cohn von der Thomas Jefferson School of Law im kalifornischen San Diego fest. Es ging demnach lediglich um einen Vorwand zum Kriegseintritt – im Namen des Kreuzzuges gegen den Kommunismus.

„Man kann dem Staat und seinen Diensten nicht mehr vertrauen!“, sagte Rolf.
„Hauptsächlich der amerikanischen Regierung nicht!“, ergänzte Tommi.
„Wann konnte man jemals Regierungen vertrauen?“, fragte ich.

Wie der alternative Extra Dienst berichtete, hegte selbst Präsident Johnson große Zweifel, ob die Berichte seiner Geheimdienste über den Krieg auslösenden Feuerwechsel tatsächlich glaubwürdig waren. „Verdammt, diese saudummen Matrosen haben nur auf fliegende Fische geschossen“, echauffierte er sich vor Beratern. Bombardieren ließ er dann trotzdem.

*

Eine Woche später wurde in der Wilmersdorfer Straße, zwei Kilometer von unserer WG entfernt, eine Evakuierung im Umkreis von 800 Metern angeordnet. Wieder mal hatte man bei einer Baustelle eine Vier-Zentner-Bombe aus dem Zweiten Weltkrieg gefunden.

Die Infoblätter für den Soli-Verband waren schnell entworfen. Einiges an der Frankfurter Vorlage änderte ich, um der in Westberlin umherwirbelnden antisozialistischen Windhose keinen zusätzlichen Zunder zu verschaffen. Auf meine Anzeige im Extra-Dienst und im Tagesspiegel meldeten sich fast dreißig Hilfswillige. Ich entschied mich für Andy, Britta und Ingo, die froh waren, einen gut bezahlten und solidarischen Nebenjob zur Finanzierung ihres Studiums ergattert zu haben. Ich hatte ein gutes Näschen, denn die drei waren tolle Mitarbeiter. Der Inhaber der Textil-Sortier- und Verwertungsanlage lud mich in sein heruntergekommenes Büro in Steglitz ein. Entgegen meiner Erwartung übertraf der Preis, den er mir pro Tonne Altkleider anbot, den Preis im Rhein-Main-Gebiet um fast zehn Prozent.

„Mir ist es völlig egal für wen Sie sammeln. Hauptsache, es kommt pro Woche so viel zusammen, dass wir einen Eisenbahnwaggon voll kriegen“, sagte der bullige Chef, der sich allem Anschein nach aus den Altkleiderbeständen bediente.
„Wohin schicken Sie die Ware?“
„Das ist unser Geschäftsgeheimnis.“ Er lachte breit und bot mir mitten am Tag einen Korn an.

Noch immer war es saukalt. Berlin war ein Eisloch, ein sibirisches. Ich ließ die Jalousien runter und legte meine neueste Lieblingsplatte auf. *The Beatles – White Album.*

Unsere Dreier-WG funktionierte gut; die Mädels von Tommi und Rolf kamen gelegentlich zu Besuch. Manchmal konnten sie das Wochenende über bei den beiden bleiben. Da wurde gevögelt, was das Zeug hielt. Wenn ich mich dann Samstagabends etwas einsam fühlte, machte ich das, was ich bisher selten gemacht hatte – ich ging in die Disco. Sie war am Kudamm, genau wie Günter es beschrieben hatte. Das *Big Eden* war „in". Dorthin brauchte ich nur fünf Minuten. Da ging es erstmal einige Stufen hinunter in das unterirdisch gelegene Discogewölbe. Schon klang mir der angesagte Hit „Sugar Sugar" von *The Archies* entgegen. Und dann nahm mich die Atmosphäre, ähnlich wie ich sie in Münchens *Blow Up* erlebt hatte, gefangen.

Auf der bunt beflackerten Abrockfläche tanzten und zappelten alle wild durcheinander, so dass es überhaupt nicht schwer fiel, mich unters zuckende Völkchen zu mischen. Der DJ war ein Spaßvogel und hatte immer eine witzige Bemerkung in den Tanzpausen parat, um von einem Musikstil zum nächsten überzuleiten. In einer der Pausen ging ich an die Bar, hinter der ein langhaariger bärtiger Typ und ein glattrasiertes Arschgesicht als Barkeeper fungierten. Ich bestellte eine Cola, was wohl ein wenig zu billig war, denn das Arschgesicht rümpfte unübersehbar die Nase.
„Ganz ohne Schuss?", fragte er.
„Ja, ganz ohne!"
Bei dem hatte ich verschissen.

Kaum hielt ich mich an meinem Strohhalm fest und schlürfte eiskalte Cola, da klopfte mir jemand auf die Schulter. *Ah, ein kesses Bienchen, das sich für mich interessiert und tanzen will*, dachte ich. Aber als ich mich umdrehte, sah ich Joshua in die Augen. Joshi war ein Klassenkamerad; noch aus der Grundschulzeit. Wir fielen uns um den Hals, tranken etwas zusammen und erzählten voneinander. Wir hatten uns zuletzt am Marshallbrunnen gesehen, als ich noch vollen Herzens auf die Provos schwor. Das mochte zwei Jahre her sein.

Es gab viel zu berichten. Joshi war nebenberuflich stark in der Jüdischen Gemeinde Westberlins engagiert. Er war mit seinem fünf Jahre älteren Bruder Aron hierher gezogen. Da hatte er gerade eine Lehre als Dekorateur beendet, und Aron hatte sich mit Vierundzwanzig als Makler selbständig gemacht, eine Familie gegründet und ein Haus im teuren Grunewald erworben. Er verdiente viel Geld, und wie das so ist: „Geld verdirbt den Charakter", meinte Joshi. Sie hatten sich entzweit. Es ging um einen Kredit, den Aron an Joshi gegeben hatte und den dieser nicht zeitig zurückzahlen konnte.
„Die Konditionen waren nicht fair", sagte Joshi. „Ich will nichts mehr mit ihm zu tun haben!"

Joshi wohnte gar nicht weit von unserer WG entfernt, und wir nahmen morgens gegen drei Uhr den gemeinsamen Rückweg. Ich zeigte ihm noch mein neues Zuhause, und wir verabredeten uns für die kommende Woche zu einem Imbiss im Athener Grill. Ich ahnte anhand einer Nebenbemerkung, dass wir uns über die Palästina-Sache streiten könnten. Ähnlich wie mit Herrn Brat, unserem schrulligen Vermieter.

*

Von Mutter erreichte mich ein Brief mit der traurigen Mitteilung, dass Onkel Karl querschnittsgelähmt sei. Ein paar Tage nachdem ich mich in Wiesbaden bei ihnen verabschiedet hatte, konnte er eines Abends nicht mehr aus dem Fernsehsessel aufstehen. Erst dachte man an einen stinknormalen Hexenschuss. Dann diagnostizierte ein Orthopäde einen Wirbelschaden, der dringend operiert werden müsse. Der Patient und Versicherungsdirektor Karl, natürlich privat und immer Allianz versichert, wurde einem Professor vorgestellt. „Der beste Chirurg auf diesem Gebiet“, wie Dada meiner Mutter gesagt hatte. Aber die OP ging schief.

Ich ertappte mich für einen Moment bei einem schrecklich düsteren emotionalen Strafgedanken. Doch das Mitleid siegte, obwohl ich das Ausmaß seiner Verbrechen und die seiner gnadenlosen SS-Einheit in Russland vor Augen hatte. In diesem Moment sagte ich mir, dass ich ihm seine Untaten wohl nie vergessen, aber verzeihen würde, weil er nun büßen musste – was natürlich Quatsch war, wie ich bei näherer Erörterung der „Buß-Sache“ mit Tommi und Rolf herausfand. Auch das Verzeihen war eigentlich nicht in mein Ermessen gestellt. Verzeihen konnten ihm nur die unmittelbar Betroffenen – die russischen und anderen osteuropäischen Menschen. Jedenfalls war ich innerlich irgendwie mit ihm versöhnt. Unabhängig davon blieb er bis zu seinem Lebensende ein unerbittlicher Russenhasser.

*

Die Sammelaktionen für Vietnam liefen erfolgreich an und wir fuhren supergute Erträge ein. Wie die Übergabe an die vietnamesische Botschaft im Ostteil der Stadt geschehen sollte, dazu machte ich mir noch keine Gedanken. Erstmal sollte ein gutes Sümmchen zusammenkommen. Die Abrechnungsbelege schickte ich wöchentlich nach Frankfurt.

Ende Februar kam Frankfurter Besuch. Hörbi und seine Chrissi berichteten mir über meine gute alte Heimat, über den Club Voltaire und Else, über Heiner Halberstadt und Lerryn, die beide inzwischen wichtige Funktionen im Frankfurter SPD-Ortsverein bekleideten.
„Lerryn will mir einen Delegationsplatz bei den Jusos für einen Besuch in Ostberlin besorgen", sagte ich.
„Wie soll das denn gehen?", fragte Hörbi. „Die DDR lässt doch keine Westberliner rein. Schon gar nicht als Bestandteil einer westdeutschen Delegation. Du hast doch jetzt einen Westberliner Ausweis; das wird nicht hinhauen!"

Darüber hatte ich noch gar nicht nachgedacht. Noch am selben Abend rief ich Lerryn von meiner Lieblingstelefonzelle am Athener Grill an und fragte, ob das stimme. Er bejahte es. „Du hast doch einen Reisepass. Gib mir mal die Nummer durch. Wir tun so, als ob du noch in Frankfurt wohnst. Das wird denen nicht auffallen."

Hörbi und Chrissi hatten am Abend die Schaubühne besucht und noch Karten für ein Theaterstück von Bertold Brecht ergattern können. *Im Dickicht der Städte*. Regie führte Hagen Mueller-Stahl. Chrissi hatte noch nie ein Brecht-Stück gesehen und war begeistert.

In dem Drama ging es darum, dass der Holzhändler Shlink ohne nachvollziehbaren Grund den in der Leihbücherei angestellten George Garga provoziert. Beide geraten dadurch in einen heftigen Streit. Dabei wird der Laden, in dem Garga arbeitet, beschädigt und Garga entlassen. Garga rächt sich jedoch, indem er Shlinks Holzgeschäft, das dieser ihm überlässt, zu Grunde richtet. Anschließend will er nach Tahiti gehen, um frei zu sein. Da Shlink nun aber auch Gargas Familie in den Kampf hineinzieht, muss Garga diesen Plan aufgeben.

„Und was wollte Brecht uns damit sagen?“, fragte ich.
„Nichts Besonderes, außer vielleicht, dass es auch ohne realistisch nachvollziehbare Handlung zu Streit und Kampf kommen kann. Warum, weiß der Teufel. Vielleicht weil es manchmal einfach zu unbeabsichtigten Verstrickungen kommt, die später kein Mensch nachvollziehen kann“, meinte Hörbi und kratzte sich am Bart.
Ja, er trug jetzt einen Backenbart und immer noch beige Cordhosen und Pullunder.

Mitte März erhielten wir endlich den langersehnten Telefonanschluss. Es hatte nun drei Monate gedauert. Wir waren der lahmarschigen Post fast unendlich dankbar, jedenfalls heilfroh. Die Telefonwählscheibe war unsere einzige Verbindung nach Frankfurt – außer der Briefpost, die manchmal fünf Tage dauern konnte.

*

Am Karfreitag, dem 4. April, kam meine geliebte Karin zu Besuch. Ich holte sie wieder am Bahnhof Zoo ab, und wieder fielen wir in meinem Zimmer sofort übereinander her, weil wir es nicht aushalten konnten.
„Ich kann mich einfach nicht beherrschen!“, hauchte mir Karin ins Ohr.
„Meinst du ich?“
Am Abend trieben wir es schon wieder miteinander.
„Ich hoffe, das ist im Sinne Martin Luthers“, meinte ich, „denn der hat irgendwas von zwei Mal gefaselt!“

Wir beide hatten die Wohnung für uns alleine. Tommi und Rolf waren nach Frankfurt gedüst. Am vierten Tag, es war der Ostermontag, klingelte es kurz vorm Mittagessen, das Karin für uns vorbereitet hatte, an der WG-Tür. Ich drückte auf den Summer und wartete ab, wer da die Treppen hoch kam. Es war der unangenehmste Überraschungsbesuch, den ich mir hatte vorstellen können. Es war Traudel.

„Hallo, mein Schatz!", flötete sie überlaut an der Wohnungstür. „Überraschung! Ich bin ganz für dich da!"
Entschlossen stand sie da, in engsten Jeans, mit praller Bluse und knallroten Lippen.
Ich war sprachlos. In meinem Kopf wirbelten alle möglichen Gedanken durcheinander. Weder hatte ich seit der Party Kontakt zu Traudel gehabt, noch hatte ich Karin aus verständlichen Gründen jemals vom One-Night-Stand mit Traudel berichtet. Das war schließlich vor Karins Zeit passiert. Und man musste ja nicht jedes Detail seines Lebens preisgeben. Auch hatte ich Traudel weder von meinem Umzug je etwas erzählt, geschweige denn hatte sie von mir meine neue Adresse. Woher hatte sie die? Wie kam sie auf die Idee mich zu besuchen, ohne anzufragen? Ich war nun in einer festen Beziehung. Ich war jetzt vergeben. War jetzt alles vergebens? Was sollte ich bloß tun?

Karin hatte das Geflöte mitgekriegt und war an die Tür gekommen. Bevor ich mein Gestottere *„Äh, oh, ach Traudel, also, äh"* zu Ende stottern konnte, sprang sie mir zur Seite.
„Das tut mir aber sehr leid", sagte sie an die acht Jahre ältere Konkurrentin gewandt. „Aber der Schatz hier bin ich, und Kara und ich sind ein unzertrennliches Paar."

Traudel schaute bestürzt und wurde blass. „Ja, hätte ich das gewusst!“
„Das ist egal“, sagte Karin. „Jetzt weißt du es. Mach’s gut!“ Sie machte Traudel die Tür vor der Nase zu.
Ich wollte noch etwas sagen, aber es hatte mir die Sprache verschlagen. Ich fühlte mich plötzlich sauschlecht.
„Sie braucht dir nicht leid tun“, sagte Karin.
Ich schaute wohl sehr niedergeschlagen aus der Wäsche.
„Aber du kennst sie doch gar nicht“, antwortete ich.
„Du wirst mich jetzt gewiss ausführlich informieren.“ Sie sagte es mit einer Stimme, von der ich nicht wusste, ob es streng und böse oder ironisch-lapidar gemeint war.

Eine halbe Stunde später war alles erzählt und das Mittagessen samt Vanillepudding glücklich verspeist. Karin musste über die Geschichte lachen. „Das war aber ganz schön dreist von euch beiden“, sagte sie. „Der betrunkene Ehemann neben euch und ihr treibt es miteinander! Na ja, Traudel tut mir jetzt erst recht nicht leid. Aber vielleicht solltest du sie in ein paar Tagen anrufen und ihr erklären, wie alles zusammenhängt. Sie hatte gewiss große Hoffnungen in dich gesetzt.“

*

Am 1. Mai war in beiden Teilen von Berlin die Hölle los. Im Ostteil der Stadt, die sich als Hauptstadt der DDR verstand, waren Hunderttausende auf den Straßen, wie wir am Abend im DDR-Fernsehen sehen konnten. Ein Meer von roten Fahnen bewegte sich stundenlang durch die Stadt. Die Losungen der dortigen Maiparade glichen – was Vietnam betraf – den unseren. Ansonsten ging es dort um *»Stärkung des Sozialismus –*

Steigerung der Arbeitsproduktivität« und anderen DDR-internen Themen.

Im Westteil der Stadt waren drei Demos angemeldet, die zusammen etwa 70.000 Menschen mobilisierten. Tommi, Beppo, Rolf und ich liefen beim größten Zug mit – unter zwei Losungen, die uns am wenigstens sektiererisch erschienen: *»Frieden für Vietnam!«* und *»Mitbestimmung hier und jetzt!«*

Beppo hatte seinen Job bei der Frankfurter Spedition gekündigt und war zu uns gezogen. Er war ab da mein superzuverlässiger LKW-Fahrer, während ich mich ganz dem Organisationsaufbau und den geschäftlichen Dingen zuwenden konnte.

Die Sonne schien sich in diesem Mai beharrlich hinter Wolken verstecken zu wollen. Dafür nahmen sich die Regenwolken enorm wichtig und überschütteten uns mit ihrem kostbaren Nass, auf das wir gerne verzichtet hätten.

*

„Gott sei Dank können wir das Wetter noch nicht beeinflussen", meinte Lollo, als ich Mitte des Monats zu einem Kurzbesuch in Frankfurt eintraf. Karin wurde achtzehn. Ich hatte inzwischen von den Sammelerlösen einen Kleinlaster für den Solidaritätsverband gekauft. Mit ihm hatte ich die siebenstündige Fahrt unternommen und noch zwei Studentinnen – vermittelt über die studentische Mitfahrzentrale – mitgenommen. Zwei typische Blumenkinder. Sie erzählten mir, dass sie unterwegs nach Florenz seien, wo eine Hippie-Kommune ein

großes Festival organisiert hatte. Ein bisschen Fernweh kriegte ich da schon. Wie gerne hätte ich mit Karin dort ihren Geburtstag gefeiert.
Zuhause in Bornheim wartete treu mein Souterrainzimmer auf mich. Tante Ria, die gerade die Kellertreppe hochkam, verzog das Gesicht gnädig, als ich sie begrüßte. Der alte Normalzustand, unzufriedenes Gesicht, unbefriedigendes Leben. Aber Mutter war glücklich. Sie hatte liebevolle Vorarbeit geleistet. Auf dem Schreibtisch standen Blumen. Mein Bett war frisch bezogen. Frau Winkelmann stöhnte gleich schon am ersten Abend. Alles war wie immer. Karin war ebenfalls bald schon zur Stelle und durfte seitens ihrer wie meiner Eltern problemlos bei mir übernachten. Ihre Geburtstagsnacht war eine der schönsten Liebesnächte, die wir je hatten. Die paradiesischen Aussichten auf ihren baldigen Umzug zu mir beflügelten uns. Wir kamen gleichzeitig.

In den folgenden drei Tagen erledigte ich die anstehenden betrieblichen Abrechnungen und Besprechungen mit Roland. Wir erarbeiteten auch eine neue Vereinssatzung für den Solidaritätsverband, um die Gemeinnützigkeit zu erreichen.

Dann besuchte ich Nobbi und Hajo, denen ich ausführlich von meinen politischen Erfahrungen und Erlebnissen in Berlin berichtete. Ich erzählte ihnen auch persönliche Dinge, was umgekehrt wunderlicher Weise niemals geschah. Darüber staunte ich jedoch erst sehr viel später, als ich erfuhr, dass sie – gewissermaßen heimlich – das Abitur nachholten. Schämten sie sich, weil sie nicht wie ich den wenig klugen, aber „revolutionären Akt" der Verweigerung wählten? Was meinen vorzeitigen Abgang vom Gymnasium betraf, so spürte ich bereits in diesen Tagen – wenn auch noch entfernt – den gesellschaftlichen Druck. Selbst meine ansonsten hochsensiblen alten Frankfurter Freunde und Bekannte entwickelten eine Standardfrage nach dem Motto, wie es mir denn „ohne Abi eigentlich so geht". Und ob ich es „nicht schon bereuen" würde. Nervig war das.

Ebenfalls besuchte ich Richy, Hörbi und Lerryn; und von Richy erfuhr ich, dass er demnächst nach Westberlin abzwitschern würde. „Jedenfalls bevor der Bund zuschlägt", sagte er.
Hörbi wollte nach Abschluss des Hessen-Kollegs in Frankfurt studieren. Und Lerryn informierte mich über unseren leider erst im September bevorstehenden Ostberlin-Besuch mit den Jungsozialisten. Ich war sehr neugierig. Lerryn hatte mich inzwischen auf die Teilnehmerliste gesetzt und von der einladenden FDJ das Okay erhalten.

Noch immer hatte ich ein ungutes Gefühl wegen der Abblitztour, die Karin und ich Traudel zugefügt hatten. Ich wollte es Traudel erklären und mich entschuldigen. Da ich von ihr nur eine einzige Information zu ihrem Aufenthalt hatte, fuhr ich auf gut Glück mit dem Kleinlaster zum Eschenheimer Turm und parkte in einer Nebenstraße. Dann sah ich mich in der Gegend nach einem Frisörsalon um und entdeckte ihn tatsächlich. Traudel war gerade bei der Arbeit. Als sie mich sah, stutzte sie kurz, lächelte und fragte knapp: „Na, was gibt's?"
„Hast du nachher eine kurze Pause?"
„Erst in zwei Stunden."
„Okay, dann komme ich um dreizehn Uhr wieder."

Sie nickte und frisierte weiter.

Ich vertrieb mir die Zeit mit Spaziergängen zum Club Voltaire, der tagsüber geschlossen war, studierte die Aushänge und Plakate, ging zum ebenfalls geschlossenen Jazzclub, sah mir das abendliche Veranstaltungsprogramm an, aß eine Pizza bei *Onkel Max* und bummelte die Zeil entlang. Als ich pünktlich nach zwei Stunden wieder beim Frisörsalon anlandete, war Traudel verschwunden.

„Schönen Gruß von Traudel soll ich ausrichten", sagte ihre Kollegin. „Sie hat vergessen gehabt, dass sie heute gleich nach der Kundin ihren freien Nachmittag hat. Alles wär okay, lässt sie dir ausrichten. Du könntest beruhigt nach Berlin zurückfahren."
Später erfuhr ich, dass sie über mich bei einem der damaligen Partygäste, der mich kannte, Informationen abgegriffen hatte. Von ihm hatte sie auch meine Adresse. So blieb es bei einem nicht getätigten, aber gut gemeinten Entschuldigungsversuch.

*

Mit Karin besuchte ich am Samstag das Musical *Hair*. Es war mein Geburtstagsgeschenk für sie. Wir fuhren zur Jahrhunderthalle nach Höchst. Großer Andrang, viele Mädels in bunten und verblichenen Shirts. Aufgenähte Blümchen und Peace-Zeichen. Gebatikte Oberteile, schöne, langarmige Blusen, nur wenige BH's, viel Natur, wohin man schaute. Die Jungs, meist bärtig, trugen Jesus artiges Haar, schulterlang und teilweise gelockt. Man trug Jeans-Schlaghosen mit aufgenähten

Stickern. „So etwas hätte Jesus auch getragen“, lachte Karin.

Hair erzählte uns die Geschichte einer Gruppe gegen das Establishment rebellierender langhaariger Hippies. Daher der Name des Musicals. Sie leben und lieben in der Stadt New York. Und sie widersetzen sich der Einberufung als Soldaten für den Vietnamkrieg. Das fand ich natürlich interessant; das Thema bestärkte mich in meiner Ablehnung des Wehrdienstes.

Der frisch vom Land hinzugestoßene Claude Bukowski, die junge Frau Sheila und ihr charismatischer Zimmergenosse Berger leben in einer Dreiecksbeziehung lustvoll aber ziellos in den Tag hinein. Claude ist hin und her gerissen zwischen den patriotischen Impulsen seiner bürgerlichen Herkunft und den im Kreise seiner neuen Freunde erstarkten pazifistischen Idealen. *Hair* erzählt von seinem inneren Konflikt. Denn mit Eintreffen der Einberufung muss er sich entscheiden, ob er – wie die anderen – den Kriegsdienst verweigern oder seine pazifistischen Ideale leben soll. Missachtet er seine Ideale, muss er sich der militärischen Autorität unterwerfen, muss Menschen töten und sein Leben in Vietnam riskieren. Bleibt er seinen Idealen treu, riskiert er eine Gefängnisstrafe und muss gesellschaftliche Ächtung in Kauf nehmen.

*

Als ich zwei Tage später zurück in Westberlin war, rief mich Mutter an und sagte, dass am Nachmittag meiner Abreise die Feldpolizei bei ihnen war und nach mir gefragt hatte. Sie hatte gesagt, dass sie von mir lange nichts gehört habe. Ich sei ja in Berlin. War ja auch richtig. Seitdem war mir klar, dass man mein Telefon oder den Anschluss der Eltern abhörte. Was eine Schweinerei! Bloß weil ihnen ein unnützer Soldat durch die Lappen gegangen war. Offenbar – und zu meinem Glück! – war jedoch der Kommunikationsweg zwischen den Telefonspitzeln und der Feldpolizei um einige Stunden zu lang. Immerhin hatten sie drei lange Tage Zeit gehabt, mich abzufangen.

Bei einem späteren Besuch erlebten meine Eltern dasselbe Spiel, den gleichen ruppigen, unschönen Militär-Besuch. Deshalb verabredete ich für die Zukunft mit Günter einen Code: „Welche Messe ist in Frankfurt am soundsovielten?“ Günter, dem ich meine Frankfurt-Reise persönlich avisierte, rief sodann die Eltern an und gab die Frage weiter. So erfuhren sie, wann ich in etwa kommen würde. Das Versteckspiel belustigte mich. Aber ganz sicher belastete es meine gutbürgerlichen Eltern. Dennoch hielten sie zu mir. Sie hatten mich christliche Werte gelehrt, da kam es für sie keine Sekunde lang in Betracht, meine pazifistische Einstellung zu ignorieren und mich an die Militärbullen zu verraten. Vater, früher selbst Feldpolizist, verabscheute diese Typen. „Ich verstehe nicht, weshalb wir wieder solche militaristischen Zustände haben“, sagte er mir. Da wurde mir klar, dass sich seine rechtssozialdemokratische Gesinnung in Richtung Friedenspolitik gedreht hatte.

Vielleicht hatte sein Wandel etwas mit den Theologen Martin Niemöller und Helmut Gollwitzer zu tun, dachte ich. Schließlich war Vater immer noch fleißiger sonntäglicher Kirchgänger. Von beiden Geistlichen hatte ich auf seinem Zeitungstisch im Wintergarten zwei Büchlein entdeckt. Martin Niemöller, Sohn eines Pfarrers, war einst kaiserlicher Marineoffizier, anschließend zunächst Unterstützer der NSDAP gewesen. Dann schlug er den Berufsweg eines protestantischen Geistlichen ein. Wegen seiner kritischen Haltung zur braunen Gewaltherrschaft ab Mitte der 1930er Jahre sperrten ihn die Nazis für acht Jahre in Konzentrationslager weg. Wie schon zuvor, bekannte er sich nach der Befreiung als theologischer Friedenskämpfer, wurde Mitglied des Rates der Evangelischen Kirchen in Deutschland, der EKD, und nahm das Amt als Kirchenpräsident der evangelischen Landeskirche in Hessen und Nassau an. Er stritt sich vehement mit Bundeskanzler Adenauer über die Folgen der Wiederbewaffnung. Natürlich unterstützte er uns Jungen, uns Lehrlinge, Schüler und Studenten, die wir bei den Ostermärschen und der APO mitmachten.

Niemöller engagierte sich für eine Annäherung der Kirchen in Ost und West und setzte sich für die „Dritte Welt" ein. Sein Büchlein, das ich bei Otto entdeckte, trug den Titel *»Gewissen vor Staatsräson«*. Ähnlich waren Laufbahn und politischer Lebensweg von Professor Gollwitzer. Dessen Buch auf Ottos Tisch hieß »...und führen, wohin du nicht willst«. Beide Theologen befürworteten das, was Rudi Dutschke und andere Wortführer der APO mit »Strategie des Ungehorsams« umschrieben. Und sie waren Unterstützer der traditionellen Anti-Atomwaffen-Bewegung, die es schon seit Mitte der 1950er Jahre gab.

*

Mit Joshi führte ich viele Diskussionen zum Palästina-Konflikt. Er war aktives Mitglied der Jüdischen Gemeinde in Berlin und vergötterte – wie ich es sah – zu Unrecht den israelischen Staat. Alles, was Israel unternahm, war absolut richtig. Alles, was den Palästinensern an Rechten und Freiheiten zustand, musste man ihnen versagen. Die Sicherheit des auserwählten Volkes rangierte vor allem. Positiv an unserem politischen Schlagabtausch war, dass Joshi niemals mit antisemitischen Vorwürfen gegen mich um sich schmiss. Er pochte bei seiner undifferenzierten Rechthaberei auch nicht auf die „kollektive Schuld" der Deutschen.

„Ja, natürlich hast du das Recht, dich in die Dinge des Nahen Osten einzumischen, zu analysieren. Aber du bist halt kein Jude. Du wirst niemals verstehen, was diese Heimat für uns bedeutet!"

Das sagte Joshi, der selbst nicht in Palästina geboren war.

Musste man den Dritten Weltkrieg erst erleben, um zu verstehen, was es für die Menschheit bedeutete? Musste ich erst Jude oder Palästinenser sein, um die Probleme von Ungleichheit, Besatzungsungerechtigkeit, Rassismus, ethnologischer Säuberung und Nationalismus erkennen zu können?

Etwa so wie Joshi argumentierte unser WG-Vermieter, Herr Brat, der ebenso wie Joshi in der Jüdischen Gemeinde aktiv war. Joshi und er kannten sich. Als er Joshi und mir im Hausflur begegnete, versöhnte es ihn wohl mit mir, obwohl er mit dem Prädikat „israelfeindlich" schnell zur Hand war. Überhaupt schien er mir in einer Art pseudoväterlicher Hass-Liebe zugeneigt zu sein. Mit niemandem anderen im Haus ließ er sich auf Diskussionen ein. Nur mit mir. Ich hatte den Eindruck, dass ihn im tiefsten Inneren die Stimme der Jugend wirklich

interessierte, obgleich er einen abweisenden Eindruck und zuhauf abfällige Bemerkungen über den „jugendlichen Leichtsinn“ machte.
„Ihr Jungen wisst gar nicht, wie die Welt funktioniert!“
„Aber Ihre Generation hat sich ja nicht gerade durch funktionierendes Wissen ausgezeichnet“, antwortete ich keck.
Ich hatte den Eindruck, dass er es mochte, wenn ich ihm Kontra gab.
„Seien Sie ehrlich, Sie mögen Israel nicht.“
„Ich bin gegen die israelische Besatzungspolitik, nicht gegen Israel“, sagte ich.

Zuhören fiel ihm schwer. Irgendwann einmal meinte er aus heiterem Himmel, meine Eltern seien wohl ausgemachte Antisemiten gewesen, wenn ich so denken würde, wie ich denke. Ich machte ihm klar, dass ich selbst denken würde und mir das eigenständige Denken auch nicht nehmen lasse.
„Gerade deshalb habe ich ja auch ein sehr differenziertes Verhältnis zu den Ereignissen in Palästina“, gab ich ihm zu bedenken. Das mit meinen Eltern ließ ich nicht unbeantwortet.
„Was meine Eltern anbetrifft, da liegen Sie völlig falsch. Eine der besten Freundinnen meiner Mutter ist eine Jüdin. Die Hälfte ihrer Verwandtschaft kam nicht mehr lebend aus den Vernichtungslagern heraus. Warum urteilen Sie so rigoros über Menschen, die Sie nicht kennen?“

Einen Tag später entschuldigte er sich auf seine mürrische Weise. „War nicht so gemeint, das mit Ihren Eltern.“

*

Das x-beliebige Argumentieren und Diskutieren nach Lust und Laune war nicht mein Ding. Ich erwartete bei ernsthaften Gesprächen eine logisch nachvollziehbare argumentative Begründung. Das war aber nur selten der Fall. Die Diskussionen verliefen auf Straßen wie in Hörsälen ziemlich emotionsgeladen.

Das Lustprinzip – als Gegenstück einer prüden Gesellschaft von uns Jungen postuliert – fand in der öffentlichen Diskussionskultur seine spielerische Entstellung. Weder die konservativen alten Säcke, noch die meisten von uns jungen Revoluzzern hielten sich an die fairen Regeln stringenter Beweis- und Diskussionsführung. Alles, was politischen Hintergrund besaß, war zu jeder Zeit emotional hoch explosiv. Die Strategie des zivilen Ungehorsams verkam bei Teilen von uns Antiautoritären zur Ablehnung jeglichen Eingehens auf die Ansichten der älteren Generation. Umgekehrt schien es, als wollten uns die Alten auf Teufel komm raus keinen Millimeter Zugeständnisse machen. Die Fronten verhärteten sich.

In der Frontstadt Westberlin war Kritik an amerikanischer Politik bei der überwiegend alten Bevölkerung verpönt. „Geh doch nach drüben!“, hörten wir öfter als noch vor zwei Jahren. Sie wollten uns ausgrenzen. Die Grenze in den Köpfen schien festzementiert. Diese standardmäßige Rausschmiss-Drohung empfanden wir als Unverschämtheit.
„Haut doch selber ab – ab ins franco-faschistische Spanien!“, antworteten wir. Da schlug schon mal der eine oder andere Opa mit seinem Krückstock zu.

Am schlimmsten waren die Taxifahrer. Sie waren total BILD-verblödet. Wenn sie einen Moment hinter unserem Kleinlaster in einer engen Straße warten mussten und mitbekamen, dass wir für Vietnam die Kleidersäcke einsammelten, dann kurbelten sie die Scheiben runter und brüllten uns an.
„Kommunistisches Saupack!"
„Ab ins KZ mit euch!"
„Adolf hätte mit euch kurzen Prozess gemacht!"
„Euch Studenten sollte man vergasen!"
Alle Oppositionelle waren in den Augen dieser dödeligen Herrschaften „Studenten".

„Es hilft nichts. Wir müssen eben die Verhältnisse zum Tanzen bringen. Wir müssen die alten Autoritäten lächerlich machen. Das ist das Einzige, was sie verstehen", sagte mir Günter Amendt am Telefon, als ich meine Ur-WG an einem Sonntag anrief, um ihm von meinen hiesigen Erlebnissen und Eindrücken zu berichten. Natürlich rief ich auch an, um mich nach den Kumpels zu erkundigen. Amendt hatte inzwischen sein Psychologiestudium abgeschlossen und ein Sexberatungs-Institut aufgemacht. Wie ich bei meinem nächsten Besuch in Frankfurt sah, war sein Institut im übernächsten Gebäude, neben dem WG-Haus, angesiedelt. Auf dem an der Hauswand angeschraubten Schild stand:

Dr. G. Amendt
Sex-Sündikat
Institut für Körperkontakte
Nicht alle Klassen

*

Im Sommer erreichte der Minirock seine maximale Popularität und als „Super-Mini" oder „Mini-Mini" oder „Mikrorock" die höchstmögliche Saum-Höhe, wobei die Schamgrenze bis zur Scham sank – und das Höschen zum öffentlich sichtbaren Bestandteil der Mode avancierte. In dieser Ausstattung kam mich Karin am Anfang der Sommerferien besuchen. Der einzigartige Song unserer nun einjährigen Lieb- und Freundschaft war gerade in die Hitliste aufgenommen worden: *»Je t'aime«*, gesungen, gestöhnt und gehaucht von Jane Birkin, komponiert und im Wechselpart gesungen von Serge Gainsbourg, dem Frauenhelden. – *Je t'aime ... moi non plus.*

Anregung für den Titel »Ich liebe dich ... ich auch nicht« war ein berühmt gewordener Ausspruch des Künstlers Salvador Dalí: „Picasso ist Kommunist, und ich auch nicht". In dem Lied haucht Birkin zu einer eingängigen, sanften Hammond-Orgel-Melodie ein liebevolles, zärtliches „Je t'aime", das sich im Verlauf des Songs immer mehr zu einem Luststöhnen mit hoher Atemfrequenz steigert. Ebenso unverblümt und provokant ist der Text. Gainsbourg singt: *„Wie die ziellose Welle gehe ich, ich gehe und komme zwischen deinen Lenden mit sanftem Drängen".* Und Birkin wiederholt es noch einmal in hoher, erregter Stimme; gegen Ende singt sie: *„Maintenant, viens!" - „Jetzt, komm!"*

Der Song war eine Provokation für die sexuell verstaubte und unterdrückende Welt des puritanischen Konservativismus. Sofort entstand ein handfester Skandal, weil den altbackenen Kreisen bereits die akustischen Hinweise zu erotisch erschienen. Sie wollten den Song verbieten lassen. Aber dieses erotische Lied passte genau in unsere Zeit. In die Zeit der freien Liebe, der Softpornos, in die Zeit erotischer Aufklärungsfilme vom Schlag »Hausfrauen-Report« und Oswalt Kolles sachlicher Aufklärungsfilme.

Karin und ich stöhnten und liebten im Gleichklang mit Rhythmus und Melodie des Songs. Das war „unser Lied, unsere Hymne“ – die moderne Version des Minneliedes von Walther von der Vogelweide. Wir vögelten im Gedenken an all unsere Vorfahren, ohne deren Vögeln auf der Weide es uns niemals gegeben hätte. Das wäre wirklich schade gewesen. Denn wir liebten uns und das Leben. Sehr.

In vielen Ländern wurde das Lied von Radiostationen boykottiert, was aber die Popularität nur noch steigerte. Konservative Ideologiefabriken bekämpften das Lied so sehr, dass der Protest des Vatikans wahrhaftig zur kurzzeitigen Verhaftung des Verantwortlichen der Plattenfirma führte. Der zuständige Vertriebsleiter der italienischen Plattenfirma wurde sogar exkommuniziert. Diese Widerstände aber bewirkten unter uns Jugendlichen nur eines: die Verkaufszahlen stiegen rasant. Allein in Frankreich wurde der Titel 750.000 Mal verkauft, in Großbritannien wurden 250.000 Exemplare umgesetzt, weltweit über zwei Millionen. Das Lied wurde damit zu einem Millionenseller und zum Kult-Song unserer sexy Zeiten.

*

Im Juli rief ich in Ostberlin Vietnams Botschaftssekretär, Herrn Dien Noc, an. Er sprach wirklich ein perfektes Deutsch und schlug mir den Übergang Check Point

Charlie und einen Termin vor. Er würde die DDR-Grenzer von meinem Kommen informieren und mir ein Visa zusenden. Roland hatte zwischenzeitlich für unseren Westberliner Verband die erbetenen Medizingeräte geordert. Und so fuhren Beppo und ich zum Check Point. Die amerikanischen Soldaten wollten unsere Ausweise, Autopapiere, die Beladung und die beiden Visa sehen. Nach einer dreiviertel Stunde ließen sie uns durch. Den DDR-Beamten zeigten wir unsere Visa, sie warfen einen kurzen Blick unter die abgedeckte Ladefläche und winkten uns innerhalb von zehn Minuten weiter. So fuhr ich das erste Mal nach Ostberlin. Die Route zur Botschaft hatte ich mir zuvor auf dem Stadtplan angeschaut.

Wir wurden wieder überschwänglich empfangen. Da der Botschafter außer Haus war, unterrichtete uns der Botschaftssekretär darüber, wie hilfreich bereits unsere letzte Medizingeräte-Lieferung gewesen sei und wie sehr sie es zu schätzen wüssten, dass unser Verband in Westdeutschland und nun auch in Westberlin aktiv sei. „Wir danken Ihnen sehr, weil Sie für Vietnam völkerfreundschaftlich werben und Hilfsgüter für unser Land organisieren. Vietnams Volk weiß es zu schätzen, dass nicht alle Bürger der Bundesrepublik und von Westberlin die traurige Rolle ihrer Regierungen teilen“, sagte er in seiner Verabschiedungsrede.

Wir mussten gemäß Visa noch am selben Tag vor achtzehn Uhr die Grenze passieren. Die Rückfahrt ging schnell und unproblematisch. Zuhause in der WG debattierten Tommi, Rolf, Quiny und Rosi zum Thema Frauenpower. Schon hatten uns wieder die Westprobleme gefangen genommen. Mein privates Problem bestand darin, dass ich gemeinsam mit Beppo Karins Umzug in die Hand nehmen musste. Sie hatte bereits die schulischen Ummeldungen vorgenommen, das Einverständnis ihrer Eltern und die polizeiliche Abmeldung in Frankfurt arrangiert.

Drei Tage später waren wir mit Karin in unserem Klein-LKW zurück und luden ihre Sachen in der Clausewitzstraße aus. Karin bezog das letzte freie Zimmer neben meinem. Wir waren glücklich, uns endlich so nahe zu sein. Fern waren wir uns, was den Maoismus betraf. Ich fand diese Art Gewalt-Sozialismus zum Kotzen. Karin entschuldigte es mit den unaufgeklärten zurückgeblieben-bäuerlichen Zuständen dieses Riesenreiches. Ich dachte an einen Sozialismus, den die Menschen aus Überzeugung gut fanden, weil er ihnen mehr Selbstbestimmung und weniger Entfremdung bringe. Und weil er die Ausbeutung des Menschen durch den Menschen abschaffen würde. Im chinesischen Kommunismus sah ich Zwang und Gehirnwäsche. Karin und ich konnten uns stundenlang über diese Themen streiten. Und dann wieder stundenlang lieben.

Über die Sache mit der Gehirnwäsche war sie ins Grübeln gekommen, das spürte ich.

*

Mitte August wurden wir auf allen Kanälen über Woodstock, das Musikfestival unserer Flower-Power-Bewegung, informiert.
„So groß ist unsere Sache schon geworden!“, meinte Tommi. Er hatte Recht. Was als zweitägiges Festival für 50.000 Besucher geplant war, artete zu einem chaoti-

schen, aber friedlichen dreitägigen Riesenereignis mit rund 500.000 Teilnehmern aus. Aber war das alles wirklich noch „unsere Sache“?
„Das ist mir alles schon zu sehr kommerzialisiert“, sagte Karin.
„Wenn da nicht deine tollen maoistischen Roten Garden mitmischen, ist es für dich gleich kapitalistisch unterwandert!“, blaffte Rolf zurück.
„Ich finde die Hippiebewegung gut und wichtig. Und sie ist ja auch hier in Europa Bestandteil einer umfassenden Friedensbewegung. Aber du kannst doch nicht bestreiten, dass die Herrschenden immer mehr auf die Hippies Einfluss nehmen und sie instrumentalisieren.“ Karin sah Rolf herausfordernd an, wie sie einem mit ihren blaugrünen Augen immer direkt anschaute, wenn es ihr „um Alles“ ging. Und es ging ihr sehr oft um „Alles“.
Dann schaute Karin zu mir und sagte: „Sag du doch mal was, Kara!“
„Was so berichtet wird, gibt es dort doch tolle Konzerte mit bekannten Gruppen, die sich mit der weltweiten Friedensbewegung und gegen den Vietnam-Krieg solidarisieren“, sagte ich. Und dann zählte ich sie auf, soweit ich mich an die gestrige Fernsehsendung erinnern konnte: *Joan Baez; Grateful Dead; The Who; Santana; Johnny Winter; Creedence Clearwater Revival; Janis Joplin; Ten Years After; Joe Cocker; Crosby, Stills, Nash & Young; Jimi Hendrix; Jefferson Airplane.*
„All diese Bands sind Verbündete in unserem Kampf für internationale Solidarität!“

„Mag ja sein, dass da ‘ne Menge hochkarätiger Künstler und Gruppen der Folk-, Rock- und Bluesszene engagiert sind“, sagte Karin, „Fakt ist aber auch, dass dort

offener Drogenhandel und Drogenkonsum vorherrschen."
„Ja, das Drogenproblem haben die Herrschenden gut kanalisiert, nämlich mitten rein in unsere Bewegung. Und jetzt haben wir den Salat!" Tommi hatte von Anfang an nichts von Drogen gehalten, auch nicht vom „nur mal eben probieren".

Für Ende August hatte die Kommune I kurzfristig zu einem »Berliner Woodstock« im Tiergarten aufgerufen. Da war natürlich rein gar nichts geplant, nicht wirklich. Die Kommunarden waren Spontis und keine großartigen Organisatoren. Ein paar regionale Westberliner und Hamburger Gruppen traten auf. Aus Lautsprechern tönte *Psychedelic Music* wie *White Room* von »Cream« und *Voodoo Child* von »Jimi Hendrix«. Wir zündeten unerlaubterweise ein Lagerfeuer an und grillten Stockbrot und Maiskolben. Die Bullen blieben an diesem Abend zuhause. Zum Hinsetzen, Hinlegen und zum Lieben hatten fast alle von uns Isomatten und Decken dabei. Einige hatten Zelte aufgeschlagen. Das war schon mal gut. Denn es gab auch ein Zelt, in dem man sich anmelden konnte, um Liebe zu machen. An diesem romantischen Sommerabend tanzten wir stundenlang bis es nachts anfing zu regnen.

*

Kurz vor meinem Geburtstag stand der Besuch bei der FDJ an. Dazu musste ich mit der Bahn erst nach Frankfurt fahren, wo ich bei den Eltern übernachtete, um am folgenden Tag mit dem Reisebus der Jungsozialisten die Fahrt zurück nach Berlin zu unternehmen. Die Busfahrt verging schnell, weil man sich über das bevorstehende Treffen unterhielt und über unsere Erwartungen sprach.

Unsere fünfundzwanzig-köpfige Delegation wurde mit allen Ehren im Zentralratsgebäude der FDJ empfangen. Man gab sich offensichtlich viel Mühe, unseren Besuch auf einen hohen Sockel zu heben. Noch immer herrschte zwischen der Bonner CDU/SPD-Regierung und der DDR-Staatsmacht Totenstille, Kalter Krieg. Für alles war vorgesorgt, vom nett angerichteten gemeinsamen Essen in einem etwas nüchternen Speisesaal, gewürzt mit Ansprachen zwischen mehreren Gängen, bis zum abendlichen Besuch im Brecht-Ensemble in der Nähe der Friedrichstraße. Gespielt wurde *Mutter Courage*. Neben dem Stück selbst fand ich das Publikum am beeindruckendsten. Das waren keine Honoratioren und superfein gekleidete Hochverdiener wie im Frankfurter Schauspielhaus, wo die Karten für Normalos unerschwinglich waren. Das hier waren in der übergroßen Mehrzahl Normalverdiener, Arbeiter und Arbeiterinnen, Landfrauen und Angestellte.

Untergebracht waren wir privat bei Familien von FDJ-Mitgliedern, die ihre Zimmer zur Verfügung stellten. Ich fand das deshalb gut, weil ich hier bessere und unmittelbarere Kontaktmöglichkeiten hatte, als wenn wir im *Hotel Berlin* am Alexanderplatz untergebracht worden wären. Die Organisatoren der FDJ hatten uns in dieser Sache die Wahl gelassen. Lerryn und die Jusos hatten sich kluger Weise für die Privatunterkünfte entschieden. Hier lernte ich die sechzehnjährige Tamara und ihren neun Jahre älteren Bruder Heinz kennen. Tamara wusste schon sehr genau, was sie einmal werden wollte, nämlich Maschinenbauerin.

„Ich werde mich an der Lomonossov-Universität in Moskau für ein Auslandsstipendium bewerben. Nach dem Studium mache ich ein Praxisjahr in Jena in Sachen Chemieanlagenbau. Und dann promoviere ich an der Karl-Marx-Uni in Leipzig." Die hübsche Kleine mit den langen Beinen hatte Großes vor. Ich hatte den Eindruck, dass sie mich etwas anhimmelte. Jedenfalls schaute sie mich am zweiten Tag mit ihren großen rehbraunen Augen an und fragte unverwandt, ob ich eine Freundin habe.
„Hab ich", antwortete ich.
„Ach so", sagte sie, „auch gut."

Ihr großer Bruder hatte es bereits geschafft. Er hatte in Physik promoviert und war in Adlershof an der Akademie der Wissenschaften der DDR als Forschungsleiter tätig. Was er da forschte, ließ er irgendwie im Unklaren. Ich nahm an, dass er angewiesen worden war, uns nichts Detailliertes zu erzählen. Doch ansonsten war er sehr aufgeschlossen und gab zu allen meinen Fragen freundlich und offen Auskunft.

Am nächsten Tag besichtigten wir eine Leuchtmittelfabrik und führten Gespräche mit Mitgliedern der Betriebsgewerkschaft. Wir waren sehr wissbegierig. Es ging um die Formen der Mitbestimmung in sozialistischen Betrieben, um die Vereinbarkeit von Familie und Arbeit, um Betriebskindergärten, um betriebseigene Wohnungen und um die Förderung von Frauen im Betrieb. Vom fünfköpfigen Betriebskomitee waren drei Frauen und zwei Männer.

Am letzten Tag frühstückte unsere Delegation gemeinsam mit unseren privaten Gastgebern und mit den FDJ-Funktionären in dem Saal, wo man uns vor drei Tagen mit einem Abendessen willkommen geheißen hatte. Tamara setzte sich selbstbewusst neben mich. „Wir können uns ja schreiben", sagte sie halblaut. „Kannst du mir deine Anschrift und dein Geburtsdatum dalassen?"
Ich schrieb beides auf ein Zettelchen, legte es ihr neben ihren Teller, und genau in diesem Moment begann der FDJ-Sekretär seine Rede über die guten Beziehungen, die zwischen der deutschen Jugend Ost und der Jugend West für die friedliche Koexistenz und unsrer aller Zukunft wichtig seien.

*

Pünktlich am 12. September, einem Freitag, brachte mir der Postbote ein Päckchen von meinen Eltern und ein Geburtstagskärtchen von Tamara. Ich hatte dabei ein Gefühl, wie ich es knapp zwei Jahre später reaktivieren sollte. Tamara hatte etwas. Karin hatte kein Problem mit dem Kärtchen. Ich hatte ihr natürlich in allen Einzelheiten von der Delegationsreise berichtet. Sie fand, dass der DDR-Sozialismus „revisionistisch" sei und kein echter Sozialismus, weil man dort keine Kulturrevolution gemacht habe.

„Willst du im Ernst, dass da die FDJ-Jugend so vorgeht wie in China?"
Karin sah mich groß an. „Na ja, hast ja recht. Wir Deutsche sind keine Chinesen."
„Ach was! Was für eine großartige Erkenntnis! Danke!", sagte ich. „Und könnte es nicht sein, dass jedes Land seinen eigenen Weg gehen sollte?" Karin konnte mit

meiner Ironie umgehen. Außerdem war das diesmal sehr angebracht.

Von Karin bekam ich zum Geburtstag vier Liebesgutscheine geschenkt. Einmal für ein Liebesfrühstück im Bett. Den zweiten für ein Ficknick im Grünen. Den dritten für eine Liebesmassage, und den vierten für ein romantisches Liebeswochenende.

Im Oktober strahlte die ARD den ersten *Columbo*-Film aus. *Mord nach Rezept*, das war mal eine ganz andere Art von Krimi. Karin und ich sahen ihn in ihrem Zimmer, das mit Plakaten der Beatles, Stones, Bob Dylan, Janis Joplin, Joan Baez und Mao volltapeziert war. Der Film handelte von dem Therapeuten Dr. Flemming, den Gene Barry spielte. Er hat seinen zehnten Hochzeitstag gebührend gefeiert. Kurz darauf ist seine Frau tot – erwürgt von einem Einbrecher. Wirklich? Inspektor Columbo, gespielt von Peter Falk, hat da noch eine Frage… Columbo wurde in den kommenden Jahren unsere Lieblingsserie.

Sechzehn Tage nach meinem Geburtstag fand am 28. September die Bundestagswahl statt. Es war die Wahl zum sechsten Deutschen Bundestag. Wir jubelten in der WG und tanzten durch Flur und Küche, als wir die Wahlergebnisse im Fernsehen mitverfolgten. Erstmals stellten die Unionsparteien nicht mehr den Bundeskanzler, obwohl sie erneut und ununterbrochen seit 1949 die größte Bundestagsfraktion waren. Erstmals nach zwanzig Jahren BRD konstituierte sich nun auf Bundesebene eine völlig neue, eine vielversprechende, eine sozialliberale Koalition. Willy Brandt war unser Hoffnungsschimmer am Horizont, und er wurde tatsächlich zum Kanzler gewählt.

Ende Oktober schauten wir uns Brandts Regierungserklärung in der ARD an. Er verwies auf die Existenz zweier unabhängiger deutscher Staaten, die „füreinander aber nicht Ausland seien", und er gab die Umwandlung des »Ministeriums für Gesamtdeutsche Fragen« in »Ministerium für innerdeutsche Beziehungen« bekannt. Das war schon mal ein erster Schritt in Richtung Entspannung. Und dann kam die langersehnte Ansage: „Wir wollen mehr Demokratie wagen!" Es war das erste Mal, dass wir eine Erklärung des politischen Establishments mit Sekt feierten. Und mit Liebe. Karin und ich zogen uns zurück.

*

Es wurde ein sehr nebliger und nasser November. Während die Kalten Krieger ihre kalten Herzen beruhigten, indem sie warme Kerzen in die Fenster stellten, um mit Mitleidsfresse den armen Brüdern und Schwestern „drüben" zu gedenken, zündete Karin rund um unsere Badewanne Teelichter an. Das machte Sinn. Das war nicht geheuchelt. Das diente nicht dem Appell an den unliebsamen, bösen „Osten". Es diente der Romantik. Unsere Kerzen beflügelten die Liebe und unsere tiefe Freundschaft. Sie beflügelten unsere Phantasie, unsere Visionen für eine friedliche ruhige Zukunft, in der der Mensch dem Menschen ein Bruder ist - oder eben auch eine Schwester.

In der harten Realität war nicht jeder Bruder ein hilfreicher Mensch. Manche Brüder vertrugen sich nicht und

machten sich gegenseitig das Leben schwer. Joshi hatte seinen Bruder im Herzen verloren. Nun hatte er auch die Freude am Leben verloren. An einem der grauen Novembernachmittage klingelte Herr Brat an unserer Wohnungstür. Ich öffnete ihm.
„Ich muss Sie mal sprechen."
„Gerne. Kommen Sie doch rein, bitte."
„Nein, nein. Vielen Dank. Aber könnten Sie für einen Moment zu mir hoch kommen?"
„Ja klar. Ich sage nur kurz Bescheid."
Dann ging ich hinter ihm die Treppen hoch. Vor meinen Augen die viel zu kurzen Hosenbeine, die angeschmuddelte Hose, der gebeugte Gang, der Kopf mit dem schwarzen Hut auf dem kahlen Kopf.

Seine kleine Dachgeschoss-Wohnung mit den abgeschrägten Wänden war gleichzeitig Büro, Archiv und Mieterempfang. Auf seinem Schreibtisch, der zugleich der einzige Tisch war, häuften sich Berge von Briefen, Zeitungen, Akten und das Essgeschirr von mindestens zwei Tagen. Das Bett war eine Klappcouch, die halb aufgeklappt an der grau tapezierten Wand stand. Die Bettdecke hing dick und schwer auf zwei Stühlen, die daneben standen. Auf dem Fußboden lagerte eine lange Reihe Aktenordner, die einmal in Reih und Glied gestanden haben mussten, aber nun einzelne Ausreißer aufwiesen. Prompt stolperte ich über eine hervorstehende Akte.

„Das tut mir leid", sagte ich und schob die Akte in ihre Reihe zurück.
„Muss Ihnen nicht leidtun. Es gibt Schlimmeres." Er machte eine kleine Pause. „Wissen Sie schon, dass Ihr

Bekannter oder Freund oder was immer er war, nicht mehr lebt?"
Mit einem Mal wich das Blut aus meinem Gesicht und ich fühlte mich wie nach einem Magenschwinger. „Joshua?"
„Ja, Joshua. Er hat sich aufgehängt."

Mehr konnte er mir nicht sagen. Ich erzählte ihm von Joshi, von unserer Zeit als wir noch kleine Grundschüler waren. Damals war mir etwas aufgefallen. Unser Volksschullehrer hatte sehr eindringlich, aber auch äußerst einfühlsam über das Schicksal der Juden gesprochen. Dabei hatte er gesagt, dass Joshis Familie dem Holocaust entronnen war, und dass wir uns niemals über Juden lustig machen dürften. Das war auch bitter nötig. Denn versteckte Judenwitze hatte ich als Kind in der Erwachsenenwelt schon mal gehört, aber nie richtig verstanden. Doch als Kind spürt man sehr genau, wenn etwas Gemeines gesagt wird, das aber nicht das Licht der Öffentlichkeit erblicken durfte. Es war das alte Spiel der unterschwelligen Stimmungsmache.

Nun schüttete mir mein Vermieter das erste Mal sein Herz aus. Seine Stimme war etwas brüchig. Von seiner großen und weitläufigen Verwandtschaft hatten sich gerade einmal zwei Familienmitglieder vor dem Holocaust retten können. Sein Cousin und er. Sie hatten nach dem Krieg das reguläre Erbe ihrer Verwandtschaft antreten können, was sie aber im Herzen nicht glücklicher machte. Der Verlust all ihrer Lieben hatte sie im tiefsten Inneren ihrer Seele getroffen.
„Mit dieser Wunde müssen wir bis zum bitteren Ende leben", sagte er.
„Was ist mit Ihrem Cousin?"

„Er wohnt im Londoner West End; er besitzt dort nahe des Piccadilly Circus zwei Dutzend Häuser. Er ist bestens versorgt. Uns beiden geht es materiell sehr gut. Aber alles andere ist schrecklich. Jede Nacht ist ein Kampf gegen Albträume."

„Können Sie sich nicht gegenseitig stützen und zusammenziehen?"

„Wissen Sie, das Schlimme ist, dass solch schreckliche Ereignisse oftmals weniger zusammenführen als vielmehr entzweien. Er glaubt, ich habe Schuld am Verrat seiner Eltern und ihres Versteckes. Dabei habe ich ihn in Verdacht. Darüber haben wir uns für immer zerstritten."

Er berichtete mir von der Jüdischen Gemeinde, von Joshis Wirken dort und von Rolf Eden, den er persönlich gut kannte. „Das ist der Sohn einer Frau, die mit meiner Schwester befreundet war. Er betätigt sich heute als Immobilienhändler."

„Und nicht nur das", sagte ich und lächelte.

„Ja, ja, ich weiß", sagte Brat und zwinkerte mit dem Auge. Dann erzählte er mir die Lebensgeschichte des stadtbekannten Playboys, Bar- und Discobesitzers.

Nach der Machtergreifung der Nazis 1933 floh Edens Familie aus Berlin nach Palästina. Edens Vater, der früher als Unternehmer tätig war, arbeitete, nachdem er 1936 pleite gegangen war, als Taxifahrer. Später führten Edens Eltern ein Café in Haifa, die Großeltern ein Hotel. Mit vierzehn verließ Rolf Eden die Schule und verdiente sein Geld als Musiker. Im ersten arabisch-israelischen Krieg kämpfte er in der Eliteeinheit Palmach unter Jitzchak Rabin. Aus dieser Zeit stammt Edens erstes von sieben Kindern von sieben Frauen.

Anfang der 1950er lebte er, zwanzig Jahre jung, in Paris. Eden arbeitete dort unter anderem als Musiker, Kellner, Chauffeur, Autohändler. Er übernahm erste Statistenrollen bei Filmproduktionen, später auch Nebenrollen. Gleichzeitig wartete er vergeblich auf ein Visum für die USA. Als er 1956 in der Zeitung las, dass jeder im Ausland lebende Berliner, der nach Westberlin zurückkehrt, 6.000 DM erhalte, reiste er zurück.

Ich war nun schon eine volle Stunde bei Herrn Brat im Dachkämmerchen, als Karin an der Tür klingelte.
„Tut mir leid, dass ich stören muss, aber wir haben jetzt in einer Viertelstunde eine Betriebsbesprechung mit unseren Verbandsmitgliedern und Helfern."
Herr Brat und ich verabredeten uns zu einem Treffen an einem anderen Tag. Die Geschichte des Rolf Eden interessierte mich. Das Treffen fand dann erst im neuen Jahr statt. Unser Vermieter musste wegen eines Aneurysmas für einige Wochen ins Krankenhaus, wo ich ihn vor Weihnachten besuchte.

*

Ich hatte den *Berliner Extra-Dienst* abonniert. Darin wurde von einem Frankfurter Prozess gegen einen Gießener Demonstranten berichtet. Es ging um die Springer-Blockade, an der auch ich damals vor den Toren der Societätsdruckerei teilgenommen hatte. Vor dem Landgericht Frankfurt trat im November 1969 der Hannoveraner Psychologie-Professor Peter Brückner als Sachverständiger auf. Er führte in seinem Gutachten den Nachweis, dass die Springer-Presse eine Pogromstimmung erzeugt und sich der „Volksverhetzung" schuldig gemacht habe.

Der Gutachter führte gegen Ende seiner gründlich recherchierten Expertise aus, dass man bei nüchterner Betrachtung sagen müsse, „dass sich Rudi Dutschke spätestens vom Ende Februar 1968 an in Lebensgefahr befand“. Damals waren bei einer vom Senat organisierten und der Springer-Presse propagandistisch vorbereiteten Demonstration gegen den vom SDS veranstalteten Vietnamkongress 80.000 „anständige Berliner“ erschienen, die dort mal ordentlich die Sau rauslassen konnten. Sie brüllten „Raus mit Dutschke, Teufel, Kunzelmann“, „Volksfeind Nr. 1 Rudi Dutschke“, „Politische Feinde ins KZ“ und ähnliches mehr.

Ein Mann, den die Menge mit Rudi Dutschke verwechselte, so schrieb der Gutachter, konnte einer Lynchmeute nur mit knapper Not entkommen. Aber das wussten wir ja schon. Mit Rufen wie „Lyncht die Sau!“, „Schlagt ihn tot!“, „Kastriert das Judenschwein!“ jagten sie den jungen Mann durch die Straßen. Damals, am 24. Dezember 1967 war Rudi, als er die in der Gedächtniskirche versammelten Christen am Heiligen Abend an die Realität des Vietnam-Kriegs erinnern wollte, von einem Kirchenbesucher mit seiner Krücke niedergeschlagen worden. Wenige Tage vor der Großdemonstration wurde ein Auto, in dem Dutschke mit einigen Begleitern saß, von einem Dutzend Taxis eingekreist. Als die Fahrer ausstiegen und sich dem Wagen bedrohlich näherten, konnte der Fahrer Rudi und seine Mitfahrer durch ein rasantes Manöver gerade noch aus der Gefahrenzone bringen.

Als Karin, Quiny, Rolf, Tommi, Rosi und ich das lasen und diskutierten, erinnerten wir uns nicht nur an das vergangene ereignisreiche Jahr 1968, sondern auch an die Anfänge unserer Revoluzzer-Zeit. Es gab die leichte Zeit des Liebens, die Hoffnung auf Befreiung von den beklemmenden gesellschaftlichen Fesseln durch die ersehnte sexuelle Revolution. Und es gab die schwere Zeit des beharrlichen politischen Kampfes gegen Unvernunft und Gewalt. Die Zeit des Kampfes um die Freiheit unserer Körper und die Zeit des Ringens um die Freiheit unserer Köpfe.

Es war ein wenig melancholisch. Wir sangen und summten ein aus unserer frühen Schulzeit bekanntes Lied:

Die Gedanken sind frei,
wer kann sie erraten,
sie fliehen vorbei,
wie nächtliche Schatten.
Kein Mensch kann sie wissen,
kein Jäger erschießen.
Es bleibet dabei:
Die Gedanken sind frei.

Ich liebe den Wein,
mein Mädchen vor allen,
sie tut mir allein
am besten gefallen.
Ich bin nicht alleine
bei meinem Glas Weine,
mein Mädchen dabei:
die Gedanken sind frei.

Und sperrt man mich ein
im finsteren Kerker,
das alles sind rein

vergebliche Werke;
denn meine Gedanken
zerreißen die Schranken
und Mauern entzwei:
die Gedanken sind frei.

Drum will ich auf immer
den Sorgen entsagen
und will mich auch nimmer
mit Grillen mehr plagen.
Man kann ja im Herzen
stets lachen und scherzen
und denken dabei:
die Gedanken sind frei.

*

Es war Advent und wir stellten fest, dass viele von uns, die wir unbedarft und friedlich vor einigen jungen Jahren gestartet waren, immer mehr in Drogen oder in gewalttätige Aktionen abdrifteten.

„Die gewalttätigen Gesellschaftsstrukturen finden hier ihre Wiederspieglung“, sagte Richy. Er war unser neuer Mitbewohner. Beppo hatte sich frisch verliebt und eine eigene kleine Wohnung gemietet. In seinem Zimmer wohnte Richy, der sich ab jetzt voll in den Solidaritätsverband einbrachte.

Die Adventszeit war eine Zeit des gemeinsamen Backens und Kochens und Diskutierens. In der Nähe war *Die Kurbel*, ein Off-Kino, in dem viele gute Filme liefen, kein Hollywoodmist aus der amerikanischen Ideologie- und Kulturfabrik. Jeden Samstagabend war gemeinsamer Kinoabend mit anschließendem Essen im Athener Grill angesagt.

Weihnachten verließen wir unsere WG und flogen zurück ins heimatliche Ur-Nest. Da der Lufthansaflug zu teuer war, „flogen“ wir mit der Deutschen Reichsbahn der DDR bis Herleshausen, wo Ost- und West-Grenzer den Zug kontrollierten, während die Lok der Bundesbahn vorgespannt wurde. Und dann ging es von Station zu Station bis wir nach insgesamt sieben Stunden im Frankfurter Hauptbahnhof landeten. Ich quartierte mich mit meiner Liebsten bei ihren Eltern im Stadtteil Goldstein ein. Bei Lollo und Otto war es zu gewagt. Jederzeit konnte dort die Feldpolizei aufschlagen. Unsere drei Weihnachtstage bei Karins Eltern waren eine gute Gelegenheit zum gegenseitigen Kennenlernen unserer Eltern. Lollo und Otto kamen uns dort am ersten Weihnachtsfeiertag besuchen.

Den zweiten Weihnachtsfeiertag verbrachten wir mit meiner Verwandtschaft in Tattis und Onnas Drogerie an der Wittelsbacherallee. Fast alle waren wieder da. Wie in alten Zeiten. Nur Paula und Onkel Adolf fehlten. Sie saßen mit Weihnachtsgrippe vor ihrer Weihnachtskrippe. Auch Günter und Hannelore waren aus Berlin angereist. Wir fielen uns um den Hals und drückten uns.

Bei Tatti gab‘s Sauerbraten mit Kartoffelklößen und Rotkraut. Ich trug irgendein revolutionäres Weihnachtsgedicht von Dieter Süverkrüp vor, in der Hoffnung, dem müden Haufen Pepp einzuhauchen. Aber der Cognac schien das Übrige zu tun. Ich freute mich, dass man sich freute und hoffte, dass ich endlich meine endgültige Liebe gefunden habe und ein erfolgreiches Textilunternehmen in Berlin führe. Karin wusste Bescheid und stupste mich heimlich unterm Tisch an. Wie man Familienlügen gut verkleidet und höflich unterbringt, war ihr bewusst. Nur mit unserer Liebe, das stimmte total.

Am Abend des zweiten Weihnachtsfeiertages trafen wir uns mit all unseren Freunden zur revolutionären roten Weihnachtsfeier im Club Voltaire. Else, Heiner Halberstadt, Lerryn, Meise, Günter Amendt, Veit, Caro, Klint, Pit, Jean-Francois, unser freischwebender Buchhändler Kurt sowie Hörbi und Chrissi. Wir saßen verteilt im Raum und tanzten zu Jimi Hendrix um den rot besprühten Christbaum. Diesmal hingen weder Bilder mit Revoluzzer-Köpfen noch andere Revolutions-Devotionalien an seinen Zweigen. Er war schlicht und einfach rot.

„Wo sind Martin und Ebbet?“, fragte ich.
„Die sind nach California abgehauen!“, antwortete Veit, der mit ihnen immer schon besonders eng befreundet war.
„Seit wann?“
Veit vergewisserte sich bei Amendt. „Das war schon Anfang des Jahres, vielleicht im Februar, wenn ich mich nicht täusche.“
„Haben sie dort eine Adresse?“, fragte ich.
„Sie wollten sich spätestens im Sommer bei uns melden, damit wir sie im Herbst besuchen kommen, sofern wir Knete haben.“ Er lachte. „Aber bisher leider kein Zeichen! Ich nehm‘ an, sie ziehen erst einmal durch ganz Mexiko; das war Ebbets Traum.“

Else legte einen Weihnachtsfilm in die Filmspule, und dann hieß es nur noch: *Schöne Bescherung*. Ein passender Film mit Chevy Chase und Beverly D’Angelo. Ein weihnachtlicher Klassiker, der zwar etwas brauchte, um in die Puschen zu kommen, doch spätestens ab dem Zeitpunkt, als Eddie mit seinem durchgerosteten Mülleimer den Vorgarten enterte, wurde es legendär. Den konnte ich mir im folgenden Jahr selbst bei 30°C im Schatten noch reinziehen. Mein absolutes Highlight war übrigens die Szene, in der Clark als Klofrau verkleidet auf dem Speicher hockt und sich alte Videos anschaut; dazu noch der Song *That Spirit of Christmas* von Ray Charles, ein Schnüff-Schnüff-Moment der ganz besonderen Art.

*

Zurück in Berlin ging es schnurstracks auf das neue Jahrzehnt zu. Unsere WG beschloss, Silvester auf der großen Studi-Party an der TU zu feiern. Ein tolles buntes Treiben, überall Fahnen des Vietcong, Parolen wie „Ami Go Home", „Make Love Not War". Wände und Decken waren mit tausenden breiten Luftschlangen dekoriert. An acht Bars gab es alles, was trinkbar war. Die Luft war von Marihuana-Duft geschwängert und der Rauch von hunderten Räucherkerzen waberte durch das ganze Gebäude. Die Musikanlage im Audimax dröhnte, und Männlein wie Weiblein drängten sich dicht an dicht in lässigem Outfit mit Schlabber-Shirts – und einige oben ohne. Karin und mir war es zu eng und zu laut. Wir suchten die anderen und sagten Bescheid; wir wollten nach Hause. Raus aus dem unpersönlichen Gedränge. Wir hatten Lust auf Zweisamkeit.

Am Kudamm, Ecke Joachimstaler Straße sah ich hinüber zur Gedächtniskirche. Es war eine Stunde vor Mitternacht. „Lass uns noch einen Spaziergang machen, bevor wir den Bus zur Clausewitz nehmen", sagte ich zu

Karin. Im Café Kranzler, an der Ecke, wo wir abbogen, saßen die einsamen Herzen an diesem Silvesterabend an schnörkeligen kleinen Telefon-Tischchen und warteten auf einen Anruf vom Nebentisch. Auch das war Sehnsucht nach Liebe, nach Frieden im Herzen, nach Mitmenschlichkeit und Freude am Leben. Herzen auf der Suche.

Wir schlenderten den Kurfürstendamm entlang, auf dem zu dieser Stunde nur wenige Menschen bummelten. Gedankenverloren sahen wir den halbzerstörten Kirchturm an, ein dauerhaftes Mahnmal des Krieges. Vor ihm, in den halbdunklen Nischen des Eingangsportals, kauerte eine Gruppe von Gammlern. Sie ließen eine Rotweinflasche kreisen, und als sie unseren Blick sahen und bemerkten, dass wir eine kleine Sekunde in unserem Gang innehielten, rief uns eine beschwipste Frauenstimme zu: „Kommt her. Trinkt mit auf's Neue Jahr!"
Ich sah zu Karin und sie zu mir.
„Wir wollen noch vor Mitternacht zu einer Party", log ich.
„Nur ein Schluck!", rief die Frauenstimme. „Wir alle sind doch Schwestern und Brüder!"

Wir traten an die Gruppe heran, und plötzlich schrie eine Männerstimme: „Kara!"
Die beschwipste Frauenstimme bekam mit einem Mal einen nüchternen Klang. „Kara aus Frankfurt? Bist du das?"
Ich sah näher hin. Es waren Ebbet und Martin.
„Wolltet ihr nicht nach …" Ich kam nicht dazu, California anzufügen.
„Wir sind hier hängengeblieben. Hier ist es dufte, wie der Berliner sagt, einfach nur dufte. Das ist eine Welt-

stadt. Außerdem war uns die Kohle ausgegangen“, sagte Martin. „Aber jetzt haben wir alles soweit zusammen. Am zweiten Januar geht unser Flug nach Frisco.“

Wir erzählten uns noch dies und das und merkten, dass Ebbet an der Flasche, an Halluzinogenen und an Joints hing. Wir hörten es aus ihren Erzählungen. Alles drehte sich um Koks und Gras und Rotwein.
„Wir müssen jetzt aber weiter“, drängte Karin, der das alles nicht geheuer war. „Wir kommen sonst zu spät zur Party.“
„Habt ihr mal ‘nen Zehner?“, fragte Ebbet.
Ich kramte aus meinem Portemonnaie einen Fünfziger hervor und gab ihn Martin. „Als Reisezuschuss. Kommt gut an im Land der unbegrenzten Freiheit!“
Wir drückten uns zum Abschied.
Ich sah die beiden nie wieder.

Es war zu spät, um vor Null Uhr zuhause zu sein. Da geriet mir das nahegelegene Europa Center mit dem weithin sichtbaren Mercedes-Stern auf dem Dach ins Blickfeld.
„Komm, lass uns das Feuerwerk von der obersten Etage aus ansehen!“, sagte ich und nahm Karin an die Hand. Wir beeilten uns, denn schon war es Viertel vor Zwölf. „Vielleicht haben wir Glück und ganz oben ist nicht abgeriegelt.“

Wir hechteten zum Aufzug. Ich hatte über das höchste Hochhaus Westberlins gelesen, dass es 21 Etagen und eine Gesamthöhe von 86 Metern hatte. Im Tiefgeschoss befand sich das Kabarett *Die Stachelschweine*; im Erdgeschoss war ein Kino. Und im 18. Stock befand sich eine angesagte Disco für Besserbetuchte und solche, die sich dafür hielten. Der Aufzug wies nur 20 Etagen aus. Wo war das 21. Stockwerk geblieben?

Wir waren völlig alleine, hörten aber den abgedämpften Lärm der Disco-Party. „Lass uns in den Zwanzigsten fahren“, sagte ich.

Mit einem kurzen Klingelzeichen hielt der Aufzug oben an. Ich suchte mit Karin an der Hand nach einer Notfall-Treppe und folgte den grünen Lichtkästen mit den Richtungspfeilen. Tatsächlich kamen wir zu einer Treppe, die nicht nur nach unten, sondern auch noch ein Stockwerk nach oben führte. Ich stürzte zur Eingangstür und – sie ging tatsächlich auf. Der Flur war mit flockigem teurem Velourteppich belegt und unbeleuchtet. Hier oben in der Chefetage herrschte Totenstille, und nur das Licht der Neonreklame schien von außen herein. Die gesamte breite Fensterfront rund um das Gebäude gehörte uns beiden. In diesem Moment ging es los. Böllerschüsse, Raketen; in weiter Entfernung entfaltete sich Lichtregen, Sterntaler rieselten gen Erde, bunte Lichtpilze stiegen auf, vermischten sich und verglühten. Wir sahen nach Osten, nach Westen. Überall das Gleiche in dieser Nacht.

Karin und ich nahmen uns in den Arm und verspürten eine ungeheure Lust. So liebten wir uns hinein ins neue Jahrzehnt.

Dank und Nachbetrachtung

Der Dank gilt allen, die mir beim Zusammentragen von Erinnerungen und Fakten wie auch bei der Textkorrektur behilflich waren. Hier sind insbesondere Alexandra, Herbert und Peter zu nennen. Als ich mit dem Roman abgeschlossen hatte, stand eine Frage im Raum.

Was ist eigentlich aus der „Sexuellen Revolution" geworden?

Der Bereich, den wir damals unter der Bezeichnung „Sexualität" als Hoffnungsbegriff isoliert betrachtet und dramatisiert haben, unterliegt freilich einem ständigen kulturellen Wandel. Aus unserer wahren Liebe wurde zuhauf – wie könnte es in unserer fetischisierten Warengesellschaft anders sein – die Ware Liebe. Ununterbrochen wurden und werden Wünsche generiert, die sich möglichst umgehend niederschlagen sollen. Die „revolutionäre" Zeitspanne aber war ebenso knapp bemessen wie das wissenschaftliche Fachpersonal in Sachen Sexualität. Das real existierende „Fachpersonal" waren wir selbst. Und wir waren nicht immer allwissende Gewinner.

Was also waren das für Zeiten?

Auf dem Höhepunkt der Jugendrevolte rebellierten wir gegen das braun-schwarz versiffte Land unserer Eltern. Befreiung war angesagt. Auch in sexueller Hinsicht. Mit diesem Roman werde ich viele an das Getöse erinnern, das am Ende der sechziger Jahre als das Lustgespenst der »sexuellen Revolution« über die Kontinente hinweggeisterte. Das Gespenst wurde schnell gefügig gemacht, seine feinen Seiten wurden sträflich vernachlässigt. Porno- und Sexographie wurden breit kommerzialisiert.

Der weltweit renommierte deutsche Sexualwissenschaftler Volkmar Sigusch schreibt: „In den Massenmedien probten diverse Sexualia den Aufstand, bis sie ihre Stupidität nicht mehr verbergen konnten. In den Schulen wurde versucht, den Zeigestock gegen das Imaginäre ins Feld zu führen. Dazu passte das zunehmende Technologisieren der Fortpflanzung ebenso wie das Trennen von Recht und Moral.“

Was blieb, was uns dauerhaft bereicherte, war die kollektive Erfahrung von Gemeinschaftssinn in Wohn- und Lebensgemeinschaften, die wunderbaren Erfahrungen im offenen sexuellen Umgang miteinander. Was blieb, war die Emanzipation der Frauen, die weiterhin maskulines Objekt der Begierde, aber eben auch selbstbestimmendes Subjekt in frei gewählten Beziehungen wurden.

Für 2019 ist ein Fortsetzungsroman in Arbeit:

Wilde Zeiten – 1970 etc.

Bisher erschienen von Stefan Koenig

Nina N.
(Pseudonym: Sandra Dornemann, Schulroman, 1999)
Maschendrahtzaun (Thriller, 2000)
The Überlebensshow (Thriller, 2000)
Mollath, Frau Merkel und ich (Psycho-Roman, 2015)
Tod im Kanzleramt (Thriller, 2016)
Gerichtsmedizin
(eine Stephen-King-Persiflage, Thriller, 2017)

Ein abgeschlossenes Stefan-Koenig- Buchprojekt:

Tag 1
Als Gott entstand

Woher wir kommen. Wer wir sind.

(Im Buchhandel ab Juli 2018)

Leseprobe:

Es gab eine Zeit, da war der Mensch kein Riese, kein Naturbeherrscher, sondern ein Zwerg, er war höriger Untertan der Erde. Er besaß ebenso wenig Macht über die Natur, ebenso wenig Freiheit wie irgendein Tier im Walde oder irgendein Vogel in der Luft.

Man sagt: „Frei wie ein Vogel." Aber kann man einen Vogel frei nennen? Es ist richtig, er hat Flügel, die ihn über

Wälder, Seen und Berge tragen. Wenn jetzt im Herbst die Zugvögel, Störche, Kraniche und andere gen Süden fliegen, beneidet sie mancher von uns und denkt: „Glückliche Vögel: fliegen, wohin sie wollen!“

Aber ist es so? Machen die Vögel diese weiten Flüge, weil sie wie wir das Reisen lieben? Weil sie „Reisefreiheit“ genießen?

Nein, die Vögel fliegen nicht aus freier Lust, sondern aus Zwang. Diese Vogelzüge sind im Kampf ums Leben entstanden, während unzähliger Generationen, in Abertausenden von Jahren.

Für einen Vogel ist es so leicht, von einem Ort zum anderen zu fliegen, dass eigentlich jede Vogelart überall auf der Erde zu finden sein könnte. Wäre es aber so, dann würden wir in unseren Fichtenwäldern und Birkenhainen Papageien treffen. Dann würden wir, wenn wir ins Dickicht des Waldes eindringen, über unserem Kopf das Trällern der Feldlerche oder das Kreischen der Möven hören.

Das gibt es jedoch nicht und kann es nicht geben, denn die Vögel sind nicht so frei, wie es uns scheint. Jeder Vogel hat seinen Platz in der Welt. Der eine lebt am Ufer des Meeres, der andere in der Steppe oder Taiga. Wie stark sind doch die Flügel des Adlers! Aber auch er hält sich in bestimmten Grenzen, wenn er seinen Nistplatz aussucht, Grenzen, die man auf der Karte einzeichnen könnte.

Der Steinadler wird seinen Horst nicht in der freien, unbewaldeten Steppe bauen. Der Steppenadler dagegen wird nicht im Waldesinnern oder in den Bergen hausen. Es scheint, als sei der Wald von der Steppe durch eine unsichtbare Wand getrennt, durch die nicht jedes Tier und nicht jeder Vogel hindurchkommt.

Ihr werdet die typischen Waldbewohner nicht in der Prärie antreffen, keinen Zaunkönig, kein Eichhörnchen. Und im Wald werdet ihr keine Präriebewohner finden.

Aber auch Wald, Prärie und Steppe sind wieder in einzelne Lebensgebiete unterteilt. Wenn ihr durch den Wald geht, durchschreitet ihr immer wieder jene unsichtbaren Wände. Und wenn ihr auf Bäume klettert, stoßt ihr mit dem

Kopf durch unsichtbare Decken. Der ganze Wald ist wie ein großes Haus, eingeteilt in Stockwerke und Wohnungen, obwohl ihr nichts davon seht.

Die Menschen wechseln oft ihre Wohnungen, ziehen um von einem Haus ins andere, aus einer Etage in die andere. Im Wald ist es für die Bewohner einer Etage sehr schwierig bzw. unmöglich, ihre Wohnung mit dem Mieter einer anderen Etage zu tauschen. Die Waldschnepfe wird ihr feuchtes und dunkles Heim nicht gegen ein trockenes und sonniges eintauschen. Der Bewohner des Dachbodens, der Habicht, wird sein Nest nicht am Fuße der Bäume bauen.

Jede Tierart hat im Laufe ihrer Entwicklungsgeschichte andere Überlebensmerkmale und andere körperliche Gegebenheiten entwickelt. Wenn Eichhörnchen und Springmaus ihre Wohnungen tauschen wollten, Wald gegen Steppe, Baumhöhle gegen Erdloch, dann müssten sie auch ihre Schwänze und ihre Pfoten tauschen. Wenn wir noch andere Steppen- oder Waldbewohner kennen lernen, sehen wir, dass jeder von ihnen mit unsichtbaren Ketten an seinen Platz in der Welt gefesselt ist.

Schauen wir uns eine der Ketten an: Der Specht klopft am Stamm einer Tanne. Was sucht er in der Rinde? Wenn wir die Rinde von der Tanne abschälen, sehen wir gewundene Gänge, die ein ständiger Schmarotzer dort genagt hat – der Tannenborkenkäfer. Jeder Gang endet in einem Kämmerchen, und dort verwandelt sich die Larve des Borkenkäfers zunächst in eine Puppe und dann in ein Käferchen. Das Käferchen hat sich der Tanne angepasst – der Specht hat sich dem Käferchen angepasst. Der Specht hat einen kräftigen, festen Schnabel, mit dem er leicht die Rinde aufmeißelt, und seine Zunge ist so lang und biegsam, dass er die Larven in ihren Gängen erreicht und sie sich herausfischt.

(Erzählt wird auf anschauliche Weise wie und warum der Mensch sich Gott zum Ebenbild machte. Es geht um die Evolutionsgeschichte, verbunden mit der Ideen-, Glaubens- und Wissenschaftsgeschichte der Menschheit.)